U0466723

刘先平大自然文学文集典藏
和黑叶猴对话

刘先平◎著

刘先平
大自然文学
文集典藏

1998年7月，在西双版纳热带雨林的空中走廊，考察树冠上层的生物群落。

刘先平，1938年11月生于安徽省肥东县长临河西边湖村。父母早逝。12岁离家到三河镇当学徒，后在大哥刘先紫的帮助下脱离学徒生活。求学道路坎坷，依靠人民助学金完成学业。1957年毕业于合肥一中。1961年毕业于浙江大学中文系。在合肥师专、合肥六中等校任教师。1972年之后，在安徽省文联任文学刊物编辑、主编。

1957年开始发表作品，先是诗歌、散文，后涉足美学。1963年，因一篇评论再次受到批判，停笔。20世纪70年代中期，跟随野生动物科学考察队野外考察数年。1978年，响应大自然召唤，重新拾起笔来，致力于大自然文学创作与思考……

他被誉为我国"当代大自然文学之父"。

他曾经两次横穿中国，从南北两线走进帕米尔高原。

他曾经三次穿越塔克拉玛干大沙漠，四次探险怒江大峡谷。

他曾经六上青藏高原，多年跋涉在横断山脉。

他曾经两赴西沙群岛，在大自然中凿空探险40多年。

他的代表作有四部描写在野生动物世界探险的长篇小说和几十部大自然探险奇遇故事。

他的作品共荣获国家奖九项（次）。其中有三届中宣部精神文明建设"五个一工程"奖、三届全国优秀儿童文学奖……

2010年，安徽省人民政府建立并授牌"刘先平大自然文学工作室"。

他2010年获国际安徒生奖提名。

他2011年、2012年连续两年被列为林格伦文学奖候选人。

他2018年获首届中国自然好书奖。

他2019年获第三届比安基国际文学奖。

他历任安徽省人民政府参事、安徽省政协常委和人口与资源环境委员会副主任、安徽省作家协会常务副主席、中国野生动物保护协会理事。现为中国作家协会名誉委员。1992年，国务院授予其"突出贡献专家"称号。享受国务院政府津贴。

刘先平大自然文学文集典藏

和黑叶猴对话

刘先平 ◎ 著

时代出版传媒股份有限公司
安徽文艺出版社

图书在版编目（CIP）数据

和黑叶猴对话/刘先平著.--合肥：安徽文艺出版社,2021.6
（刘先平大自然文学文集典藏）
ISBN 978-7-5396-7155-0

Ⅰ．①和… Ⅱ．①刘… Ⅲ．①纪实文学－中国－当代
Ⅳ．①I25

中国版本图书馆CIP数据核字(2021)第023343号

出 版 人：段晓静
策　　划：朱寒冬　姚　巍　统　筹：宋晓津　张妍妍
责任编辑：姚爱云　柯　谐　装帧设计：张诚鑫
....
出版发行：时代出版传媒股份有限公司　www.press-mart.com
　　　　　安徽文艺出版社　www.awpub.com
地　　址：合肥市翡翠路1118号　邮政编码：230071
营 销 部：(0551)63533889
印　　制：三河市华东印刷有限公司　(010)61594404
....
开本：700×1000　1/16　印张：18.75　字数：300千字　插页：10
版次：2021年6月第1版
印次：2022年1月第1次印刷
定价：1200.00(精装，全15册)
....
(如发现印装质量问题，影响阅读，请与出版社联系调换)

版权所有，侵权必究

还有什么比追踪野象更为惊心动魄的？亚洲象可是森林中的庞然大物。1998年，我们第一次去野象谷，向导说大象最为平和、温良恭俭让，但有时神情无常。我们当然不敢去林子中和它不期而遇，只能在路边潜伏，企盼着它的出现，可又忐忑不安。最可恶的是蚂蚁、小虫、旱蚂蝗的攻击……终于听到了树枝断裂的声音，正想抬起身子张望，它已突然出现在视野中。

野象总是寻找和平地带。

孔雀生活在热带森林中，在林间草地觅食，栖息在大树上。

犀鸟又称大嘴鸟，长着又大又长的喙，闪着象牙色的光芒，它在热带森林中飞翔时，巨大的翅膀能巧妙地避开稠密的树枝。当地老乡又叫它"钟情鸟"，因为雌鸟孵蛋时，雄鸟会御泥将树洞封起，只留一小孔，每天按时飞来饲喂雌鸟。

图案的形象是猫头鹰还是眼镜蛇？是为了装饰还是为了吓唬敌人？

生活在南美洲的这种蝴蝶，像钻石一样，每个角度都闪耀着不同的光彩，被誉为"宙斯之光"。

蝶翅的花纹图案隐藏着玄机。你能认出多少？是英文字母，还是阿拉伯数字？

马兜铃是有毒植物，可有些蝴蝶却特别爱吃，这是为什么？

为研究热带雨林树冠上的生态，勐腊在林子中架起了空中走廊，总长有500多米，离地最低7米，最高36米，吊挂在望天树的树干上。李老师第一个走了上去，晃晃悠悠，高兴地呼喊："还真有点走铁索桥的味道！"

　　人们说，被第一束阳光照到的人是幸运儿，被第一束阳光照到的土地是吉祥的福地。

　　我站在祖国最东边抚远（东极）的黑龙江边，迎接到第一束阳光，看到了生命和时间的启动。时间是2006年6月24日凌晨3点。据说夏至那天，凌晨两点多太阳已经露红。

待到太阳出了地平线，看表，是凌晨3点零5分。谁说时间是看不见摸不着的？旭日升腾不就是它的具象？清清楚楚地展示了时间迈动的步伐——生命的步履！

在这5分钟里，我们居住的地球——这个宇宙飞船航行1.25经度，飞行了138千米之多！

旭日在江面投下巨大的光柱，像时间隧道，再现了我于2004年、2005年在我国西极帕米尔高原观看日出的情景。

我国最东部位于东经135度多，最西约是东经73度多，总跨度约62度。若以赤道经度距离计算，应是6800多千米，但因地球是椭圆形，实际距离会随着纬度的变化递减。据地理学家说，实际距离大概是5600多千米，横跨4个时区。也就是说，我在东极看到日出，而西极帕米尔高原却要四个小时后才能看到日出。

雪山屹立在帕米尔高原红旗拉甫的中巴国境线上,似乎也可称为我国的西极,距东极黑龙江的抚远有5000多千米。

山谷中的小溪,即塔什库尔干河的源头之一,它流入叶尔羌河,在沙雅与和田河、阿克苏河汇合,构成了塔里木河。2005年,我们曾在这三河汇合处寻觅诞生于沙漠中的塔里木河的神秘。

冰山上的雪莲花

在云南澄江帽顶山,首席科学家陈均远正在向我们讲述化石揭示的历史:距今5亿4000万年,寒武纪丰富的动物化石的发现,证明了当时生物的大爆发,有力地向达尔文的进化论提出了挑战。这是轰动世界的古生物研究成果。

这是生活在新疆野马中心的野马。科学家经过艰苦的努力，但在我国仍然没有找到野马的踪迹。野马中心在数年前已开始了将驯养野马放归自然。

在阿尔泰、布尔津岔路口附近的戈壁滩上，有两块石头上刻有哈萨克人的头像，男左女右。石为黑色，有人说是陨石，那头像是外星人。

美丽的喀纳斯湖是变色湖：湖水随着阴晴雨雪、朝阳晚霞，时而绯红，时而嫩绿，时而银白……

1997年，为了满足我们的愿望，君木特意开车，开了两天到达苏格兰的尼斯湖。尼斯湖也是高山湖泊，狭长、水深。我们在那里寻觅了几个小时，甚至从山坡上摔了下来，也只是见到如织的游人，将头伸进水怪模型留下的脑袋处……

喀纳斯湖上游有一小湖，湖光山色如画。

马背上的哈萨克族孩子

欣赏着这幅犹如江南水乡的美景，你很难想到它是大沙漠边缘库尔勒附近的博斯腾湖。博斯腾湖水源来自天鹅故乡——巴音布鲁克的开都河，是新疆著名的盛产鱼虾的淡水湖。20世纪90年代末我们去那里时，湖水已浅，淤塞严重，有的浅水区水质已变——污染严重地困扰着保护局的专家们。

在巩乃斯附近高山大坂处的防雪墙

天鹅的故乡在巴音布鲁克。天鹅湖中一家三口，其乐融融。

尤尔都斯大草原是我国最大最美的草原之一，它环绕着巴音布鲁克，是水鸟的乐园。我们行走中，时时能惊起一群群野鸭、斑头雁、天鹅……

麝鼠在沼泽中建起高高的城堡，它专门从地下挖掘地道直达天鹅、大雁、野鸭的巢，偷取刚产下的蛋或猎杀雏鸟。巴音布鲁克并不因为它的存在而失去了美。

在塔克拉玛干大沙漠中，只要塔里木河能到达的地方，胡杨就随之造就一片片绿洲。

都说"胡杨三千岁",活一千年,死后一千年不倒,倒后一千年不朽。但戈壁、沙漠中常见大片枯死的胡杨林,它们有的是因河水改道,而造成河水改道的重要原因之一,是垦荒需要水源。

森林中美味的羊肚菌。有次在雨后,我们曾采到半篮子。

胡杨对生命旅途中的"舍得"理解得最为透彻。当干旱的年份,它会自行封闭一些枝干,甚至是主干,以保住生命;而在其根部或旁边再萌生新枝新叶,等待水的到来,又蔚然崛起。

怒江第一湾。它虽不及长江第一湾气势的宏大，却陡险异常。这是怒江走出西藏，进入云南后，在贡山县丙中洛的步履。

在汹涌的怒江上空过溜索，那只是咪溜一声——瞬间的刺激。当地的朋友说，怒族的青年男女最喜在溜索上谈情说爱。

三位怒族孩子看到我们时的神情

　　珊瑚兰就在茶马古道的路边。它总是那样含蕴、深情。只有在大自然中，才有可能领略它的风情。

　　高黎贡山自然保护区是兰花王国。我们也是第一次看到丰富得令人目不暇接的各色兰花。

这是一片神奇的土地，在方圆不到百米的范围内，竟然长出了三棵参天大树。迎面是棵秃杉王，高30多米，我们五人手拉手还未能环其一半，胸径当在3米以上。右边是棵马蹄荷，叶大如扇，树高也在30多米。秃杉是珍贵树种，只产于我国的云南、湖南、福建、台湾等地。

兰的紫红花唇

在普拉河谷的森林中，不多几步路，就能看到附生在大树上的兰花。

附生与寄主

树丛的急剧摇动，表明一只大的野兽在活动，谁知跑出的却是独龙牛。它的四只蹄子雪白，犹如穿了袜子，所以又叫"白袜子"。独龙牛是独龙江的特产，原为野生，只是到了剽牛节，独龙族的同胞才到山上去寻找。至今，它仍是野放在山上的森林中。

如诗如画的普拉河谷。只有不畏艰险,勇于跋涉,才能享受大自然的赐予。

小叶贝兰,花繁、色艳。

不是走累了,是这儿的风景太美了,植物太丰富了,不得不放慢、放轻脚步。

山坡上大片秃杉群落，都是树龄七八百年的寿星。

崖装

麻阳河在贵州省沿河土家族自治县境内。麻阳河河谷底部只有三四十米宽，而两岸相对高度却有五六百米。地质学家称之为"箱式峡谷"。我国现存最大的黑叶猴种群，就生活在这个神秘的峡谷中。

我们隐蔽到森林中，它突然蹿上林缘的树上，像是一位盘踞在桅杆上的海员，瞭望着林内林外。

黑叶猴头像　　　　黑叶猴与生活在西双版纳的白颊长臂猿何其相似。

一个小家庭的日常生活

黑妈妈生出的却是个金娃娃。黑冠长臂猿生下的也是金娃娃。难道这是遗传密码？金娃娃在睡梦中还紧紧地含着妈妈的乳头——世界上最动人的亲情。

它也能直立行走，只是要将尾巴高高抬起，否则，怎么保持平衡呢？

靠在妈妈的身上，吮着大拇指，跷着二郎腿——好一副怡然自得、洋溢着幸福的神态！黑叶猴出生几个月后，金色的毛逐渐变为黑色，直到和它的妈妈一样。

卷首语

我在大自然中跋涉四十多年,写了几十部作品,其实只是在做一件事:呼唤生态道德——在面临生态危机的世界,展现大自然和生命的壮美。因为只有生态道德才是维系人与自然血脉相连的纽带。我坚信,只有人们以生态道德修身济国,人与自然和谐之花才会遍地开放。

——刘先平

序

呼唤生态道德

生态道德的缺失,造成了我们生存环境的危机。

感谢大自然!在山野跋涉的三十多年中,大自然给予了我最生动、深刻的生态道德教育,因而无论是我的描写在大熊猫、相思鸟世界探险的长篇小说,还是在野生动植物世界探险的奇遇,都是努力宣扬生态道德的伟大,呼唤生态道德在人们心间生根、发芽。

环境危机重压着世界已是不争的事实,人们都在纷纷追究其原因,并寻找济世的良方。环境危机实际上是生态危机。

建设生态文明,中国为世界树立了榜样,具有划时代的意义。生态文明的建设,必然呼唤生态法律的完善、生态道德的树立,从根本上消解环境危机,保护、营造良好的生态。

法律和道德是一切文明的两大支柱,也是人类文明的标志。几千年来,我们已有了处理人与人之间、人与社会之间关系的行为规范、法律法规、道德准则,却根本没有处理人与自然关系的行为规范。按《辞海》(1979年版)中"道德"的释文:"道德是一定社会调节人们之间以及个人和社会之间的关系的行为规范的总和。"这足以证明:人与自然之间的关系根本未被纳入"道德"的范畴,缺失了生态道德;或者说,生态道德在这之前,根本没有进入我们的观念。这是认识的失误。

"生态"一词的出现,至今不过二百来年的历史,而生态与人、与生存环境的紧密关联,在时间上则是更近的事情。这也从另一个侧面反映了人类在认识自然、认识人与自然、认识人与环境方面的重大失误,更加说明了树立生态道德的紧迫和重要!如果不能在全社会牢固地树立生态道德的观念,就无法建设生态文明和人与自然和谐的社会。

正是生态道德的缺失,成了产生环境危机的重要原因。长期以来,我们在处理人与自然关系方面,根本没有建立系统的行为规范、树立道德,法律也严重滞后;因而对大自然进行了无情的掠夺,无视其他生命的权利,任意倾倒垃圾,没有预后评估、监测地滥用科技,造成了环境污染、资源枯竭、生态失去平衡,以致受到大自然的严厉惩罚,直到危及人类本身的生存,才迫使人类重新审视与自然的关系,规范人与自然关系的法律和生态道德才得以突显。强调生态道德,在于强调、突出它比之于其他道德的鲜明特点——人与自然的关系。我们急需建立对于自然应具有的行为规范,以调节人与自然之间的关系,消解环境危机,建设人与自然的和谐。这是时代向我们提出的重大命题。

比较而言,树立生态道德比制定、完善生态法律,有着更为艰巨的一面。法律是"由立法机关或国家机关制定,国家政权保证执行的行为规则的总和",而道德是公民应具有的修养、品质,带有自觉或自我的约束。当然,对法律的遵守,也是修养和道德的表现。法律可以明令从哪一天开始执行或终止,但同样的方法并不适用于道德。比如某一行为并不违背法律,但违背了道德。这大约也就是媒体纷纷设立"道德法庭"的原因。生态道德在全社会的树立,是个艰难而长期的任务,需要启蒙和培养的过程,对一个人说来甚至是终生的,需要全体公民的参与和努力。

三十多年来在大自然的考察,七十多年的人生经历,使我逐渐深刻地认识到树立生态道德的重要、紧迫。三十多年前我所描写的青山绿水,现在已有不少面目全非。大片原始森林被砍伐了,很多小溪小河都已退化或干涸,有些物种消亡了……

记得 1981 年第一次到西部去，云南的滇池、四川的岷江、大渡河、若尔盖湿地……美丽而壮阔的景象，使我心潮澎湃。滇池早已污染、水臭。2007 年 10 月，再去川西，所经岷江、大渡河流域，到处在建水电站，层层拦江垒坝。在一个山村水电站工地，村民忧心忡忡地诉说：大坝建成后，村前的小河将干涸，到哪去找吃的水啊？！这种只顾眼前的利益，无序、愚蠢的"改造自然"，对整个生态系统的破坏已有显示。我国最大的高寒泥炭沼泽湿地若尔盖，泥炭层最深达 9 米，它在雨季吸水，干季溢水，1 千克干泥炭可吸蓄 8—12 千克的水。它是黄河上游的蓄水库，蓄水量相当于三个葛洲坝。枯水季节，黄河水的 30%（一说 40%）是由这里补给的。但在 20 世纪曾挖沟沥水采掘泥炭。现在湿地已大面积退化为草原，沙化、鼠害严重。最发人深省的是，在这里拍摄红军战士过草地时，竟然无法找到深陷的沼泽，只好人工制造。黄河屡屡断流，当然不足为怪了！

水是生命的源泉。水的污染给整个生物链带来的是灾难性的影响，使人类的健康、生命处于极不安全的状态。中国五大淡水湖是长江中下游湖泊群的代表，是中国人口最为密集地区的生命线，号称"鱼米之乡"。但只经历了短短的二十多年，其中的太湖、巢湖，已是一湖臭水，根本无法饮用。其他的也都面临着湖面缩小、污染等生态恶化。在经济发达的长三角、珠三角，水污染更是触目惊心。

大自然养育了人类，可我们缺失了感恩，缺失了对其他生命的尊重，妄自尊大，胡作非为。当人类对自然缺失了道德时，自然也会还之以十倍的惩罚！

我曾立志要为祖国秀丽的山河谱写壮美的诗篇，但只是短短的二三十年，我所描写的山川河流不少都已是"历史""老照片"。

我曾冒着种种的危险和艰难，在野生动植物世界探险，无论是描写滇金丝猴、梅花鹿、黑叶猴还是红树林、大树杜鹃，都是为了歌颂生命的美丽，但是总也避免不了生命的悲壮——它们在人类的猎杀、砍伐、压迫下苦苦挣扎。即如每年要进行一次宏伟生育大迁徙的藏羚羊，或是给人类带来福祉的麝，或是山野中呼唤爱的黑麂……都无可避免地遭受着厄运。它们生存的空间，正被人类蚕食、掠夺。

这使我无限忧伤、愤怒，更加努力地呼唤生态道德的树立，也更寄希望于孩子。

正是大自然的生存状态，激起了我决心在一些作品之后写下后记，为过去，为未来，立此存照。

三十多年来，大自然以真挚、纯朴、无比的热情，接纳了我这个跋涉者，倾诉、抚慰……结下了深厚的友谊。

热爱生命，尊重生命，热爱自然，保护自然，保护环境，应是生态道德最基本的范畴。

我们来自自然，与自然有着血肉相联的关系。人类初期对自然是顶礼膜拜的。很多的部落，将动物的形象作为图腾。我们的祖先，对人和自然关系的认识，曾有过很多智慧的表述，如"天人合一"、盘古开天地的创世纪之说等等，至今仍是经典。

从世界教育史考察，对自然的认识，一直是教育的最基本、最经典的内容，讲述天体气象、山川河流、森林、环境和资源等等。以人类生存的环境、人类在自然中的位置作为人生的启蒙，在孩子们幼小的心灵中培植对生命的热爱、对自然的感恩。但这种优良的传统，随着人类社会、经济，尤其是科学技术的发展，逐渐淡化或消失。城市钢筋水泥的建筑，活生生地切断了孩子们与自然的联系。现在城里的孩子不知稻、麦为何物已不是怪事，甚至连看到蚂蚁也发出了惊呼。缺失生态道德的社会、科学技术的发展，不仅使自然失去了自然，更为可怕的是使孩子们失去了自然。

我希望用大自然探险奇遇，还给孩子一个真实的大自然世界，激活人类曾有的记忆,接通与大自然相连的血脉,接受生态道德的洗礼、启蒙,同时,启迪智慧的成长。大自然是人类的母亲,请千万不要忘记,大自然也是知识之源,正是在人类不断探索自然的奥秘中,科学技术才发展到辉煌灿烂。即使到今天,生命起源仍是最艰难的课题。

　　道德是一个人的品质、修养、不朽的精神。道德力量的伟大,犹如日月星辰。我一直坚信,只有人们以生态道德修身济国,人与自然和谐之花才会遍地开放。

2008 年 4 月 2 日

目　　录

卷首语 / 001
序　呼唤生态道德 / 002

胭脂太阳 / 001
迷失的大象 / 005
斑鸠声声 / 055
孟获村险遇天麻 / 065
沉水樟王 / 073
东极日出 / 081
喀纳斯湖探水怪 / 090
天鹅的故乡 / 112
救救胡杨林 / 138
松鼠伴行 / 153
武夷之谜 / 162
给猴王照相的惊险 / 173
金黄的网伞世界 / 184
穿越怒江大峡谷
　　——怒江傈僳族自治州探险之一 / 199

瑞香盛开在普拉河谷

　　——怒江傈僳族自治州探险之二 / 207

巍巍秃杉王

　　——怒江傈僳族自治州探险之三 / 215

高黎贡山女神

　　——怒江傈僳族自治州探险之四 / 223

黑叶猴王国探险记 / 233

约会黑叶猴 / 267

附录　刘先平四十多年大自然考察、探险主要经历 / 285

胭脂太阳

月亮只是一圈淡淡的光晕,飘浮在蒙蒙的天边。

山,隐没了,只有滴滴答答、噼啪作响的水滴声,暗示着森林的存在。

雾,弥天大雾,均匀地、无声无息地将天地融为一体,像是浩荡、混沌的大海。

没有一丝风,西双版纳是著名的静风区。被无形的又似有形的雾包裹着,你不知道自己在哪里。不,你又是自由的,似乎是在飘荡,在宇宙中行走。

像是在大地母亲的怀抱里,温习着甜蜜的梦,用不着想,用不着任何的行动,只需要静静地、静静地,躺在母亲温暖的胸膛。

"茶花——两朵!"

浩深的雾中,传来了一声特殊的啼鸣。能歌善舞的傣族老乡,因为原鸡的叫声酷似在赞美茶花,又称之为"茶花鸡"。

"茶花——两朵!"

又是一声,它应该是嘹亮的唤醒黎明的号角,但浓雾使它失却了阳刚,变幻为柔软的飘忽,像是在轻轻地召唤,召唤人们的思维:热带雨林中正盛开着艳丽的茶花、火红的木棉、千姿百态的兰花。

原鸡是鸡的老祖宗,至今还留在热带森林的大树上。我国只有云南、广西、海南岛才有它们的踪迹,个头比常见的鸡小,但它保留了鸡的原始习性,显得很珍贵。前天,在来西双版纳的路上,我还见到一只母原鸡,领着六七位儿女,迈着矜持的步伐,从容不迫地穿过公路,向左边的树丛走去。

"喔喔喔!"

终于,传来了令人振奋的雄鸡的鸣唱,歌声洪亮、悠扬!

"喔喔喔!喔喔喔!"

"茶花——两朵!"

寨子里的雄鸡们,以极大的热情,响应了原鸡和雄鸡的呼唤。雄鸡们兴高采烈的歌唱,似是扯开了厚重的雾幕,播撒着欢乐,唤醒了生命的活力。

浓浓的雾中,顿时有了小鹿走动的声音,松鼠在枝头弹落水滴,鸟的鸣叫,大象吸水的豪饮,大蟒游动,压得草丛发出窸窣声……

弥天的雾色,开始变化,灰暗在渐渐褪去,乳白开始展染,漫天溢起乳浆。

我们在森林中慢慢地走着,榕树展叶的咝咝声,竹笋拔节的咔嚓声,青藤伸枝的扭转声,昆虫的鸣叫声……组成了一曲动听的生命交响乐。

热带雨林的雾,是种标志,是绿色的符号。在墨江时,一位林学家痛心地说,森林被砍伐了,墨江已没有了每天的大雾。雾滋润着森林,滋润着热带的土地,是高能量的生态环境不可缺少的组成部分。

终于,一团胭脂从东方的雾中出现,那是太阳。那样柔美,那样娇艳。它一出来,就已在高空。时间已是九点钟。

好一轮水灵的胭脂太阳!

胭脂太阳用它的明艳,将望天树、番荔枝、鸡毛松、柚木、龙脑香树显现出来了……浩瀚的热带雨林显现出来了。

突然,天空出现了无数的黑点,像是庞大的鸟群……不,像是漫天飞舞的蝴蝶,我们都被这奇异的景象吸引,期待着奇迹的出现。

科学家告诉我们,西双版纳这一片是静风区。开始时我们并不太相信,怎么可能长年累月没有风呢?然而,我们来的这两天,确定没有感到风的拂动。

我们的脖子望酸了,可那些黑点依然浮在淡雾中,飘飘忽忽、忽忽飘飘……

热带植物研究所的老张,不知我们在呆看什么。我指了指那些漫天飘荡的黑影:"是飞鸟还是蝴蝶?"

"不,不!那是灰烬。昨天晚上你们来报告,说是西边山上的森林失火了。那不是火警,是烧山——将大片的热带雨林烧掉,种庄稼。每年都有这样的事发生,我们呼吁了多少次,情况有好转,但并没有杜绝。他们并不知道烧掉的是批极珍贵的财富,一个物种被烧掉了,一座金山也无法将它恢复!"

我们的心,一下跌落到谷底……

但仍然不愿相信那是真的……

终于看清了,那些黑点,正是黑的灰烬!

一幅无比壮美的热带雨林晨画,被泼了无数的墨汁!

后记:

《胭脂太阳》记录了1981年第一次到西双版纳的奇遇。

2002年,在怒江大峡谷高黎贡山的东坡海拔两千多米的山坡上,一片焦黑的直立的树桩触目惊心。近两天发生了火灾吗?同行的当地朋友说:是烧火种地。这里的耕地金贵,经济落后,为了保障少数民族兄弟的生活,每年还是要划出一部分林子作为火烧地。口粮总是最重要的问题……

高黎贡山以生物的多样性著称,是生态关键区之一。著名的植物学家李恒教授多年来在高黎贡山采集标本、研究,被当地各族兄弟誉为高黎贡山女神。也是2002年在高黎贡山见到她时,我问:"西双版纳与高黎贡山比较,哪里物种更丰富?"她毫不犹豫地说:"高黎贡山。"它是古南大陆和古北大陆交汇的地方。当缅甸掸邦板块漂移时,古南大陆向前推进了450千米,也即是说,将高黎贡山往北推移了450千米。古南大陆带来了很多热带植物,到了温带只有变异才能生存,因而产生了变异种和新种。如波罗蜜在贡山就有,但贡山并不具备波罗蜜要求的高温高湿的环境,因而它就要变异、适应,才有了贡山波罗蜜。李恒教授在高黎贡山采集的7075号植物标本中,已发现了五六十个新种。

2006年我们两次再探怒江大峡谷时,看到了政府已为生活在高山地区的傈僳族、怒族、白族兄弟在河谷地带建立了多处新居。我们再也没有看到焚烧森林的现象。

2008年4月2日

迷失的大象

小 引

美丽的西双版纳——皇冠上的一颗绿宝石。

这儿是植物王国,生长着闻歌起舞的小草、按时钟顺序开放的花朵、在粗壮树干上开花结果的奇木……它的土地面积仅为我国国土面积的千分之二,却生存着四千多种高等植物。在我国珍稀、濒危植物保护名录中,有一半生存在这里。茂密的热带雨林和复杂多变的崇山峻岭,形成了多样的生态环境。

这儿是遗传多样性的宝库,展示着众多古老植物发展、演化的历史。从它们的身上,我们今天还能看到千万年以前它们的原貌。

这儿是植物潜在变异的宝库,植物新种诞生的摇篮。一个新的物种的意义在哪里?至今还没有一位科学家能做出估量。

这儿是动物王国,生活着世界上最大的陆栖动物大象、最小的偶蹄动物鼷鹿、亚洲最大的偶蹄动物野牛、人类近亲长臂猿、巨大嘴巴的犀鸟、娇小的花蜜鸟、鸡的祖先原鸡。繁荣昌盛的热带雨林,给动物们构筑了良好的隐蔽地,提供了丰富的食物。

这儿将绚丽的热带风光、浓郁的多民族风情、喧嚣的动物世界、多彩的植物王国,自然而和谐地融合为乐园。

五亿三千万年前的生物大爆发

我已是第五次到云南了。开头很顺。近年,古生物学界发生了震惊世界的大事:我国科学家通过对云南澄江寒武纪化石进行研究,发现了生物大爆发的确凿证据,从而有力地向达尔文的进化论提出了挑战,这对研究早期生命的意义是无法估量的。领导这项研究工作的,是首席科学家陈均远教授。我曾去南京拜访他。可是,当时他远在考察澄江的野外。

我反复考虑怎样才能尽快找到他。野外工作,萍踪漂泊。然而到达昆明的当天,我就和陈均远联系上了,很兴奋。我匆匆忙忙往他那里赶。尽管他在电话中说得很详细,我还是费了一番周折,才在磷矿区找到了他的野外工作站。只做了三言两语的相互介绍,就又行几十千米,到澄江帽天山,在第一块寒武纪生物新种化石发现地考察。陈教授身材瘦削,大个子,说话时轻声细语,滔滔不绝但语言简练,只几句话,就将我们领入五亿三千万年前的寒武纪。他讲怪诞虫、跨马虫、奇虾、云南虫等的发现,描绘出了那时物种的繁荣,已构筑了今天生物世界的框架,让我领悟到生命进化的奥妙,自然而然地感到达尔文进化论无法涵盖的事实……

听陈教授的讲解,是学习的享受,不仅知道了寒武纪生物大爆发的发生和意义,而且对云南这块土地上生物世界的多样和神奇有了历史的纵深和延续的理解。

但这之后,就很不顺了。原定去玉龙雪山、高黎贡山的计划,因为种种尴尬的事,一再受阻,窝了一肚子的火还无处发泄,仅仅是一万多元的差旅费、宝贵的时间,就使我们感到沉重。有人说我和李老师脑子有病,放弃舒适的生活,花钱找罪受。我们就是在这种情况下到达西双版纳的。

刚见面,还未做相互介绍,保护区的老黄就说已安排好向导,领我们去野象出没的山谷。

这个好消息立即将十多天来笼罩在心头的烦躁一扫而光,乐得我和李老师像孩子一样,激动难耐。

到热带雨林拜访大象,确是我多年的愿望。

但冥冥之中,老天总是不给我机会。

小刘说:"西双版纳的大象是最聪明、最圣洁的动物。'文化大革命'时,它们出走邻国,邻国战火燃起,它们又迁回西双版纳。它们没有国界,只选择生态良好的环境。它们是和平的天使。"

1981年,第一次到西双版纳,因为刚发生一头大象被杀事件,象群向人类展开了狂暴的反击,有数人死于非命,所以没有一个人敢做向导;1995年,刚到昆明,就听说去年有十六头大象惨遭杀害,消息骇人听闻,再强烈的愿望也顷刻熄灭。我没有想到幸运终于降临,激动中总夹杂着惴惴不安。腿长在大象的身上,它要是想出走、游荡,谁也拦不住。一再问胖乎乎的向导小刘,开头他只是憨憨地笑笑。问急了,才说:"你不相信这几年保护工作的成绩?我倒是担心你们能不能吃下那份苦,有没有毅力挺得住。"

到达勐养,已是下午两点多。这是一个多民族地区,除了傣族,还有哈尼族和基诺族。眼下是西双版纳的雨季,今天却是难得的晴天,虽然时时有云飘荡,但阳光灿烂。我们马不停蹄地向野象出没的山谷奔去。

翻过一个小山坡,我们进入一条山谷。沿着淙淙作响的溪流上溯,沟谷挤满了野芋、芭蕉、竹类、各种大灌木,连路的影子也没有,只能寻找植被稀疏的崖岸行走。小刘在前面走得很谨慎,眼睛敏锐地扫视着丰富的植物世界,慢慢地挪动脚步。

身后的李老师向右边岸坡拐去,她正将照相机对着树枝上挂着的一个窝;大约是角度不理想,她又向前走了几步,仍有旁边一棵伸出来的枝叶阻挡。看她伸手想将那个树枝挪开,吓得我大叫一声:"别动。"闪电般跑去将她拉开,可是已经迟了,窝里的主人已经出动……回到原来的路上,她还喋喋嚷嚅地说:"蚂蚁怎么跑到鸟窝里去了?""这是黄蚂蚁窝。和蜂窝相像的是黑蚂蚁窝。你看那外面用树叶、泥巴粘在一起,以为是鸟窝。这里的蚂蚁可厉害了……""你故意吓唬人。"小刘也赶回来了:"你们那里马蜂窝捅不得,这里蚂蚁窝也捅不得,捅了蚂蚁窝,蚂蚁能落你一身,无孔不入,死命叮咬,唯一的办法是跳到水里去。""蚂蚁在树上做窝?""这里是热带雨林,西双版纳。"李老师这才心有余悸地涨红了脸。

小刘告诉李老师,蚂蚁蛋可是美味,雪白的,如珍珠一样,油煎、凉拌都妙,还说这个窝里最少有一盏子蚂蚁蛋。

小刘再一次重复了进山之前的告诫,强调:发现大象时,千万不能惊呼,千万不能有让它感到受威胁的动作;即使是在保护区内,野象受惊后,仍然会做出反应,被大象追赶绝不是好玩的。走路时,要看清有无毒蛇、巨蟒。还有,拨开前面的枝、叶、草时,最好用胳膊,尽量不要用手,有些植物毒性大,碰到了像被电击一样疼,不仅仅只有火树麻,还有很多有刺的、长茸毛的……

左前方突然传来异响,小刘向我们做了个暂停的动作。他悄悄地向前。声音似在溪的对岸,他伸长了脖子还踮起了脚,大约仍无法看清,又向岸坡上爬去。异响时断时续:难道是大象?我也迅速向岸坡上移动。视线中,对岸林内有片小的草地,异响好像就是从那里发出的。但有一角被枝叶挡住,再往上走两步,又转了个方向。

发现了野象行踪

嗨!哪里是大象,是几只绿孔雀!一只雄鸟正张开它华丽的羽屏,对着两只雌鸟,缓慢踏步,不时抖动一阵羽屏,炫耀彩霞进射的身体,以博得雌鸟的青睐。那异样的声音,就是抖动羽屏时发出的。可是,在它身边的两只雌鸟熟视无睹,只是一个劲地在草中啄食;稍远的一只,甚至为了追逐一条小虫,钻进了树林……

"好漂亮的孔雀!"李老师也爬上来了,但林子里光线差,又总有遮挡物,急得她不断变换位置,却听不到按动快门的声音。

小刘用手指着一棵大树的树冠。远远看去,像是菩提树,在野外,倒确是罕见。然而,小刘还是一个劲地用手指着那棵大树,显然是有特殊的示意。我再对树冠做仔细的观察,还是没发现什么。小刘再次示意,我终于发现浓密树冠下的一个开阔处,竟然立了好几只孔雀,有的在梳理羽毛,有的相互用喙招呼,有的却如雕像一般,长长的尾羽拖下如一束树枝。它们华丽的羽毛不仅是装饰,而且是热带雨林中最好的保护色,我们还是第一次在森林中看到这美丽的大鸟!

我问:"怎么没见到白孔雀?白孔雀不是和绿孔雀在一起的吗?"小刘说他长这么大,也没见过,听说缅甸那边有,还说要想找到孔雀,就得在林中草地上寻。他曾见过十几只的孔雀群,围成一圈,头抵头,中间刚好有个小水凼,不知是在开会,还是集体照镜子。那风景才叫绝哩!

山谷突然开朗,溪流也随之宽阔了,有了小小的盆地,中间露出窄窄的沙洲。岸边有了路影子,像是拖拉机开过去留下的痕迹。看小刘面带喜悦,难道是大象的路径?

小刘停下,仔仔细细将周围探察了一遍,又侧着耳朵静静地听了一会儿,才招呼我们往下去。刚走过一片树丛,就见对面溪边的土地被踩得如泥塘,很像我们家乡脱土坯时,请人来踩的泥塘。只有大象才能做出这样的行为,有几个保留得完整的圆圆的足印,已做了有力的证明。

小刘要我们留在这边,自己单独去察看。我们却紧跟着他下到溪边涉水。怎能放弃这样的机会?水不太深,踩下去软乎乎的,似是象粪。到达对岸,有两处足印较新鲜。

"有多少头?"

"有七八头。"大象的粪便很似牛粪,一摊一摊的,但体积大得多。在野外追踪野兽,猎人多是靠它们留下的足迹和粪便,判读出各种信息。我曾参加过对梅花鹿的考察,从它留下的足迹和粪便中,不仅能推测出经过此地的时间,而且能非常准确地知道是母鹿还是公鹿,公鹿头上的茸角有多大。如果说优秀的猎人是某种或几种动物的生态学家,那是一点也不过分的。小刘指着一摊象粪要我看,象粪新鲜得发亮。

"它才离开这里?"按捺又按捺激动的心情,我还是忍不住急切地发问。

"走了最少有两小时。"

小刘看到了我的失望,又说:"只要大象高兴,它每天能游荡四五十千米,但有时能在一处待上四五天。它的食量很大,每天要吃四五百斤的树枝、树叶、竹子等。你可以看看,这里的林子被采食的不多,因为这里有块平地,很可能只是它们来饮水和洗澡的地方。"

沉下的心又被提了上来,心里乐滋滋的。我赶忙沿着依稀可见的足迹去寻找大象行走的路线。象脚呈圆形,粗壮,底下有厚厚的肉垫子。非洲的偷猎者,常将它们砍下掏空,做笔筒或纸篓,获取暴利。因而它的足迹不如有蹄类的好找,但大象身躯庞大,体重有几吨,走过之处,总是要蹚倒、踩倒植物,常能留下一条路影子。从这些蛛丝马迹判断,象群沿着小盆地往对面的山坡上去了。

我催小刘快去。小刘有些犹豫,像是在思索什么问题。再三催促,他还是踌躇不前。我只好招呼上李老师,大步向前走去。过了一会儿,小刘才撵了上来,依然担当在前开路的任务。

小盆地走完,路就很难走了。森林边缘的杂树特别稠密。傣族人家的吊脚竹楼边,婆娑的龙竹衬出特殊的民族情调。但森林里的竹林就大不一样了,藤蔓植物总是将它们缠裹得像密不透风的篱墙。幸好有大象蹚过去的路影子。大象的诱惑,已使我们忘记了小刘的一切告诫,只是一个劲地催促他往前走,那急切的心情,还常常使我越过小刘跑到了前面。每逢这时,他总是疾走几步超过我。

进入繁茂的雨林约半个小时,象群失去了踪迹。小刘从浓密的树冠缝隙看了看西去的太阳,又看看手表,说:"回吧,天已不早了。"我不甘心:难道就在要揪住大象尾巴时放弃？真是皇天不负苦心人,凭着多年来野外的经验,我终于在一处找到了大象的粪便,将手插进去,似乎还感觉到了余温,高兴得差点没跳起来。

小刘却说粪便不新鲜,又说,这两摊粪也许是牛粪,在这样的林子里,到哪去找？回吧。他的眼光有些躲闪我的逼视。

我不依不饶,一定要他试试象粪是不是还热。

他无可奈何地将手插进象粪,脸色却慢慢地冷峻起来,坚决地说:"我们往回走！"

象群展开攻击

我被他反常的神态弄蒙了,愣愣地站着。

"大象采食时,掰树折枝的声音很响,老远就能听到。"

"大象的听觉比我们灵敏,在采食时格外注意搜索周围的动静,嗅觉也比我们灵。要不然,早就被猎杀完了。"

"你怕了？"

"你不怕？大象冲锋时,小桶粗的树,一撞就倒,脚步声像擂鼓,快得不得了。我可不是铁打铜铸的。再看看,我们在山下,它是往上去的,居高临下,你爬树都来不及,别说你们还上不了树。"

"没关系,保证听你的话,慢慢接近,看一眼就走。"我拿出了缠劲。

小刘犹豫了一下,却立即板起面孔:"领导交代得清楚,绝对保证你俩安全！出了事,我能负得了责任？看你给大象迷得,要是碰到面,我能拉得住？"

他不容分说,拉起李老师就走。

我绝对相信象群离此不过1千米。明白了,急切的心情、鲁莽,使我犯了个大错误。

路上,他说了个故事。保护站的小何,去察看当年生的小象的体质状况,刚巧女朋友来了。两人骑了辆摩托车,将车停在路上,就下到河谷。寻了半天,也没见到象群的踪影,只得往回走。回程时两人说说笑笑,已看到停在路上的摩托车了,突然,树林中有了响动。小何立即意识到是象群,刚停住脚想看清它们在哪里,就听到大象一声尖锐的吼叫,随即树林如大海翻腾,涌波摧浪。小何拉起女朋友就跑,象群也跟着冲了过来。

"快把红外套脱下来。"算小何聪明,临危不乱,想起惹祸的根源,推了女朋友一把,"你先上去,把车发动起来。"小何拿起女朋友的红外套,向另一方向跑去。象群也转身追小何。

多亏小何年轻,多年和大象打交道,熟悉它们的脾性,拼着命爬上坡,大象还在后面爬。

不知是心急,还是车况不好,车子发动不起来。眼看象群快上到坡顶,小何推起车子跑起来,一个在车上发动,一个在下面推车。算是幸运,发动机终于响起来了……

两人走了四五千米才停下车,吓瘫了。大象对活动的红衣服非常敏感。

我们还未从这惊险中解脱,他又说了一件事:

"傣族人过去没有种菜的习惯,想吃哪种,提了篮子就去森林采摘。花信来临时,肥绿的大蕉叶中,挺出长长的花箭,花苞逐渐下垂。那花如倒置的荷花一般,红艳艳的,花瓣一片片层层脱落,于是结出了一层层的芭蕉,直至一长串。傣族老乡喜爱吃含苞欲放的芭蕉花,其幽香,其爽口,都令人回味无穷。一天早晨,一位傣族毕南(大嫂)去山坡采芭蕉花,热带雨林特有的晨雾还笼罩着山岭。这是一片大芭蕉林,已采够了,但旁边有朵特别肥嫩的芭蕉花,又使她踮起脚,伸出手去。触到柔柔滑滑的东西,她以为是碰到了大蟒,警觉地连忙缩手,可惜已经迟了,一个长长的鼻子伸来,将她卷起;只轻轻一抛,她就已腾云驾雾般,然后跌到三四丈开外的大树上……"

"大象也爱吃芭蕉,更爱吃芭蕉花。"

大约是李老师惊恐的神色,才使他止住了话头。其实,我早已听说过大象对人类的报复,那些故事令人毛骨悚然。

小刘毫不通融,将我们领到三岔河的保护站,说这里又叫野象谷,名声大得很。原计划今晚可以住到野外观察站——几棵大树上都搭了竹棚,又称大树旅馆。在茫茫夜色中,蹲在树上守候象群,那将是多么紧张有趣的等待。然而,美好的计划,已经被我的胆大妄为所取消,我心里闷闷不乐。李老师一再安慰:"你不是常说,在野外要随遇而安吗?再想想别的主意吧。"在热带雨林,又是追踪大象,没有向导,那无异于拿生命开玩笑。我的判断发生了错误:原以为憨憨的小刘是容易商量的人,谁知他一旦做出决定,大象也拉不回头。

顾名思义,三岔河是几条小河交汇处,也是山间的一块小盆地。蓝色的小湖静静地卧在中间,已有一部分成了旅游区。住在蓝色的小湖旁,水光山色有着浓郁的热带色彩,屋后一棵榕树的树干上结满了榕果。果儿不大,像杏儿一样,青的、黄的,还有泛紫色的,熙熙攘攘挤在一起。一般说来,树果是结在树枝上的。树干上结果,是热带一大奇事。

月亮升起来了,窗外的水色格外迷人,森林中时时飘来缕缕淡淡的地气,如童话中仙女在湖面上游玩。烦躁的心情,渐渐平静。李老师也趁机说:"小刘为了确保安全,是好意。"我当然知道,因为这边保护区内也有一群象,它们和人类接触频繁了,感受到了人类的呵护,因而还未发生过攻击人的事件,而且看到的机会也较多。小刘将我们安顿在这里,也是用心良苦。后来几天的经历,我才知这个小盆地,只是野象谷的一个小角落。野象谷实际上是蜿蜒几百里,直到邻国的一条大象漫游的通道,是一条生物走廊,山谷环套迂回,如迷宫一般,也如迷宫一样迷人……

误入原鸡的诱惑

"茶花——两朵!"

我从床上挺身坐起。片刻,森林中又传来"茶花——两朵!"的声音,我连忙叫醒李老师:"听,原鸡在叫!"

"是鸡的老祖先?"

"一点不错。"

1981年来西双版纳时,我曾见过一只母原鸡,领着它的一群孩子,从容不迫地穿过公路的情景,但至今还无缘看到公原鸡的尊容,尤其是引吭高歌的模样。

我们连忙出门。山野一片乳白,轻柔的雾将一切都笼罩在朦朦胧胧中,山野似是仍然在甜美的梦境中。又传来两声原鸡的鸣叫。它们至今依然栖息在树上,酷似在赞美盛开的茶花。傣族老乡又称它为茶花鸡,家禽公鸡叫声已没有了它的韵味。循着声音,向山坡上爬去。水滴如雨般打在野芋的叶上、芭蕉上,四处是噼啪的声响,湿漉漉的,没一会儿,全身衣服已经湿透。那嘹亮的"茶花——两朵"的鸣唱再也没有响起,我们分不清东南西北,不知到什么地方去找它。猛然警觉:多年的经验提醒我,浓雾中的山野,最易迷路,更别说热带雨林中潜伏着毒蛇、蚂蚁、野兽……我站住,让自己从寻找原鸡的兴奋中冷静下来,再回忆一下来路的方向、走过的路线,等到我觉得有了清晰的印象后,才拉起李老师往回撤。她很不情愿,我只能说回去再讲。

"茶花——两朵!茶花——两朵!"原鸡像是在庆祝胜利,又连连叫起。我却坚决地拒绝了它们的诱惑。

晨雾是热带雨林的特有标志,植物学家称它是森林高能量的体现,尤其是旱季,雾如细雨,滋润着植物世界。

西双版纳是著名的静风区,雾也均匀,如混混沌沌的世界,只能从雾色和原鸡鸣叫判断,此时大约是黎明。三四步以外,就是一片迷茫,只得摸索着向山下去。我已摔了两跤,幸好不太严重,按所走过的路程,应该已经到了屋后的小路。前方隐隐约约出现了房屋的形状,心里有些高兴。走近,哪里是什么房屋?只是藤蔓植物的构架。两次一折腾,记忆中大雾迷路的事件,直往心里涌。在川西卧龙,高山营地的两位工作人员在山上遇雾后,误入歧路,直到两天后才从另一条路回来,迂回了100多里路。更有人在雾中掉下悬崖,送了性命……我在《大熊猫传奇》中,就写过高山惊心动魄的大雾。我决定停下不走了,向李老师说明,这是目前最好的办法。等雾淡或雾散后,能辨明方向再行动。在山里走路,确是"差之毫厘,谬以千里",更别说热带雨林中潜伏的各种危险。如没有特殊的情况,晨雾在九点多钟应该消散。李老师只是要我少安毋躁,紧紧地依偎在我的身边。

感到雾在消失。在滴答的水滴中,有了动物的走路声,是鼷鹿,还是灵猫?树丛中有了爬行动物的窸窣声,是巨蜥,还是大蟒?空气中也有了鸟儿的扇翅声,是孔雀,还是犀鸟?想到了小刘说的傣族毕南与大象鼻子的遭遇,我和李老师都不敢想象碰到大象的情景……森林开始苏醒了,雾仍是浓浓的,没有风的拂动,没有云的飘荡,它就静静地笼罩在那里,像一堵无形却存在的墙。环顾四周,仍为一色,没有日出前的红晕……李老师突然在我身上拍打。好家伙,肉乎乎的似是蚂蟥的虫子已展开了进攻。我看她身上也有四五只,连忙去帮她拍打。幸好我们都穿了长袖上衣和厚厚的牛仔裤。这件事警告我们:待在这里也不安全,在热带雨林,也是谈"虫"色变的。可是又能采取什么行动呢?这倒好,注意力全都集中到防毒虫上面了。

突然,听到了小刘的呼喊声,这不啻是福音回荡。

我连忙答应,拉起李老师就跑。在一呼一应中,最多30米吧。嗨!就见到小刘气急败坏地站在面前,魔雾居然开了个这样大的玩笑!我们已钻到另一条山垄里。

"怎么搞的？你们上山也不打个招呼，出了事谁负责？"憨憨的小刘发起脾气来也挺厉害的。

我只是嘿嘿地笑着，李老师连声道歉。怪谁呢？只能怪那叫声美妙的原鸡！

小刘到住处未找到我们，又四处寻访，谁也没见到，难道是被大象的长鼻子卷走了？说是若再找不到，就要动员保护站的全体人员上山了。我也心有余悸，只好任他数落。

天色亮堂起来，东天有了淡淡的玫瑰色，那雾如薄薄的蝉衣红衫。

啊！太阳显现出来了，在四十五度斜角的上空，水灵灵的胭脂太阳，是那样娇艳，那样美妙！绿绿的森林，起伏的山峦……整个世界都在一片红艳艳中，大自然书写了一首无比朦胧的充满爱意的诗！

雾渐渐消散，显出了前面有个大型的半圆形的建筑。不远，就在小湖的对面，开始，我以为是魔雾的幻景，看清了覆在半圆上的网状物，才相信了那是事实，是天象馆，还是……问小刘吧。

"是'飞笼'，养蝴蝶的。面积有七八百平方米，20多米高。"

直到这时，我才想起热带的蝴蝶的珍奇。这两天脑子被大象塞满了。

"已请人去侦察大象的行踪了，免得你们再乱跑。今天先去看养殖蝴蝶。"小刘胸有成竹。碰到我这样不安分的人，他昨晚也没闲着。

蝴蝶生命史中变幻多姿的生命形态，由卵孵化为虫，虫而为蛹，蛹又羽化为蝶，蝶再产卵……不仅吸引了昆虫学家，也令文人墨客突发奇想。浪漫文学大师庄子，就曾用那飘逸的笔触，热烈地描绘蝶的羽化，抒发满腔的奇思妙想。梁山伯和祝英台的爱情悲剧，最后也是双双化而为蝶。

蝴蝶色彩的玄秘

热带蝴蝶素以品种多样、色彩艳丽多变著称。西双版纳的热带雨林中，居住着傣族、哈尼族、基洛族的兄弟,帮助他们脱贫致富,是保护这片珍贵森林的有效途径……这些,促动了几位青年筹划养殖蝴蝶。他们都是血气方刚、毕业不久的大学生,从20世纪80年代末开始研究,90年代初获得成功。"飞笼"是近年设计建造的,是我国第一座研究、养殖蝴蝶的大型建筑。里面有很多蝴蝶属于保护名录中的。

富饶的雨林,为各种昆虫提供了丰富的食物。这里盛产虎纹蝶、红纹凤蝶、红角大粉蝶、橙拟斑蛱蝶、角翅蛱蝶、达摩凤蝶、联珠拟斑紫蛱蝶……更有名贵的白斑燕尾蝶、枯叶蝶、褐凤蝶……一般说来,热带地区的动植物种类多,但单种的数量并不大。

"飞笼"既实在又空灵,洋溢着浓郁的芬芳,阳光照耀着五颜六色盛开的花朵,翠绿的植物,翩翩起舞的蝴蝶,简直像是走进了童话世界。

我们久久不愿说一句话,不想走一步路,生怕一丝响动,扰乱了这无限温馨的生气勃勃的世界。

"飞笼"的主人,谈起创业的历程:

"鸟类和老鼠是蝴蝶的天敌。飞笼的功用也在于防鸟。防鼠成了头疼的事,它们经常从笼外掘地道,进行偷袭。这个笼是近年才建成的。

"万事开头难。平时成天有蝴蝶在身边飞舞,但等到想来研究它们时,它们却像是有意玩起了捉迷藏,竟是那样陌生,那样不可思议。就是认蝴蝶吧,也不能像平时那样说红蝴蝶、白蝴蝶、蓝蝴蝶。我们谁都没有专门学过这一学科,只好买了图谱来对照,可是它和鸟一样长了翅膀,又是那么多姿多彩,比鸟类的品种多得多,你无法慢慢对号入座。当然可以采来标本,孩子们捉蝴蝶充满了乐趣,我们采标本,就没那么好玩了。漫山遍野地跑吧。它们也像是逗着你玩,你追,它飞;你停了,它就在你眼前绕来绕去,诱惑你。有一次,只顾撵,盯着它从这朵花飞到那朵花上,一脚踏空,跌到坑里,鼻青脸肿。也不知吃了多少苦头,才慢慢认出了一些常见的蝶类。在认识蝶类的过程中,丰富的资源更坚定了我们的信心。更大的困难还在后面,譬如黄扇蝶吧,色彩很迷人,但它是哪种虫子成蛹后羽化而成的?蝴蝶生命史多变的生命形态,对研究者来说,就不是浪漫,而是极大的困惑。仍然只能从调查入手,采取最笨的办法,看它的幼虫吃什么。终于发现,黄扇蝶爱吃马兜铃的叶子,马兜铃的叶子中含有毒素。黄扇蝶吃了后,不仅不会中毒,而且还把毒素积累在体内,使敌人望而生畏,成了保护自己的重要武器。你们看,那就是马兜铃。"

一只有着红黑斑纹的蝴蝶,正在马兜铃上空翩翩起舞,一会儿落到了肥绿的叶片上,一会儿又飞起。显然,它不是黄扇蝶。

不错,马兜铃是不少蝴蝶都爱吃的食物。

蝴蝶的色彩丰富无比,鸟类无法与它比较,那些由艳丽的色彩所组成的奇异图案,不仅为美术家、服装设计者、仿生学家所学习、借鉴,它本身就具有多种审美价值,令你的丰富想象力感到贫乏。大自然是专门创造神奇的。有人曾将蝴蝶的图案做了累积,居然发现了英文的 26 个字母,阿拉伯数字 0 至 9,甚至推测这些图案是宇宙的暗示、隐喻……竟是玄学了。

但是,它们那些神奇的图案是怎样制造出来的?为什么要制造这些图案?就以枯叶蝶说吧,它停歇在树上,确实如枯叶一般,仅仅是种保护色吗?那么,有一种被称为"光明女神"的蝶,湛蓝色上排列有美妙的白色斑点,那色彩如宝石一般,你从任何一个角度去观赏,都会闪出绝不相同的奇妙的光彩,这又是为了什么?还有不少蝴蝶翅膀上的图案,和它身体组成了怪异的形象,你可以说它是为了吓唬敌人的,就像人类戴着神鬼面具演戏剧……且不管这中间的学问如何深奥,若是你想引发你的想象力,最好是去看蝴蝶的色彩和图案。想象力是创造的动力……

还是去参观一下孵化室吧。

一个个孵化箱排列整齐,上面标有蝴蝶的种名、时间等,其规模已构成了工厂化的生产。1992年,朱镕基总理曾来此参观,称赞了保护区的工作,对几位青年尤为褒扬,祝他们取得更大的成就。

后来,我们在橄榄坝看到了蝴蝶市场占满一条街的景象,目睹了繁荣的交易,才对这个产业的规模,对促进当地少数民族经济发展,有了初步印象。然而,我们也担心资源的破坏,担心那些在市场上出售的蝴蝶标本并非来自养殖。当然,市场的需求,也更说明了发展养殖的重要。如果能有一专栏,着意介绍属于保护、禁止买卖之列的蝶种,以及保护方法,岂不是更有意义!

后来在昆明,我们在一蝴蝶市场,看到了很多珍贵、美丽的蝴蝶的标本和照片,其中确有将蝶翅上花纹,按英文字母和阿拉伯数字归聚的。当然,还无法分清其真伪,但它们确实是美的。

一位小伙子跑得满头大汗,说:"野象群出来了,在南山的小溪边!"

神奇的长鼻子

不啻一声号角,我们立即出了"飞笼",跟在他身后飞跑。小刘大声制止,说是这样慌里慌张容易出事。膨胀的情绪冷静下来,才想起毕竟是和陆上最大的动物打交道。野物野性,大象又是很情绪化的动物,还是谨慎、周密为妙。

小刘两眼紧紧盯着我:"你们一定要在我身后,不要乱跑,听命令,特别是发现象群情绪有变化,要撤退,一定不能蛮干!"

我明白他的意思,也感激他的关心,但仍然改不了顽皮,双脚一并,敬了个礼:"保证服从命令听指挥!"

可小刘一丝笑容也未露出。

雾虽然已经消散,蓝天起云了,雨林中这里那里浮起缕缕山岚。7月的西双版纳,天气多变。路旁的番木爪树,顶着几片绿叶,树干上却结满了大大小小的果实,上层的已经成熟,橙黄泛红,飘散着香味,下层的只有拳头般大小,山竹树上缀着青黄的果子。

小刘迈着沉稳的脚步,从容地将我们领入林中小路。翻了个小岭,又进入了一条小的山谷。他停下,注意搜索山野的声响。从他脸上的表情看,似是有所发现,再次叮嘱:不要说话,不要造成大的声响。然后一撇身子,转入另一条山谷。

刚过谷口,山坡上传来了咔嚓声。小刘止住脚步。又是连续两声咔嚓声,是从对面山坡上传来的。小刘做了个手势,要我们各自寻找地方隐蔽。李老师紧紧跟在我的身后,我先给她找好地方,是棵大灌木的下面。我离她只两步远。小刘稍靠前一点。

对面山坡上林子太密了。可能是因为海拔低,竹、野蕉、野芋、各种棕榈,以及像是瓜类的大叶,挤满了林下;大叶木兰、滇毒鼠子、红果葱臭木……这些高大乔木的树干上,也攀满了各种附生植物;几朵艳丽的热带兰,顽强地从枝叶的空隙中挺出美丽的花朵。

沟谷有条只两米多宽的小溪,水流缓缓。它像天然的堑壕,将我们和对面山坡隔开,我心里很佩服小刘对这里地形的熟悉程度,选得聪明。

待我们一切都安顿好了之后,别说大象,连刚才让我们心悸的咔嚓声也没有了。

"别是猴子捣乱?"李老师有点心急。

"猴子掰树没有这样大的声响,再说它喜欢在树上活动,响声是从下面传来的,只有大象才有这样的威风。你注意到没有?鸟不往那边飞,那边也未传出鸟叫。大象悠闲惯了,不会急匆匆地进食。耐心等吧!"

知了等各种昆虫在森林中高一声低一声地叫着,更显出对面山坡的寂寥。天空也飘下了细雨。身边草丛中的小虫也向我们发起了攻击……

小刘一声口哨,又用手指示。是的,对面绿海中有了波澜,像是鱼儿打了个水花,水花散开时,一个黝黑的圆头慢慢伸出来了——不,像是一条巨蟒,头前是孔还是嘴？伸长了，又伸长了；它卷起来了，卷起了瓜叶、树枝，慢悠悠地往下拉，接着是各种植物断裂的声音——

啊！是象鼻，是大象正用它具有特殊功能的鼻子在采食！

错不了，左上方还有一头，大概是太贪了，不仅伸出了长鼻子，连头和耳朵都露出来了，尽可能多地卷起枝叶，好像未用力气，只那么轻轻地一拉，林子里就响起了一阵稀里哗啦的声音……

接着，这里那里，都像鱼儿浮出了水面，一个个象鼻都伸了出来。好家伙，有七八头大象，都从绿海中现身了。也好像是直到这时，它们才得到命令，可以挪动那庞大的身躯，埋头采食、就餐。

"那边的葛藤长得好。在藤类植物中，大象最喜吃葛藤。"

有头大象，突然高扬长鼻，伸向树枝，卷起。我们正在猜测它玩什么把戏时，只听一声巨响，碗口粗的树枝已被掰断、卷走。又是连续清脆的咔嚓声，显然是在用牙截断，咀嚼。

"乖乖！"李老师惊得用家乡话赞叹。

不知什么时候，小刘已悄悄来到我们身边，履行向导的职责："你们看到了，鼻子是大象的法宝：采食用鼻子，喝水用鼻子，洗澡用鼻子。非洲象的长鼻子前端，还有两块突起，像是手指一样，可以从地上捡起东西。亚洲象只有一个肉突子。别说这样粗的树枝，就是再粗一点的，它也能毫不费力地掰断。过去，大象被驯养后，主要是驮役，人们用它将雨林中珍贵的红木、柚木……往外运，对那个时期的经济发展起过作用。在大象学校中，最基本的课程就是学习运木、堆木，大象能把木垛堆得非常整齐。如果没有其他特殊要求，那么一头象只要具备了这样的本领，就可以毕业了。

"长鼻子还是大象的有力武器，别看它那样柔软，若是需要，随时能将肌肉收缩，形成一根威力无穷的橡皮棍；一棍子下去，能将老虎、豹子的脊椎骨打断，对那些胆敢侵犯的小动物，只需卷起，勒死。前几年，有位猎人碰到了大象,正是大象被猎杀后的疯狂报复期,大象先是卷走猎人的枪,摔在树上,掼得四分五裂,再将猎人卷起,摔到天上。它还可以用鼻子吸起石头,再像枪弹一样射击敌人……

"大象用鼻子抚摸对方,表达友好,交流感情。在谈情说爱中,更是用鼻子相互缠绕,那大约是最缠绵、最甜蜜的亲吻。想想看,大象的嘴在粗长的鼻子下面,还长着长长的象牙,若不是用鼻子,怎么才能吻到对方?

"但象鼻前端又是最易受到攻击的部位,若是被毒蛇所伤,能致命……"

大象的美食和调味

另一头大象,也玩起了掰树枝的把戏,是因为要使午餐更加丰盛。当然,热带雨林中植物繁多,酸的、辣的、甜的都有。我们人类采摘豆蔻、桂皮、八角、胡椒等来调味,大象为什么不能更好地享用美味?小刘却有另一种说法:曾发现有头驯养的大象,贪吃有甜味的多纤维的芭蕉茎叶,结果引起消化不良,解不下大便。它痛苦不堪,卧立不安。饲养员也急得团团转。后来,发现它总是想挣脱铁链,对着山野吼叫,饲养员灵机一动,放开链条,在后面悄悄跟随。大象直奔山上,东嗅嗅,西嗅嗅,这里吃一点草,到那里又吃了树叶。奇了!还未到晚上,它畅快淋漓地宣泄了一通,拉下了像绳子裹在一起的茎筋……好了!它会给自己治病哩!大象对食物的搭配非常讲究!

象群边吃边向前移动,终于从绿海中浮出了"水面",那灰黑色的身躯,真如一座巨崖。亚洲象虽然比非洲象小,但也有几吨重。然而,那表情,实在无法褒扬:耷拉着眼皮,一副无精打采的模样;走路时低着头,像是心事重重、神情忧郁的老人。非洲象则不然,它们总是昂首阔步。据说这是两大洲象的基本区别之一。难道是地理环境影响了性格?

正在担心它们要去游荡时,有只额头隆起的大象,抬起脚,小快步奔向一棵棕榈树。到了跟前,只是用前身轻轻一擦,那棵有小桶般粗的棕榈歪了,待到它的后身走过,那棕榈已经倒地。大象提脚踩去,棕榈裂声四起。

"是董棕,大象最爱吃的董棕。有好节目给你们看了。"

啊,董棕裂开的树干中露出雪白的树心。大象用鼻子卷起,放到嘴里,咔嚓一声,截下一段,大口嚼动,就像是启动了一架研磨机,浑厚滞重的响声连片。它又如法截下一段,又是研磨机响动……突然,近处一头大象也提着小快步来了,趁那象正在大嚼之时,毫不客气也卷起董棕,截下一段吃起。

"好厉害的牙齿!"

"它的白齿一颗有七八斤重,过去有人将它掏空做碗和容器,使用频率太高——大象每天要吃三四百斤的食物——磨损也大。它一生中,要换六七次白齿哩!"

真是其身也大,其牙也巨!

"大象怎么这样喜欢吃董棕?"

"你们吃过西米吗?雪白的,小粒,圆圆的,煮绿豆汤、红枣汤,是高级滋补品,常给产妇和病人吃的,大城市的商店都有卖!"

"董棕雪白的树心是淀粉?"

"不错!是做西米的原料!"

顷刻之间,那棵棕榈只剩下了残渣。

真让人大开眼界!

已现身的大象,共有九头。小刘说我们运气好,但我反复看了两遍后,发现了奇怪的现象:这些象都没有白亮的长象牙,是清一色的母象群。公象哪里去了?

象牙使大象威武、珍贵,但正是因为象牙珍贵,才给大象带来了厄运。偷猎者猎取大象,主要为了掠取象牙。和一切珍贵的动物一样,鹿是因为茸角,麝是因为麝香,给自己带来了厄运。

非洲象身长体大,两只耳朵像是蒲扇一般,它与亚洲象的最大区别,是无论公象和母象,都生有长长的且向上弯曲的象牙。亚洲象在体格上较小,耳朵也没那样大,只有公象才有长长的象牙,而母象没有。

"亚洲象公象也不是都长象牙!"

小刘语出惊人。我不信,虽然公的幼象要到十岁左右才长象牙,但在泰国,我亲眼见到七八头挺着长长的象牙、极其威武的象。小刘说,印度象也是亚洲象,它的公象都长象牙。但在西双版纳的考察中,确实发现有些成年的公象没有长出象牙,或者是长得很短。这引起大家的争论。有种说法是,印度的干湿季节明显。在干季,象需用锐利的象牙剥树皮;而西双版纳干季不典型,食物丰富,无须剥树皮。生存竞争的结果,使得象牙退化了。这是一说,我不是研究大象的行家,无资格参与讨论。

"繁殖季节,公象才来到象群。我也没看清这群象中有没有公象。"

象群像是听到了小刘的议论,竟然折转身子,向我们潜伏的这边走来。没有队形,散散漫漫,往坡下走动时,那脊背和长鼻组成了奇特的形象。是让小刘看个清楚,还是到溪边饮水?

有几头大象到了小溪上游 20 多米,那里崖石垒成水潭,戏水间,竟玩起闷水的把戏,撩得水花飞溅。喝水的,置溪水不顾,却走到山崖边上卷鼻孔,接受清亮的泉……

另有几头象,在距小溪还有 10 多米时,停下了。这次,它们用长鼻卷起了竹子,一束束地往嘴里送,啊!是为了换换胃口。它吃竹子,可不像大熊猫那样,将竹子切成一段一段,稍作压扁,就囫囵吞下。它利用长鼻子的优势,将竹子卷成一束,就那么强行往嘴里一塞,那竹就变形成了 V 形,进入口中,轻巧而老到。小刘说他们做过统计,竹子经常占到它食物量的一半,尤其是喜欢嫩竹。它爱吃甜食、爱食嫩竹,这倒和大熊猫的脾气很相投,我曾在川西参加考察大熊猫数年,对它有份特殊的感情。或许是因为有了这样的联想,我产生想去拍摄象群的冲动……

冲近象群

突然,象群身后的绿海中,有一白色的物体闪了一下。不一会儿,出现了两根象牙。哈哈!原来有头公象一直隐藏在林莽中。从象牙的长度判断,年龄不大,是因见识不多而胆怯,还是那隐身之处有许多美味?它仍然只是露个面。这无疑激起我想拍摄的冲动。

它们离我潜伏处直线距离不过30来米,然而,我只有一部稍好点的傻瓜照相机,摄像机也只是家庭用的那种,没有专业用的变焦的,光线和角度都不利。这30米的距离,竟成了无法接近的障碍,但拍摄的冲动,又是那样强烈。当然,并非没考虑到危险,但我以为隔开两山的小溪,应是天然的堑壕。老天爷给了我这个机缘;然而,我怎样才能摆脱小刘的阻拦呢?他可紧傍在身边……

我偷偷做着准备,将照相机和摄像机都检查了一遍,暗示李老师待在这里别动;突然猫起身子,从早已选好的一条隐蔽的小路,往溪边快速跑去。我感到小刘的惊慌,可我算定他顾忌大象,不敢大声喊叫,更不会跑出来将我拽回。

到了一个事先选好的位置,我就蹲下了,拿起照相机就准备拍。然而,我周密的计划还是显出了疏漏,前方的视线确实好,和象群的距离也近多了,却在下方,茂密的植物挡住了大象的身影;更没想到,大象似乎有了感知,竟然走入了更为稠密的树丛……管它呢!我不是摄影家,场面的真实性才是最重要的。而且,这样难得的机缘稍纵即逝,象群也不会特别关照而不移动,再说小刘是位责任感极强的向导。

我将快门频频按动,但是,小刘已来到我的身边,没有说话。直到将一卷胶卷照完,又要换胶卷时他不干了,硬是拉起我,要撤退。我说有小溪。他说,那条小水沟对大象来说算什么?它进攻时,时速可达每小时80千米,和动物中径赛冠军猎豹的速度差不多。它若是发怒了，闪电般就能冲到你跟前。我将早已打好腹稿的话说出来了："你能让我遗憾终生？坦白地说，你拉不走我，最好的办法是帮我放哨，你不是熟悉大象的脾气吗？"接着，我不管不顾，端起摄像机，连连拍摄。小刘无可奈何地摇了摇头，叮咛一句："注意它尾巴，只要一翘起，就是愤怒，喷气也是愤怒！"然后，他就紧盯着象群的表现。我算定他不能在这前沿阵地拉扯，那是要惊动象群的。

突然，我发现离我最近的这头大象，隐入了树丛中，却将鼻子高高扬起。那鼻孔像是喇叭似的，又像雷达那样转动起来；接着，往更深、更密的林子移动，直到只露出头的侧面。这时，我发现有股强烈的下滑风，从坡上往下吹，难道是将我们的气味散到了对面？说实话，我心里不禁敲起小鼓。以在山野多次经受野物攻击的经验，我相信小刘的话是对的。然而，我对野外观察大象，向往得太久、太强烈，怎么说也难以轻易舍弃这不可多得的机会。

摄像机还是太粗劣了，监视器中的图像不佳，而且在上游的那几头象，完全不按我的猜测，顺水而下，反而是逐渐向远处移动。现在，在我的视线中，只有一头象，从体形看来，只能称之为未成年。它虽然仍是那样慢悠悠地采食，然而不时停下，连咀嚼也停止，似是在侦察附近，大约已有了警惕。最少有两位熟悉大象的朋友对我说过，大象的情绪变幻无常，或者说是感情丰富；它既能像一位慈祥的老者，也能顷刻暴跳如雷；时而雍容大度，时而心狭气短；能如顽童般淘气可爱，也善于不苟言笑；有时害羞，有时勇往直前……何时喜怒哀乐，只能凭它的情绪。

我想做最后一次尝试，做了个假动作，迷惑了小刘之后，我突然直直地向大象走去，直到离小溪只两三米处才停下。刚按动摄像键，就见大象非常不情愿地撩起了眼皮，朝我看了一眼，随即启动脚步，扬起了鼻子，鼻子前端还弯曲着，像眼镜蛇怒气冲冲地向我这边走来。真是再妙不过的形象了，我正在喜滋滋时,突然摄像机被人夺下,胳膊被手抓住、钳紧,那力气大得我毫无抗拒之力,只得被他狼狈拖走。但我还是回头看了一眼,大象正要走出林子,它的步距太大了,一眨眼怎么就到了边缘呢……

李老师气急败坏,连连小声喊:"快!快!"

小刘回了一次头,才放慢了脚步。我稍稍站稳,才顾得上回头:是的,大象停住了脚步,它没有再追我们。等到我们又走了一段路,再回头,对面山坎已没有了大象的身影,但传来断枝、倒木的声音……

李老师的脸都变了色,直埋怨我太冒险。小刘满头汗水,铁青着脸,一句话也不说,我只是嘿嘿地傻笑着。

小刘带来了一位客人,典型的东北大汉,也姓刘。三位姓刘的聚到一起了,只好称他为大刘。他是驯象师。大约是看穿了我的疑惑,他说:"人们凭印象,缅甸、泰国出产大象,驯象师也应该是那里的特产。其实,驯象起源于西双版纳,整套技术是后来慢慢传到缅甸、泰国、老挝、柬埔寨……傣族信奉小乘佛教,佛祖的坐骑就是大象,大象融合渗透在佛教的各种故事和活动中。现在只将大象作为泰国的一种标志,实在是一种误会。西双版纳才是人类懂得和大象交往的发源地,傣族人对森林,对大象有最深的理解!

"这是查阅了历史文献,又经专家佐证的事实。但驯象技术现在失传了。"

我真的被他说愣了。

"不信?历史上云南吴三桂的象军,是大家公认的事实吧?能将野象训练参加作战,没有一套驯象的办法,能行吗?"

确实无法否定他说的事实,我很信服地听从他的安排。

驯象师评说大象的长短

小刘领我们去看大象表演。出了住处,从"飞笼"那边,插向另一山谷。

再转,迂回曲折了三四里路后,山谷豁然开朗,出现一条河流;流水划了个优美的弧线,将对面构成盆地半岛,又是另一番翠绿的天地。

过桥后,才看到绿荫树丛中,往来不绝、熙熙攘攘的游客。到达表演场,刚找了个位置,象群已经出场。我在泰国、我国昆明等处看过几次大象表演,节目已程式化了:象群列队,扬鼻向观众敬礼,叠罗汉、跳迪斯科、踢足球、编队……与颇负盛名的泰国清迈大象学校的表演相比,只缺少了运圆木、垛木堆……

看到那头母象了吧?节目要求是三条腿走路,它投机取巧,先用四条腿走两步,再用三条腿走。在所有节目中,只有倒立是它最拿手的……鼻子收回,低头抵地,抬起臀部,肥硕的身子整个竖起来了;虽然倒立的角度还不太到位,但后面的两条腿竖得很标准。其他节目能糊则糊,能赖则赖,对驯象员的指示,一概装傻,可吃一点也不傻!你看,它眼可尖了,只要观众刚掏出钱来做奖金,不管是给谁的,它都能第一个出列,用鼻子将钱卷走,踮着肥肥的身子,快步跑去用钱买香蕉,不管多大的一串,全都塞到嘴里。

"它认得钱?那个人给五角,它用伸出的鼻子一触,拒绝了。"李老师发现了稀奇。

这是驯象员玩的小伎俩。一元以上的纸币它才要。象鼻子很敏感,能区分出纸张的大小、厚薄,还有气味……驯象员开玩笑,给它起个名字叫猪八戒。有次,它表演给人按摩,正用脚在游客肚子上搓搓时,游客上衣袋中有五元钱被搓出来。这个夯货,迅速用鼻子卷了钱。驯象员知道它要去买香蕉,生怕它的脚落实,那就要出人命了,脸都吓白了。还好,它把脚拿开后才跑。为了不致中断表演,驯象员伸手去取它卷住的钱,说什么也拿不下来,扬起驯象钩,它也不松……有趣的是,表演象和它的驯象员的性格非常相似。每头大象都有一位专职驯象员,并负责饲养。这个夯货的驯象员,也有做事不认真、贪吃、散漫的毛病。

"驯象有窍门?"

他笑了:"哪行都有窍门。驯大象当然难。大象是陆地上最庞大的动物,体重有几吨,但它在森林中不称王,平时性格平和。驯象的基础课,就是和大象建立感情。象非常聪明,保护区内的庄稼正生长时,它不来。就说稻子吧,成熟了,决定第二天开镰,怪不怪,象群当天晚上就去光顾。山区田块小,几亩地经不住象群一晚的饱餐!傣族、哈尼族、基洛族老乡来告状,我们就赶快去赔偿。大象特有灵性,看似平常的山呀、水呀、花呀、树呀……都会向它提各种信息,它也会向大自然收集各种信息。这样的事发生得多了,赔得我们急了,后来,在稻子成熟季节,就在象群栖息地周围和庄稼地之间,围上了脉冲电网,这可是现代化的设施。象群也有对策。你猜怎么着吧?公象充当先锋,它用象牙挑开了脉冲电网——象牙不导电——撕开了口子,象群再跟进。

"自然界非常奇妙,最强大的动物,也有致命的弱点。食物引诱、奖惩,是驯顺一切动物最基本的方法。大象皮厚,但耳根、下唇外的鼻子前方的长条区是最敏感处,驯象员实施惩罚时,通常是用象钩,钩这两处,大象疼痛难忍。你看,就是那个小个子阿昌手里拿的细铁棍,一尺多长,前端有个钩子。说起来,我干驯象这行,就是它引起的。

"那时,我只是一个普通的观众。一次,看大象表演,有头大象不听口令,要它倒立,就是不干。驯象员急了,用象钩钩它耳根,仍然不行,驯象员狠命钩它鼻根处,大象疼得一哆嗦……终于服从了。散场之后,鬼使神差,我转到了大象休息处,特意去看了那头大象……天哪,下唇上方的象鼻烂了三个指头大的洞,鲜血淋漓,耳根处也有几处钩伤。我的心在颤抖。又看了三四头大象,这两处都有伤……他们为什么要这样对待大象?太残忍了!大象在我心目中,一直是神圣的、纯洁的……我和所有的孩子一样,喜欢大象,看它们的表演能给我们带来那么多欢乐!难道就因为它们不听话?人也是动物,只不过是高等动物，难道不能有更好的办法？我相信一切的生物都是有灵性的，尤其是这样聪明的大象，一定能找到和它沟通的渠道……于是，萌动了去从事驯象、保护大象的想法。是的，我放弃了原来轻松的工作，到了保护区。我改变了很多传统的做法……你们可以看看我的大象，绝没有伤口。"

大刘不平凡的经历，是人对自然的领悟。我久久地注视着他，希望能从其中读到更多的诗篇。

看那边的一头母象，是圆脸的，靠左边的。

"认象，应从哪种特征开始？我们看，都是差不多的。"对同种动物的辨认方法，各有特殊技巧。东北虎的脸纹没有相同的，如人类的指纹一样。大熊猫的脸部、头型和眼圈皆异。看大刘对大象是那样熟悉、突发奇想。

性别、体型的大小，当然是重要的区分标志。大象的"脸"，最具特征。这个"脸"，实际上包括整个头部前区，往往更看重额头部分，和人类有些相似，分为长脸、平脸、圆脸，你们就看这几头表演的象，都不太一样吧？刚才说的那个圆脸的要登场了。

它和同伴表演踢足球，站在离球门七八米处，当驯象员将球抛来时，都能用前右脚踢球，虽然不能进球，但那种沉稳的站立，从从容容一提脚就踢的架势，颇为幽默。圆脸确实出脚不凡，每踢必中，只要轮到它起脚，观众席上即报以热烈的鼓声，掌声愈热烈，它踢得愈有兴致……

大象情绪很容易受到观众调动，它们特别爱听夸奖，观众热烈，它们表演得特别卖力。这个伙计踢球特灵，连足球队员来看了后，都说它不愧足坛"健将"。可就是这位"健将"，发生了迷失。这个"迷失"轰动一时，折腾了我们七八个月。

"健将"迷失

那是去年 2 月的事。傍晚，驯象员都去山坡放大象、割草。大象特别喜欢这个时候：链子解脱了，能自由自在地在山野里漫步，选择喜爱的食物，还可以到水里沐浴。它们尤其迷恋到泥塘里打滚，将烂泥涂满全身，止痒。它们还常常将长鼻子整个埋进泥里，玩着各种各样匪夷所思的把戏。等到玩耍够了，再到太阳下一边采食，一边将身上的泥巴晒干，清除身上的寄生虫。然后到河边洗去泥巴，用长长的鼻子吸水，再喷洒到身上，那是非常畅快的淋浴……大家在一旁割草，为它们备上晚上的吃食。

夕阳西下，天色渐晚，手快的已割好草，大象也跟着他们往回走。最后两位驯象员回到象栏，发现只有五头象，少了一头。他们赶快来找我，我又去查了一遍，确实少了圆脸——足坛"健将"，又仔细询问了去割草、放象的人。这时，已是晚上八点了，简单商量之后，我派出了四个驯象员分头寻找。一头大象价值三十多万元。

夜晚出去寻找大象，很危险。驯象员小张，也是晚上去找象，象是找到了，它却突然用鼻顶他。开始他以为是闹着玩的，等到它不断喷气，额头软骨顶起，成了个包——这是大象发怒的表情——才明白大事不好，但已被顶到一棵树干上，动也不能动。等到同伴赶来救下他，他的锁骨已被顶断了。

午夜时，派出去的四个驯象员都陆续回来了。他们都说碰到了野象群。

我和小张往西边森林中去，走了几个小时，也没发现"健将"的踪迹。只好往回走，心情既沉重又焦急，思谋着怎样组织寻找。正闷着头往前走，小张轻轻喊了声："野象！"等我清醒过来，正看到他往一棵大树上爬，爬得飞快，还喊我往树上爬。天哪，我哪里爬得上去？眼看象群走来了。虽然我是个驯象师，也懂得和大象打交道，可这是野象呀！它们可不问我的身份。我非常清楚，这时是跑不得的，两条腿也绝对跑不过它们，我急中生智，反而站住不动，紧紧贴着一棵大树的树干。多希望自己就是一棵大树啊！

象群从我身边走过，那热烘烘的身子、浓烈的腥味，逼得我气都透不过来。一头、两头,还有两头小象。有头小象特别皮,对我瞪了瞪眼,还用小尾巴扫了我两下。谢天谢地,好奇心不算大,还是跟着它的妈妈走了……一共五头,它们慢悠悠地走了。

我吓傻了,瘫坐在地下。直到小张从树上下来拉我,我还是动不了。

最后回来的是负责"足坛健将"驯养的小李,最为狼狈:衣服烂了,伤了几处。他找到一个山沟,听到了象在活动的声音。他找象心切,未多想就急匆匆循声赶去,夜色朦胧中,果然有头象在林子里。那高兴劲,就别说了,他张口就喊:"健将!"那大象似乎抬了一下头,接着又只顾在树干上蹭痒,大腿弯那里蹭不着,还提起一只脚来蹭。说时,距离只20几米了,小李又喊了一声,还未看清大象的反应,却听到了左边一阵窸窣声,草丛忽左忽右地摆动,直向他奔来,吓得小李跳了起来,原来是条大蟒!

正是这条大蟒救了小李。惊魂未定的小李,突然听到一声惊雷般的象鸣,大象的叫声原本就异常尖锐、洪亮,尤其是在夜深人静时的山野。再抬头看去,妈呀!八九头大象正从林子里,往他认为是"健将"的这边走来。小李知道大事不妙,碰到野象群了,掉头就跑,直到过了一个坡,又涉过一条河,看象群没有追来,才稍稍喘口气。事后想来,若是没有因为遇到大蟒,耽搁了时间,傻乎乎地一头撞去,惹恼了野象群,那就太可怕了。

有了小李的经历,我也不敢在夜里派人出去寻找了。天亮后,又派了几批人去附近的森林中,特别提醒大家,注意野象群,安全第一,绝对不能蛮干。

那些天,真是忙乱不堪,心情也烦躁。我们专门成立了找象小组,发动了三百多人上山。有个组,进山五天,回来时也两手空空。刚刚才办起的表演团,经不起这样的损失。

时间一天天过去,发生了几次险遇,"健将"的踪迹一点也没有。

漫长的三个多月过去了,"健将"依然死不见尸,活不见影,我们都很沮丧。当时,泰国的驯养师还在这里。他说,以泰国的经验,大象失踪后三个月,就被定为野象,用不着再去找了;即使找到了,也带不回来,比平时捕捉野象更为困难。以当时各方面的情况判断,特别是野象群就在附近,很可能"健将"是野性未泯,向往着山野,跟随象群回到大自然的怀抱,当然,也可能是被象群裹走。不管怎样,"健将"是再也不会回来了……这倒是件非常有趣的事情,它向人们提示了很多大象的神秘,大自然的神秘。

八个月过去了,"健将"失踪的事已被人们淡忘了。

记得很清楚,那是10月31日的晚上,冲完凉后,我在外面乘凉。天气很好,西双版纳的夜空特别美,蓝幽幽的,星星亮晶晶,夜色迷人。突然,传来一声象的叫声,有种陌生的东西,撞得心中一个激灵。声音是从蓝湖——就是你们住的那个方向传来的。伫立凝神倾听,希望它能再叫一声,可等了很长时间也没有。我立即向那边赶去。

快到蓝湖时,碰到了保护站的小赵。他说确是野象来了,有五六头。事情发生得很突然。还从来没有出现过这样的事,不知是什么原因引起的。保护站的人都出动了,正在观察。

庞大的象群来了

不敢靠得太近,夜色中看到五六头野象,既兴奋,心里也有点发怵。它们正在湖的南边吃草。是因为食物问题?保护站附近、湖边,草长得很好。但一般情况下,野象谷的大象还是避开人类活动频繁的地方。眼下秋季,正值食物丰盛,它们用不着冒险到这边。心里在反复思考:究竟是什么把象群引到了这里?

长时间地相持,不是个办法。我跟小赵商量,决定尽量靠近一点。我们悄悄地朝象群走去,选的是沿湖的路线。我们已转到湖的南岸了,象群毫无反应。信心壮了胆,再慢慢接近。它们还是只顾用鼻子卷起一束束草,大口大口地吞食,时而还将草束在地上摔打,去除草根上沾的泥巴。看得较清了,一共是六头,都是母象。有一头小象,很安静地跟在它妈妈的身边,不时把长鼻子翘起,将嘴凑上去喝奶——很多小朋友看到大象用鼻子喝水,问我小象是不是用鼻子喝奶。问得很有趣——当然不用鼻子喝奶,否则,该用哪个鼻孔?不是还得捂住一个?

看到这幅宁静和平的景象,我们胆子更大,继续往前走。可就在我们离象群只有10来米时,一头大象突然喷气,扬起长鼻,转身向我们冲来。来得这样急促,这样毫无征兆、毫无序曲。大地猛然颤抖,我们反应也不算慢,反身猛跑几步,纵身一跳,跳进了湖里。连头也没工夫回,拼着命往湖心游吧!之所以选择这条路线,就是考虑到逃生方法。当然,大象也会游泳,但在水里,我们游水的速度肯定比它快。象群把我们赶下水,也就停止了攻击。大约是听到这边有动静,待到我们水淋淋地爬上岸,保护站又来了个人。说是在前边又来了两群野象,近二十头,其中有四五头公象。看样子是一个大的野象群,只不过是分成了三拨。情况不太寻常,这么多公象入群,可能是和繁殖有关。大象怀孕期长达二十至二十二个月,每胎一头。哺乳动物中,它的孕期之长,名列前茅。它们没有明显的交配季节,但母象每隔二十天左右有个发情期,吸引公象。如果确实和繁殖有关,那就需要格外当心。大象最厌恶别人去打扰它的爱情生活。

这时,驯象员阿岩跑来了,报告了惊人的消息:发现一头野象从地上捡甘蔗头吃。谁都知道:野象是不会用鼻子从地上捡东西的。我要他火速去象栏,查看我们的大象。

我和小赵往南边转去,想去看那头会捡甘蔗头的大象。好家伙,保护站附近,已成了野象的聚会厅,黑压压一片。朦胧中,它们显得特别庞大,摄人心魄。从整体的情绪看,似乎还较平静,也显得更为诡秘。刚才遭到的突然攻击,提醒我们需百倍警觉。反复观察了两头公象,没有发现躁动不安的迹象……凭着对大象的了解,我们很快接近了阿岩报告的那群一看,有九头野象……

阿岩回来了,说是象栏里的五头大象全在,已安排了人守护……我心里一惊,难道是……喜悦的浪潮汹涌澎湃,激得我用手按住怦怦跳动的心脏……

"小李在哪?"

"好像在大龙血树那边。"

"你赶快去把他找来。小赵,你去食堂,把所有的食盐都背来,若是不多,去各家要。"

下达命令后,我就一头头大象地看。可惜,夜色太浓,没有办法看清它们的面容,而身架的大小,并不能说明什么问题。心里很急,急得冒火星……火把、电筒……不行,很可能吓走象群,现在是要尽量把它们留住。突然,保护站前的路灯的光辉洞亮心头,有主意了!

小赵背了半袋子盐回来了。我对他说:"你到路灯那边,将盐撒成一小堆一小堆,从那边树林开始撒起。这件事干完了,就通知所有的人,不要惊动象群,设法留住它们。可能有意想不到的好事哩!"

小赵听傻了眼,一个劲地问是什么好事。想逮头大象弥补走失了"健将"的损失?浑小子,没有批准的文件,谁敢擅自捕捉大象?捕象是件容易的事?那可是斗智斗力的惊心动魄的大事。少废话,赶快按我说的办……

阿岩气喘吁吁地跑来了,说是没找到小李。在大龙血树那边的是小张,已叫他去找小李了。我对阿岩说:"你设法去割一篓香蕉来。愈快愈好!"他也眨巴个眼睛瞅着我。我在他屁股上拍了一巴掌:"快去!叫他们随后再送一筐来!"

象群还是在安静地进食,缓缓地移动。我感到它们平静得出奇。若是能高亢地叫一声,或者是相互玩耍、嬉戏,也能让我稍稍安心,可它们像是全都在一心一意地吃草,没有交谈,没有相互的抚慰,没有大幅度的动作……似乎潜伏着非常奇异的东西。准确地说,我已从满腔的意外的喜悦中清醒,设想其他种种可能的情况……

难道是有强敌压境,它们跑到保护站,借助于人的灵气躲避凶恶的敌人?很多动物都有这种特性。兔子被鹰追急了,会往寨子里跑;母鹿生产时总是往居民点附近靠……可大象在森林中是无敌的,老虎、豹子见它,也绕道走。再说,谁敢盘算二十来头大象聚集的象群?

冒险引诱

阿岩扛了一筐香蕉来了。他似乎有些明白:"你去喂象?"

没有得到我的回答,又说:"这群象很鬼,又多,发起威来,保护站的房子恐怕都要给掀了。"

"先别吓着自己。"看他那紧张的神情,我决定单独去,万一有了变故,毕竟身高马大。对大象的了解,我也比他多。

"你去告诉他们,不管发生什么事,都别惊动象群;不惊动象群,就出不了大事。"

他不愿让我去冒险。

"我只是去把这几头象引到路灯那边。你们注意,看有没有去吃盐的。"

他像是明白了一点,可又很茫然地离开了。

我定了定神,这毕竟不是去象栏喂象。野象的情绪,捉摸不定,多疑善感,但值得去冒险,为了……

我提着筐子,自然地向这群象走去。我在心里想着平时喂象的动作,指导着此时的一举一动。

奇怪,象群对我的到来没有表示惊慌和反感。对了,肯定是这筐香蕉散发出的浓烈的香味迷惑、安定了它们的情绪。可我心里直敲鼓:它们只要伸出鼻子,就能毫不费力地将我卷起;抬抬脚,就能把我踢得飞出……管它呢!

有时总得冒点险……

有头象抬起了头,将鼻子前伸。尽管我们还有段距离,我仍不自觉地拿起一串香蕉,向它扬了扬。它真的走过来了。我一再叮嘱自己镇静,但还是赶快将香蕉抛给了它。它迈起大步,紧走,迅速而轻巧地卷起了香蕉,撩了一眼向它靠拢的同伴,生怕被抢走似的,一下就送到了嘴里。

另外的几头象也走过来了——这是我想达到的目的;真的来了,却直发怵。危险时刻,说一点不怕,那是假的,问题是不能被恐惧吓昏、吓倒。头脑冷静,就总有办法应付的。

我一边后退——向路灯那边——一边丢香蕉,将象群往那边引。可是,满满一筐的香蕉,很快就没有了。要命的是,有头象一串香蕉也没得到,紧追着我,长鼻子一会儿扬起,一会儿前伸,太像一条游动的硕大无比的蚂蟥。我正在一边懊悔不该一给就是一串,一边想着脱身之计时,阿岩突然出现在我的身旁。他又提了一大筐香蕉来了。真是救命的香蕉。

阿岩比我精,他递给我的香蕉,只有三四个。我俩慢慢地向路灯那边移动。突然,象群不走了,像是突然意识到了什么。贴近了,心慌;不走了,又干着急。毫无办法!

阿岩悄悄对我说:"你快离开,我比你会喂象。"

这是大实话,想着后面可能发生的事,我撤出来了。阿岩确实比我心里有数,他很自如地拿着香蕉,往前逗引大象。等到大象往前走了,他又后退,像是逗孩子,总是让它可望而不可即。直到大象烦躁起来,他才扔下两三个香蕉……

这样大的野象群,在这里盘桓了这样长的时间,惊动了所有的人,但仍然不见小李的影子。这小子,混哪里去了?

象群终于被阿岩引到路灯附近。灯光还是显得昏暗,象群散散漫漫,行动飘忽。香蕉也没了。阿岩也撤出来了,说是附近再也无法找到香蕉。

我请大家注意观察象群,特别注意有没有去吃盐的。若有,一定要盯住它!

那盏平时不起眼的路灯,昏黄的光晕下,竟成了大家注目的舞台。我们等待着主角出场,等待着戏剧的演出——喜剧或闹剧,或一出百无聊赖地走过场……

象群终于出现在灯光下,并不是按顺序出场,倒是杂乱无章,但并不显得怯场,只是有些茫然……

我们却怀着紧张的心情等待着。

它们还在寻找香蕉,扬起鼻子搜寻气味,对地下一堆堆的盐毫无兴趣,嗅也不嗅一下,更别说去吃了,真让人失望。

"刘老师,看那边!"

顺着小赵的手看去,有头象正注意着地上的盐,扬起的鼻子徐徐下降……就在这时,另一头象走过来,挡住了视线。我连忙向那边转移。那边的人却说没看清楚。

"刘老师,我看到一头象吃盐了。在那边,跟我走!"阿岩神色紧张地来了。

只有驯象才吃盐,是因为饲料的搭配。野象是绝对不吃盐的,就如它没有受过训练,不会从地上捡东西一样。

一个猜想即将被证明,那份喜悦,那份激动,真叫人无法把握。转到西边的一个小坡上,阿岩指着一头象说:"就是它!"遗憾的是,它已走入树林阴影。我相信他的话。

"你看清它的脸吗?"

"没看清。它确实吃了盐,最少吃了三次。在这边看不清它的脸。"

我注意观察那头象身上的毛,毛的柔软与刚鬣,也是区分驯象和野象的重要特征。虽然能见度很差,但蹲下身子,透过些微光线,还是能大致看出刚柔的。这头象的毛短而硬。失望比阴影更令人沮丧,但我不死心,决定再去冒险一次。为了证实冥冥之中的暗示,应该是值得的。

路线虽然迂回一点,但只要接近,就可以和它迎面。危险大,但有看清的把握,风险和报偿是相当的。

"健将",敬礼!

我好不容易才通过草丛。当时确实没想到别的危险,只想看清它的真面孔。刚绕过一棵大树,就见到了阿岩指认的吃盐的大象。一看那圆脸,我的心就怦怦跳。是的,虽然昏暗,但能看见那象圆脸上的纹路、形状,都是一种久违的熟悉。我不顾一切地靠近,阿岩却死死拉住我。它已看到了我,然而并未离去,也没有表示愤怒的喷气声。我挣脱了阿岩的拉扯。

是的,那鼻子上的确有一条40多厘米长的疤痕,就在离鼻根部8厘米左右的地方,那是它不当心给树枝划开的。为了医好它的伤口,可费了我不少的心血。

"'健将'!"我喊了一声,它似乎有反应,又像充耳不闻。

阿岩却高兴得跳了起来:"真的是'健将'?是它回来了?"

他高兴得太早了,叫得太响了。象群立即有了骚动,突然响起了一声划破夜空的叫声,小个子狠命拉起我就跑。

还好,骚动很快平息,象群又安静下来采食。但是,"健将"被裹进象群中间,是护卫,还是挟持?

简直不敢想象,走失了八个月的"健将"终于回来了。是它将象群领来的?因为它熟悉这里。是它稳定了象群的情绪?因为它与人类有过朝夕相处的友谊……

是的,"健将"就在面前,我发现喜悦还未退潮,新的难题又出来了:怎样才能将"健将"留下?象群允许吗?大象群体的友谊、相互扶持、共赴厄难的精神,是著名的、感人的……

面对可望而不可即的"健将",我们束手无策。它的野性已达到什么程度?它与人的关系已淡化到何种地步?怎样才能从象群中将它隔离并留下?

它的驯养员小李呢?这个该死的家伙藏哪里去了?大象和专职负责它的驯养员有着特殊的关系。正在心里千遍万遍骂他时,他像突然像从地层中冒出,全身衣服汗透,似是经过长途奔跑。

我刚伸手指示,他已异常兴奋:"是'健将'!一点不错,就是它!"

要不是我拉住,他肯定已经直奔"健将"。那份情感,很感人。可他对我的劝阻,并不理睬,虽然不再挣着去,却大声用驯象的语言喊道:"'健将'!敬礼!向观众敬礼!"

奇迹发生了,"健将"应声调整了一下身子,同时将长鼻高扬、前卷……做了个标准的敬礼动作!

太棒了!

有人忘情地鼓起了掌!

"'健将'!再敬礼!"小李又大声指示,"健将"高兴地做出动作,它已进入角色。

象群停止进食,开始注意这边……

小李回头向我做了个暗示——准备好链条,然后微笑着发出了指示:"'健将',趴下!"

他的口令,具有无限的魔力,"健将"对同伴惊慌、疑惑的目光视而不见,毫不犹豫地屈起前腿,再屈后腿,动作笨拙,憨态可掬。小李用眼神招呼一下我,然后大步走去——先用手亲切地拍拍它的额头,又将脸贴上去亲了亲,还给它挠了两下痒,然后一翻身,跨上象背。左手不停地在它身上挠抓,右手轻拍象身,"健将"慢慢站了起来。我却趁机将锁象的脚链扣上,把它拴到一棵大树上……

这一切发生得非常迅速，令人眼花缭乱，目不暇接。看来异常复杂、苦恼，无从下手的事，却如此简洁地解决了。

所有的目光都注视着骑在象身上的小李，就连象群也是。他俨然是一位圣徒，大象驮着的天使！

等到象群稍微清醒，有三头象向"健将"走来，可"健将"只顾沉浸在和小李久别的重逢之中，它长鼻反卷，在小李的脸上、脖子上触摸；小李两手将它的鼻子抱住、挠抓。有头象轻轻地叫了一声，可"健将"没有回答。那三头象停住了，象群中有的又开始了进食。

动物学家告诉我，动物之间联络的渠道和方式有很多。譬如声音吧，除了有我们能听到的，还有种次声，是我们听不到的，但动物之间可以用次声交谈。我不知道它们是不是用次声做过激烈讨论，但"健将"很温顺地与小李在一起。野象没有靠近攻击小李。然而，它们却不离去，有时有一头，有时有两头停下进食，看着"健将"……

虽然都松了口气，都为"健将"的归来而高兴，象群却不愿离去。小李若决心将"健将"领走，从它与小李的感情看，完全有可能。但若是象群也不放弃同伴，怎么办？总不能把它们都带进象栏吧！也没有这样大的象栏。

想了想之后，我要驯象员再牵头驯象来，是那头与"健将"相处得好的。象被牵来了，可它不敢接近野象，总是往后退。动物之间有让人费解的关系，仍骑在"健将"身上的小李也帮着喊，那驯象才小心翼翼地往前靠去。有了那么一会儿的犹豫，它终究还是和"健将"相认了，互相用鼻子碰碰，不多会儿就在一起吃草了……

已是凌晨三点了，大家都被折腾得疲惫不堪。野象群既然不愿离去，就随它们的便吧！留下两个人值班后，都回去休息了。

第二天的黎明，野象群终于恋恋不舍地离去，因为有小李伴着，又有同伴，"健将"倒并未迷恋野象群。作为驯象师，我很高兴，但作为野生动物保护者,我的心情很复杂:"健将"走向山野,又从山野回到表演团,这究竟是喜是悲……野象群极有可能是它领来的,是对故地的缅怀,还是对安逸的生活的留恋?抑或是对人类呵护的不舍?或者是对观众掌声的陶醉?繁殖场里的东北虎无法被放回山野,因为它们已失去了在野外生存的本领。"健将"留下一个深奥的课题……

蓝湖水域生有大片的王莲,王莲的叶子很大,四周有立起的边,很像一个绿色的大盘子。一片王莲叶子的浮力,足以承受一个两岁孩子坐在上面。一夜之间,却全部消失,是大象的作为。真是有点后怕,我们昨晚是被大象撵到湖中的,只是那时它们还未想起来去吃王莲。

不错,第三天,"健将"就登台表演了,做动作时非常投入,陶醉在观众的热烈掌声中。你们看,就是这股兴奋劲。只是刚鬣的短毛,成了在野象群生活了八个月的纪念。

西天漫起绿色的云

我们终于要离开三岔河的野象谷了,因为在中缅边界附近的热带雨林里,长臂猿和空中走廊在召唤。走得很急切,甚至来不及去探访那棵著名的象树——榕树,它的气根和板根,塑造出酷似大象的形象。榕树具有造型的灵性,海南尖峰岭热带雨林中的鹿树,也是它的杰作。天气预报说,几天后将有好几天连续降雨。

在奔向勐腊的路上,我的情绪还留在三岔河,理不清和野象遭遇的感受,说不明"健将"迷失又归来的启示……在野外考察的发现,也如日常生活一样,常常需要时间的消化,需要酝酿,然后才有可能化作浓烈的美酒,或苦涩的胆汁,抑或是辛酸。

在西双版纳行走,就像在绿海中浮游,艳丽的花朵、浓香的水果,总是让人赏心悦目,只要你愿意,就能随处看到不认识的树呀、草呀。路走长了,渐渐知道临水的,多是傣族的寨子。山坡上的寨子,则多是哈尼族和基洛族的。李老师示意,路旁有了一篮篮的蘑菇。小刘说是鸡枞。我的嘴里立即涨起口水。曾听说过鸡枞的味美,而我又偏爱各种蘑菇。曾在滂沱大雨的深山中,只身行走几十里探访蘑菇世界的奥秘。那一篮篮堆得冒顶的鸡枞,太诱人了,诱得我终于忍不住说了出来。小刘表现得少有的大方,停下了车,说:"买一篮子吧!"

轮到我傻眼了:"人呢?"

"谁?"

"卖蘑菇的。"沿途看到的,都是只有蘑菇却没有卖主,所以才未能下决心买。

小刘先也是一愣,接着哈哈大笑。

"怪我没介绍。这里不是集镇,山野里一向是这样,基洛族、哈尼族兄弟只将卖品放在路边,就去干其他的事了。到时候会来收买主放在篮子里的钱。"

"给多少钱呢?"

"一般说来,当地人都知道约定的市价。这一篮子蘑菇,应该给二十元。"

李老师已迅速将钱放下,我却沉浸在淳朴古风的遗存,感叹起漫天要价,就地还钱……话锋怎么一转,转到了人性、人格……转到驯象师大刘的身上了?小刘说,他魁梧的身躯内,装了一颗柔善的心。三年前,发现一头小象掉到了一个坑里,坑很深,四周被象脚踏烂了。这头不满周岁的幼象显然是不小心掉进了坑里,它的妈妈赶来营救,却无法救出,急得团团转。转了两天,只好悲哀地离去。待我们从坑里救出幼象时,它已浑身颤抖,奄奄一息。大刘听说了,赶紧从床上抱来被子,将它包好,抱起,放到宿舍,给它吃药,吃奶粉……他妻子说,比对自己孩子还细致、耐心。那头幼象,终于挺了过来。他最少救过两头大象。

天时晴时雨,路也在林中忽上忽下,说着话儿,看着景色,心情特别舒畅。已快到勐腊了,西天涌上浓浓的乌云,遮去了夕阳。这在我的家乡,称之为乌云接日,预示着明天有大雨。但愿家乡的民谚,不适用于这里。正注视着西天的云层,发现了那里有着奇妙的变化:乌云与蓝天相接之际,出现了淡淡的一抹绿色,似云,似霓。乌云遮去的夕阳,若有若无地蒸腾起蜃气。那一抹绿色迅速膨胀,然后弥漫开来,绿在浸染、浓厚……

"绿云,快看!"

"是车前玻璃反光吧?"

"是绿云,快停车。你们福分大,运气好,西双版纳稀罕的事,都让你们碰上了!"

我们赶快从车内出来,那云色浓淡不一,在阳光的反衬下,一会儿如绿湖缥缈,一会儿如柳林尽翠,一会儿如竹海荡漾,一会儿如秧田起浪……绿中透出淡黄,绿中嵌进丝缕金线……那绿云,忽而翻涌,忽而舒展,忽而倾斜,忽而上扬……千变万化,形色无穷。

待到绿云幻散,我们才从神游中归来。

"绿色宝石的土地上,连云也是绿的。还是第一次见到绿云哩!"李老师很兴奋。

"你拍了照片没有?"

"哎呀!忘了。只顾看绿云了!你们谁都不提醒一下。"她懊悔不迭。

"怪我!我是土生土长的,平生也是第二次看到。第一次时年龄小,不太懂事。听人说过,出现这种天象,需要好几个必备的条件。首先当然是傍晚,乌云遮去了太阳;其次,绿光能够得到条件散射——太阳光是由赤、橙、黄、绿、青、蓝、紫七色组成的,只有西双版纳才能出现绿云奇景。这里森林覆盖率高达百分之八十,空气清新、洁净,有利于绿色光线的散射。"

黎明,长臂猿高歌赞美大自然

清晨醒来,急急察看天色,淡淡的雾帘遮掩了群山,东边却水灵、红艳。心里稍定,看样子老天还是挺照顾我们的。

鸟在清晨最喜亮开歌喉,多音节的、单音节的,婉转嘹亮。突然,在百鸟争鸣中,传来了特殊的叫声,这叫声既熟悉又陌生,正想分辨时,它已消失。我凝目会神,等待着它再次出现……

是的,那奇妙的声音出现了,终于听清了:

"啊!啊!啊……"

开头,单音节的"啊"尚有间隔,洪亮、穿透力强;之后,速度加快,如狂浪翻卷,带有颤动,似是迪斯科音乐,快速、飞旋,震撼人心。

赶快招呼李老师来听,并告诉她怎样从鸟鸣声中分辨、筛选,不一会儿,她听到了:"是长臂猿?和海南坝王岭的叫声很像,只是太远了。"

"对!是长臂猿,这里有黑冠长臂猿、白颊长臂猿,坝王岭只有黑冠长臂猿。你听:它在赞美黎明,赞美大自然,赞美热带森林……1981年没到这边来,据说当年森林中有很多长臂猿的家族,但现在已很稀少,难见了。"

"我们今天能见到?"

"只能碰运气了。"

小刘很理解我的心情,催促上路。这条路可一直通向邻国,但路况不佳。路在林中穿行,时而经过山坡上苦聪族、瑶族的村寨。有了大片的橡胶林,预示着这里高温、湿热、风小。

前面森林上空出现的似是吊桥。小刘说,那是空中走廊。没一会儿,车停下。路右边的一条河流深深掉进谷底,原来,路在悬崖上。近前,才看清,那吊索桥隐藏在树冠中层曲折蜿蜒,确似绿叶中的走廊。

架设这条空中走廊,原是为了研究啮齿类小兽对热带雨林的破坏,特别是对珍贵树种望天树的危害,观察望天树的开花、结果和树冠生态。现在建立了生态监测站,动态监测森林群落的变化。

林学家围绕云南有无热带雨林,曾有过一场争论,直到考察队在森林中找到了望天树、版纳青梅、羯布罗香,才证实了版纳确有热带雨林。换句话说,望天树、版纳青梅、羯布罗香是热带雨林的标志树种。

我已看到了探首蓝天的望天树,在这片林子的西北角,有片很大的群落。它树干笔直,可长到七八十米高,总是高高地凌驾于群木之上。它与生长在广西的擎天树,被誉为中国的树爷爷。它灰白色的树干,有绿色树冠衬托,非常醒目。比较而言,树冠却不大,形状参差,很惹眼。只要视野开阔,在莽莽林海中,能一眼找到望天树。

我曾多次在热带雨林中探索,雨林内封闭度强,显得阴暗。据科学统计,只有百分之八的阳光能从枝叶的缝隙中照到地面。最无奈的是,常在地上捡到花、果实,却见不到树叶、树冠,无法判别它属于哪棵树,更别说一览上层树冠的风姿了。寒带、温带、北亚热带和中亚热带、南亚热带森林树冠,各有特色。树冠学是专门的学问。这也是我刻意要探访"空中走廊"的起因之一。

小刘说他当不了这里的向导。站里派了小段,黑黑的脸膛,瘦精精的小个子,我猜想他可能是爬树能手。沿着山坡上行,路在大树间隙中,身旁的这棵攀枝花(又名英雄树),红艳似火的花朵已凋谢了,但两人都抱不了的挺拔的树干,还是颇具英雄的气势。仰头也只能见到几片绿叶。它就是著名的木棉树,纺织先祖黄道婆当年在琼崖,用它织成了闻名遐迩的吉贝布。

保护站做了很多细致的工作,路边的树上都挂了名牌,有粗丝木、金钩花、红果葱臭木、缅漆、蓝果谷木、大叶木兰、鹅掌柴、叶轮木……小段说,从山下到登空中走廊的亭子——短短的10多米的路程范围内,竟有一百七八十种树木。在北方的森林中,几千公顷内,也难以找到这么多的树种。树种的多样性,正是热带雨林的典型特征。我们测量了一块十平方米的土地,竟有六棵大树!这足以表现热带土地的高效生长能力。我曾在南北不同的森林中做了同样的调查,更加惊奇热带雨林的神奇。

小亭是空中走廊的起点,拾级而上,到达平台——第一棵支撑树树干的20多米处。放眼看去,雨林是另一番崭新的景象,眼底树冠层次分明:小乔木——灌木——草本植物,上层则多为望天树那样高大的乔木。我们虽然在中层,树冠上蓝的花朵、红的叶柄、黄的叶芽,还有鸟飞翔的姿势等历历在目。这是另一个世界,是在地上无法看到的景象。我粗粗领略了在空中观察雨林的奥妙。

再看空中走廊,实际上是两根钢缆绳从这棵大树穿向那棵大树;下有尼龙绳相吊,两旁为尼龙织纲作护栏,只有三四十厘米宽,刚刚能容纳一个人;底为铝制横梯,铺上木板,很像敞口吊箱。尼龙绳、网都是绿色保护色。设计非常精巧。

小段说:"难在开始架设。就像这个平台,先得爬树,爬到要求的高度,在树干上建起平台。建平台时又不能伤了树。"小刘说小段是爬树能手,这项工作主要靠他。小段嘿嘿地很羞涩地笑了笑:"没啥难的。雨林里的大树上都攀了藤,顺藤爬树就是了。你们看那棵就是第九段的,那棵树就没有藤,只好爬一节,做个支撑点,再往上爬。一直搞了六天,才将平台做好。现在的走廊共有十三棵支撑树,总长500米,离地最低的7米,最高的36米。"

在空中走廊看奇妙的望天树

李老师抢着第一个上,说是在川西走过铁索吊桥。虽然她的豪气冲天,两手却紧紧抓住了钢缆。小段一再提醒她平视、看前方,她仍两眼紧紧盯着悬着的底板。刚踏上第一只脚,没有什么反应。再踏上一只脚,有了晃荡。她像走独木桥那样小心翼翼,迈出两步以后,那吊箱悠荡起来了。她的两只手僵硬地抓得更紧,停住了,似是定定神:"看左边,那棵树结了很多番龙眼,瞅瞅它跟我们吃的龙眼有啥不一样……"

她明白小段是为了分散她的注意力,神经松弛下来,自如地走起。虽然到了中段,悠晃幅度加大,她却停下观看景色了:"真没想到,树冠是这样一蓬蓬、一簇簇的,那样粗的大树,树冠却这样稀稀朗朗。"

小段和小刘都热烈地鼓起了掌,为她战胜恐惧,为她的发现。

我在走廊上,那感觉与走铁索吊桥的确不一样,晃悠起来,一切都是恍惚的、悬浮的,那绷紧的钢缆似乎也并不那么牢靠。一旦心理调整到位,晃悠中那份惬意、那份舒畅即会令你想象力尽情展开翅膀。

设计者的精心,不仅在于选择支撑树;苦心的是使观察者在每一段有不同的发现。如果说前两段只是让你初识雨林上空,到了第三段,平台在一棵巨大的番龙眼树上,就是让你进入具象了。如果说世界上没有两片相同的树叶,那么雨林中,不同的树种叶的绿色也绝不一样。

番龙眼叶片绿得深沉,叶密,一簇簇,油亮亮,撑开的面积大。黄褐色的果实一嘟噜一嘟噜地垂挂。李老师伸手去摘,小段赶快说:"吃不得,别看龙眼又甜又嫩,加了个'番'字可就不咋样了。你们得注意,雨林中野果千万不能乱吃……什么果子能吃?一般说来,酸的、苦的基本无毒,甜的、味道好的要特别当心。被野兽、鸟吃过的,我们也敢吃……"

十多年前来西双版纳时,傣族老乡对植物世界的认识和利用,就曾让我惊奇。后来问一位植物学家,他说自己还在不断向他们学习。生活在丛林中的少数民族,过去从无种菜的习惯,但蔬菜非常丰富,靠的是采集。澜沧江中的青苔可做成美味,臭菜(一种树的嫩芽)鲜香,铁树的嫩叶爽口……通过长期的采集生活,傣族人总结出了"山上的要炒,水边的要煮……"。更有一套植物分类的办法,木本植物归入"埋",草本植物归入"雅",藤本植物归入"嘿",都冠在植物的名字中,只要一听他们所叫的植物名字,你就知道它的属相了……

啪的一声,一颗番龙眼果掉到衬板上。壳裂开了,红艳的种子从雪白的果肉中露出,一股乳浆正从裂口向外冒……一颗熟透的果子,难道是在感应我们千里迢迢而来?

一只深黄上印着黑纹的小鸟,向番龙眼树飞来,它没有黄鹂的体型大,但毫不影响它如一朵艳丽的花在空中飞。

在走廊的中间,小段指着上空绿叶中的树果——果如豆荚,一串串的——问我们是否认识。我看它是前面支撑树上挂下的,我试探着说是望天树的果子。他笑着点头,说花为黄色,也是这样一串串的。虽然这里的高度已有30多米,但望天树太高大了,它似乎是一出土就一个劲地往上长;没有枝杈,或是很快就淘汰了枝杈。三四十年树龄时,青春旺盛。据测量,每年可增高75厘米。与雨林中团花木、格木等一起称为速生树。木质优良,出材率高。所以在这里还无法摘到它豆荚般的果,看它树冠,却是清晰的。直到顶端,才有不算大的叶片,簇拥成蓬,像是张起的一片片参差不齐的绿帆,冠幅不大,若与高大的树干相比,简直不成比例。

小段问我在寻什么,我说想找一粒望天树的种子。他弯腰用手指从铺板缝中夹出一小串豆荚。我将它剥开,一颗绿宝石般的种子掉在手心,只有豌豆般大小。如此一点大的种子,却能长成擎天巨树,你只能感叹生命的伟大!

回到地面后,我们观看它的板根——望天树的板根,不像四数木和榕树那样张扬,它只是适度地生出四五块,中等大小,足够支撑、保护它高大的巨干就可以了。或许这也是一种简朴节约的策略吧!我发现了望天树的幼苗,嫩红的一蓬叶子。不大的面积内有好几棵。小段说,能长成大树的很少,因为得不到阳光,生存竞争的原则要求它必须迅速长高。只有高度的优势,才可能使它们得到生命之源!

眼前的景象,使我想起了在海岸红树林内见到的情形:秋茄是"胎生"植物,种子在母树上就已生芽,落到海边滩涂,只要几个小时,就能生根。按理,顽强的生命力应使它很快遍布海岸。然而,他们告诉我,秋茄林下的成片幼苗,很少能够成树,因为母树分泌出一种扼杀它附近幼苗的物质。这太不可理解了,然而又是非常容易理解的:母亲为了自身的生存,也为了鼓励子女去开拓新的疆土。母爱是以另一种方式表现的。

空中走廊的优越性,使我们看清了缠裹在这棵望天树上的大叶藤是怎样运作生命工程的:肥大的绿叶遮住了半个树干,顶上的藤条如蛛网般纵横,却倾向上方;每一藤杈处,都有如笋的藤尖,形如子弹头,虽然没有叶片,但那架势,是蓄力、布阵,去争夺一片可贵的空间、一缕宝贵的阳光。那浑身洋溢的生命力,旺盛得令你想高唱一首生命的颂歌!这就是生存,这就是奋发!生存竞争的法则就是这样具体而形象。

在平台上,我清楚地看到从沟谷中挺出的另一棵望天树的新生叶——两张托片,托着嫩芽。小刘说,它的叶片的这种排列方法,是为了高效利用太阳能,别看树冠不大,但能制造出丰富的营养。

在空中走廊走了几段后,李老师甚至有意轻轻地荡起,低眉静气,享受着那份飘逸的感觉,倾听着鸟的鸣叫。有种如小号吹奏的鸟鸣,总在耳边嘹亮地响着,虽然我们也在空中,但怎么努力也寻找不到它的身影。雨林还是鹛类鸟的王国,鹛类的鸟都是杰出的歌唱家。我已分辨出几种鸟的叫声,当然有画眉……

走廊从一条沟谷上空横过。小段说下面也是野象谷,是条国际通道,大象从这里出境、入境。前年,他们还救助过一头入境的大象,它受了枪伤。我们没有寻到大象的踪迹,却发现了奇花:那叶子很似蕉叶,只是小些,红得耀目的花,如鞭炮那样排在花基两旁。小刘和小段都说是兰科,好像是蜘蛛兰。

这个发现,引起了我们对树上寄生兰的注意,热带雨林是著名的空中花园,没有一棵树上不寄生着各种蕨类、藤类。兰花多在两三米的树干上,品种太多了,以至于连向导也常常叫不出名字。正说着话儿,我发现身旁一棵大树上的鹿角蕨就在我们伸手可触的地方。它与一般的蕨类有很大区别,厚厚的肉质,如一片大的龟背竹叶子,有各种形状的空缺。一棵有三四片大的叶片。

一阵单音节的鸟叫突然响起,左前方10多米处枝叶乱动,飞出五六只展开巨大翅膀、挺出巨大长嘴的大鸟。灿烂一片,触目惊心……

犀鸟、鼷鹿和绞杀树

"犀鸟!"

当然是珍贵奇鸟——它的长嘴,如犀牛的独角。是因为受惊,还是急急赶去聚会?还是不愿让我们多看?别说盘旋,连岔也不打,就径直飞进了左边稠密的树冠,但我们还是看清了它头上的冠斑,黄黄的嘴,黑纹的翅……

"这是冠斑犀鸟。还有黄喉犀鸟和双角犀鸟。可惜,你们没看到它的表演,它喜爱野果、种子、昆虫,最喜欢将啄下的果子高高抛起,然后再纵身张嘴接住,就像我们小时候吃花生米一样。今天你们有眼福,它们喜欢成群结队,但这几年,也不能常见。跟着你们沾光了。"小段也很兴奋。

"能不能找到它的巢?"

"你想去看——雌鸟在树洞孵卵时,雄鸟怎样用泥巴封住洞的,每天去喂食——直到小犀鸟羽毛即将丰满时才出来的情景?晚了!它们3月份就开始繁殖,现在已是7月了。"

我有些失望。可小段说:"能让你看一眼,就够意思了。"

长着巨嘴的鸟很多,鹤类、火烈鸟……那是为了在水中觅食。南美森林中也有巨嘴鸟,身架却小多了。犀鸟常常让我想起,它为什么要把嘴长得那么大,那么长。小段不假思索:"雨林中果子大,嘴不大,能叼得住?"我只能无可奈何。

犀鸟的出现,激起小段的豪情:

"我们这里还有种珍贵的动物——世界上最小的偶蹄类:鼷鹿!它只有兔子那么大,和兔子毛色也相似,黄褐色,有像梅花鹿的黑点子,白斑不明显。胆子特小。勐腊有人捉到过一只,说是它游水过河,上岸后累得躺在地上,被他看到捡起的。我只有一次见到它匆匆跑去。你要有兴趣,又不怕蟒蛇、豹子……夜里我陪你一道去找。"

"说定了,就今天夜里!"

"一言为定。"

我们还学着孩子,拉了拉钩。

如果要区别野荔枝和荔枝,最大的差别在于野荔枝高大。身边的这棵,有20多米高,但在雨林中,只属中层,树冠也没有荔枝的冠幅大。想寻找它的果实,但没找到。小段说已过了季节。李老师正要拍照时,却发现电池没电,我只得下去拿。

岚气从沟谷中、林莽里升腾,从地面看李老师他们在空中走廊,如在淡淡的云间。我决定,上去后,也一定要像李老师那样悠晃悠晃……

回到空中,李老师正在拨拉大树上的藤子。这是大叶藤黄,紧紧地依附着一棵千果榄仁。小段说有巨蜥,要李老师当心。她稍作迟疑,还是探出了身子,终于在稠密的绿叶中,找到了一颗油绿的果子。

千果榄仁绿中泛白,显得较淡;树冠匀称,美得像是一顶帐篷。

果谷木,在高高的树顶上生出一蓬稠密的叶片,组成小小的树冠,就像马戏团长脚小丑头上顶的帽子。

雨林中树冠的多姿多彩,总让你想到生命形成中的哲理。我曾在长白山先锋岭瞭望塔上观看中亚热带常绿阔叶林:树冠平整,树叶随着太阳照射的角度形成了排列方向。他们告诉我,这是典型的中亚热带常绿阔叶林的树冠。北方针叶林塔状树冠呢？不也是为了适应那里的自然吗？

眼前，两棵枯树树梢，有两三米，丑陋地戳在空中；眼下，四周却是郁郁葱葱的一片。细看，发现是由一圈树干组成的大树。每根树干又独立成木，有枝杈和树冠，小段正向李老师介绍："活得蓬蓬勃勃的是榕树。中间枯死的是圆锥木姜子。这棵树原来很粗，很高，也就四年前吧，榕树把它绞杀了。"

李老师当然听说过雨林中的绞杀，但看来看去，还是不明白绞杀的过程："是十多棵榕树，同时在它周围往上长……不然，哪能把圆锥木姜子包围起来？"

"是只鸟在圆锥木姜子枝上停留，拉下了粪，粪中有一粒榕树的种子；或者是那只树鼩，将种子带到树上。榕树种子生根、发芽了。当雨季来临时，它疯狂地抽叶展枝，快速地生出许多气根。气根沿着寄主树干向下生长，一旦触到土地，再扎下实根，就吸取到营养。气根又发育成树干……最后，严严实实地包围，夺取了圆锥木姜子生存的空间，获得了阳光……"

"太残酷了……"

"难说。是有人说榕树非常霸道，只要需要，就能长出气根、板根。气根化成树干，才生长根……独木能成林。榕树要取得生存的权利，它就要在雨林中夺取一定的位置，这正是榕树生命中最辉煌的篇章！"

他们还在争论着绞杀高手的是非功过。

我耐心地、细致地观察着一片片树冠，希望能读懂热带雨林中是谁在主宰生命现象、生命形式、生命体之间残酷与激烈的竞争和相依共荣……

补记：近几年来，媒体不断报道救护大象的故事，这是生态道德的胜利。但也说明，一是大象种群数增加了，原栖息地已满足不了需要；二是栖息地遭到了破坏，因而大象频频向村寨、庄稼地觅食。无论是哪一种情况，都向我们提出了新的问题。

2006年12月,我再次应邀去西双版纳。在野象谷,遇到了驯象师大刘,两人都笑得像孩子。由于时间太短,没有见到跟随野象出走,后来又返回的那只大象,心里着实留下了更多的思念。仍想再去"空中走廊",领略雨林树冠奇特的令人眼花缭乱的植物和动物相依相存的繁荣……哪怕就是坐在上面那种悠悠的惬意,呼吸着花和绿叶的芬芳,也是无上的享受。

2008 年 7 月 14 日

斑鸠声声

8月从合肥到伦敦,相比之下,伦敦是凉爽的。我们住在君木夫妇的小楼上,打开窗户,清风从泰晤士河吹来,很像合肥的初秋天气,但英国人大叫是少有的炎夏。过去,电扇大多是装饰品,据说现在很多人家竞相装起空调。全球变暖,引起科学家的担忧。

晨曦从东方漫来,朦胧中的伦敦塔桥显得雄伟。泰晤士河泛起一片彩色,淡淡的水汽,从河面上升起,幻化出缕缕的薄雾。来往的船只,没有刺耳的笛鸣,没有推进器的轰鸣,也像是加入了沿河散步的人们的行列……

一道黑影从眼前一闪,只听到扑啦啦几声。树下,一对绿莹莹的眼睛,正懊丧地追随着从院子里树上疾速飞起的两只鸟。

昨晚,有一只花猫蜷缩在小院的草丛中。君木说是只野猫。我很愤怒它破坏了一个温馨、宁静的早晨,但对野猫敏捷地腾跃起四五米高,再无声无息地落下,我还是惊叹不已的。

天色已经大亮,我正注视着那只又蜷缩到草丛中的野猫,看看它能否有其他的收获,突然听到了咕咕咕的鸟叫声。叫声是从不久前那两只鸟飞走的方向传来的。鸣叫声的基本特征,已表明了它们是斑鸠。那两只机智地躲避了花猫攻击的鸟,虽然是在晨光中飞去,但身形的基本特点还是给我留下了印象。由这鸣叫声想到它们极可能就是斑鸠。

清晨斑鸠的鸣叫,猛然在我心里搅起波澜,使我感到异常亲切,勾起沉淀的美好的记忆,甚至忘记身处大不列颠,我仿佛回到了孩提时代。

我国的斑鸠有四种:珠颈斑鸠、山斑鸠、灰斑鸠、火斑鸠,分布地域辽阔。从个体说来,珠颈斑鸠较大,火斑鸠最小。灰斑鸠生活的区域不大。火斑鸠是夏候鸟,每年都要南来北往一次。山斑鸠和珠颈斑鸠却留在一处陪伴着老朋友。葡萄红的毛色,是它们共有的特征。珠颈斑鸠的羽毛最为华丽,颈脖上有白色的如珍珠样的斑点。正因为如此,它受到人们的喜爱,人们常常将它作为笼鸟养。

在长期的山野跋涉中,山斑鸠和珍珠斑鸠常常伴随我们。有次途中小憩时,看到河边沙洲上结成伴侣的两只珠颈斑鸠总是形影不离,停在枝头上,相向鸣唱,爱情的歌声特别动人。此情此景,猛然使我想起"关关雎鸠"的诗句。我国第一部诗集——《诗经》的首篇,即是《关关雎鸠》,历来的注释家都根据"关关雎鸠,在河之洲"来注释。"河",在古代专指黄河。"雎鸠"是生活在黄河边的水鸟,可能就是翠鸟。然而,翠鸟的鸣叫是单音节的"嘀",并不悦耳。在大河边生活的还有鲁狗鸟,它的叫声更不美妙。红尾水鸲是在水边营生的,繁殖季节雌雄形影不离,雌鸟尾白,雄鸟尾红,但它们专在山涧水溪边觅食。我怀疑注释家们对"河"、对"雎鸠"的注释了。《关关雎鸠》是首爱情诗,以雎鸠动听的歌声,引起诗人对爱情的向往。此时又何必拘泥于就是黄河边的青年呢?那雎鸠,很可能就是珠颈斑鸠。

繁殖季节过去,斑鸠们喜欢成群结队。我见过的大群有几十只,飞翔的阵形变化多端,忽聚忽散,总给人一种洒脱、自由、奔放的享受;有辙有韵、有呼有应的鸣叫,给孤寂的跋涉者带来心灵的安慰……

这真是他乡遇故知,喜悦和兴奋,使我乐得像孩子一样,大声告诉妻和君木夫妇。很奇怪,在异国他乡见到故乡的动植物,总是油然而生特殊的喜悦。记得1991年,我在法国诺曼底附近的瑟堡,见到故乡随处可见的柳树时,简直是欣喜若狂,久久抚摸树干,嗅着柳叶的清香。

正待我想辨别出是山斑鸠还是珠颈斑鸠时,它却戛然而止。英国的鸟类只有一百多种,我国的鸟类有一千多种,两国之间相距数万里。贫乏的英国鸟类,居然有一种和我国的鸟类同属一种,这本身就是一件非常有趣的事情。

又是几声咕咕咕的鸣叫,似乎并不远。我提起摄像机就下楼,希望将他乡的"故知"留下影像。

这一带的居民区,多为两层的白色楼房,前有廊,后有院,前廊后院都种有花草、小树,间有高大的树木,郁郁葱葱。我从这个街道窜到那个街道,好不容易才找到了印象中的那棵树下,在浓密的树冠中搜索了半天,也未能找到它们的身影……这样往返三四次之后,就再也没有听到它们的鸣叫了。

伦敦以雾都著称于世界,七八年前我曾来过一次,前后十多天中,别说见到弥天漫地的浓雾,即使晨昏的雾霭也是淡淡的。君木来英国已有八年,他证实了我的感觉,说他来后也奇怪,伦敦为什么没有了英国文学作品中所写的雾都特色。原因很简单,人类文明认识到环境保护的重要后,取消了大量的排烟的生产程序,控制排烟量,终于恢复了明朗的天空。在伦敦这样的大都市中,能够听到鸟的鸣叫,也足以证明他们环境保护工作的成效。

第二天早晨,尽管我非常留意,但斑鸠的叫声,每次都只有四五声,使我无法分清它是斑鸠家族中的哪一位。在野外考察,总是要确认出动植物的名目,这是队员们的基本职责,久而久之成了习惯。我并非从事动物学的研究,一般的人总觉得我的这种做法有些迂腐。可是,不晓得"故知"的面目,总是非常遗憾的事,好像也还有着对不起它的一片盛情的感觉。这一次,倒也有特殊的一面,斑鸠的叫声,让我想起儿时的很多趣事,特别是想起外婆的音容笑貌,而每一种斑鸠都有着自己的故事。

以鸣叫的时间来看,它似乎是珠颈斑鸠。儿时,喜欢赖床,外婆常在清晨催:"你听,是谁在叫你?"果然,门外的大树上有鸟在叫:"吃果果——果!吃果果——果!"

"吃果果"声调柔和,听起来亲切,似是召唤。后一声的"果",高昂而短促,充满了诱惑。我快活地钻出了被窝,外婆就奖赏我一块锅巴,或者几粒炒蚕豆。那时,我就知道了,是珠颈斑鸠喊我吃点心的。但早晨听到的鸣叫声,并不太像是珠颈斑鸠的。

它倒是很像山斑鸠的叫声。儿时,我和小朋友都喜欢学它的叫声:"咕咕——咕咕!咕咕——咕咕!"双音节,两声一度。很似汉语中的联绵词,但特殊,前声"咕咕"上扬,后声"咕咕"下滑,顿挫有节,很有韵味。喜欢学它鸣叫,还因为它很仗义,其中有着外婆说的故事。

故事说一家有个心窄的婆婆,她不喜欢媳妇,偏爱好吃懒做的女儿,俗话说"好事都是花大姐,坏事都是秃丫头"。小姑子更是有恃无恐,媳妇受尽了欺凌虐待,也只能是苦水往肚里咽。有天这家人摆席,亲朋好友来了一屋子。小媳妇忙前忙后,两脚不沾灰,小姑子却只管偷嘴闲聊,毛手毛脚中将一碗红烧肉打翻,又连带打碎了一摞碗。这可不得了,婆婆不分青红皂白,凶神般拿起棍子就打媳妇。这时,屋前的树上突然有斑鸠大叫:"姑姑——姑姑!姑姑——姑姑!"

一屋子人都惊了。有位邻居小声说:"鸟在抱不平了。"说话间,四面八方的斑鸠都往这家飞,遮天蔽日,都在高声大叫:"姑姑——姑姑!"婆婆恼羞成怒,举棍追着媳妇从屋里打到屋外。这时,有只老鹰般大的斑鸠,突然向恶婆婆冲来,在她头上狠狠啄了一口,接着,无数的斑鸠都对着恶婆婆往下冲,婆婆吓得大叫:"不是媳妇,是姑姑,是姑姑……"

只要一听到火斑鸠的叫声,外婆就要我们上学时带雨伞、蓑衣。火斑鸠到我故乡时,已是初夏,它的叫声很特别:"戴斗笠!戴斗笠!戴斗笠……"短促,急速。只要是在清晨叫,外婆总说,它在说今天有雨。它的预报准确率很高。

这三种斑鸠在我儿时的生活中常常出现。世事的繁忙,人生的无常,已使我长时间没有梦见外婆了。在英国伦敦的早晨,斑鸠的鸣叫,唤起了我对外婆的记忆,重温儿时的乐趣,甚至感到它们是和我一道从遥远的祖国来到这里,或者是英国的斑鸠回报我对大自然的热爱,特意来感召。

不知是因为多年野外考察的习惯,还是因为每种斑鸠都附系着我的一段儿时情绪,我决心搞清它是哪种斑鸠。在野外进行野生动植物考察时,就植物而言,只要你下工夫去寻找,总是有收获的。无论它们生根于何处,都不会乱跑。兽类长腿善走,但总的种类留下踪迹可寻。鸟类就烦神了,它比我们这些考察队员多了一对翅膀,只能靠体型、羽色、鸣叫去判断,即使是具有丰富经验的鸟类学家,也很难仅以鸣叫声就能辨别出鸟,因为鸟在繁殖季节,鸣声有较大的变化。有次,我们听到一种像被卡了脖子的挣扎嘶叫声,以为是种新型的鸟,费了九牛二虎之力才从山崖上爬过去,然而飞出的竟是黄鹂。黄鹂的鸣叫以婉转多变、明亮悦耳著称。谁想到在繁殖季节,它的叫声却像鬼嘶一般?

伦敦早晨斑鸠的鸣叫,给我留下了一道难题。

第三天,按照行程计划,我们启程北上,去著名的尼斯湖探寻水怪的消息。多少年来,关于尼斯湖生存着一种长颈巨兽——活着的恐龙的消息,闹得全世界都沸沸扬扬。近二三十年,就有多支探险队,甚至动用了潜水船只,在水下搜寻……有人宣称已拍下了巨兽的照片,有人看了照片却说那是幻象的拼凑……真是越炒越热。既然君木夫妇自告奋勇要驾车送我们去,我们当然喜出望外。

英格兰的原野丘陵起伏,间夹着片片森林。森林不大,多为四五十米宽、一两百米长的林带,林带之间相距几千米,其间是耕作区。目前正是麦黄季节,麦田如金色的波浪,伴着葱郁的林涛,犹如一幅巨大的油画,在车前无限地展开。这种农业生态环境,给我留下了深刻的印象。这大概就是园林化农田建设吧!已收割的麦田里,打捆机将麦秸捆得体积相等的一个个圆捆,很像巨大的石碌,很有规律地散落在黄土地上。有的已套上了塑料袋,摞到一起待运。我特意下车去看麦田,麦秸已黄,全都挺拔,没有倒伏现象;穗不长,低垂着头,颗粒饱满,含水量不高。显然,是有意识将麦子在大田中晒干。我在法国、荷兰、比利时看到的耕作区,也大多是在林带之间。牧场也是在林带之间。这样的农业基本建设——生态环境的建设,为他们带来了连年丰收。

傍晚,到达了莎士比亚的故乡,一座美丽的河边小城。没看到高高的堤坝,也没看到帆樯林立。走过葱郁的树林,穿过灿烂的花丛,绿茵茵的草地边十多只游船突然拥到了面前。河水清澈明亮,游人悠悠,或泛舟河上,或在河边野餐。整洁的大街上,路边是花圃,家家户户除了门前有花,在路灯柱上也吊有一个个形状各异的花篮;花篮里有土,养育着鲜花。故乡的人们用遍地的鲜花,献给诞生于此的文学巨星!

莎士比亚的故居,现在是博物馆,陈列着莎翁的不朽的著作,再现了他儿时和青少年时期生活的环境……锅灶边放置着一张木制的拙朴的摇篮,母亲一边做饭,一边晃摇篮——伟大的诗人、伟大的戏剧家就是从这摇篮中走向了世界。据解说词说,后院原来并不大,现在的满园树木和小径,是后人为纪念馆购买的。再向前两百米,是莎翁为他女儿购买的住房。维多利亚风格的花园,簇拥着一座精致的楼房。比起她父亲的故居,气派多了。

我们落脚的旅馆,是座三层的楼房,在城市中心公园的旁边。据介绍,为了尽量保存这座古城的风貌,因而没有高层建筑,连马路也精巧、细致,虽然车如流水,但交通秩序井然有序。因为今天行程较长,我们路过莎翁酒吧时,也只能透过玻璃观望一下那些品着葡萄酒、兴奋地交谈的人——不知他们是在谈《哈姆雷特》还是《奥赛罗》,抑或就是闲聊——就遗憾地走过去了。

清晨,被一阵鸟鸣声唤醒。推开窗户,清风扑面,一群黑色的鸟发着单音节的叽叽声,正越过西边的建筑物,向远处飞去。似乎就是昨天傍晚栖息在教堂塔檐的鸟,很像是燕雀一类……

"咕咕……"

斑鸠的突然鸣叫,令我心头一震,我立即屏声息气地倾听,但四周一片寂静。待到我快失去耐心时,远处又传来咕咕声,似是:

"咕咕——咕——咕咕……"

说它是山斑鸠吧,显然有着单音节的"咕",缺少双音节的韵味;像珠颈斑鸠?听声有误也是可能的,但叫声不够嘹亮,尤其是单音节的"咕"或"果",也不干脆利落,反而是拖泥带水……

我叫醒了妻,提了摄像机和照相机出门追寻,希冀能发现并确定它的身份。出了旅馆,一排高大的栗树围住了公园。树叶金黄泛红,刺猬般的栗果缀满了枝头。欧洲国家,喜欢将这种栗树作为行道树,格林尼治村前的行道树是它,法国香榭丽舍大街旁有段路也是它。树冠浓密,形状如塔,树叶在春天为嫩黄,继而转绿,夏末秋初又幻为彩色,基调为金黄,但有的泛红,有的墨绿,具有很高的观赏性。果子要到九十月才成熟,我曾在法国的香榭丽舍大街的地下捡了满满的一捧,特有的正宗的栗色鲜艳欲滴,令人爱不释手,掰开咬了一口,其味却苦。正当我们进入公园时,南边却传来了斑鸠的叫声。待我们赶到那里,只有几棵高大的榉树,随风哗哗作响。小城不大,这已是边缘,等了一会也无结果,很无奈,悻悻而归。回程浏览大街,几乎是每个小旅馆前都有塑像,或是莎翁沉思状,或是莎翁剧本中人物。花坛中多为各色菊花、月季、玫瑰……显然,繁多的菊花和月季的品种来自我的祖国,大丽菊的故乡则在地中海。英国为了改变花卉品种贫乏的状况,从世界各地引种了多种名贵的花本。例如英国人引以为傲的杜鹃,就主要是从我国云、贵、川引进的。世界上的杜鹃王大树圆盘,就是爱丁堡植物园的一个采集师,从我国云南腾冲地区搞走的,现存放在大英博物馆。十多年前我在云南采访时得到这一信息。爱丁堡是我们今天行程的终点,我将去那里的植物园探访杜鹃。

斑鸠啊斑鸠,你究竟要给我留下什么题目?

十点，驱车向苏格兰进发。地势在变化，逐渐爬高。原野中逐渐多了牧场，羊群如白云飘在绿草地上。天气也渐渐凉了，我们停车穿上薄薄的毛衣。

一块巨大的石碑屹立高冈的路右，君木停车，说这是英格兰和苏格兰的界碑。左边陡壁，上方是墨绿的森林，向前、向右，都是群山相拥。地形发生了明显的变化。风很大，凉气袭人。大家留影后，就一边谈论着英格兰和苏格兰历史上的恩恩怨怨，一边开车继续向前。

车在森林中穿行，路旁不断出现竖着标有鹿、熊、鹰的图像的警示牌。君木说这是自然保护区，警示驾车者减速，给横穿公路的野生动物让路。他善解人意，尽管天色已晚，还是在一处鹿的出没处停车。

这片森林很大，茫茫如海。我们沿着河边的小径往前走。君木说有栅栏的地方别进去，栅栏边的牌子上已声明这是私人领地，进去就违法了。在自然保护区里有一片私人领地，真是别扭！很快就发现了鹿的蹄印，有五六只，它们在林间绕来绕去。像是野雉大鸟，在灌木丛中突然扑腾，惊得我们一愣……没有找到鹿的身影，只好返回。这是片针、阔叶混交林，封闭度很好，只有枯枝败叶，没有砍伐的痕迹。君木的夫人柴萍察觉到了我的心思，连忙说："英国的本土面积不大，为了保护自己珍贵的森林，大量从国外进口木材！"这使人联想到巴西雨林、东南亚热带森林快速消失的事实！

在河谷的对面，出现了一座城堡。它有别于建造在山冈上的城堡，失却了雄踞一方的气势，但它在山谷河流的旁边，那里森林茂密。不远处，河中还有一处小岛。据说英国依然保存了很多城堡。后来，我们在去尼斯湖的路上，果然又见到了两座。

其实，爱丁堡在历史上也是一座城堡。车在灯火通明的街区中寻找道路。我们宿在瓦特大学的公寓。以发明蒸汽机的天才瓦特命名的学校很大，转了几个区，才到达住处。是学生公寓，设备齐全、舒适。

已是早晨八点了，天还是像个郁郁寡欢的老人，阴沉着脸。窗外就是被林带围起的一片片牧场。牛群在悠闲地吃草,几只山雀在林缘灌木丛中叽叽喳喳。我眼睛一亮——八九只很像斑鸠的鸟,正在前方七八十米处的牧场上觅食,透出葡萄红色的毛色、圆兜兜的身形、红红的喙……都像。我轻轻推开窗户,将摄像机的镜头对准它们,再用变焦拉近——唉!不是斑鸠,是一群鸽子!在分类上,它们同属一目,难怪误会。

大自然并未使我完全失望,瓦特大学的树林中,终于传来了斑鸠的咕咕声。接受教训,我耐心地倾听:

"咕咕——咕——咕——咕咕,咕咕咕——咕咕……"

每次都只叫四五声就停止了,十几分钟后,又在另一处响起。我越是想听清第二个音节,它们的回应,像是猜透了我的心思,总是在第二和第三个音节上耍点花招,模糊又朦胧。

"它是英国的斑鸠。方言都有不同的地域性,山东人听不懂广东话。这里的斑鸠,说的也应该是英语吧。"

不知什么时候,妻已悄悄站在身后。她的话使我愕然,脑子一片空白,再转而一想她的话,不禁捧腹大笑,笑得眼泪都出来了……

是的,我为何一定要识庐山真面目?它们是斑鸠,它们让我忆起儿时的美好,忆起外婆的慈爱善良,它们使我身在异域还无限地思念故乡,给了我他乡遇故知的喜悦。

它们总使我在追求每个美好的早晨!

附注:回国后,我向一位研究鸟学的教授请教,他说那很可能是欧斑鸠。欧洲斑鸠分布很广。英国有欧斑鸠,我国的新疆也有欧斑鸠亚种的分布。

后记:每天傍晚,带着7岁的孙子散步,绕包公祠一圈。两千多米长的河水边、树林里常能听到山斑鸠和珠颈斑鸠的叫声。我对他说着各种叫声的不同,鸟儿的美丽……他一脸的不屑,只是兴致勃勃地说着如何为奥特曼、变形金刚设计新的武器。我改变了策略,从童年乡村故事说起,他仍然只是醉心于"高科技武器"的设计。重复的失败使我很沮丧,问他。他说:"爷爷,你说得再美,我也看不到它。"我的心往下一沉,钢筋水泥已将孩子们与大自然的血脉割断,他们已享受不到童年的野趣。于是在假日,我总是带他到野外,他终于见到了山斑鸠在林间草丛中觅食,它一跩一跩的步伐,让他哈哈大笑:"像鸭子走路呢!"

以后,散步中再听到斑鸠的叫声,小孙子总是开心地学着它的步态在前面一跩一跩。

2008 年 7 月 14 日

孟获村险遇天麻

为了考察灾后大熊猫生存的状况,我们已在大小凉山、大小相岭地区走了多日。按考察日程安排,今天去彝族区栗子坪一带。胡教授特意加了一句话:"孟获城就在那边。"

是《三国演义》中诸葛亮"七擒孟获"的孟获?

还能有另外的孟获?转而一想,又为刚才的问题好笑。孟获与诸葛亮周旋于泸水,泸水不就是这一带吗?

短短的对话,立即为今天的考察增添了浓厚的人文色彩。考察队的小魏和小王也连说,他们是四川人,这几年考察大熊猫时走的地方不算少,却未到过这个很有吸引力的地方。一路欢笑。

停一小镇休息。南来北往的憨厚、质朴的彝族同胞或穿着深色的氆氇,或披着毛织的大坎肩,在小店里购买货物,也有在兜售蘑菇、木耳的。街后的民居多为巴铺屋——以竹席或瓦板盖顶。瓦板是用粗壮的云杉,以锛子锛成薄板,盖在屋顶,山地人称之为瓦板。巴铺屋采取了大披水,但墙不高,因而在高处看村落,就只能看到黑黑的一片。在这深山里,突然来了一群奇装异服的人,当然引起了彝族同胞的围观,殊不知我们对他们也好奇。眼下,我就正在打量一位老乡的裤子,裤子为那种蓝士林布,奇在裤筒,裤脚异常肥大,就像是特型演员的特殊服装。原以为是他个人所好,谁知有十几位穿的都是这种裤子。小王最年轻,喜欢说俏皮话:"这种裤子凉快。应该把'两人合穿一条裤子'的俗话改成'四人合穿一条裤子'。"

同行的县林业局老李忙来解释："大裤子是一种标志，还有一部分彝族同胞穿小脚裤。现在看到的不算大，听说过去做这样一条裤子要一丈二尺布。"

一个民族的服饰，总是和它的历史、文化有着密切的关系。可是县林业局的老李回答不了我的问题，他抱歉地说，没有做过研究。

车在山中绕行，路边多为次生林，远山才见葱郁。道路艰险，其时正是六月雨季。今天虽然难得晴朗，但处处可见泥石流造成的灾害。在一山谷口，泥石将原有的林木掩埋得只露出一根根树梢。从印迹看，公路上堆积的泥石也是才清除完的。司机一谈到它就变色，说是曾亲眼见过那似是缓缓而来的泥、水、石的混合物，却是所向披靡，顷刻之间就将一个村寨掩埋。他现在就很为前面是否畅通而担心。

拐过山口，山形陡然险峻。前面塌方，小魏下车察看，留下的路只有窄窄的一条。没有新鲜的车轮痕迹。胡教授看了悬崖下崩塌处的断面，给了小魏一个神色：没发现大的裂痕。小魏还是把我们撵下车，然后才小心翼翼地驾车。我们见车胆战心惊地走过险段，一起鼓掌雀跃。否则我们就得折回，就无缘顺道去探访孟获城。

"这边是大营盘，那边是小营盘。"老李指点左右。

宽阔的盆地上，没有一幢建筑物，左右只有两片稍平的坪地，上面长满了杂芜的草和小灌木。老李说那就是古代屯兵处，还说我们刚过的山口，即是古代的关隘铁闸口。从地形看，相峙左右两山间，如斧劈一般，有个窄窄的出口，称之为铁闸口不过分，背后的大、小营盘如犄角之势，共同拱卫着身后富饶的土地。以"营盘"的面积推测，那是可以驻扎上万人马的浩大的兵营。《三国演义》在写孟获率兵与诸葛亮激战时，动辄数万人。如此一片荒僻之处，竟是古代征战之地，令人心绪悠悠。环顾四周山野，也未见到莽莽的森林。

又行10多里,老李说孟获城到了。停车,眼前也只是一片坪地,任何城郭的迹象也没有,仍然只有杂芜的荒草和矮小的灌丛、横卧的碎石。

老李说,走到近处能看到残留的城基,初步的发掘已证实了这一点。《三国演义》上所描写的七擒孟获,孟获统率的大军是以"洞"为单位的,并未涉及城池。当然,这不一定是因为溶洞地貌,而很可能是一种建制。由于历史、民族等问题,罗贯中老先生未必知道孟获城。然而,要建立和维持那样庞大的队伍以及频繁的征战,那时的生产一定是较为繁荣与发展的。但沧海桑田是怎样形成的?我们久久揣摩这个疑问。

一处高崖迎面,崖面直立,冲积层、沉积层、黑土层……层次鲜明,俨然一块人工地质考察的剖面。我和胡教授紧紧盯着这块历史的巨碑,希望从它上面读懂一些……

"伐木是人类的文明,但也是破坏自然的开始。这里原应是茂密森林环绕的富饶盆地,后来因为森林被破坏,泥石流等大自然灾害开始对人类进行惩罚。"

再行时,车上没有一个人说话,都还沉浸在历史压迫和现实的忧虑中。大熊猫所面临的厄运,追根求源,也是人类滥伐森林所致。

保护区所在地,就是原来的伐木场。周边已见不到一棵大树,倒是哗哗流淌的小溪上,横卧着两棵粗大的云杉,从它们的身上,可以想见昔日原始森林的面貌。树身布满了厚厚的苔藓。

为了保护大熊猫,林区已停止了采伐。我们沿着一条平阔的沟尾——大熊猫典型的栖息地,寻找它的踪迹。这里的竹种,多是空柄玉山竹,那场竹子枯死的灾难在这里并不严重,只是偶尔见到一两片枯叶。然而,我们爬了好几里山路,不停在竹丛中寻找,却根本没有见到大熊猫采食的痕迹。胡教授沮丧地站住,转过身子,指着山下说:"你看,这条沟,现在多是桦树和红柳,它们是原始森林被砍伐后,空地上的先锋树种。这说明失去森林的庇护,虽然竹林茂密,但已不适宜大熊猫的生存了。返回吧!这和孟获城的消失,道理一样。"

途中,胡教授没有说一句话。他把最好的年华献给了大熊猫保护事业,我深知大熊猫在他心目中的地位。直到保护区的人拿出昨天刚捡到的大熊猫粪团,他那娃娃脸上才露出了笑容,并立即进行各种测量。大熊猫是著名的"囫囵吞枣"型食客,粪便中残存的全是笋。笋节被切成约3厘米长,依此推测出它的齿式,年龄在三岁左右。幼年大熊猫的存在,说明在这一地区情况正在向好的方向发展。

午餐时主人把蜂蜜掺在白酒中,使得嗜酒的胡教授连连称赞。屋外就有好几只用整段圆木挖空的蜂桶,蜜蜂嗡嗡地进出。突然,晾晒在铁丝上用线穿起的一排排马铃薯引起了我的好奇。我自信知道马铃薯的各种吃法,尚不知如此晒干后会制成什么样的美味。到了近处,才知它很像马铃薯,其实并不是。颜色很像,但皮是纵纹的、粗糙;不是圆形,是扁圆的,很像一个大鹅蛋被从侧面压平。肉质很厚,我研究了半天,仍然不知它是何物,只好向胡教授请教。

"它可是个贵重的物件,你一定知道它的大名。它的知名度很高,是这里的特产。"大约是见我那急切的神态,他却故意卖起关子,"要认识它,还是到生它养它的土地上去吧!去大自然百科全书中查!"

这天上一句、地下一句,真是把人抛到云里雾里。

"别急,别急,我们下午考察的路线上,相信你能见到。"

"要是见不到呢?"

"罚我晚上不喝酒。"

胡教授生在酿酒世家,青少年时期日常生活中是以酒代茶的。我随他考察大熊猫已不下万里之路,还没见过他哪天不喝酒。可以不吃饭,但不能没有酒。这样的罚法,应是够格的。

车向西南方向行,未走多远,公路断头了。我们下车后,老李指着前面一片十多户人家连成黑色的屋顶说:"那就是孟获村。相传当年英雄盖世,不畏诸葛亮,敢于和他七次周旋的孟获,就生长在这个村寨。"

这块坪地是斜的,西南高,东北低,铺了一层油菜花的金黄,茵茵的绿草、艳艳的红柳、黝黑的屋顶……像是画家手中一块斜握的调色板。这一壮美的景色,不禁令人想起《三国演义》中对孟获的描写:"头顶嵌宝紫金冠,身披璎珞红锦袍,腰系碾玉狮子带,脚穿鹰嘴抹绿靴,骑一匹卷毛赤兔马,悬两口松纹镶宝剑。"

且不管古典章回小说中的种种,仅取其中这段文字色彩的搭配,借用一句"光彩照人"来形容孟获,大约也是不过分的。这周边的氛围,使我在情感上相信,孟获就是从这片土地上走向历史的。

老李建议去村中看看,谁都没有响应,只是默默地转身赶路。距离常常能激发想象,想象是美好的享受。

正爬山间,我发现耳底痛,刚意识到是高山反应,胡教授已指着路边一丛花让我们看。叶似凤仙,又像蓼叶。再看,又有点鸡冠花叶子的形象。紫英的色泽中泛着红艳。奇在叶柄处吊下一丝,丝端两叉各系吊一朵紫色的花,晶莹剔透。花如小鱼张口戏水,又似蝴蝶展翅欲飞,奇得无法描述。

我以为这和保护区院内晾晒物有关。正在紧张地从不同角度拍摄照片的胡教授说:"不是。"我又问:"是什么花?"他说:"还没认出来,准备采点标本带回去给研究植物的老师。"我也大步走去,准备帮他采标本。刚伸手就缩回了,叶上、花上爬满了黑色的小虫,被它们吃后留下的大洞小眼特别丑陋。满腔的喜悦顿时跌落,我退回到路上,后悔。

情感转移跌宕,耳底不疼了。继续爬山,一片高大铁杉下的玉山竹林很茂密,下层有很多幼竹。发现了大熊猫采食的踪迹:一片片笋衣,遗下的断笋、断竹,一坨坨粪团。大熊猫在吃笋时,能非常敏捷地剥掉笋衣。胡教授放下登山包,说是要做样方。我赶快去选择样方地。看样子,这只大熊猫是上坡了。坡上绿草丛中挺出一株橙红泛赤的花蕾非常惹眼,虽然有刚才的教训,但我还是忍不住往上攀。

坡很陡,杂草灌丛挤得密密实实。刚爬到中间,腿上立即像被无数火针烧灼一样,疼得浑身一凛。我不敢轻举妄动,连忙察看周围,都是一些常见的植物。再行察看,见一种紫叶,原以为是紫苏之类,细看不是,像是麻类,小心翼翼地翻转叶片,好家伙,背面长满了细细的小针。心知不妙,连忙退了下来。这时,见小王也挽起裤腿,白嫩的皮肤上布满了可怕的红点。我也赶快察看,膝盖上、腿肚上、腿杆上全都是红点点。就像刚才那些爬在花上的小虫,又痒又疼。痒得钻心,疼得让人直跺脚。手一抚摸,疼得你想大叫。这种疼痛,很像惹了毒毛虫。儿时,我们叫它"洋辣子"。柳树上多,夏天扣知了时,怕的就是它。碰上了要疼好几天,但不痒。

小王正在用手使劲挤,企图把那些毒针挤出来。我知道那没用,连忙向胡教授要伤湿止痛膏。他却问:"你刚才骂了四川人?"

这问题让人摸不着头脑。我为什么要骂四川人?这和骂人又有什么关系?

小王恍然大悟:"是和麻!"

"你不愧是四川人!"

我只知道有荨麻刺人,医学上也有这种皮肤病荨麻疹。

"和麻!不是荨麻。是两种植物。"胡教授说得非常肯定。

至于说到它与骂四川人的关系,小王说,相传张献忠进川,有一天在野外大便后,顺手摘了片叶子擦屁股,谁知一蹦三尺高。说是四川人太狠了,连一片叶子都这样歹毒。促使他大开杀戒。那叶子就是和麻叶。这段故事算是慰藉,似乎没有刚才那样疼、痒。当然,说话时,我已用膏药贴上、撕下,拔除了很多毒针。小魏说,只要有人奶,一擦就好。他小时候经历过。

我的牛脾气上来了,看清了上坡的路线,还是往上爬。小魏、小王都没拦得住。在野外常常有这样的事,危险后是丰硕的收获,大自然常常这样考验人的勇气。

这次是有收获的。在这株红橙花箭的旁边,还有三四枝参差破土而出,箭杆肉质,嫩嫩的,赤橙红,花穗上苞蕾簇拥。

"往下挖!"

不知什么时候,胡教授已走到我的身边。我回头看看他布满诡秘的神色,很是犹豫。他比我大好几岁,但在山野里,他常常流露出孩子般的天真、顽皮,经常有意让我吃点小苦头。你看,他现在正摇头晃脑,像个哲学家:"人啦,真没办法。到了寻根刨底的时候,反而畏畏缩缩了。"

我心头一颤,立即动手。可是土层太硬,只好抽出猎刀。

"慢点,慢点。我又不和你抢。"

那根,逐渐显露出来了,那皮色、模糊的形状使我激动,也更加谨小慎微,如考古发掘一般,一小块一小块地清除它周围的泥土。终于它的上半身露出了,我试了试,稍一用劲,将它拔出了……

嗨!就是晾晒在铁丝上的物件!

耳边响起胡教授念念有词的声音:"其味甘、性平。块茎为药,有熄风定惊之功能,主治肝风引起的头痛、痉挛抽搐、小儿惊风……"

"天麻!"我猛然醒悟。

"我今晚有酒喝了!"他乐得像个孩子。真是一位老顽童!

是呀!它的知名度确实很高。天麻为兰科植物,因其花箭的颜色,俗名又叫"赤箭"。看不到一片绿叶。总状花序,盛花时茎箭上开满了橙黄的花。产天麻的地方还有好几个省,但唯有川西的天麻为中医看重。我怎么就没有想起是它呢?

这下劲头十足地开挖了。我知道天麻有共居的习性,还知道未出花箭的品质最好。由于自然环境的破坏，野生的天麻已不多见，价格也被哄抬得吓人。后来胡教授告诉我，误认为晒马铃薯也是有原因的，市场上确有假天麻，那就是用马铃薯加工成的。果然，在这片地方，一会儿工夫就挖出了十几只，有好几斤。大多是未出花箭的。

我准备下坡了，胡教授却在样方处喊我："装一袋子天麻根部的土，多装一些。"

"干什么？"

"它和一种菌共生。好像是真菌类的，会不会是蜂黄菌、密环菌之类的？这种菌对天麻的生长、高产很重要。带给天麻种植场！这种奇特的现象，在生物学上很有名！"

生物真是个奇妙的世界！它们各有个性，鲜明而独特。既有残酷的生存竞争，又共生共荣。

后记：十多年前，一位台湾的朋友问，天麻属哪科植物？可能是看到我愣怔的神情，接着说，我是在你的《在大熊猫故乡探险》上看到了它的照片。我当然记得那是1994年由台湾出版的，但无法回答他的问题。

2002年4月，在云南沿着茶马古道到独龙江的途中，就在路旁，突然看到一株全身绛红色的植物从土中挺出花箭，花苞紧贴着茎秆，美得我们停住了脚步。保护区的工程师兴奋地说："珊瑚兰！虽然高黎贡山是兰花王国，我都多少年没见到它了。两位老师福分不浅呀！看啊，没有一丝叶绿素，它和天麻一样，都是腐生兰！"我又惊又喜。发现的喜悦和释疑的兴奋使我呆立。

是的，我更坚信：走万里路，读万卷书。

有兴趣的朋友可参看拙作《穿越怒江大峡谷》。

2008年7月14日

沉水樟王

登山未行数步,就见前面小径上铺了一层白色的小花。路,成了世界上最为豪华,最为高雅的花路。大自然无时不在创造壮丽的图画。拾起一朵看,花瓣上隐约有些淡淡的黄色,抬头仰望树林——

却见一藤横越,藤上有花,如一群红紫的小鸟聚集,熙熙攘攘,热闹非凡地向一片绿叶银花中飞去。

万木林以华美的诗章,迎接我们的寻访。

白花开在拟赤杨上,枝条细秀,小叶嫩绿黄。我们在山外的来路,就曾被绿色葱茏中满树银花所诱惑,直到近前,才有缘欣赏它娇小的花朵。

藤为长春油麻藤。小郭说,它最喜在林中漫游,和各个树种交朋结友。为了测量它的身长,已计数四五十米,不仅未找到它的终点,还发现有更多的枝蔓延伸,盘亘在林中。

我们不忍踏上花路,绕道山坡。阵风拂来,花雨纷纷,灌木丛上也像开满了银灼灼的小花。

万木林自然保护区在福建省建瓯附近。建瓯为古城,至今城楼雄踞,"雄镇南关"四个大字熠熠闪光。据说八闽统称"福建",有一半因为它。建瓯地处武夷山脉东坡丘陵地带,盛产竹,为中国著名的竹乡。漫山遍野苍翠的竹,如绿海汪洋。现正是4月,路上随处可见繁忙的采笋、运笋的人,以及堆积如山的春笋。同行的李永禄说,笋也如果树,分大小年,今年是大年,笋旺。

其实,万木林自然保护区的范围,就是一座小山,只不过一百七十多公顷,但就是这么一个袖珍型的保护区,却被誉为"中亚热带森林博物馆",尤其是在森林保护史上,有着不寻常的地位。另外,它还是研究森林演变的活的样本,因为它有着一段不平凡的历史。

繁茂的薜荔,将一棵枫香树缠满,装扮得枫香树如巨大的圣诞树。枫香粗壮、挺拔,浓绿的冠幅很大,薜荔藤密如蛛网,争时的已结出青色的小果,琳琅满目。小郭说,这里有各种藤蔓植物,性格迥异;薜荔自有选择依附者的条件,它喜欢枫香树。其果做出的凉粉,还是种药膳,清热解毒。秋天采薜荔果时,懂行的人总是在森林里先找枫香树。

他似是信手拈来,指着五六步开外的一种藤说:"那是飞龙掌血藤,它特殊在藤子上长出很多肉突,有人取笑那是'青春美丽疙瘩豆'。等会儿还能看到过山藤,它最长,能越涧过岭。还有种清香藤,幼年和壮年大不一样……"

一阵叽里哇啦的叫声响起,森林中顿时枝叶晃动,四五只顽皮的猕猴从树上追逐打闹到地下,再跳跃飞腾。直到一只大猴发现了我们,才呼啸一声,纷纷蹿到树上,对我们挤鼻子挤眼。

"这些家伙,在保护区内胆子大极了。我们常在山上测量样方、考察,稍不当心,就被它将带的干粮偷抢一空。李老师,你可得留意照相机……"

"我和它们打过交道。三两只的它不敢惹事;成群的猴,你别撩它们;特别是近距离,别盯着它的眼。"

轮到小郭惊奇了:"一点不错,盯着它的眼看,它以为你要算计它,就来个先下手为强。"说着,就做出姿势,想把它们轰走。李老师说,有它们做伴,不是也挺有趣的吗?

正说着话,响起了水滴打击枝叶的声音。小郭抬头一看,不知什么时候,一只顽猴已蹿到他上方的树上,正扶着树枝,挺起小腹,玩世不恭地向他撒尿,只是准确性差了一点,否则他真要被淋个满头。

乐得大家哈哈大笑:"谁叫你说它坏话!"

笑声震荡了森林,几只小鸟从树丛中急急飞起,几只猴子才蹿往高处,但目光还是不放过我们。

"这群讨厌鬼,大概是怪我们不该在这棵树下。你们看,这棵树特殊吧!"

"它有板根!"有棱有角的三四块板根,虽不及雨林中的板根壮观,但在中亚热带确属罕见。板根支撑高大的树干,树木也需运用力学原理,构筑自己的躯体,就如所有的动物一样,骨骼的结构,不仅维系它的存在,而且还能保证最有效地运动。

是的,猴栖息的这棵树很高,黑褐色的树干粗壮,巍然矗立。小郭说,它是树王,高三十多米,胸径一米三六,树龄三百八十多年。名为观光木,是为纪念钟观光教授发现而定名的。它秋天结了满树的果子,果味如番薯,皮猴子们特别爱吃。既然是它们的果园,当然要看得紧。

说话时,大家都不自觉地看看树上,以防它们再玩玩世不恭的把戏。

观光木是万木林建群树种之一,我们刚离开它,向号称"八兄弟"的树那边走去;树上的猴头们,也呼哨一声散去。

老李说,他已发现了"八兄弟"。循着他的目光看去,右前方山坡上,出现了簇拥密集的林木——八棵米槠紧紧相连,似是神情不一的八个兄弟比肩而立。米槠为常绿阔叶树,树冠平整,花稠,米黄色,盛开时如云,在森林中特别显眼。

小郭说已对这一奇特现象进行了多年研究。从外表看,像是一母所生,但尚未见到米槠宿根上能滋生新树的报道。是八颗种子同时落到一处,同时生根发芽? 那么,这小小的一块地,就应是神土了,它能提供八兄弟所需的营养。动物中,有一胎多子的,但母兽总是要根据自己的能力,决定是全部保留,还是要扼杀部分。大熊猫就有这样的特性,双胞胎时,它常常只抚养一只。同种树木个体之间总是有距离的。这"八兄弟",向我们提出了一个值得研究的课题。头顶上空有了动静。嗨！猴子们不知何时也追随而至。难道米槠的果也是美味？小郭说，米槠果壳有刺，形似板栗，味也如板栗。

大家相视而笑，有这些家伙相伴，平添了很多乐趣。

一排巨藤从右前方大树垂下，离地一米左右，突然横向攀住右边树木，再向沟谷探去。它拦在路上，说是巨藤，当然是因为大而长；说一排，是因为四五根连在一起，很像乐器排箫。小郭说，你看，那边呈一根状的也是它，这一分为五，已是成熟的象征。这种分离现象，很可能是为了分向发展。有位生物学家说过，生命最本质的是创造，首先是创造生命，复制自身的DNA。这就是前面说过的青香藤。

一棵米黄色树皮细腻的、粗壮高大的树，引起了大家的注意。小郭考考大家："谁能认识？"我看了看它的叶，又纵身摘了一片，闻了闻，有股沁人的香味，觉得有把握了，才说这是樟树。

他又问："是哪种樟？"

我还知道有虎皮樟，樟皮纹如虎纹。忽然，我想起了正在寻找的树王。但这棵的胸径，还未超过一米，不足以称王。

"是沉水樟？"

小郭连连点头，说："很多人望文生义，以为这种樟的比重大于水，因而取其名，其实是因樟油的比重大于水。从樟树中提取香料，制驱虫防蛀的樟脑丸，是现在的年轻人不大知道的，因为化学合成物的樟脑丸已盛行。但樟油还有其他很多用处。"

"它并不……"

"沉水樟树王在对面的山上，要从这边翻过小岭。别急，前面还有'红男绿女'等着哩！"

他是向导，也是导演，只得听从安排。

离开林中小路，向山坡上爬去，用不着他的指点，我已看到了两棵相依相伴、连理交互的树。一树皮红,一树色绿,在离地不到五十厘米处,亲密连理,紧紧地拥抱在一起;而后分开,约五米处,再相拥相抱。"红男"为桂北木姜子,挺拔阳刚;"绿女"为杜英,婀娜多姿。两棵不同科的树,竟如此情密意浓,难道植物真的也有情感、志趣、喜怒?有位生物学家说过,所有的生物,都有自己的情感、理想。这当然是人化的自然,或自然的人化。若如是,以"红男绿女"来称谓,也就不是平庸的牵强附会了。

小郭特意对我说:"过去,很多文章都将这两棵树的树名搞错了。已经过专家鉴定,希望以此订正。"

万木林中有数十种珍贵树木,我们常和闻名遐迩的闽楠木擦肩而过,但这棵形状很特殊——在离地一米多处的地方鼓出了一个大包,破坏了它的审美。仔细察看,也未见到任何伤口或异常之处。正在纳闷时,小郭说:"这里有故事。你们见过武夷船棺吗?在悬崖上凿洞,放棺。九曲溪边已发掘了一处,棺如船形,是古闽越国的遗物,虽历经数千年风雨,但棺木仍旧不腐。棺为楠树圆木凿成。因而,当地盛行砍伐楠木为棺。万木林的主人,为了防止盗伐楠木,采取了特殊的措施——等楠木长到一定的树围时,在离地八十厘米至一米处打洞,然后埋进大石。楠木伤口愈合后,石永留其中,这一段正是盗木制棺者所要部分。这才保护了这片珍贵的楠木。"

我们陷入了沉思。

破坏森林的是人类,保护森林的也是人类……

大自然养育了人类,人类却破坏大自然……

似是理不清、解不开的结。其实,我们的先人早已提出"天人合一"的美好理想。

这棵闽楠树龄有两三百年。生态的保护意识和措施,也应源远流长。

这很自然引起了我们对杨姓先民的怀念——

据《建宁府志》记载:万木林原名为大富山。元朝末年,公元1354年,建瓯大灾。乡绅杨达卿在其先茔大富山,以"植树一株,赏粟一斗"——即是以植树代赈——"募民营造而成"。里人德之,故名"万木林"。后来,他的孙子在明朝,当了工部尚书兼谨身殿大学士。随着杨家的显赫,这片风水林历代得到官方的承认与保护。

历经六百多年的保护,万木林古木参天,有树木三百四十多种,包括观光木、沉水樟、闽楠、花梨木、天竺桂、南方红豆杉、石梓、紫树、福建含笑……珍贵树种比比皆是。在这仅一百多公顷的面积中,树木胸径达八十厘米的有五百六十九株,胸径一米以上的有一百三十二株。最粗的树王是拉氏栲,胸径一百九十五厘米。最高的树是观光木。科学家有种说法,胸径超过一米的,即可称王,万木林有树王一百三十二棵。这里简直是一座中亚热带常绿阔叶林的博物馆。

最有意思的是当年杨达卿营林时,栽种的全是杉木,然而,六百多年的历史,却使这片杉木林,成了典型的中亚热带常绿阔叶林。大自然使这片树林中的树种发生了极大的变化。它是怎样演变的?演变的顺序、节奏是怎样的?树种之间是如何相克相济的……其中隐含了大自然怎样的法则、生态自然演变怎样的规律?向人类提供了什么信息……

它在森林保护区史上的地位、森林群落自然演变等方面的意义,早就引起了科学家们的重视。在科学家们的呼吁下,1957年将其划为禁伐区,1980年建立保护区。小郭在谈到这段历史时,一再提到万木林的卫士耿涟涛。后来在福州遇到福建林业厅刘德章厅长,见面刚说几句他就极力表扬耿涟涛对保护事业的贡献。

耿涟涛是一位曾受到极不公正对待的干部,在极恶劣的生态中,受委屈多年。平反后,一心扑在对万木林的保护上,常年居住在荒僻的山野,满怀为人类建设良好生态环境的理想,奔走呼号,身体力行,终于使这处袖珍型的保护区得以建设和发展,成就了今天的规模。仅植物标本,就藏有两万多号……

"扑棱棱……"

我们边走边说,惊起一只大鸟。雪白的羽毛上,铁线花纹异常美丽,飞翔姿态优雅,徐徐升腾。一斜翅膀,已落入对面的蔷薇花丛中。

"白鹇!李白写诗赞美的白鹇!"

小郭很兴奋,白鹇的体型与孔雀相似,列于珍禽保护名录;性机警,善于在竹林、灌丛中潜行。飞行时,只做短距离的翱翔,平时难得在山野一见。

由搜寻白鹇,发现了蔷薇花丛不远处,有棵巨树探首,油亮的绿叶占据了一大片山野,从可见的树皮颜色、树叶推测,那应是沉水樟,于是……

"沉水樟树王在那边?"

得到肯定的答复后,我们一溜小跑地奔去。

啊,真是树王!

树干颜色柔和、鲜明,细细观察,米黄纹中微微映出一些绿色,焕发出立体的色彩效应,很像一种装饰纸——不,应该是仿樟装饰纸。

树干一直通天,犹如一位屹立天地、阳刚伟岸的巨人。离地约二十米的主干,几乎是上下同样粗细;也直到此处,它才撑开油绿的浓荫,枝繁叶茂。

小郭说,它的胸径一点八米,树高三十多米。因为太珍贵了,未敢用生命锥测量,根据其他生命系数推算,它已在此生活近千年!

还有棵更粗更高的沉水樟,标本被保存在国家博物馆中。它的枝头曾遭雷击,失去半壁。

然而,在这位千年寿星的容颜上,你看不到历史的痕迹,甚至连一块疤痕也没发现。它容光焕发,犹如青春少年。在它躯体内,生命的活力,似大江大河,澎湃不息。它和我们寻访过的树王——遍体是岁月的痕迹,风霜雨雪的摧残——迥然不同。

饱经沧桑,是种美。

永葆青春,更美!

树王,你对生命现象的启示是何等辉煌!

有"岁月不饶人"之说。面对沉水樟树王,是否也可以说"人不饶岁月"?

后记:防虫、防蛀的樟脑丸就是从樟树中提炼出来的。它长得特别茂盛、健壮,其寿命也长,浓郁的树冠如云,所以现在南方的很多城市已将其栽种为行道树。我们曾在安徽、广西、广东见过四五百年的古树群,特别是广西的那处,上百棵的古樟如绿垣一般护卫着村落,它们被称为"风水树"。村民说,樟树让他们避免了蚊蝇的叮咬,因而也就受到了特殊的保护。

但我只在福建见到过沉水樟。

2008 年 7 月 14 日

东极日出

6月22日,从炎炎夏日的合肥到佳木斯,一下飞机,凉风习习,真爽,周身感到她的魅力。

佳木斯虽是与俄罗斯共有449千米边界的东北边城,却是三江平原的中心城市。黑龙江、松花江、乌苏里江汇成昔日的北大荒,今日的"北大仓"。她是我国的东极、天涯陆角,是太阳最早照耀的圣土,是中国的"大豆之乡""鲟、鳇鱼之乡",更有"地球之肾"三江湿地自然保护区——中国极美的六大湿地之一,仅仅是这些就已洋溢着强烈的诱惑、极大的魅力。

三江口,水色奇异、鲜明

天蓝得晶莹,云白得耀眼,这才是真正的蓝天白云。

离开松花江畔的佳木斯,一望无际的大平原上,碧绿、淡黄、红艳将黑土地描绘成了生动活泼的画面,犹如一幅幅巨大的油画不断展现在面前。你绝不会想到那是种植的大豆、甜菜、玉米、小麦,而只是陶醉在色彩迷幻中。

车行两个多小时到达同江,对面是俄罗斯。高耸的雕塑是同三公路的起点,终点为海南的天涯海角三亚,全长5700千米,是欧亚大陆的通道。江边有一块巨石,上书"三江口"。

我们登船的码头,水色橙黄浩荡。船溯水而上,江心洲迎面而来。突然,水色有变:右边墨绿的水流如龙游弋,奔腾而下;再看来路,仍如黄龙翻滚。

船上惊呼四起：是两江汇流！它们竟是如此平和相见！

我曾观看过长江和黄浦江相汇，两江相拥，浪高涛汹，激情澎湃，摄人心魄，至今让人难忘。

再看江面，那真是色彩分明，大江之中，黄黑各半，连绵而下。可谓大路朝天，各走一边。真是一大奇观！

民间传说这黄黑二龙为争夺河道，征战不息。东海龙王下旨：合江并流吧！可两龙心中不平，仍是各走各的道。提起这个传说，是因为地质学家说，大江大河都有袭夺河道的禀性，也就有了汇流，也就有了百川归海。

黑龙江是条国际河流，全长4370千米，在全世界十大河流中排行第九。北源于蒙古国境内，南源出自我国大兴安岭。流经地域为腐殖土，因而水色黑黝，由此得名。松花江源自长白山天池，含沙量大，水色橙黄。合江并流之后，地图上下游就只有黑龙江了。

我很想再上溯黑龙江，可船已掉头，在黑黄分明的两江中线行驶，倒也别有一番风趣。

赫哲人的渔猎风采

在《乌苏里江船歌》悠扬的旋律中，赫哲族人向我们走来。

赫哲族博物馆就建在他们的聚居地三江口的江边上，建筑风格颇具赫哲人传统居所撮罗子、地窨子的特色。

赫哲族人口数量只有4600多，是我国北方唯一的渔猎民族，有语言而无文字。博物馆中，独木舟、渔叉、吊在顶梁上的桦树皮摇篮、鱼皮衣、狗拉雪橇……都在叙述着历史的沧桑、生命的顽强。在历史上它曾被称为"鱼皮部""使犬部"。他们与水、鱼、犬的不解之缘很容易使人联想到爱斯基摩人。当你看到他们居住的撮罗子，自然会想到印第安人的住所。

津街口是赫哲人聚居乡，大江边的村落已是砖墙瓦屋。民族文化村正在上演"伊玛堪",一位赫哲族的魁梧汉子正用浑厚的中音铿锵顿挫、手舞足蹈地说唱民族英雄的事迹。当地的朋友说,这种说唱文学与藏族的《萨格尔王传》一样,可说唱几天几夜。赫哲族口头传承的说唱文学现存有50多部经典。

演唱《赫尼哪》民间小调的是一位赫哲族的大嫂,歌声婉转多变、悠扬嘹亮。她着一身鱼皮服,更是光彩照人,衣上流畅的云状花纹、三两朵小花洋溢着对美的追求。大嫂说,这套鱼皮服是用几十条鲢鱼皮,用鱼线缝制的。鱼皮要经过不断捶打鞣制才绵软,现在,只能作为工艺品了,一套价值一万多元。

天之美,中国东极凌晨3时日出

中国的东极在抚远,如果说中国的版图像只金鸡,抚远就在鸡冠上。抚远县的天涯陆角是与日本的神户似乎在同一经线上。

宁静、美丽的抚远县城在黑龙江边,对岸即是俄罗斯。江边的景致吸引了小城百姓的脚步。真巧,我们遇上了隔三岔五举行的篝火晚会。俄罗斯人也来了。品尝了赫哲人杀生鱼、烤塌拉哈(烤鱼)、削生鱼片的风味小吃,聆听了悠扬、高亢的中俄民歌,享受着浪漫的风情。回程时,突然有人问:"你是安徽来的?我也是安徽人!"在这么远的小城能与老乡相遇,我们都乐了,后来才知道他就是抚远县的县委书记牛学友。

都说最早受到太阳祝福的是幸福的人,朝阳最早照射的地方是吉祥的土地。朋友们都在商量着明早看日出,但又担心连日疲劳不能按时醒来。我却扬扬自得,一是多年来的大自然探险生活,使我的生物钟特灵;二是我住的房间在最边上,两边都有特大的窗户。虽然到抚远时很晚,但在江边散步时,我注意到了景观的不同,估计应有一面是朝向东方的。

半夜心里一激灵,醒来了。果然,临江一面的窗外已有了晨曦。看表,凌晨2时50分。我连忙取来了照相机。

鱼肚白已将天陲照亮,正在驱散铅蓝的夜色,大江上响起了黎明鸟的叫声。

顷刻红霞四射,大地生出一团血红,这时正好凌晨3点。啊,是的,是的,绛紫、赤红、黄、晶蓝、青绿的彩霞迸射,托着一轮如火的朝阳,蒸腾磅礴,天空无比灿烂辉煌!

接连按动照相机的快门,我要记下太阳的诞生历程,倾听血脉中回应着太阳庄重坚实步伐的律动……一轮又圆又大的红日腾地出了江面,水中骤然竖起红艳艳的巨柱,如她巨大的脚印……

我再看表,已是3时零5分。谁说时间是看不见摸不着的?旭日升跃不就是它的具象!它清清楚楚地展示了时间迈动的步伐——生命的步履,生命的真谛!

在这5分钟里,我们居住的地球——这个"宇宙飞船"已航行了1.25个经度,飞行了138千米之多。

大自然不仅奉献了日出的壮丽,更是以自身启示、教诲人类。

感谢你,抚远的平原,你让我们无遮无拦地看到了日出,看到了生命的律动。

我爱看日出。儿时,在故乡巢湖边,我总爱看红日从青阳山头升起,夕阳在湖水中隐没。久了,心底常常萌动起新鲜的感受。

我在黄山观云海、日出,那妩媚秀丽与波澜壮阔的交响,在心头久久回荡;我在塔克拉玛干大沙漠,看日出的宏伟壮丽;在帕米尔高原,看朝阳从银亮的雪山中喷薄;在万里高空的飞机上,看初阳的恍恍惚惚……我在不同的地方,总是难以抑制等待日出的渴望。是的,我为看到实实在在的时间,为看到生命的壮丽辉煌,聆听着大自然的教诲,激励着自己珍惜时间,热爱生命,为保护大自然奔走呼号!

都说在抚远看日出的最佳处是乌苏镇。乌苏镇号称中国东方第一镇。

镇在县城东。当抚远的朋友说到这里时,总要解释,那不是我们通常说的"镇",因为这个镇子上只有一户人家,三口人,以打鱼为生。

这倒并不是因为镇子小。乌苏镇南北长约500米,东西宽约1000米,三面环水,是伸出江面的高崖,犹如一座堡垒。

乌苏镇的出名,其实还因为这里有英雄的东方第一哨。我们仰望着雄踞在山崖上边防军的哨所,五星红旗在蓝天中猎猎作响。边防军正列队进行日常的训练,年轻英俊的战士的自豪、挺拔的形象,令我们肃然留步,将无限的敬意投到每个人的脸上。

汹涌的乌苏里江,拍打着脚下的山崖,宽阔江面的对岸即是俄罗斯,瞭望塔和哨所在树丛中隐约可见。

1984年,胡耀邦同志为长年累月在风霜雨雪中守卫着祖国的疆土、护卫着祖国的尊严的边防哨所题词。墨绿色大理石纪念碑屹立在哨所中,上有鲜亮的红旗,红旗上正是胡耀邦奔放、凝重地手书"英雄的东方第一哨"。朋友们纷纷跑到碑前留影,将边防战士的一腔忠诚永留心底。

抚远县的朋友告诉我,在夏至那天(白昼最长的一天),在东方第一哨,凌晨2点15分,战士们就迎来了第一束曙光。今年的夏至是6月21日。我们在抚远看日出,在乌苏镇是6月24日,偶然中我是幸运的。

"到了这里,看了日出,才能真正感受到祖国的辽阔!"

朋友的一声感叹,激起了我2004年、2005年8月在帕米尔高原观日出的记忆。我们在清晨等到7点多钟,初阳才将雪山披红。如果说抚远是我国的东极,万山之祖的帕米尔高原可算是西极了。我国疆土最东是东经135°左右,最西是东经73°左右,总跨度62°左右。若以赤道经度距离算,每度111千米,那么我国疆土东西长应是6800多千米。但由于地球是椭圆形的,经线之间的距离会随着纬度的升高而递减。据地理学家说,我国东西的实际距离是5600多千米。

如果以时间来计算,每一经度的时差是4分钟,东极的抚远与西极的帕米尔高原,时差大约是4小时零8分。当然,平时使用的是时区,以北京时间为准。我国最西是东5区,最东边为东9区,北京为东8区。每一时区的时差为1小时。难怪在西部旅行时,常常会听到当地朋友说"新疆时间""西藏时间"。

如此一算,对比在抚远和帕米尔看日出,就多了一层内涵,充满了哲理。知识在融会贯通,我们享受着智慧的快乐。

真得感谢地理学家们,为时间、距离这些空间规划了秩序,为我们的生活增添了情趣,为生命带来了度量。

从哨所下来,满载游客的汽船正靠岸,美国人、俄罗斯人熙熙攘攘地登上了码头。

县里的朋友说,这里将建立起东极天涯陆角旅游风景区。乌苏里江与黑龙江的交汇,形成了大片的浅水草滩。乌苏镇边水域的9月,满江渔火,是捕获特产大马哈鱼的繁忙的季节。

地之美,生命摇篮的五彩湿地

东极日出是天之美,三江平原的湿地展现的是大地之美。

几天来,我们穿梭于湿地之间,但在平均海拔只有三四十米的千里平原上,视野虽能极目,却有它的局限性。

离开乌苏镇之后,车在阡陌中曲折。终于找到了自然保护区的瞭望塔,我们迫不及待地攀登较陡的梯级,磕磕绊绊地爬上了顶层。

在新的视角中,原生性大地的碧草中点缀着红蓼、黄花、紫穗,苔草、芦苇圈起雪亮的水沼,江河纵横、银练旋环。几只白鹳正在闲步,一群白鹭在绿地中展翅……野性之美惊心动魄。

半个多小时后,下了瞭望塔,我才感到右腿小腿很疼。捋起裤脚,才发现鲜血淋漓的伤口。

三条大江奔流、几百条小河蜿蜒所形成的三江平原,是我国沼泽分布最广泛最集中的区域,原有500多万公顷,现仍保存了100多万公顷。地理环境复杂多样。数不清的水泡,台地上挺立的小叶樟,苔草,菖蒲,芦苇等编织成的各种图案,构成了多种湿地类型,在一定的意义上可以说这里是湿地博物馆。

眼前一片沼泽上林立了一个个塔头,如水沼中突然生出的一片蘑菇林。所谓的"塔头",是多年的丛草根逐渐淤积形成的突兀草墩。我试着在这梅花桩似的塔头上跳着。朋友们告诫要小心,那下面很可能就是要没顶的沼泽;但踩在塔头上,那种绵软的弹性,感觉真好。

刚踏上一片湿地,就发现脚下的大地在微微地震颤;又走了几步,是的,确有起伏的感觉,连忙驻足。不一会儿,我感到自己正在下沉,难道也像云南草海那样,草地能够飘动?正在惊诧之际,脚前突然冒出了两个大水泡,噼啪有声。我连忙提足,轻捷快步地走出魔毯般的草地。

我曾在天鹅故乡巴音布鲁克湿地徜徉,天山盆地中起伏的草原,几万只天鹅翱翔,激动得我也似乎突然生出翅膀。若尔盖湿地独特的、原始的、巨厚的泥炭层记录了数万年的沧桑。厚重的历史感,使我流连忘返。那儿是高原鹤类黑颈鹤唯一的故乡。在这块湿地上有三大湿地自然保护区,三江平原湿地是最典型的代表。它和巴音布鲁克湿地、若尔盖湿地、黄河三角洲湿地、扎龙湿地、辽河三角洲湿地组成了中国最美的六大湿地。

湿地是"地球之肾",不仅能调节水的丰歉,更是生命的摇篮。据考察,三江平原湿地生物多样性异常丰富,生活着脊椎动物近300种,高等植物近500种。"棒打獐子瓢舀鱼,野鸡飞到锅里头"就是最好的写照。每到春夏,有十多万只水禽到这里生儿育女,天鹅嘹亮的歌声,丹顶鹤的桑巴舞姿,野鸭,鸿雁……与湿地组成了有声有色的大地之歌。

湿地中最丰富的可能是鱼类了。在抚远的鱼展馆,我们看到生活在这里的近百种鱼类的标本。大马哈鱼、鲟鱼、鳇鱼尤为著名。鲟鱼可长到上千斤重。鳇鱼子名贵到数千元1斤。

抚远的朋友说,要看捕获大马哈鱼,最好的时间是每年9月下旬,最好的地点是在乌苏镇和牤牛河口。三江是大马哈鱼的故乡,每年的9月,大马哈鱼就从生活的太平洋鄂霍次克海开始回归之旅,溯乌苏里江艰难前行。那种对故乡的思念之情是任何急流险滩,甚至高崖悬瀑也无法阻挡的,那种对完成生命职责的忠诚,令人震魂摄魄。这也是棕熊饱餐的季节,它们在滩头或瀑布的下面站立,只要一挥拳,就能击到大鱼。棕熊饱食富有营养的鱼肉,储存了整个冬眠期的脂肪。母熊还要产崽哺幼。

大约是9月25日前后,它们终于到达了抚远县的江河。牤牛河口,清澈、水浅,是大马哈鱼最喜爱的产床。黑压压一片,万头攒动的大马哈鱼,用吻部在河床中拱出沙坑,产卵。待到将卵产完,完成生命繁衍的职责之后,它们溘然长逝,将自己的躯体留给子女们作为饵料。小鱼们靠着母亲躯体的滋养顺流而下,前往大海大洋中成长。

这时,正是信风陡起,候鸟为完成生物年而南迁,牤牛河口就成了它们最佳的停靠站,河面上漂浮成片的大马哈鱼成了它们最好的食粮。大马哈鱼一生只产卵一次。它悲壮的一生,为赫哲人、满族人的民间故事所歌唱。

一位赫哲族老人告诉我:他年轻时,在一个不大的水泡中,不用渔网、渔叉,凭着两只手就能捉到几百斤鱼。现在,在一个捕鱼季节,也很难捕到几条像样的大马哈鱼。沼泽地被推土机平整了,种上了庄稼。

幸而全国唯一的鲟鱼、鳇鱼繁育养殖基地就建在抚远县,年生产孵化能力已突破了5000万尾。基地向黑龙江中投放了大量的鱼苗。在鱼池中,我们看到了背上有着犹如龟板的块状花纹的鲟鱼和鳇鱼。

大片的湿地消失了,变成了农场,成了商品粮基地。"北大仓"的概念是每年可提供北京、天津、上海三市几千万人口的食粮还绰绰有余。但另一方面,是原来500万多公顷的湿地,现在只剩下了100多万公顷。世界上三大黑土地之一的三江平原黑土层也在变化,在开发的初期,黑土层的厚度在1.2米左右,可如今黑土层只剩下了0.2~0.3米,且还在以每年0.001米的速度下降。生态的破坏,带来了洪涝、风沙、霜冻等自然灾害。双刃剑就是如此残酷!

在富锦市,分管农业的郭福山副书记送了我一本三环泡湿地自然保护区的画册。当我看完了美不胜收的湿地风光后,说出了对湿地消失的担忧。郭书记说,目前正将几个小保护区整合为一个整体,加强保护的力度,再是严禁开荒。不一会儿,又送来了一份文件,读了之后,对那些保护湿地的得力措施,有了深刻的印象,也多了一些欣慰。

佳木斯的市委书记郭晓华同志,豪爽、风趣,富有人格魅力。在听完我们对佳木斯的感受之后,说:"我们正在申办魅力城市。与过程相比,结果是否评上并不重要。我们就是希望通过这次申办,让大家了解我们这片土地,热爱家乡,凝聚人心,找出差距,努力建设小康社会,让佳木斯散发出无穷的魅力!"

后记:两年前的初夏,正忙着手头积压的一大堆事,突然朋友约我去东极,于是毫不犹豫地匆匆踏上旅途。

2004年、2005年我连续两次到达我国的西极帕米尔高原,这次又到我国的东极,实在是一次奇妙的地理之旅。

在这里和那里,可以真真切切地感受到祖国的辽阔,看不见的经度,使你有了长度感,东极、西极的日出日落,使你有了时空的具象!

人们喜爱看日出、日落,大约正是因为这是对生命的启示吧!

我渴望着去我国的南极和北极。

2008年3月7日

喀纳斯湖探水怪

英国苏格兰尼斯湖出现水怪的消息,在几十年内闹得沸沸扬扬!

我国对于水怪的报道,媒体也是非常热情的。最少有三处出水怪的消息:长白山的天池,九寨沟的长海,新疆的喀纳斯湖。其中尤以天池和喀纳斯湖的报道最多,目击者叙述得生动、诱人——湖中冒出一只长脖子的硕大的怪物,将头伸到岸边猎取牛羊。

于是,消息说侏罗纪的恐龙至今还有孑遗,还生活在深湖中!这样奇妙的事,怎能不惊动世界?

当然,科学家不相信一亿多年前的恐龙至今仍然存在。

那怪物是谁呢?

神秘产生的诱惑,是无法抗拒的。

这是第二次到新疆。8月中旬,瓜果飘香的季节,我和李老师去喀纳斯湖探水怪,顺道去卡拉麦里山有蹄类动物自然保护区看看。

神秘的野马

卡拉麦里山是野马的故乡。野马的传说太多了,都与日行千里的神马——血汗马有着瓜葛。野马笼罩着无限的神秘。

我们第一站就是去吉木萨尔野马繁育中心。同行的老梁退休前是保护处的主管,也是新疆自然保护事业的活字典。

出了乌鲁木齐,然后转入 216 国道,大戈壁景象扑面而来。右前方出现一片杨树林,在灰蒙蒙的大地上闪着耀眼的绿色。这就是野马繁育中心了。

啊,野马确有不凡的气度,高大、雄伟,全身的毛色似乎比家马要浅,呈黄褐色,乍一看和野驴有相似之处。

它头颅硕大,有一背中黑线,尾根毛长,脚后跟的毛短。这些都是与家马显然的区别。

这一圈里有十几匹。两匹今年刚出世的马驹,在母亲身边转,要奶吃,要抚爱。母亲只好不时用湿润的嘴在它们的头上亲吻。

在主人的导引下,我们来到了戈壁中数千平方米的放养场。远处有一群马,正在悠闲地吃草。近处的却在卧地休息,等到我们走近,才十分不情愿地站起。主人说,这里是野放前的适应区。

我们哄了几次,想让它们跑起来,它们却是那么不情愿地只走了几步。撵急了,才迈开步子小跑几下。

野马啊!你千里驹的形象哪里去了?原有的雄风、豪壮哪里去了?

老梁说曾经设想在野放圈里养一只野马的天敌——狼,让它能不时惊起野马,使它们跑起来,活动起来,但不知何故一直没有实现。这或许是个不错的主意。

繁育中心是 1988 年建立的。在此之前的十多年中,我国多次组织了大规模的考察,希望能在自然界找到野马,然而始终未能寻到它的踪迹。

由于它的神秘、珍贵,19 世纪即有多支国外探险队来到新疆。他们在盗取大量的珍贵文物的同时,也捕走了野马。

繁育中心的建立,是因为西方国家陆续送回了 18 匹种马。由于近亲繁殖,世界上现存圈养的野马,多已退化。繁育中心的任务,简而言之,首先是复壮和扩大种群,当种群达到一定数量时,再将它们放回野外,让其回归自然。

在科学家的努力下，在人类的呵护中，繁育中心到 1998 年已有近一百二十匹野马。目前，正在实施野放前的各种准备工作。

人类捕捉了野马，经过不屈的努力，终于将它们驯化为听从人类指挥、供人们征战和驭用的工具。文明发展到今天，又要将尚存的野马放回自然，寻求新的生物基因。这条回归之路，可能比驯化的历程还要艰难！

从吉木萨尔出来之后，老梁一直忧心忡忡。

我们穿越准噶尔盆地之后，所看到的景象，更让我们为野马的未来生活担忧。

两年后传来的关于野马在野放后的情况，不幸证实了我们的担心。

大戈壁的景色有了变化，小沙丘像蜂窝一样布满了戈壁滩。这些沙丘多在一二十米高，有的则成沙梁状。沙生植物在有水的地方特别繁茂，红色的柽柳、嫩绿色的碱蓬如一只只圆球，水沟旁拂动的苇丛，令人赏心悦目。

准噶尔盆地有 4 万平方千米，这儿是古尔班通古特沙漠的东部。

远处，出现了绛紫、焦黄、赤红、黑色……不同色彩的小山丘，想必那就是著名的"五彩城"了。

由于大漠戈壁的水分蒸发量大，因而前方总是在蜃气的恍惚中。山、沙丘的两端都翘了起来，像是浮在水汽中，形成了一种迷离的美。远处隐现的湖泊，总是在遥远的前方诱惑着。

我们已进入卡拉麦里山自然保护区。由于行程较紧，我们不去五彩城，只是在五彩湾小憩。

其实，这里只有几家饭店，是供来往车辆添水、吃饭的地方。大碗拉面上飘着红辣椒，散出发诱人的香味。虽说是"湾"，却要到几里路外去拉水。

黑色的山丘多了起来。大片大片的戈壁，像被火烧后的焦红，在这样的地上，寸草不生。老梁说："你观察得很仔细。""卡拉麦里"在蒙语中意为"黑油油的山"。光秃的火烧地，真的是被火烧后的迹地，那是煤层自燃后留下的。在地质年代中,这里曾是煤的世界。石油已经开采了,就叫"火烧地油田"。

再看那一片赤红的土地,心里多了一些想象,添了一份对大自然的崇敬。

20世纪七八十年代的考察发现,卡拉麦里山的野生动物种类繁多,尤其是有蹄类的动物:野驴、鹅喉羚、野骆驼……初步统计,野驴有四五百头,鹅喉羚有上万只。可是我们的车已走了200千米,还没见到一头驴、一只羊!老梁也在焦急,说当年来考察时,可见到成百只的羚羊、野驴。按计算,平均每平方千米也能见到一只呀!

正在议论时,一个急刹车,司机小张声音都变了调:"快看,左边远处!"

急忙下车,往小张所指的方向看:有五六只动物正在行走。

"野驴。蒙古野驴!"

可它们太远了,我们又未带望远镜。那时李老师的唯一照相器材,只是一部稍好一点的傻瓜机。从体形和毛色来看,应该是野驴。野骆驼比它大,羚羊比它小。那身体的颜色,倒真的有些像野马。

我们无法开车去追赶,只能步行向那边接近。刚走了30多米,它们已停步向这边眺望。再往前走,野驴们却撒开蹄子跑了起来。

老梁安慰我们:"别急,相信能见到大群的鹅喉羚、野驴!高鼻羚羊是看不到了,能不能看到野骆驼要碰运气,这里有两峰的、三峰的。沙狐和猞猁基本上要到夜里才能看到。"

大漠寻找野驴

视线中出现了一片绿洲,可能就是恰库尔特,阿尔泰片保护站的所在地。看了看表,已是六点。

乌鲁木齐与北京的时差,大约是两小时。虽已是下午六点,但太阳还在西天。

保护站为杨树环绕，院中还有沙枣、月季和其他小灌木。院外是乌龙古河，河水清澈，缓缓地流着，两岸只有稀疏的几棵小树。老梁说，几年前来时河岸林茂密，乌龙古河很美。这几年树砍光了，河也就变得如此平淡、单调。

回到保护站，在后院发现了几根硅化木。这是一种红色松科树木的化石，树上的松节、横断面的年轮历历可数。保护站说是截获的。

保护区的东南，有一片很大的硅化木。这些珍贵的化石不规则地躺在万古荒原上，多在一二十米长，甚至有30多米；直径在1米以上的，也不乏其数。有的至今还站立在那里，依然保持着一亿五千万年前的雄姿。它记录着在一亿五千万年之前，原始森林曾覆盖了如今的戈壁，向人们提出了警示。

这里曾发掘出长30多米的恐龙化石！这条恐龙是如此惊人的庞大！

可是，这片珍贵的硅化木已遭到了破坏。知道的人，都去攫取。这两棵硅化木虽只1米多长，但没有车辆是绝对运不走的。两年之后，我们在深圳化石公园果然看到了它们。

我们很想去看那片珍贵的硅化木。老梁说："没有越野车，到不了。等回来时再想办法吧……你没发现那堆沙子特殊吧？"

旁边确有一堆沙子，进到后院就见到了它，我以为是修建用的，因为它实在没什么特殊。

"难道是金矿？也是截获物？"

不错，保护区内不仅有石油，还有金矿、玛瑙、水晶……淘金热并未成为过去。阿尔金山自然保护区也存在着同样的问题。保护区太大了，管护人员太少了……

当你不知道那沙中蕴藏着黄金时，你甚至不愿多看一眼；现在却像宝物一样紧紧地攥在手心，然后再慢慢地摊开，寻找着它的闪光。是的，它要淘，要在水里慢慢地筛动，一遍遍地筛选，最后才有收获——充满了哲理。哲理是财富！

保护站的主人说,别看这一小堆,能淘出一两克黄金!

大漠落日如血,红得惊心动魄。在蜃气中跳动着,如心脏的搏动,显示出无限的生命力。

夜里下了场小雨,早晨的空气甜润。换了一部大嘎斯车,它有很高的轮胎。当我们站到后面的车厢上,立即有了在检阅车上的感觉。

在隆隆声中出发了,我们去检阅卡拉麦里山的大漠、戈壁,野生动物的世界!

车很快就离开了216国道,向大戈壁冲去。到保护区的核心区,没有公路了,但又全是"路",平展展的大戈壁上,用不着担心路标、路况。路标在向导的心里,路况由司机选择。四野一览无余,心旷神怡。在寻找的向往中,多了一份期待、兴奋。但那种颠簸不是每个人都受得了的,稍不当心,车一歪,就得跌下;两手要时时刻刻抓紧车厢前的横架。

一只大鸟鼓动着翅膀,在左前方20来米处飞起。那褐色的羽毛飘动着,那对翅膀展开后竟是如此巨大——总有1米多长。那鸟扭过头来,锐利的目光中饱含着愤怒,狠狠地射了我们一眼!

草原雕,是只草原雕!今天有机会从上面俯视它起飞的景象,太难得了。这幅壮丽的图画、它锐利的目光,将永远留在心头!

逐渐明白了向导依据的路标,车总是向山丘形成的低洼处开。在这些地方,各种沙生植物长势较好。可我们已在大漠中行驶了一个多小时,仍然未见到野驴、羚羊的踪影。老梁有些焦躁,我听到他在驾驶室中与司机讨论的声音。我理解他的心情。

车停下了,老梁说:"下来休息一会吧!"

老梁和保护站的向导、司机在讨论着,大约是为前面的路线。我很奇怪,居然连牧群也没见到。后来才知道,由于草场的退化,夏季牧场多在大漠更深处。

李老师突然向我跑来,她捡到一块玛瑙,有鸡蛋那般大小。这是一块红玛瑙,在擦去泥垢之后,显现了晶莹、可爱的本色。

我也瞅起地面,却发现了一块灰绿色的石头,难道玛瑙也有绿色的?刚想捡起来,却发现它长满了刺,顶着几乎看不见的白色小花。嗨!它放射出好几条如绳索的茎,向四周长去——原来是种沙生的垫状植物。我请向导来认,他说了一个很特别的名字,是蒙语,没法翻译成汉语——大约是非常泼皮、生命力特别强大的意义。

这一发现后,那些红色的、黄色的、紫色的小花,才都进入我们的眼帘。小昆虫在花上忙碌的景象,使我想起来了:这是昨夜一场小雨的杰作。大漠中的沙生植物,开花、结子的时间是短暂的。在耐心的等待中,一场小雨洒下,如同生命的甘露,于是赶紧开花、授粉、结子——完成生命最本质的责任——繁衍。

老梁催促我们上车。车向山头一锥形石堆驶去,那里的地形多样。

饥渴的小鸟

刚爬上一条沙梁,左前方闪耀起水波。青青的芦苇、胡杨圈了一个月牙形的水湾,这在大戈壁中是奇景。

两群野驴出现在视线中。

十点钟的方向三只。它们正在玩耍,互相追逐、打闹,不时扬起沙尘。

两点钟方向的五只,散落在两个沙丘之间悠闲地吃草。忽然,有一只抬起头来,准确地将视线投向这边——警觉性很高,可能是那两只大耳朵的功劳——没一会,却又低下头去吃草,只是不时地抬起头来,向这里瞟上一眼。

十点钟方向的那群玩得兴起,竟然像牛抵角一样顶了起来。

这里无处隐藏,也无须隐藏。我示意车停下来,这比昨天与野驴的距离近。

车刚停住,那只最先发现有情况的野驴叫了一声,撒开蹄子就跑。另四只嘴里还含着草,但也毫不犹豫地跟着跑了起来,速度很快,只留下一溜烟尘。

就在野驴跑去时,在我们所在的山梁下,突然蹿出两只黄色的动物,惊乍乍地蹦跳着、奔腾着。那臀后的白毛,如雪团一般飞速向前运动——这家伙,躲得如此巧妙!

向导大喊一声:"原羚!"

它刚才跑动的姿势,已表明它是羚羊。从细长的脖子、较小的形体估计出是原羚。

向导的喊叫,却惊动了两点钟方向的野驴。它们不打闹了,全都站在原地,瞪着六只眼睛,注视着我们。

双方相互对视了几分钟。车子发动的声音,才使它们掉转身子,慢慢地离去……

车从沙梁下来,开到一小丘处。这是一座黑色的小山丘,东边有一小小的山谷,生长着骆驼刺、碱蒿、红柳……谷口有搭过帐篷的痕迹。向导说是牧民的冬窝子,附近有个黄泥巴水凼。

水凼边印满了蹄印,印迹新鲜,旁边散落着野驴的粪便。老梁很兴奋,正忙着数那些蹄印。不久,他宣告:"昨晚最少有二十只野驴、三十只羚羊来喝过水!"

车开到由乱石堆成的石锥。这是蒙古牧民堆起的,标明了放牧的界限。此处较高,可以边吃干粮边环视大漠景象。

李老师又有收获,捡到了两块水晶,虽然不大,但她乐得像个寻宝的人。据说附近有个大水晶矿,尚未开采。

老梁执意要找到鹅喉羚。大戈壁没有让他失望,三只鹅喉羚终于出现在两个小山丘之间,体形比原羚大。但它们好像特别害臊怕羞,只让我们看了一眼,就飞跑开了。

我说:"它的喉头并不特殊。"

老梁笑了:"你真是个书呆子!平时它的脖子跟原羚一样,只是到发情期,喉头就鼓胀得如鹅头上的大包!这也算是一种婚饰吧!"

检阅了一天大漠戈壁,所带的水全部喝完了,但仍感到干渴难耐,犹如太阳直接照射在喉咙、五脏六腑。脸像树皮一样,全是沙尘,眼前一片灰蒙蒙。在看到保护站的绿荫时,我们眼都眯缝了起来。

刚进院子,几只冠羽如髻的华丽的小鸟正在枝头,似在迎接我们。是戴胜鸟!在大漠深处,能看到这样美丽的候鸟,太难得了!它也无畏,只是盯着我们,站在浓荫处。我赶快将剩下的干粮掰下一块搓碎,撒去。它们只是看看,没有下来的意思。

我去井边洗刷,它却飞来了。我心里一激灵,将盆中的水放在地下。啊,它们箭一般地射向水盆,急切地喝起水来,只听到嘴的吧嗒声……

它们渴坏了。喝吧,可爱的小鸟!尽情地喝吧!

大约是喝够了,它们停在盆沿上,看了看我,突然将头插到水里,摇摆着身子,溅起了水花,跳进了水中。大约是水太深了,或许是不会游泳?又掠起站到盆沿上,使劲一摇,抖落水珠,快乐地叫着。用喙梳理了两下羽毛,再一下掠水而过……这只鸟儿全身心投入快乐的沐浴中,享受着水的恩泽。那份惬意,那份舒坦,太感人了!

结束了卡拉麦里山的考察,我们继续向喀纳斯湖进发。

过了乌古龙河大桥,又进入大戈壁。不久,路旁电线杆的顶端有鹰、隼兀立。像是设计好的,每一根电线杆上都有一只,绵延了1000多米,这是为什么?

陨石上的哈萨克人头像

别急,都注意观察吧!

有一只小花鼠从车前越过公路,看它从容不迫的样子,想必是深谙此道的。

不久,又有一只跳鼠从右边上了公路……

一只鹰突然俯冲射向跳鼠,跳鼠机警地向旁一蹿,连滚带跑,躲进了路坎。

这里鼠害严重,引来了猛禽的围捕。

新疆天山南北地形复杂、环境多样,生活着多种猛禽:鹰、雕、隼。隼有游隼、猎隼。由于中东一些国家的富豪以豢养猎隼为财富、声望的标志,因而猎隼价格飞涨。一只品质上乘的猎隼价值数百万美元。这也就引得国外贪财之辈冒险来新疆偷猎,以致猛禽资源遭到极大的破坏,也导致了鼠害的加剧。

老梁说,他在任时就采取过多种措施,但成效不大。原因是新疆地域辽阔,保护区的人太少;再是巨额金钱的诱惑,偷猎者特别能吃苦,他们往往挖一个地窝,一猫就是十天半月;捕猎技术更是高超。

司机小张说:"前面是岔路口了,去不去阿尔泰?"我们很想去那里,可老梁说要绕行70千米,还是直接去布尔津吧!到达岔路,路牌上标明只有7000米。是他记错了?

过岔路口不久,小张指着一堆黑石,说:"相传是陨石。停车。"

下车后,见这些黑石结构紧密,上有蜂窝状的印痕,倒是很像天外来客,在大气层中燃烧后留下的。忽见不远处,也有一堆黑石,且有铁丝网围住。

走到那边,见前面两石似门。忽然发现石上有人像。准确地说,是头像,清晰可见,神态逼真,一眼认出是哈萨克人,左为一男子,右为一妇女……

从整个情景看,基本上可判定是一片古老的墓地。

老梁和小张都不知究竟。

如果是陨石,那么为什么以陨石为墓地?是亲近天外来客,还是借助宇宙的灵气?

若不是墓地,为何上面有哈萨克人的男女头像?这两块头像为何立在这里?它代表或是象征了什么?

如果是陨石,古哈萨克人为何要选用陨石作为雕刻的材料?而这两块陨石的形状又差异很大,各不相同?

难道是古哈萨克人与天外来客早有联络?

在这茫茫的戈壁滩上,问谁?

它带来了一团迷雾。

美丽的布尔津

一片向日葵田野,上空炫耀着金色,其后是绿海般的杨树林。进入绿洲,路旁有瓜棚。小张想吃瓜解渴。

瓜农挑来了一个白兰瓜。刚剖开,香气扑鼻,黄黄的瓜肉晶莹可爱。剔去瓤子后,蜜珠立即沁满。松脆可口,很甜。我们在兰州吃过地道的白兰瓜,但没有这瓜中的馨香。主人很自豪,说是选了几年的种。

我发现瓜田周围的杨树有些特殊,树叶暗绿,已接近黛色了。这是不是黑杨?

老梁说:"瓜进了嘴,忘了说,已到北屯了。北屯是杨树的种质基因库,有小叶杨、大叶杨、钻天杨……田边的确是黑杨。有位外国朋友到了这里高兴得大喊大叫!因为在欧洲已很难见到黑杨了!"

布尔津是座美丽的边塞小城。街道上高高的白杨,哈萨克、维吾尔、蒙古族同胞华丽的服饰等都洋溢着西域万种风情。喀纳斯湖国家级自然保护区管理局在城东,我们还要在这里办理边界通行手续。越过喀纳斯湖、白湖,东边是蒙古,北边是俄罗斯,西边是哈萨克斯坦。

喀纳斯湖是我国唯一的古北界欧洲—西伯利亚植物区系分布区,有着较为典型的欧洲特点的森林,也是我国唯一流入北冰洋的水系。

出了布尔津,大片的草场、黄色的沙山、灰色的石山相映,比卡拉麦里山的景色丰富多了,但路也难走得多。不久,进入山区,山路崎岖、曲折,山谷中的路也不平坦。谷两边的云杉、红松林、雪山,森林中大片肥美的牧场,牛羊悠闲地吃草,毡包上空的炊烟……充满了牧歌式的情调。跋涉的艰难,被一幅幅的美景消融了。

迎面来了一支牧民转场的队伍,骆驼驮着帐篷、炊具等生活用品,马上骑着女主人、老人,他们怀里抱着孩子,浩浩荡荡。不远处,就是牛羊畜群,男主人在一旁赶着。在这里,夏季是短暂的,为抓紧时间使畜群长膘,牧民要随时更换牧场,寻找最肥美的草地。

前面木桥上,一群黄的、花的牛站在那里,对眼前的钢铁甲虫毫不在意。我们只好耐心地等在一旁。

河流的哗哗声发出了响亮的召唤。下车后,那清亮、绿色泛着蓝光的水,猛然流入了心田。它们是那样诱人,那样沁着干渴的肺腑。我立即脱鞋,脱去外衣。

老梁慌了,疾步走来,一把拉住了我:"不行,这是冰川上流下来的水,是喀纳斯湖的下游,凉得彻骨,水也太急。"

我是巢湖边上长大的,在波涛中游水玩耍过。

"你别拉他,我陪他一道下河。"李老师的这一招够厉害的。她不会游水,我怎么照顾得了?

未能在这样美的河流中游水,它是流入北冰洋的呀——在地中海、大西洋、太平洋我都游过水——直到现在我都遗憾!

牛群对眼前发生的风波似乎漠然,但它们迈开了脚步,慢慢地走到了桥这边。

　　湖泊、沼泽、水氹，连连在山谷中出现。它们的美丽，散发着无穷的诱惑。如果不是老梁的劝告，我会在每一处逗留。有人说"漂亮"是表面的，"美丽"才具有丰富的内涵。所以，美丽冠在这些小湖上，是再确切不过的了。布尔津有五百多个湖泊，这在大漠戈壁的边缘，应是明珠璀璨了。

　　喀纳斯村到了。一幢幢带有欧式建筑特点的木屋、土屋，坐落在林缘处。圆嘟嘟、红扑扑脸颊的哈萨克孩子，在屋边嬉闹玩耍……

　　有栏杆拦车。正在奇怪时，老梁深深地叹了口气："旅游部门在这里设卡、卖票。"

　　这不是自然保护区的核心区吗？按照规定，核心区是非考察人员未经批准不能进入的。

　　一言难尽，有机会再说。

　　前面有辆车驶来，旅游局的运货大卡车，浓尘飞扬，久久不散，如怪物喷吐的毒烟。这里的植被已荡然无存，与路边的草地成了强烈的对比。我的心也往下一沉。

　　保护站在一块斜斜的台地上，离湖还有一段距离。但湖的出水口就在附近，喀纳斯河就在坡下。河水的鸣唱，经过森林的参与后，似是从遥远的地方飘来的音乐。

　　小片的云朵点缀在湛蓝的天空，雪山映照着森林。牧场上黄色的、紫色的、蓝色的盛开花朵，枣红马、雪白的羊群像是用彩笔画上去的。

喀纳斯湖的呻吟

　　我们跑着、跳着奔向喀纳斯湖！

　　啊！喀纳斯湖——群山、森林环绕的银色的湖！

　　这边岸高水深，在右前方，搭起的跳板上有人在垂钓。我们再回到来路，跨过出湖口桥向那边走去。

　　路将我们引向了宾馆,是旅游局建立的宾馆,就在湖边。我的兴致一落千丈,停步。老梁劝我:"还是去吧!多了解情况更好,不然水怪也搅得你不安。"小张也说:"带了、买了渔具,不是浪费吗?真实情况听完了,你会气破肚皮的!"

　　钓鱼,主要是想了解水生生物世界。沿岸没有水草,湖水较深,最深处近200米,根本不可能像同是高山湖泊的洱海那样水草丰茂。如有庞大得如恐龙的水怪,显然不是素食性的,只可能是肉食性的……

　　鱼浮在颤动,只点了两三下,猛然拖走。提竿,是条小白鱼,只有三四十克重。下钓之前已试了水温,很凉。冷水湖,鱼的生长速度很慢。还有一点令我奇怪,鱼线在水中游动,逆时针方向,一会儿就得调整鱼线。难道有地下水,形成了涡流?这倒是十分有趣的。钓了一个多小时,我和小张也只收获七八条,清一色的小白鱼。

　　老梁和李老师的收获却很丰富:在森林中采到一大包蘑菇,红、黄、白堆在一起,很耐看。

　　返回时,老梁领我们走另一条路。刚上到岸边,一股恶臭扑来——林下堆满了宾馆的垃圾,乌黑的臭水正缓缓地向湖边流去。

　　一位游客掩鼻而过,看我们目瞪口呆的神色,喃喃地说:"用不了两年,这样美的地方就被破坏完了!痛心!犯罪!"交谈之后,知道他是南京某大学的教授,是利用暑期不远万里来看湖光山色的。

　　李老师很气愤,说是采蘑菇时发现的。问宾馆的人,他们拒绝回答。

　　情况逐渐清楚:这里的主政者是位对自然保护无知、一心只要政绩的人,且很霸道。他有句名言:自然保护区是国家的,但这块土地是我的。保护区钉根桩,都得经过我的批准!

　　因此,旅游局浩浩荡荡地开进了核心区,设卡卖票,破坏植被,建造宾馆,根本不管国家制定的自然保护区法规,随心所欲。保护站建立一个研究部门,刚砌墙就被推倒。

这当然引起保护区和媒体的关注。据说电视台都做过报道,但他至今丝毫未改!

我默然了,想起在保护区常听到的一句话:难在教育领导!

喀纳斯湖的夜是白色的,月亮皎洁地挂在天空,满天繁星在森林的梢头,昆虫和着乐感的水流声,四野空灵……

变幻色彩的湖

清晨,喀纳斯湖浮起白雾,山色空蒙。坡下水湾森林的上空,一条云带蜿蜒,如一根飘带拂动。森林掩映了喀纳斯河,那云带就是河流浮在空中的影像。

我们从林间小道去攀登海拔 2000 多米的骆驼峰。据说,那里是观看水怪的最佳地点。

红松、西伯利亚云杉挺拔,枝头已挂满了紫色的果实。林间各色野花盛开。有种红叶的花,挂满了白絮,很不一般。经老梁指点知是柳兰。其叶确如柳叶,只是红艳,其花也如柳絮。

到达峰顶,看到喀纳斯湖静静地躺在山谷中,太阳照得湖上的薄雾如一领胭脂轻纱飘荡。

喀纳斯湖全长 25 千米,宽 1600 米到 3000 米,面积 38 平方千米。湖面海拔近 1400 百米。

我们视线所及,是最宽阔的一段,上游为山和森林掩去。再上是雪山银峰,那里有 300 多条冰川。

地质学家说,喀纳斯湖是冰碛湖。这里曾出现过三期冰川,它原来是第二期一条巨大的冰川。东边的保护站所在地正是冰川前进时犁出的碛垄,高六七十米,形如大坝。冰川缓慢地退缩后,喀纳斯湖就形成了。大自然历经了千万年,才造就了喀纳斯湖。

站在骆驼峰顶,可清晰地看到冰川所形成的 U 形谷、悬谷、碛垄。我们明天在湖中,将看到冰川所留下的擦痕。

薄雾消去,湖水变成了蓝色,但比九寨沟的深蓝色要浅。正在观望时,水中映出蓝天上飘过的白云,那云却是水红色的,与昨天看到的银白色迥然不同。据说在九点多时能看到佛光。阴天,湖水是绿色的。

啊!喀纳斯湖是变色的湖、多彩的湖!

九寨沟有五花海——彩色的高山小湖泊。

喀纳斯湖的变色、多彩,是森林、雪山、湖水在太阳的照耀下,光彩效应创造的美!

李老师要我看湖面,那里有水从湖底涌出,涌波很大,水头高冒。我们的心一下提了起来。

水怪终于露面?大家紧张地等待着,眼睛眨也不眨地盯着……眼都盯酸了,那涌出的水波处并没有冒出水怪的头颅……其实,那只是湖底冒出的涌泉!

在骆驼峰观察了三个小时,没有见到水怪的踪影。因为考察日程安排得很满,只好下山。

满坡的水红色花朵是如此艳丽,那叶是碧绿的。从我身边过去的小张,大约看出我的专注,随口说了句:"柳兰。"

"什么?什么?这也是柳兰?"

"柳兰不属兰科。你上山时不是见过了吗?"

不错,那叶形是一样的,植株的形态也是一样的。我敲了敲脑袋:"它们是不同时期的柳兰,眼前的正是青春焕发,花谢后,叶变红。为了证实,我找到了一棵谢了花的、花蒂处已结了如豆荚的果实,剥开一看,纤维包裹中隐约有着种子!

读大自然这本书时,可千万马虎不得啊!

生命的形态本身就是一部奥妙无穷的哲学大辞典!

退出沼泽地

下山后,向有松鸡、雷乌、雪兔、紫貂、棕熊出没的森林进发。老梁曾数次率队来这里考察,情况较为熟悉。

不久,一片沼泽地横卧在前。老梁要我们专找塔墩——一种叶子很长的草,长得较高,它的根部聚集了泥土。踩上去发软,但不下陷。看前面有几个比塔墩还高的土堆,我就向那边走,一脚踩下,情知有异,可已收不回脚了,连忙三蹦两跳踏上塔墩。好家伙,那土丘上已一片黑麻麻的,我的鞋上也有蚂蚁横行,原来那是蚁巢!

走了几条路都不通。今年雨水多,沼泽地中的路都被淹没了,只有骑马才能过去。保护站没有马匹,主任只在来时露了个面,就再也不见了。看着对面茂密的森林,只好望"林"兴叹。

从沼泽地中退出,上了一个缓坡。广阔的草地展现在眼前。午后灿烂的阳光照耀在茂盛的绿茵茵的草地上,照耀在散落在草地上东一棵西一棵或是几棵相连的红松上,勾勒出了一派欧式牧场风光!

远处,有人正在挥镰打草,不时有哈萨克族的孩子骑着骏马,从草地缓缓而过。各色野花吐露着芬芳。

太诱人了! 三个人像孩子般躺到草地上,大有"老夫聊发少年狂"的心情。五官的感觉,只有苦艾的香味、青草的气息、耳边蜜蜂的嗡嗡、蓝天白云的悠悠。生活多美好!

不知什么时候,隐约传来了喀纳斯河的流水声,我惊醒了。坐起来探望,右方下面是森林,站起来后打量,居然见到了银光。我连忙喊起了老梁,坚持要到森林中去探寻。

老梁说:"没带干粮,到现在还没吃饭哩!再说别看那边很近,这个季节,没有马匹是很难进去的。"

任何理由都没法说服我,老梁只好领路。

棕熊出没

渐向森林接近,才发现西伯利亚的云杉、红松都在30多米高,河谷很深,只能从树隙中偶尔见到河水。有两处,林相很好,可岸太陡,无法下去。

选了一个稍缓的坡,未走多远,就遇到一股泉水。只得涉水。

各种灌木、杂草将岸边挤得严实。首先是老梁叫了一声:"甩手!"提醒我们注意荨麻。他挨上了。荨麻扎人,若不及时将那些如芒的刺去掉,要疼好几天。我在四川吃过它的苦头,没想到在这地方也能碰到它!

终于下到谷底。林带有二三十米宽,横七竖八的倒木彰显原始森林的特征。没有路,只能拣倒木较少的地方走。一脚下去,水的叽咕声,生出几分恐怖。湿气很重,光线阴暗,河谷的上空与立木组成了奇特的图案。每走一步,图案都在变形。无论是云杉还是红松,都差不多粗细,好像是某一天,同时从这里出生,和我见过的针叶林的景象绝不一样。

走了20多米,已累得浑身大汗。老梁说得对,没有马匹,要想深入太困难了。在翻过一棵倒木时,李老师从上面跌了下去。我赶快去拉,她已利索地站起来了。

老梁说:"回吧!"

我说:"松鸡、雷鸟、紫貂……一样都还未见到哩!"

"松鸡、雷鸟在这边的林子恐怕看不到了。旅游的人群活动太频繁。那年我们来时,就在南边的林子,听到了打蓬子的叫声,才看到一只大松鸡,张开膀子,围着一只母鸡边唱边跳。有人要开枪,我没允许。回来后,自然博物馆的采集员向我大发脾气。我只好耐心地跟他说,你是作为科考人员来的,猎人都不打正在繁殖的鸟!那时,紫貂多,我同意他采了一只当样本。前两年,东北的养貂场还来这里捕过紫貂——下笼子,用活物引诱。喀纳斯的紫貂品种好,捕捉活体去改良品种……"老梁说。

他停下了,注意起倒木边的足迹。其实,我在他之前已看到了,怕搅了这次探险,才故意未说。

"有棕熊的足迹,这家伙一头有好几百千克重。哈萨克族老乡都怕它,只有专门捕熊的人才敢和它周旋。这里棕熊多,回吧!"

"你没看出那足迹最少有两天了?好不容易进到林子,再往前走段路吧!"

说话时,我只顾往前走,有意放重脚步,踩得水哗哗响。李老师紧随其后。老梁无奈,只得跟了过来。

蘑菇很多,倒木上还有木耳,肥肥的,我们已不去采集。昨天带回去的一包蘑菇被厨房的人扔了,说是这里的菌种类多,认不清是否混了有毒的。误食毒菌,顷刻就有生命之忧。

还是在一棵倒木上,苔藓被掀掉一块,从残留的足迹看,显然是棕熊经过时留下的。看到如此新鲜得滴水的足迹,我不敢大意了。碰到那家伙,在这样密的林子里,那可不好玩。

李老师问:"是不是看到雷鸟或是马鹿的足迹?"

我转过身来,有意用身体遮住,说:"很饿,回吧!"

老梁当然很高兴,也不走回头路了,就地往岸边的崖上爬。

再探水怪

踏着露珠,在弥漫着松脂的林间疾行。今天要乘船到喀纳斯湖中探索水怪。李老师昨夜就开始担心,若是水怪突然冒出,船吃得消吗?

到了湖边乘船处,李老师傻眼了:这是保护站巡护用的快艇,很小。我指了指橘黄色的救生衣,她才稍稍释然,迅速地取了一件,要我帮她穿上。

阳光在湖面上扯出一缕缕金丝,微波如鱼群在前方游动。两岸的森林,山峰的倒影,水灵灵的;湖水映出绿的、红的、蓝的光彩,如闪电一般从身旁掠过。我请他们将船开得慢一些,可风太大,大声喊了三四次,才见船速缓了下来。

一湾一个景象,真正是应了"目不暇接"。老梁指了指山崖上的冰川擦痕,我只看到了一条稍白的岩缝。又指着崖上的壁画说,考古学家说那是人类早期留下的艺术,可我只看到了模糊的影像……

雪山以炫目的姿态迎面出现了。冰川浩荡,但认不出哪条是巨大的喀纳斯冰川。不知为什么,快艇就是降不下来速度,是害怕水怪突然出现?小艇只有依靠速度才能摆脱危险。

英国的尼斯湖,也是高山湖泊,其形状也是长长的,有几段比喀纳斯湖可能还要宽一些。左岸森林茂密。1997年8月,是君木开车,载着我们沿着左岸行进的。九寨沟的长海,也是高山湖泊,名字已表明了它的形状。为何都是在高山湖泊中,发现水怪的踪迹,或是产生了水怪的传说呢?

哗啦一声,右前方出现了鱼跳,惊起一群水鸟拍翅。

已看到终点的湖岸了,25千米的航程,仍未见到水怪的影子。

湖岸的景象很怪异,好像立满了雕像。各种形象挤在一起,总有100多米长,真是一大奇观……

近了,才发现全是枯木!是定向的湖上风,将所有的枯木吹到这里堆集,创造出奇特的天然杰作!自然而成的各种形象,不可名状,是一道别致的风景。

快艇靠岸了,踏着闪亮的白色沙滩,确有一种在海边漫步的感觉。眼前的景色层次分明:蓝天、雪山、冰川、森林、水光湖影……

大自然的美,淋漓尽致地展现了出来!

岸边是一片沼泽地,茂盛的挺水植物——主要是菖蒲,将沼泽地围成形态各异的水沼。倒影特别靓,与真实的世界交融,形成了另一种美!

一条银色的小河从沼泽的右侧注入湖中,这就是从友谊峰下喀纳斯冰川流下的融水。

沿着冰川融水的河流上溯,可到达白湖。白湖是野生动物的王国,那里是喀纳斯湖上游的湖泊群,必须骑马才能进入。不久前,电视台一个摄影组进去了,可第二天就折回头。摄影师被棕熊吓坏了。我请老梁帮助租马匹,一同去白湖探险!

岸边的白桦树,三三两两地立在沼泽与湖岸的中间地带,产生了另一种风韵。

我往沼泽地走去,那草地是软软的,踏上之后有着轻微的颤动。刚要挪脚,水已汪了上来,那草地也往下沉去。我像踩梅花桩那样,赶快走了几步,但又迅速转身往回走,因为后几步下陷的速度更快……

我坐在枯木上,看着它构成的奇特风景。不久,将目光紧紧地盯着湖面,这边人迹罕至,水怪出没的概率高……

只有波光粼粼,偶尔的鱼跳……

老梁见我那份渴望的表情,说有人曾见过水怪,他从事的职业也是自然保护,有理由相信他观察到的事实。

我怪他为什么不早说。他说,有些谜,还是保有神秘性才好。神秘散发无穷的诱惑。

他的那位熟人,也是在这个季节,正在骆驼峰上寻找水怪时,湖面上突然涌起大波:一群颀长的动物露出了宽宽的背脊,红色的。它们游动着,浩浩荡荡有十几只。身躯庞大,最大的一只体长不会少于 10 米。

时而浮出头来,那头硕大得有些像恐龙,偶尔翕动的嘴,阔大,有 1 米多长……但只有那么一会儿,它们悠然而去,没入水中,留下一圈圈水波浪。

他那天带了照相机,分析了照片上的影像后,认为最大的可能是一种鱼。有种名叫哲罗鲑的鱼,红色,可长到几吨重。

我在这里考察时,听哈萨克族老乡说,他们在一条红鱼肚子里,发现了它吃进去的两只野鸭!哲罗鲑是肉食性的。

我说:"宁愿相信他看到的是真实的,但他的结论下早了。还从未见过陆地湖泊中有这样体形庞大的鱼的报道。你见过?"

"没有。"

即使是哲罗鲑,那也是世界一大奇观、奇迹!

足以惊动国际上的鱼类学家。

走,上船!就在湖上搜寻,我不信揭不开水怪的神秘!

后记:将近十年过去了,一想到喀纳斯那美丽的变色湖、落叶松的森林、多彩的草地,却总是和车从几厘米厚浮尘上通过时扬起的尘土、宾馆后臭气熏天的垃圾、流向湖中污黑的臭水交织在一起,无限担心那里生态的破坏、环境的污染……

无数的事实证明,在自然保护区内开展旅游业,无论如何都要适度。像某些地方的过度开发,那肯定是对自然保护区的破坏。为子孙后代留住美好吧!

2008 年 7 月 15 日

天鹅的故乡

风城电厂

美丽的喀纳斯湖使我们忘记了时间,直到上午11点钟才离开。原定返程两天。刚到喀纳斯河大拐弯处,车窗升降器坏了,挡风玻璃摇不上去。失去了它的护卫,在戈壁大漠中行车,饱餐了准噶尔盆地卷起的风沙。

老梁要我们警惕,说是路途中有种苍蝇,专在人眼睛、鼻孔湿润处产卵。速度异常快,嗡的一声,已完成全部动作。只有赶快擦,用水冲洗干净,否则一会儿蛆虫就出来了。他就吃过苦头。说得人毛骨悚然。

司长小张考虑再三,决定连夜赶路。谁知日落后,又要忍受寒风的侵袭。次日深夜2点多才到达乌鲁木齐。

阿尔斯朗是个魁梧的维吾尔族人,热情、豪放,天生一副好嗓子,说话声音洪亮,有着共鸣音。他原先对我们这次行程有些顾虑:喀纳斯湖在新疆东北角的阿尔泰,再掉头到南疆沙漠,路程太远,气候、地理条件迥异,担心我和李老师吃不了那份辛苦。经受了喀纳斯湖艰苦之旅的考验后,他高兴得大笑:"亚克西!给我时间安排。从天鹅湖到大沙漠,奇妙的想法,奇妙的行程!祝你们一路顺风。"

还是等了两天,我们才登上迂回曲折的旅途。

赶巧了,新建的吐乌大高速公路前两天已开通,出乌鲁木齐不远,就进入了瀚海戈壁、吐鲁番盆地。风沙漫天,没有一丝绿意。蜃气蒸腾,一切景色都在恍惚之中。

忽见左前方灰蒙蒙的戈壁滩上,兀然崛起风车。连绵上百座风车高耸、林立,银色的轮片旋转,蔚为壮观。"达坂风力发电厂"的牌子赫然竖立。有一风车竖杆上印有"国产600千瓦",大约是发电机的型号。李老师下车拍了几张照片。老梁说:"吐鲁番盆地曾被称为风城,刮风的天数多,时而狂风骤起,能吹得斗大的石头翻滚。过去,常有人遭到风击毙命,遇险者体无完肤,惨不忍睹。在内地很难想象风能将人刮倒,也像碌碡一样滚动。《西游记》中写过风怪。风力是能源,这个风力发电厂是我国第一个,也是示范。这种无污染的发电场肯定会大力发展。"

他是从事自然保护事业的,在新疆奋斗了几十年,是自然保护界响当当的人物,他领我们去过喀纳斯,这次又结伴同行。

过柴窝湖,波光粼粼。这是淡水湖。可就在它旁边,也有一湖,却是盐湖,晶莹夺目,其后还有几座小的盐山。从车中看去,盐湖如绵绵不断的闪电耀起,创造出一种特殊的感觉。

达坂城是荒漠中的一小片绿洲。情歌《达坂城的姑娘》是从这里飞出的。有水才有绿洲,水是生命之源,绿树是生命的欢乐。

离开吐乌大公路向南。8月的新疆并不炎热,但车内温度明显升高。吐鲁番盆地是世界著名的低地。我们感到地势的倾斜,似乎是在盆底行进。戈壁上时时腾起一股旋风,有时三四股同时旋起,扭动如动画片中的魔蛇。

沙暴袭来

托克逊是盆地边缘一片较大的绿洲。公路两边的水渠边,摆满了葡萄、哈密瓜,香甜诱人。刚出城,忽然西天昏暗,黄乎乎的。混沌在移动。

老梁说:"沙暴!"

声音不高,但语气中的惊愕,还是将紧张、不安溢满车内。我试探着说:"要不要退回县城?"

司机小李撩了几眼西天,沉稳地说:"冲过去吧!这部车越野性能好。进入天山就好了。"

说话时沙暴已经扑来,沙石打得车身叭叭响,乱草、杂物飞扬,啸声阴阳怪气。小李连忙打开车灯,减了车速。我们立即陷入沙的包裹中,就像一艘潜艇,孤独地在沙海中心惊胆战地摸索。直到迎面的车灯照来,一辆货车擦身而过,心情才稍稍放松。

虽然明知越野车封闭性能好,但还是感到车内也弥漫着黄沙,感到沙的压迫。无奈中仔细地观察着窗外肆虐的沙暴,也算难得的机会。

终于到达山口,进入天山腹部,但黄沙依然弥漫,只是近处风似乎小了。拐了几个弯,见风沙正翻过山脊,已形成一丘坡,几股沙流如蛇游动。老梁惊呼:"沙丘已推进到天山了!去年从这里经过时,还没它的影子。环境恶化的速度太快!老刘,你一定知道今年4月份沙暴的灾难。现在已基本上查清了,沙暴源在北疆的艾比湖。

"艾比湖又称艾比湖洼地,有小块沙漠,原有七八百平方千米的水面,周围有珍贵的梭梭林保护区。但是,由于没有重视保护,大量砍伐梭梭林——仅前两年就有800亩的梭梭林被砍掉,现在水面已缩小到只有400平方千米。20世纪70年代,每年平均风沙天只有0.4天,到了90年代,陡然增至年平均48天。今年的沙暴尤为可怕,飞沙走石,天昏地暗,仅仅3天就到达了乌鲁木齐,7天刮到了甘肃。太可怕了!西部干旱地区的生态平衡原来就很脆弱,是相当长的时间才形成的,其植被一旦遭到破坏,再要去恢复,不是三年五年就能成功的。你们到了塔里木,看了胡杨林,会有更深刻的感受!"

这一席话,听得我心里沉甸甸的。人类建立自然保护区,是对无情掠夺大自然的追悔、反思。大自然养育了人类,为什么一定要等到哪个物种濒临灭绝,才大呼挽救呢？人类在愚蠢、盲目地开发、建设的同时,不也正将自己推向濒危？

车在天山中蜿蜒前行,从这条山沟转向那条山沟。山是灰色的,嵯峨雄伟;路是灰色的,坎坷悠长;不见一棵绿树,唯有一线蓝天如水。终于出了天山,四野仍是灰色的戈壁。

车近马兰,小李说,左拐进去,可达罗布泊,中国第一颗原子弹在那里爆炸成功。然而,前方隐约现出绿的树冠,透出无限的魅力,跳跃着勃勃的生机,我激动得大声欢呼。小李聪慧,立即加快了车速。

两排翠柳迎面而来,树冠无比优美,半圆,形似一朵绿蘑菇,像是经过精心修剪。与常见的依依杨柳迥然不同,大约就是这里俗称的"馒头柳"。近前,才证实那确是天然生成,没有一丝雕饰。主干长到1米多,四周生出整齐有序地向上伸的枝杈。还有一种杨冠榆,树冠如杨树,美妙绝伦。下车后,李老师连连按动照相机快门,我们却贪婪地饱览着绿色,倘徉在绿荫庇护之下……

小片绿洲多了起来,西天已悬起夕阳,仍不见库尔勒的影子。忽见丛丛芦苇、沼泽、湿地。有大鸟在天空翱翔,从飞翔的姿势、羽色看,显然不属猛禽。老梁说,已到焉耆,即古焉耆国,是丝绸古道上一个重要的国家。现在是回族自治县,是个小盆地。正说话间,一只白色长腿大鸟从苇丛中腾起,随即斜翅,擦着苇尖滑向一小水凼。我很惊诧:"难道是白鹳？"老梁说:"是的。"

确实未曾想到在这样的荒漠中,能见到属国家一级保护野生动物的珍禽白鹳！

茫茫的天际,无边的沙漠。夕阳辉映下,出现了高楼大厦。是海市蜃楼？不,那是库尔勒。进入城区时,已是灯火辉煌。今天行程500千米。

铁门关话史

10多年前,我曾随中国作家协会采访团,第一次到达新疆。由喀什即将去库尔勒时,突然接到单位紧急召唤,深以为憾。10多年前的心愿,今天终于了却。

库尔勒位于塔里木盆地的边缘,是巴音郭楞蒙古族自治州的首府。巴音郭楞州面积约47万平方千米,占新疆总面积的四分之一还多,相当于内地好几个省。据说其辖区内的若羌县,其面积相当于内地的一个省。自从发现塔克拉玛干沙漠的地下是丰富的大油田,库尔勒就成了新兴的石油城。城市整洁,鲜花丛丛,如果不是偶尔的风沙,你绝对想不到它屹立在沙漠的边缘。

第二天,老梁和州主管保护区的顾主任都说,去巴音布鲁克天鹅自然保护区之前,一定要先去铁门关。顾主任长期在这里工作,知识渊博,掌故很多,说起话来抑扬顿挫,耐人回味。

从热气蒸熏的道上转来,一片翁郁的蘑菇柳、杨树林,顿生清凉,果园中名贵的库尔勒梨挂满枝头。其上已建水库、电站。

铁门关在库尔勒与塔什店之间的峡谷中,中有孔雀河支流,清亮亮的流水淙淙鸣唱。两旁峭壁万丈,石色黝黑如铁,确有一夫当关万夫莫开之势,历来是兵家必争之地。"襟山带河"四个大字,为这一切做了最好的说明。关左石壁上满布当代镌刻的碑文,其中有唐朝著名边塞诗人岑参的《题铁门关楼》:"铁关天西涯,极目少行客。关门一小吏,终日对石壁。桥跨千仞危,路盘两崖窄。试登西望楼,一望头欲白。"

但老梁要我注意读乾隆撰写的两块石碑,一是《土尔扈特全部归顺记》,一是《优恤土尔扈特部众记》。

读后,心潮澎湃,思绪如潮,连忙向顾主任要了一些资料,连夜阅读。

我深感民族学知识的贫乏。印象中蒙古族就是成吉思汗的后裔,并不知道他是东蒙古和西蒙古的先祖。西蒙古的硕特部、杜尔伯特部、土尔扈特部、准噶尔部,生活在今天的新疆、甘肃、宁夏、青海。在卡拉麦里山遇到的一位蒙古族干部,他就自称是杜尔伯特蒙古人。

其中土尔扈特部,于16世纪寻求发展,西迁至顿河,建立了土尔扈特汗国。因不堪沙皇的残酷压迫,怀念祖国,在一个多世纪之后,又举部东归。十几万人历经沙皇的前堵后截、大自然的乖戾、疾病,九死一生,终于回到了祖国。

那两块碑文,就是乾隆在避暑山庄接见胜利归来的土尔扈特领袖渥巴锡后,撰写并"勒石热河及伊犁"的复制品。

乾隆出于清王朝利益的考虑,将回归的土尔扈特人分成四部分,安置在天山南北。其中南路四旗,被安置在尤勒都斯草原,也称巴音布鲁克草原。我国唯一的天鹅自然保护区就在这个大草原上,也是我们明天将启程去拜访的圣地。我心里感激老梁和顾主任的安排。

大坂防雪

车从甘草自然保护区穿过,满目茂盛的草地,十分悦目。李时珍的《本草纲目》将甘草列为草部之首,盛赞"甘草外赤中黄,色兼坤离;味浓气薄,资金土德。协和群品,有元老之功;普治百邪,得王道之化"。甘草补脾益气,清热解毒,祛痰止咳,缓急止痛,调和诸药。因"调和诸药",甘草用量大,资源枯竭。内蒙古一位朋友曾说,由于寻找、挖掘甘草,对植被破坏较大,这才感到保护的必要。

过巴仑台后,路况较差,颠得五脏六腑都错了位置。土尔扈特万里东归的事迹,却在胸中回荡,时时想起当年他们走的是否也是这条路。多了一些对历史的回顾,生发出了对蒙古族兄弟的敬佩。

山势渐高。爬上一大坂,雪山银峰似矗立于咫尺之外。停车小憩,感到有寒气,纷纷加衣。台地上低洼处,茸茸绿草生辉,三五朵黄黄白白的小花傲放着。李老师想去雪线寻景。老梁说:"望山跑死马。别看这么近,没有半天走不到。"又告诫大家这里海拔在三千四五百米,尽量不要做剧烈动作,以免缺氧引起高原反应。幸好我们都没有气闷、头疼的症状。

其实刚才只是大坂的边缘,它形似很大的上斜的台地。前方转弯处,直立着几根高大的水泥柱,张起黑色的带有网眼的幕布。是捕鸟的网?近几年,由于猛禽猎隼在国际市场上价格飙升,引动尼泊尔、巴基斯坦等国不法分子进行跨国偷猎。他们首选新疆。在卡拉麦里山,已听到过很多反偷猎的故事。

老梁说:"别急,学学《正大综艺》,要考考你。"

下车后,见前面也有这样的设置。确认张起如幕布的是尼龙织物,网眼稀疏,高有四五米,离地约有1米。这一段设在路左,长达五六十米。再看前面,似有比这长的或短的,其共同的特点是全在转弯处,虽然时而在路左,时而在路右,而这些弯路又都在坡下。

显然不是捕鸟的网。我曾在深山追随过捕鸟人的足迹。在捕捉量较大的小型鸟时多用网,但尼龙网是白色的,张度松弛。从地形地貌看,肯定与路有关。穷思竭虑,也想不出它是做什么用的。

小李抢在得意的老梁前说:"防雪墙!"

"它能防雪?有网眼,下面还是空的。"

"这就是科学!高山寒冷多雪,现在是9月初,雪山冰川还耀眼。唐诗有'胡天八月即飞雪'。这样的大坂,雪季有三四个月无法通车。在这里要装备多少台铲雪机,才能保证路线畅通?别看这种设备简单,却是利用了空气动力学的原理,根据当地的地形地貌、风向研究出来的。它能引动落雪随着气流飘向别处,不在路面堆积。很管用。"

不得不信老梁的宏论。我说,1986年9月1日从北疆翻越天山时,遇大雪,又惊又险地通过玉西莫勒格盖冰大坂之后,也见到过防雪设施,是水泥顶的走廊。老梁说:"那一定是在非常陡峭的山崖边,它更重要的作用是防雪崩。过另一大坂时,也有这样的顶篷。"

哎呀!太巧了,今天也是9月1日。12年前,从北疆过天山回乌鲁木齐,在零公里处有一岔道,即是转向南疆库东的。我们后面的行程,也是去库东。难道这条路就是当年撇开的?那次种种的惊险和趣事,一件件涌上心头……

巩乃斯山谷·云杉

过了大坂不久,路向山谷伸去,银绿的云杉林扑面而来。一条锃亮的水流,沿着山崖流淌。山谷两边的山坡青翠,白色的羊群、枣红的骏马,如画印在牧场上。白色毡包上空,袅袅的炊烟似缠绵的小曲。我们已到了美丽的巩乃斯山谷。

小溪来自雪山的融雪,纯净得如刚出生的婴儿;映着蓝蓝的色彩,擦着绿树红花,打起小小的旋涡,时而急促,时而悠缓地向西流去。它是巩乃斯河的源头,是条性格奇特的大河。它置"水向东流"于不顾,反其道向西,汇入伊犁河,跨过国界,注入哈萨克斯坦的巴尔喀什湖。

天山云杉自有特殊的风韵,树冠如锥形,依山崖高低,层层叠叠,排列有序。不知是雪山映的,还是大漠风的熏染,那绿闪着银色。银白的雪峰,黛色的山峦,银绿的杉林,组成了看一眼后终生难忘的画面。如果说天山是雄伟的化身,那么云杉就是秀丽的代表;如果说天山是一首壮美的诗,那么云杉就是跳动的音符!

巩乃斯林场坐落在云杉林中。我们今天500千米的行程已进行了大半,选了这么美的林区午餐,应该感谢司机小李。饭馆门前的小集市上摆满了雪莲、贝母、党参、蘑菇……补偿了无法去高山探访这些山珍的遗憾。老梁说,附近有温泉。因为还有长路要赶,而小李又善解人意,总是在我们表示惊奇的地方放慢车速,只好不去温泉了。

以后的路程,长时间在云杉林的山谷中绕来转去。大自然像是特意安排,让我们领略魔化了的天山的不同侧面、云杉的多种形象……

不知不觉中,云杉突然离我们而去,和来时一样毫无征兆。车向高山爬去。又到一大坂,之后就在山峦上左盘右绕,盘得你心焦;只有眼底的雄鹰,为这凝固的荒野划出淡淡的波纹。

车终于下山了,虽然开头犹犹豫豫,不多时就异常坚决地往下冲去,像位滑雪运动员,起伏有致。

地势开始平缓。右侧山坡一片金黄,黄得耀眼。正在为这灿烂的花山惊叹时,老梁却语出惊人:"那是油菜地。"中原5月就收获菜籽了,这里9月初才是盛花期。大自然就是这样号令万物的。

山谷中小盆地展开一片舒坦的草场,像是好客的主人,正在抖铺绿毡,迎接远方的客人。草场尽头是连片的房舍。

巴音布鲁克自然保护区到了。时间已近下午6点,西部由于时差的关系,此时太阳还高悬在西天。接待我们的小马,很为我们晚来了两三天而遗憾:就在那片如毡的草地上刚举行过蒙古族盛大的节日——那达慕。赛马的蹄声如金鼓擂鸣,震荡山谷。会标上还特别标明"东归土尔扈特人"。"东归",是对两个多世纪前先烈们的缅怀,是对那次惊心动魄迁移的赞颂,是对子孙后代进行英雄主义的教育。

小马有三十多岁,瘦瘦的中等身材,在保护区工作已四五年了。

我似乎已听到了天鹅高亢的鸣叫。小马理解我那急切的心情,茶未喝一口,又踏上路程。

相依相伴

两山对峙,路在中间如抛物线。刚走出山口,尤尔都斯大草原非凡的气势,惊得我们抬不起脚步。

天蓝得滴水,皑皑白雪覆盖的远山,银峰列阵。尤尔都斯盆地是起伏的山坡。灿烂的阳光下,大草原如绿海,泛着红色的微波,闪着星星点点的银光。尤尔都斯是我国第二大草原,仅次于鄂尔多斯大草原。

时间已经不早,说是天鹅也要休息,小马催我们上车。车沿着右边的山脚行驶,过了一段路后,就在草原上起起伏伏了。

前面的小湖闪着明亮的光。小马一再叮嘱我们:天鹅是非常尊贵的,它们热爱自由、宁静,非常厌恶被打扰,千万千万不要惊动了它们。

我们悄悄地向湖边走去。草原上行路,脚下软软的,有弹性,很惬意。

"看到了,在蒙古包那边!"李老师还是忍不住惊喜。

"一只!那边还有一只!"

湖对面有顶白色的毡包,毡包旁堆了草垛,再边上是一匹悠闲吃草的枣红马。

靠蒙古包的水面,一只雪白的天鹅浮在水面,挺着柔美的长颈,高昂着头,黄黄的嘴,前喙黝黑,极优雅地缓缓向西飘逸,犹如一只小帆船。前面还有一只。这是一对恩爱的伴侣。

这是大天鹅。保护区里生活着我国的三种天鹅:大天鹅、小天鹅、疣鼻天鹅。

"灰的,一只灰的游出来了。"

湖中有一土墩,那只灰色的天鹅正从土墩后游出。那是它们今年刚出生的孩子。初出壳的天鹅绒毛雪白,不久又变为灰色,待到灰色褪去,又换银装,那就预示着它已有了副坚强的翅膀,即将跟随父母启程迁徙。

一位头戴纱布、富态的蒙古族大嫂从毡包里走出,手里提着奶桶。我们生怕她惊动了天鹅,破坏了观看的好机会。它们离得是那样近,最多也就10来米吧。谁知天鹅们熟视无睹。之后,她多次进进出出,天鹅们却只顾沉浸在悠闲的生活中。

小马说,这对天鹅近几年都回到这里生儿育女,与这家人相处得融洽、和睦,10月份这家人恋恋不舍地送走它们,来年春3月,大嫂常常抬头注视远方,盼着它们归来。这里还有个小故事,待会儿看到麝鼠窝时再说。

牧民、毡包、羊群、小湖、天鹅……人与天鹅相依相伴,自然绘出一幅天人合一的感人图画,是一首人与自然的颂歌。

"只有三只?"

"水面太小。整个小湖的食物量只够这一家子生存。"

小马要我们注意小湖中的土墩,土墩不大,顶端不过筛子大,说天鹅的巢就筑在那上面。天鹅繁殖时,对巢区选择非常严格,大多选在水中的土墩。"待看完了这一带的天鹅湖,你们就有印象了。"小马说。

富饶的甘泉

继续向天鹅湖腹地进发。因为沼泽,只得绕道。到一高坡,下车,俯瞰盆地,又是一番景色。小马却要我们看远山——

这里是天山的腹地,盆地的北边是依连哈比尔尕山,西是那提山。四周雪峰冰川像是镶嵌在硕大无朋的皇冠上的银边。中部的艾尔温根乌拉山将盆地分为两小块。海拔2400至4500米,保护区总面积为13.7万公顷。

无数的支流从天山的河谷中流出,汇入一条闪亮的大河。开都河像是也具有土尔扈特人的灵气,自由自在,很悠闲,无限贪恋这片宁静、纯洁的聚宝盆,盘绕回旋,回旋盘绕,犹如一条舞动的哈达,于是留下了一弯弯河曲。星罗棋布的湖泊、沼泽,从东南方向流出了盆地,浩浩荡荡。在其下游,库尔勒附近,形成了博斯腾湖。开都河是南疆重要的水源,年径流量约34亿立方米。

博斯腾湖为新疆第一大淡水湖,面积近千平方千米,出产优质芦苇。我们曾特意乘船在苇荡迷宫中迂回;紫莹莹的柳兰、漂在水面的金钱草、黄灿灿的小花……尤其是一汪莲荷,粉嫩的芙蓉,真使人如在江南水乡。可是,有一片水域的水已发出臭味,博斯腾湖也遭到了污染。那天,顾主任就是特意去察看这一危险信号的。

在蒙古语中,"巴音"是"富饶"的意思,"布鲁克"意为"甘泉"。在开都河的上游,密布着泉眼,四季涌溢,其中还有温泉。"尤尔都斯"是突厥语,其意为"满天繁星"。无论是巴音布鲁克还是尤尔都斯,都是大自然神奇造化赋予它们的名字。

草原上大路通天,无所谓路,看清了目标,往前奔就是了,全凭司机的经验判断地形。

小李以中速行驶,曲曲折折,时而越过浅水小溪,时而绕开水氹。

草不深,植被多是黑燕麦、看麦娘、早熟禾、针茅、羊茅。优良牧草较多。看不到一棵大树。紫的、白的、黄的小花常一簇簇地挤在一起。

这些花儿,有时组成了一条小溪,显然,那儿不久前曾是一条小溪,土壤有着丰富的营养。那簇簇拥挤的小花立地处,也应是水丰土肥的地方。这里年平均气温是零下4.7摄氏度,夏季凉爽而短暂,寒冷的冬季却无比漫长。自然的选择,使这些植物在时令来临时,立即抓紧开花结果,完成神圣的繁育生命的使命。

又得弃车步行了。一匹骏马斜刺里奔来,骑士是位蒙古族青年,土尔扈特的后代,肩宽腰直,红扑扑的脸上洋溢着热情诚恳。他汉语说得不太流畅,但那意思听明白了:沼泽地区很难行走,要不要马匹?我的马群就在附近。小马说:"我给他们领路,谢谢了。"青年一躬身,勒转马头又风驰电掣般地走了,留下一串马蹄声,回荡在草原上,回荡在我们心间。

夕阳下的水泊群闪动着霞光,丰茂的水生植物将偌大的水面隔成了大小不等、形状各异的湖泊。水冬麦、水毛茛、苔草……这些挺水植物的穗头已是深红一片,看不清是晚花还是草籽。它们错落有致,形成了无数隐蔽的水湾。

不时有一群群的水禽从远天飞来,搅得晚霞缭乱。它们滑翔掠过草尖,落入湖中,惊动这里的水鸟。它们有的飞起,像是被提醒赶紧去寻找自己的群体;有的欢畅地叫着,像是欢迎远游归来的同伴。

尽管小马一再提醒,要我们注意脚下,不要只顾寻找天鹅,两眼向上,防止跌到湖里,或误陷沼泽。尽管他反复叮咛不要靠得太近,我们还是往水草深处走去。

天鹅湖抒情

左前方有一群天鹅,有二十多只,在水湾中戏水。天鹅的腿比不上涉禽类的白鹤、黑鹳、鹭鸟,它们只能用长长的脖颈,在水中觅食鱼虾等水生动物以及草根。有两只将头插入翅膀小憩,更多的在梳理羽毛。

天鹅湖笼罩在宁静中,这种宁静纯净得如雪山一样。雪山的壮美,总是散发着寒气;而这里的宁静,充满了牧歌的情调,如诗、如歌、如画,飘荡着灵气,洋溢着生命的芬芳。

突然,在一串响亮的击水声中,一只天鹅展开了雪白的翅膀,两脚有力地配合着,快速轮番拍打水面,留下一串水花,渐渐升起,然后双腿缩回,向后伸去,飞翔到天空。在霞光漫天的背景中,它如一座跃跃欲飞的雕像,直到倾斜翅膀,倏忽起身,滑向远方。

它刚刚起飞的水面,骤然响起一阵天鹅的鸣叫,它们仰颈向天,有的甚至直起前身呼叫……天鹅的鸣唱有种特殊的韵味,个性很强:高亢、嘹亮,蕴含着金属音,如小号吹奏!

号角齐鸣中,鹅群活跃起来:有的相向争鸣,有的腾起击水,但不飞离水面,有的抖开翅膀……

更有两只不鸣的天鹅,在水湾的弧形水面,用喙相互梳理羽毛,还时时交颈摩挲,特别投入,投入到忘我的境地,令人顿然醒悟:忘情正是有情的最高境界,有情正是忘我的表现!

奇了,那只远去的天鹅,竟然悠悠地、飘飘忽忽地从霞光中飞来,回到了群落。

无论是鸣唱还是戏水,抑或是抖翅扇羽,都展现出一种无比的高雅自然,毫无夸张,毫无修饰。我心灵感到一阵阵的颤动,感悟的情思悠悠而来。是的,这就是芭蕾舞《天鹅湖》最为摄人心魄之处,最能撩起人们对生命、对爱情、对自然、对宇宙,对一切的一切的情思、向往、思虑、憧憬……

即使你是个文盲,即使你是个乐盲,即使你是个舞盲,天鹅们灵秀的动作,也一定能唤醒你心灵深处的情感!

天鹅湖永恒!

大自然孕育了艺术!

我们观赏这幕自然的《天鹅湖》,足足有半个小时,谁也没有发出细微的声响,谁也没有挪动一步。直到魔幻般的晚霞迷离了湖面,只见到天鹅们的隐约的身影,这时才发现脸上、脖子上落满了蚊虫,接着是噼里啪啦的拍打声。

好家伙,蚊虫成阵,黑压压地从沼泽中飞起结阵,从四面八方向我们袭来。人们都说海南岛的蚊子大,"四个蚊子一碟菜",这里的蚊子只要两只就够上一碟了。我曾多次吃过苦头,连忙要李老师用衣服将头裹起,快步走动。小马嘿嘿地笑着,连声抱歉:"怪我没提醒你们。"可谁又提醒了小马呢?谁又能将小马从对天鹅湖的忘我迷恋中唤醒呢?

霞光万缕射向湖面,顿时唤起一片红霓,雪山如红宝石般莹莹闪光,草原也弥漫起各种色彩。不知什么时候,西天已布起一块块、一条条的乌云,那最大的一块遮去了夕阳。夕阳却热情地为它们镶上红边,为各种形状、不同厚度的云层,映耀出五光十色。

我们向晚霞浓艳处走去,那边的湖面落满了水鸟。刚靠近,它们就一齐乱喊乱叫,扑棱棱飞起,原来是群野鸭。小马说,这些野鸭最肆无忌惮,最不讲体面,到哪里都是嘎嘎叫,大惊小怪。但它们飞起时,阵势还是有模有样的,在天空把脖子伸得很直,很好看。䴙䴘是另一种性格,它们是潜水冠军,不声不响地成天在水底寻找食物……

"雁,大雁!"李老师眼尖,这一声惊呼不算什么,因为小马一直在说话,但那指示的动作,却惊动它们飞起。嗨,就在我们身后不到20米有块洼地,苔草很高,刚才它们就隐身其中觅食。大雁是一夫一妻制,社群有纪律,在休息和觅食时,哨雁负责警戒。哨雁肯定一直在注视着我们的行动。

麝鼠城堡

小马领我们穿过沼泽地中一条窄窄的小埂。苔草圈起半亩大的水面,水中有一土墩,出水有五六十厘米高。正想问是不是天鹅留下的巢时,发现土墩不是天然形成的,而是刻意垒起的,用草根和着泥巴,一坨一坨垒砌成下大上小的圆柱形,下端直径有八九十厘米……显然不是天鹅的杰作。泥坨虽不大,但天鹅用扁嘴无法完成这样复杂和繁重的劳动。

很奇怪,谁到这沼泽地造这样的建筑?这样的建筑又是干什么用的?

"麝鼠的城堡。"老梁说。

"麝鼠有这样大的能耐?"

话刚出口,我就感到冒失:因为河狸就是水中建筑大师,别看它生得胖乎乎的,却能巧妙地将直径几十厘米的杨树咬断,在水中架设拦水坝和复杂的巢区。

小马说:"麝鼠虽在水中觅食,但喜欢住在干燥的地方,所以在水中建起城堡。你看,那边还有一座。它可是天鹅的天敌。"

天鹅每年三四月份从南方归来,开始了爱情生活,选择巢区,筑巢。天鹅对巢区的选择非常严格,这也难怪,因为这直接关系到种群的繁衍。根据近几年的研究,首选的是水流比较稳定的地方,否则水忽然大起,就要遭受水灾。但一定要有大面积的浅水区。由于体型结构特点,天鹅喜欢在浅水区觅食。当然,应该有水生植物,特别是茂盛的挺水植物,能形成良好的隐蔽处,使它们的小宝宝能在安静的环境中生长。再是选择水泊中的土墩或小岛。土墩或小岛离岸要远一点。土墩外围要有直径10米以上没有遮拦的水面。

刚才已看到了,天鹅是大型水鸟,身长1米多,体重,起飞时需要跑道,这点和飞机一样。

国外有则报道,两只天鹅落到森林中的小池塘,等到要离开时,才发现四周高大的森林挡住了航线,水面小了,满足不了起飞的要求。悲伤哀怨的鸣叫,终于召唤来了护林人。为了救这两只天鹅,人们只得忍痛在林中砍伐,在上空造一条通道,终于使天鹅脱离了囚禁地。

天鹅有划分巢区的习性,最密集的地方,两巢之区的距离也在几十米,否则难以保证哺育幼雏所需要的食物。同类侵犯了它的巢区,它将奋起驱赶,但对野鸭和别的小鸟能容忍。

正因为需要这样严格的条件,保护区内,只有离开主河道一百多平方千米的沼泽地,才适宜于天鹅繁殖。

鸟类的巢,不是遮风避雨的居所,是产房和摇篮。筑好了巢,雌天鹅开始产卵,一般每个繁殖年产四五个,但也有产七八个的。在产卵过程中,如果蛋被偷了,会刺激它再产。天鹅蛋很大,乳白色,每个有六七两重。夫妇轮流孵化,到5月份雏鸟开始出壳,但要在几个月后才能飞翔,10月底11月初才能跟随父母远去他乡。

这段时间,是天鹅最易受到天敌伤害的时候。

麝鼠的破坏性惊人,它喜爱偷食天鹅蛋。方法非常巧妙,从水底打洞,由地道中去猎取。再是待天鹅筑好了巢,产了卵,它却运去了泥巴,用杂草将蛋盖上,据为己有。

"那座蒙古包里的土尔扈特牧民帮助天鹅清除麝鼠,于是和这对天鹅结下了深厚的友谊。对吧?"

小马笑得非常灿烂。

土尔扈特人和天鹅

小马又说:"在保护区内还生活着大灰背隼、棕尾狂鸟这些猛禽。赤狐、狼也是天鹅的天敌。它们专肆猎取幼鸟。孵化期间,每当敌人来临时,天鹅主动飞起出击,几只甚至几十只轮番向敌人扑去,场面壮观、感人。

"飞鸟追杀狐狸的故事,有人说出自青海湖鸟岛。我们这里的牧民也有这样的故事,述说天鹅轮番攻击,穷追不舍,直到狐狸累得倒地毙命。

"育雏期间,雄天鹅主要担负守卫工作,一旦发现敌情,首先用高亢的鸣叫警告侵略者,也通知了雌天鹅,同时向敌人游去,迷惑、引诱敌人,雌天鹅立即带领孩子躲入茂密的草丛中。

"巴音布鲁克是天鹅的故乡,这里生活着数千只天鹅。又是水禽的乐土,有几十种水鸟,十多万只。每当春天来临,几十上百只的天鹅飞来,湛蓝的天空如开满了朵朵雪莲……

"夏秋两季,父母带领孩子飞翔,锻炼翅膀,学习生活技能。迁徙之前,漂泊、结群,更是一片繁忙。几乎每个早晨和傍晚,都能看到几百上千只天鹅在湖泊群上空盘旋;齐声高歌,歌声响彻整个盆地,壮美得你找不出语言描绘。

"土尔扈特人热爱天鹅,把它奉为神鸟。哈达是白色的,天鹅也是来自天际的纯洁的精灵。当归来的天鹅从蓝天飞来,他们仰望着,甚至焚香膜拜,祝愿洁白的神灵保佑草原牛羊兴旺。

"那座蒙古包里的牧民,不仅帮助天鹅驱赶天敌,还时时给幼天鹅投食,呵护它们。我们拜访过那位大嫂,她说那天鹅一家是他们邻居,只要它们一来,天也暖了,草也茂了,花也开了。想念它们就是想念春天,想念鲜花盛开!

"我们正是依靠蒙古族牧民,才保护了天鹅的故乡;仅仅是保护区的几个人,那是远远不能胜任的。"

落日将西天烧得轰轰烈烈,余晖将草原笼罩在淡淡的粉红中。湖泊中星光闪亮,远山只有雪山银峰染色,一切都在大自然和谐的安宁中,宁静得你不想说一句话,走一步路,让你只想融入这静谧中,享受遍体舒坦的温馨。

踏着柔柔的草,在淡淡的暮霭中,呼吸着芬芳,缓缓地走着……

一声长长的马嘶骤然响彻夜空,我心里一震,荡起心潮……

土尔扈特人热爱天鹅,是因为他们和天鹅有着太多的相似之处?土尔扈特人从新疆到顿河,经过一个多世纪后,又从顿河回归,这种举族大迁徙需要何等的勇气和毅力!那血液里奔腾着何等的豪迈、剽悍!对自由幸福、浪漫生活的向往,照耀着他们不屈不挠奋进的路程。当年他们回归后,选中了这个水草丰茂的地方,再创造新的生活。天鹅们每年南来北往,于万水千山中跋涉,不也是对幸福的向往而产生的坚韧不拔?

一代天骄成吉思汗的血液,在土尔扈特人体内流淌。这位一手举着太阳,一手举着月亮的英雄,带领他的民族,踏遍了欧亚大陆,被誉为"雄鹰""海东青"。思绪由此延伸,竟引出过去读书时记忆中的一件错综复杂的事——

天鹅产珍珠

远离大海的古代蒙古人,酷爱珍珠,这个民族流传着很多关于夜明珠的神奇美丽的传说。

"天鹅产珍珠"——我第一次听到时,第一反应是天方夜谭。海珠产于大海蚌类,淡水珠产于江河湖泊的蚌类,鸟类怎么可能有产珍珠的本领?这是风马牛不相及的事。如果说有什么联系,那么就是天鹅和蚌类,其生活都离不开水。虽然说故事者在我的穷问、猛诘之下,并未能做出令我满意的回答,但理智告诫我,千万不要轻易否定大自然的神奇创造力……

这在远古,是否也是蒙古人热爱天鹅的原因之一?

古代蒙古人为游猎民族。狩猎是一项重要的生产活动,除了用弓箭,还盛行养鹰,鹰成了狩猎的重要工具。鹰中尤以海东青为贵。因为"海东青"这个名字特别,在杭州读书时,我曾听喜爱戏剧的同学说过,戏曲演员的长袖好像又被称为"海东青",已记得不确切了。

誉称成吉思汗为雄鹰、海东青,证实了海东青是鹰中最强者。在分类学并不发达的古代,将猛禽一类统称为鹰是可以理解的。

今天,海东青的说法已不流行。当时也未深究。后来读一本书时(已记不清书名),偶然中又碰到了海东青,文中说得稍具体一点:海青,也叫海东青,是一种凶猛的雕。它"出五国。五国之东接大海,自东海而来者,谓之海东青"。还说它凶猛如"羽中虎",同时又说它是当时北方游猎民族的珍禽。在蒙古族传说中,它是吉祥鸟,是英雄的化身。这里的记载已与前面的记忆有了一定的联系,也再次做了印证。

之后,我参加了野生动物考察,逐渐对鸟类的生活产生了兴趣,特别是对生活在黄山的相思鸟喜爱至极,以至于萌发了创作的欲望,这就是后来创作长篇小说《千鸟谷追踪》的缘起。正是在和鸟类学家的相处中,他再一次告诉我:居住在浩瀚大漠中的蒙古人猎取珍珠的工具,就是海东青。

我再次百般诘问。

他听这故事时,也不信。然而文字确有记载,哪本书记不清了,你去查查看,或许能找到。

一提到书,我就有些恍惚了,它勾起一种朦朦胧胧的记忆:似乎还是大学中文系学生时,有位钱教授是专门研究元曲的,名气不小,引得我也注意那一时期的文学,似乎读过一首与此有关的诗,似乎还与音乐有些瓜葛。恁是怎样回忆,也无法想起出处在哪里。穷学生买不起书,多是从图书馆借来的。

这次的故事比较具体,是说蒙古猎人在春天时猎取回归的天鹅,取其嗉囊,寻取珍珠!

他以鸟类学家的权威解释:天鹅在南方海滨、湖泊越冬,食蚌壳,能得珍珠;而珍珠又不易消化,因而留存于嗉囊中。天鹅在南方湖泊越冬,是事实;在海滨越冬,也由山东黄河出海口自然保护区及江苏盐城海滩保护区中的天鹅得到了证实。那时的蚌类丰富,无论是海珠、淡水珠,天鹅是完全可以得到的。

天鹅是鸟类飞高的冠军,飞翔高度最高达1万米,每年南来北往的迁徙中,飞越喜马拉雅山也不是稀罕事。且极擅长途飞翔,飞行速度每小时高达140多千米,古人以"一举千里"赞颂。据说在鸟类中,天鹅的飞行本领仅次于印度的尖尾雨燕。这样高空飞翔的鸟,弓箭的速度也无法与之相比。那人们用什么去猎取天鹅呢?用的就是海东青,经过训练的海东青!

海东青不仅凶猛,飞得也很高!

从鸟类学家口中说出的故事,又令我不能不信。

琵琶古曲

考察归来,一路上思绪常常郁结于此。但书海茫茫,到哪里寻找?回到家中,突然想起简单的办法是先查《辞海》,寻找线索,终于有所得。

海东青,鸟名,雕的一种。《本草纲目·禽部》记载:"雕出辽东,最俊者谓海东青。"

《辍耕录·昔宝赤》:"每岁以所养海青获头鹅者,赏黄金一锭。头鹅,天鹅也。"

元代有驿站以"海青"为名。《元史·世祖纪》:"敕燕京至济南,置海青驿凡八所。"即取雕飞迅速之意。

《秕言》:"吴中称衣之广袖者为海青。按李白诗:'翩翩舞广袖,似鸟海东来。'盖言广袖之舞如海东青也。"

《辍耕录》虽然未说明猎获"头鹅"的目的,但从"赏黄金一锭"看,当然是比天鹅肉要贵重得多的珍宝,且说明猎取天鹅并非易事,尤其是元朝将这形成法律条文,可见蒙古统治者是何等看重这样的珍宝。

其中引用李白的诗,确定了"海东青"一词在唐朝已有。

我为知识的贫乏汗颜。

之后,在山野中,脑际常常出现想象中海东青战天鹅的壮烈场面。

海东青是哪种猛禽呢?待到又见面时,我问那位鸟类学家。他却说也不能确认。如从飞翔高度和凶猛程度判断,可能是金雕,但金雕的羽色偏红黄;如果仅凭出于东海,也可能是白肩海雕或玉带海雕一类,但不能肯定。还希望我也能注意,若是有了线索一定要告诉他。

在漫漫的山野跋涉中,有次听说一位猎人专捕金雕,驯雕,然后向猎人出售。我急急忙忙赶去。他的捕雕方法是先寻找金雕的巢。巢在悬崖断壁上，估计雏雕出壳后，悄悄地爬上去，在它脚上拴了细索，让老雕继续哺育。待到可饲养时，再去取回。可是，他在一次捕捉雏雕时，遭到了老雕的攻击，坠下山崖，死了。我想知道金雕别名的希望落空。

之后，在海南岛的陵水，我亲眼看见了海雕巡猎，猛地扎入海中，抓起一条红色大鱼的全过程。对它的凶猛，有了感受，但我仍然不能确定它是不是海东青。

在一次整理旧物时，我看到了一本学生时代的笔记本。经历了几十年的沧桑，它是少得可怜的幸存者，不禁翻翻。其中居然留有一小块纸片，纸片上的两句随手涂抹的诗句，使我异常惊喜。"新腔翻得《凉州曲》，弹出天鹅避海青。"是的，在听到海青猎天鹅时，那朦朦胧胧的记忆就是它！因为年久，确已记不清其他的细节了。我连忙去找懂音乐的，特别是熟悉民族乐曲的，尤其是琵琶。我听过《十面埋伏》的琵琶弹奏，只有这种乐器才能表达出九霄之中的搏斗。他们的答复，使我更加惊喜，说是确有琵琶古曲《海青拿天鹅》，是现存的并能传弹的琵琶古乐中最古的一首。

不久，我居然在无意中读到了那首完整的诗。前两句是："为爱琵琶调有情，月高未放酒杯停。"是元朝诗人杨允孚的作品。他随元顺帝到滦京时，听到有人弹奏《海青拿天鹅》，兴奋之后写了此诗。还从古籍中读到，在明朝，河南有位著名的琵琶演奏家张雄。他在弹奏《海青拿天鹅》时，听众顿感天鹅叫唳之声绕梁。他也因善弹此曲而享名。

这是历史中蒙古人与天鹅的一段纠葛。

这也更激起我想知道海东青究竟是哪种雕的渴望，尤其是驯雕人的训练方法。训练雕、鹰，不仅需要丰富的经验和技巧，视狩猎对象，制订计划，而且还应有坚强的意志，才能完成复杂艰苦的程序。

天鹅是飞高冠军，又是飞翔健将，别看它善良、美丽，但一旦遭遇强敌，肯定不会束手就擒,而会奋起英勇战斗。它们敢于驱逐狼、狐狸已经说明问题。我曾在山野中观察过鸟类的空战,那战略战术的运用,弱小战胜强敌的表现,令人类也不得不惊叹。或许近代空战中的种种,起始就是向鸟类学习的哩!

海东青是依据什么特殊的优势在搏斗中取胜的呢?

对我来说,这是个谜。

今天,土尔扈特人对天鹅的崇敬、呵护,天鹅湖畔那座蒙古包中一家人与天鹅一家的相亲相爱,不也是一种反思和醒悟?

呼　唤

在巴音布鲁克天鹅保护区,最大的敌害与威胁,已不是违法偷猎。自1980年建立保护区以来,天鹅"人丁兴旺",种群已有了增加。在库尔勒,顾主任曾对我说过,尤尔都斯盆地还是个理想的修筑水库的地区,不仅蓄水,还可发电。在这西部干旱地区,水的重要不言而喻。在论证中,得知这将被坏天鹅的栖息、繁殖地之后,蒙古族自治州果断地决定另选它址。在当时,这是我国为保护一个物种而否定大型建设项目的第一例。

1996年3月8日,第一批天鹅已经回到巴音布鲁克。3月下旬,突然天降大雪,积雪约60厘米。这对于经过长途跋涉、疲惫不堪的天鹅来说,真是横祸临头。土尔扈特的牧民们置自己的牛羊不顾,纷纷上马,抢救天鹅。那次的损失是惨重的,但如果没有牧民们的救护,损失更大。

过去,因为年老体弱,或因为雏鸟出壳较晚,每年留在不结冰的涌泉一带过冬的天鹅,只不过百把只,但近年来猛增到四五百只。初步检讨,是因为投食较多而引起的。这也是"爱之害之"吧!但为保护工作提出了值得深思的问题。

人类虽然正在逐渐认识疯狂掠夺自然的恶果,然而保护大自然,不仅需要付出子子孙孙成百倍的努力,更需要科学!

我国的很多自然保护区,正在呼唤科学。

人类的伟大,正在于能够正视错误,改正错误!

不知不觉中,我们已回到小镇。小马连忙准备马匹,明天我们将骑马深入沼泽地,探寻天鹅故乡的腹地。

……

今天要离开天鹅的故乡,起得较早。淡淡的晨雾中,草原初升的太阳又圆又红又大。

出门不远,遇一牵马蒙古族牧民。我因为不会说蒙古语,只能满面笑容地点头,谁知他躬了躬身,却用汉语说:"一夜平安吗?""您好!"我非常纳闷这种问候语。问小马,他笑了,这是土尔扈特人流传下来的特有的早晨问安语。土尔扈特人在东归的途中,每晚都可能发生战争,还有瘟疫、劳累、寒冷,致使很多人第二天不能生还,所以,黑夜是最难熬过的。"一夜平安吗?"成了最好的、最恰当的问候语。

目的地是轮台,经过库车,有民谚说:"吐鲁番的葡萄哈密的瓜,库车的姑娘赛朵花。"那是古龟兹国所在地。

天山展秀丽

应我的要求,车在尤尔都斯大草原上中速行驶,我们可以领略草原的风光。刚到一高坡,一群群牛羊如盛开的大花绣在绿绒的毯子上,雪白的帐篷更为夺目,看得你想大声歌唱。我幡然悟出蒙古歌曲为何都是那样高亢、那样悠扬。

老梁说:"让你见识见识真正的大草原,真正的牧场!"

同行的小王突然指着草原中一低洼处,说是去年在那里的地窝里,擒获了三个来偷猎猎隼的尼泊尔人。

车内顿时一片沉默。

直到路旁出现一大群羊和牦牛时,大家才又活跃起来。这群羊中有很多黑头羊,特别可爱。小王说,这是尤尔都斯草原的特产。我们和牛羊玩耍、拍照,忙得兴高采烈。

车行两个多小时,天山已在眼前,我们即将进山了。没有谁吩咐,小李将车停下。大家不约而同地伫立,回首观望,都想将巴音布鲁克深深地印在心里,成为永不磨灭的美好!

我已是五越天山了,每次总是先进沟,在山谷中迂回,再是盘山、越岭。虽然沟沟有异,山山不同,但山色的单调及路途的漫长、孤寂,总有种挥不去的无奈。今天又是难耐的重复?此处天山,应是南天山。

"岭"回路转,迎面雪峰银亮,才看清高山上有一帐篷。小李说,过去还要往上爬,直到雪线才有山口;现在开了隧道,是新疆最长最高的隧道,只要爬到海拔3000多米。

隧道口的帐篷,是一对维吾尔族夫妇开的小饭店。妇人的花裙子、小花帽特别耀眼。

过了长长的隧道,路在河谷左边山崖向下逶迤。河谷中白色的石流浩大,有一细小的水流从中婉转而出。

又见云杉林,从山上俯瞰,云杉林如枪矛直立,威严、冷峻。

水光撩眼,啊,一汪碧绿泛蓝的小湖,躺在天山的怀抱中。它又将云杉、雪山统统揽入胸怀,倒影清晰,连云杉的杈枝也看得清清楚楚。这突然使我想起在九寨沟,由于森林茂密,我们没有找到大熊猫,正在焦急之际,意外地从五花海的倒影中,发现对岸竹丛中有只大熊猫!在野外,常能看到最奇特的景象。

到达沟底,小溪从一片流石滩散漫流过,四五匹马正在榆树林中吃草。它们那悠闲的模样,引得我们口干肚饥。

一连几个高山湖泊,最精彩的是湖为彩色,水色显出黄的、绿的、蓝的,形如宝石,放射出宝石的荧光。

刚过宝石湖,山色陡变。右边山体一片丹赤,典型的丹霞地貌。赤壁红岩塑造出多彩的形象,或如城堡,或如壁画,层出不穷。老梁说,这是一条艺术长沟,曾引来几位摄影家盘桓两天,拍了几十卷胶卷。

待到出了天山,左边山体又是亚丹地貌。大漠的风将山体侵蚀成魔怪一般,虽不及魔鬼城那般诡谲,还是令人惊叹万分。

感谢天山这次以秀丽、多姿、迥异的风格,酬劳了我们的跋涉。于是,我想:当你在山野中感到失望时,绝对不要埋怨大自然,那是因为你走的路太少了。

一片绿洲终于出现,那就是库车!

后记:巴音布鲁克——天鹅的故乡,是我最为怀念的地方之一。那如诗如画的天鹅湖,那辽阔的微微起伏的草原,那儿蒙古族兄弟的纯朴……至今依然激励着我。

2005年,我们再次去库尔勒时,听朋友们说,为了保护那块珍贵的湿地——天鹅的故乡,修建水电站的计划已被搁置。这是文明的胜利,彰显生态道德的伟大。

2008年7月15日

救救胡杨林

沙漠公路的起点

翻越了神秘的天山,我们终于从天鹅故乡来到神往已久的塔克拉玛干大沙漠。

塔里木是我国最大的盆地,面积约 53 万平方千米,相当于 15 个台湾省。周围高山环立,又远离海洋,气候极端恶劣,是世界著名的干旱区。在盆地东南的有些地区,终年不落一滴雨星。塔克拉玛干大沙漠就横卧在盆地中心。维语"塔克拉玛干",意为"进去出不来"的死亡之海。

我们由古丝绸之路重镇轮台县城出发。路线是当年为建立这个保护区曾数次率队来此考察的梁国栋先生选择的。

出了绿洲防护林带,无边无际的荒漠,黄乎乎的天地,顿感苍凉。突然,出现了奇异的景观,荒漠中隆起一个个圆形的土包,星罗棋布,如瀚海绿岛。土包上长着灰绿色的灌木,那灌木上有的还摇荡着绯红的花穗,令人眼睛一亮,精神一振。老梁说,那就是灌木红柳,土包是著名的红柳包。

红柳充满了顽强的生命力,它的身影总是出现在茫茫的戈壁和大漠中,催人振奋。它只要扎下根来,就能固住沙尘。沙高一寸,它长高一尺,根系特别发达。你看,千百年来狂暴的风已将它周围的土层剥蚀,剔卷而去,只有它仍然守住了立身之地,才形成了这一奇特而又壮观的景象。这是一首深沉的哲理诗。

未行数千米,像是应验老梁的话,红柳包不见了,大漠已经改观,一片寸草不生的土地,泛起白得耀眼的盐碱,令人毛骨悚然。老梁说,这是植被被破坏后的恶果,干旱区的植被异常脆弱,只要遭受破坏,就很难再恢复。

荒漠中的轮南镇是新建的小区,这里驻扎着一个开发油田的前沿指挥部,竖起的井架、采油树、巨大的油罐,为这个万古荒原带来了现代的气息。我们从这里踏上了贯穿塔克拉玛干大沙漠、全长522千米的沙漠公路。这条公路也称石油公路。它是石油部门为开发蕴藏在大沙漠地下丰富的石油而修筑的,在流动的大沙漠中建造这样漫长的柏油路,其丰功伟绩都已记载在起点的纪念碑上。

9月应是秋风送爽了,几天前在巴音布鲁克天鹅自然保护区,我们已穿起羊毛衫,但行进在塔里木盆地,仍然热汗淋漓。

初始,无边的瀚海,沉寂的戈壁,如魔如幻的旋风,让我的思绪能自然地飞驰到宇宙大爆炸后地球的幼童时期,心中涌动起万千想象。然而数小时连绵不断的茫茫荒原,单一的黄褐的色调,不知不觉中情绪发生了错位,空寂感油然生起……

死亡之海中的河流

逐渐看到大漠之上出现大树的身影,在滚滚相催、丘峰如涛的沙海中,看到天宇中胡杨树闪耀着夺目的绿色。它们昂首挺立在沙丘之上,绿色的树冠,如旗帜,如号角。我们这支五人的小队伍齐声欢呼:"胡杨!"是的,只有胡杨才能傲视死亡之海!

它们的形象极具个性,独立的,躯干拧拗,树冠随势伸张,似是正在搏击。数株集结成群体的,绿荫联袂。有棵大树,另有一粗壮枯干,如戟如剑直指天穹,身旁有株更为粗大的胡杨崛起,那浓绿繁盛的树冠,就是一片绿洲。难怪古人曾以"交柯接叶万灵藏,掀天踔地纷低昂。矮如龙蛇欻变化,蹲如熊虎踞高岗"来描摹它。是的,它们在这片恶劣的环境中生长,取得生存、繁衍的权利,就得面对环境的艰险。每一棵胡杨都是一部奋斗的自传、生命的颂歌!

我们加快了步伐。胡杨逐渐由稀疏到连片成林。人人都很兴奋,因为它预告好消息。不久,塔里木河大桥长长的身影就出现在视线中了。

桥长约1000米,宽阔的塔里木河从大桥下缓缓流过,清亮的流水,映出两岸茂密的胡杨林摇曳的身影,似是无限眷恋的情人缠绵悱恻,款款并肩而行。

多年的考察生活使我非常注意江河流水的清亮与混浊,因为它们会告诉你很多这个地域中的生态信息,眼前这幅清丽的生命画面,就是送给在大漠中跋涉者的一泓甘泉,一种无声的慰勉……

塔里木河是条生命河,它横贯盆地和塔克拉玛干大沙漠。在古突厥语中,"塔里木"意为"注入湖泊、沙漠的河水支流"。它是我国最长的一条内陆河,干流1000多千米。若将来自昆仑山的上源叶尔羌河加上,总长2100多千米。历史上曾最后汇入罗布泊。

长河的两岸繁衍着郁郁葱葱的胡杨林,在沙漠中形成了壮阔宏伟的绿色长廊。

河水滋润着胡杨林,胡杨林为塔里木阻挡风沙的袭击,涵养着水源。有了胡杨林,才能有林下植物,才能组成植被,才能繁衍出马鹿、野骆驼、鹅喉羚、鹭鸶、椋鸟……喧闹的动物世界。它们共同组成了一个特殊的生态体系,营造了一个个绿洲,养育着南疆众多民族的众多儿女。

我们久久流连在大桥上,思绪在河中流淌,水流又激励思绪——似是在与沙漠中的浪漫歌手倾谈、交流……

胡杨厄运

老梁说,我们还有很多路要走。只得恋恋不舍地离开充满生命欢乐的大河,奔向大漠深处。

一片偌大的垦荒地,震惊得我们停下。

它是新垦的,胡杨、红柳以及其他的植物被砍伐殆尽,裸露出翻耕后焦黄的土地。显然,这在保护区之内。我们没有携带测量工具,老梁以丰富的野外工作经验,目测之后说,有三四千亩。

我们奇怪:为什么没种上庄稼?从种种迹象分析,大约是因为开垦后,发现水源有了问题,只好作罢。正在议论纷纷时,狂风骤起,在垦地上空立即腾起黄黄的浓浓的沙尘……

"这是犯罪!"老梁痛心疾首,喊出了我们共同的心声。

不久,大片躯干挺立、没有一片绿叶的胡杨林,更令我们瞠目结舌。胡杨林庇护之下的植被已荡然无存,数平方千米之内,只有累累的沙丘,真的是一片不毛之地。老梁说,当年考察时很难见到这种现象,因为胡杨有惊人的耐旱能力,又有神奇的蓄水能力。他说了个小故事:

考察队为了研究一棵粗壮胡杨的树龄,用生命锥钻进了树干。当拔出生命锥时,从孔洞中竟然冒出一股液体,水平距离长达1.4米!惊喜得队员们连连按动照相机快门。这张珍贵的照片,刊载在画报上。后来听一位维吾尔族老乡说,他们在行旅中干渴难耐时,常常从胡杨树树干上取水解渴。

每年汛季来临,塔里木河泛滥,洪水漫滩,胡杨就在此时大量吸水,贮存起来,渡过未来的干旱。它另外一个特点,是根扎得深,只要在地下10米深之处能汲取到地下水,它就能茁壮地生长。正因为它具有如此特殊的功能,要想将它干死,不从地表到地下都断绝水源,那是不可能的。显然这是人为的力量,但老梁只是沉思不语,因为这也是我们这次深入胡杨林保护区要考察的目的。

"肖塘"只有一块路牌,除了附近有间小木屋,再也没有任何建筑物了。

我正奇怪它何以具有堂堂正正标在地图上的资格，数十步之遥的情景已解开了疑团，变幻莫测的大自然已将大大小小的沙丘推到了面前，沙漠公路的两侧已用芦苇秆插起草格子，外围立起芦苇栅栏——防沙掩埋公路的技术措施。热浪扑面而来，干燥的风，裹挟着细沙，直往衣领里钻。显然，我们已进入了沙漠的核心区。

我们忘记了一切，扑向沙丘。灼热的沙粒，也热切地钻入人体一切可以容纳的空隙。每一步，都得用力拔出脚来，刚淌出汗水，沙尘立即吸附上去。爬一座七八米高的小丘，竟然花了七八分钟。下丘，那就很惬意了——滑沙！快慢随意。李老师高兴得像孩子一样，横着往下翻滚，爽朗的笑声，如嘹亮的歌唱。一直站在旁边的小王、小李，也纷纷加入了滑沙的行列……

万里黄沙，连天盖宇。细看沙丘，形状各异，有的金字塔形，有的波浪形……更多的是环绕有壑，逶迤起伏。你不知道它起于何处，终于哪里。路走多了，看得多了，又登上几个沙丘，才渐渐觉出那杂乱无章的沙丘，似乎也有方向，倾向南方。这就是它流动的方向？

塔克拉玛干大沙漠，是典型的内陆温带沙漠，是欧亚大陆的干旱中心地带。根据气象资料，在沙漠中心，年降水量还不足10毫米，周边地区也不到50毫米。长年盛刮东北风和西北风，两股风交叉，沙尘飞扬，剧烈。尤其是它的南缘，年均风沙日多在一百天以上。大风推动沙漠南移，历史上曾盛极一时的古城、古国，就被这南移的沙丘掩埋。今天看到沙丘立在这里，明天却突然没有了它的踪影。我曾听说过，在沙漠中行旅，一阵大风之后，幸存者突然发现大量的古钱币和珍宝。近年，随着考古和开发石油，又连续发现了古城。从重见日月的汉唐古城推断，一个多世纪以来，沙漠已向南推进数十至上百千米！

有人据此推断，这就是科学家彭加木失踪的原因。

这里的沙丘,有85%以上是流动性的,仅次于阿拉伯半岛的鲁卜哈里沙漠。

正在沙丘中行走,忽见前方蒸腾、恍惚的蜃气中,出湖了天鹅湖的沼泽、水草、飞鸟……是沙漠幻景将古典牧歌浮在沙漠之上,还是两处极大的反差激活了记忆的显现?

然而,这亘古沉睡的沙漠,已开进了石油大军。途中,常见支路伸向远方,运油车、运水车往返不绝。

我们希冀在沙漠中一睹双峰骆驼的雄姿,可是,我们没有看到它珍贵的身影,连足迹也未找到。

原始胡杨林

饱览了塔克拉玛干壮观的沙漠景象,缅怀那些来到沙漠探险的先驱,惊叹石油工业的崛起,尤其是看到在一活动房后沙脊斜坡上,生出了稀疏的绿草,不禁想起:科学的发展,正使"死亡之海"改变面貌。

这段考察行程已经结束。退出大沙漠之后,我们重涉塔里木河大桥,再行数十千米,转入保护站所在地。

刚踏入这片稠密的原始胡杨林,清凉扑面,惊喜扑面。合抱粗的大树比比皆是,树高多在二三十米,浓密的树冠如一片绿云,只筛下稀落的点点阳光。在一处约有10平方米的土地上,竟然有5棵高大胡杨繁盛地拥挤在一起。我曾在海南的尖峰岭、西双版纳勐腊的热带雨林中,特意考察过它们在10平方米之内惊人的生物量,而塔里木盆地、大沙漠的边缘,竟然和它们如此相似!

老梁指着几棵要两人合抱的大树,说它们的树龄多在500年以上。当年考察时,在塔里木河下游的尉犁县境内,还有更好的林子。那里的灌木红柳都长成了五六米高的乔木,真是古木参天!可是这个季节,那里一片水乡泽国,骑马也很难进入。

我们快步穿过森林中的小路,沿着铁架攀登24米高的瞭望塔,每层都是一片新的景色,直到塔顶放眼:啊!大森林,无边无际的大森林!我曾在黑龙江桃山瞭望塔上观看过绵绵绿山——起起伏伏的小兴安岭森林。盆地的森林有特殊的风韵,"茫茫林海"用在此处更为贴切,它绿得更为深沉和幽深,散发着浓郁的西部特色。若不是亲眼所见,绝难想象出在著名大沙漠的边缘,竟然有如此壮伟的森林——原始的纯胡杨林!

一条小河从森林深处流出,沿途留下一面面如镜的水凼,汇成了广阔的水面,芦苇列阵,形成无数苇荡。几只如蚁的水鸟在远处悠闲凫游。一幅生动的江南水乡图景。

"老梁,你们的丰功伟绩就在这片林海中!这是一座绿色的纪念碑,纪念着那些为保护我们的家园——地球,献出过辛劳和智慧的自然保护工作者!"

"我很担心由于工作的失误,会成为历史的罪人……"保护区内的垦荒地、大片枯死的胡杨林,仍使他沉浸在痛苦之中。

在深入原始胡杨林之前,老梁要我们放下衣袖,扎紧鞋口、裤脚,我有些惶惑:"还能比南方森林中蚂蚁、旱蚂蟥可怕?"

"这里有草爬子,一种小虫,叮起人来很厉害。用手使劲拔都拔不出来,猛劲又怕拉断皮肤。若是它的口器留在肉里,肉会很快化脓、溃烂。考察队在这里吃过大苦头,尤其是女同胞……"他说了一大串子当年的奇闻逸事。

如此,我们当然不敢掉以轻心。准确地说,这片原始林下是沼泽地,铃铛刺、大花野麻、蒲公英、花花柴、骆驼刺、芦苇挤满了林下的空间。每行一步路,就有铃铛刺以及各种带有刺针的植物扯住衣服,划破手背,就有无数的昆虫腾地飞起,麻黑一片。

不久,我发现脖子上奇痒,一巴掌打去,好家伙,手掌上血迹斑斑中粘着四五只大蚊子！真没想到，大白天它们也如此猖狂，我只得大声警告同伴。话音未落，左前方突然响起一串拍翅击水的声音，我快步疾奔，只见两只黑色的大鸟正从小湖湾中飞起，它那飞翔的姿势，特别是带钩的长嘴，使我兴奋得大叫："鸬鹚！两只大鸬鹚！"

鸬鹚又名黑鬼、鱼鹰，是捕鱼能手。在我的故乡巢湖，渔民驯养它们捕鱼。我自小就对它们能两只共同潜水抬出一条大鱼惊叹不已，却是第一次见到野生的它们。李老师直埋怨我大呼小叫，使她失去了摄影的好机会。其实只能怨林下植物太茂密，不到跟前，谁也难以发现还隐藏着这样一处明净的小湖。老梁说："这里还有珍贵的黑鹳分布。"于是，我们带着满腔的希望，小心翼翼地沿着湖边向前。

追踪马鹿

一条小溪，引着我们蜿蜒，刚拐了个大弯，听到有种轻微的异样声。我向李老师示意，她悄悄地跟上。拨开苇丛，这片小湖中果然有两只鸬鹚在水里游弋狩猎，只是距离太远了，她的变焦镜头也没用，但她还是连连拍了数张，并相信这就是不久前飞起的两只。我从摄像机中看到四五只鸬鹚，正在一棵高大的胡杨根部土墩上晒翅，大约是翅膀太重，它们非常笨拙地、时不时地扇动两下以求得平衡。我们正在寻求好的拍摄机会时，右前方哗啦啦响，腾起一群野鸭，个个都将颈脖伸得笔直。凭经验，我知道那里有了新情况。

等我们赶到那边，正见老梁在一片稀疏的草地上寻查。从草丛披靡的情况判断，是只大型野兽。是野骆驼？不，是两只鹿的蹄印。显然，它们已嗅到了我们的气息。五个人的队伍，散发的气息很浓，它们急急避开时，惊动了野鸭。野鸭的腾起才向我报告了消息。

这里只有马鹿，且是特有的塔里木亚种。马鹿在新疆还有阿尔泰亚种、天山亚种，它比驴子的身材还要高大。历史上曾记载新疆有虎，尤其是在塔里木,一百多年前来此探险的俄国人普热瓦尔斯基曾惊呼:"塔里木河的虎像我们伏尔加河的狼一样多。"但早已灭绝。我也未曾有萌生在塔里木寻觅虎踪的念头,但一睹马鹿、野骆驼、兔狲的心情还是急切的。没想到运气来得这样快。我立即不顾一切,依据蹄印留下的信息,快速追踪。

追着、追着,蹄印在沼泽浅水中消失,但它们在六七米外上岸时挤开苇丛的印迹清晰可见。然而,我们没有马匹,只得怅怅地返回。老梁说,当年考察时,有次和七八只马鹿群撞了个满怀,它们也惊蒙了,直直地站在那里盯着他们,直到大家手忙脚乱取枪填弹时,它们才如梦初醒,撒开蹄子飞奔。我们希望也有这样的运气。

变叶杨的特异功能

老梁指着林下一棵小苗问我是否认识。小苗似是刚出生一两年,嫩干淡灰绿,叶子细长如线,说它是针叶吧,理智告诉我不可能,我只得摇头。

他又领我到一处,指着一棵小树问我是否认识。那主干泛着一些红色,叶形极似柳叶。南疆的柳树之冠圆如蘑菇,美丽异常。难道是它?

老梁摇摇头后,讳莫如深地微笑着,将我领到一棵青春年少的胡杨树面前,问我是否认识。

我愕然了,努力察看树干。树干是粗糙的黄褐色的如鳞的树皮,缝隙中偶尔还渗有淡黄色的如盐的结晶体,树叶形似扇,与银杏树叶有很多相似之处,叶面和叶背的颜色基本相同……它与前面的树苗和小树似是毫无共同之处,然而老梁狡黠的笑容……

"难道它们是胡杨的童年、少年和青年时的形象?"

老梁得意地拍掌:"所以胡杨又叫变叶杨!童年稚嫩,叶细如线,是为了减少蒸发量,以抗干旱……"

植物生存的智慧和技巧,竟是如此高超!反过来说,它们为了生存和发展,必须面对生存的条件——环境,做巨大的随机应变的自我调整。

似乎直到这时,老梁才有了好心情,语稠兴浓,侃侃而谈:

"蓄积了足够的力量,胡杨就伸张叶片,努力吸收阳光。叶片的另一种重要作用,是调节体内的盐分。胡杨树素以非凡的抗盐碱能力闻名,是因为它有排盐的办法——利用干枯的枝叶,新陈代谢还给大地;再是从树皮中分泌出胡杨碱——就是那种淡黄色的结晶体。胡杨碱可小有名气啊,连《本草纲目》中都记载过它的功能。维吾尔族老乡喜欢用它和面,拉出的面条特韧特香。这是它生态学上的一大特点。

"高大的胡杨树,种子却很小;淡黄色的蒴果中,包藏着绒毛球,球中有着比芝麻还小的籽。蒴果成熟裂开,种子就如乘着降落伞的天兵在空中飘荡,落到适宜的土地,就能生根发芽。塔里木胡杨很强的繁殖力,还表现在它能用根系长出小苗。根生树、树生根,独木也能繁衍出一片林子。

"胡杨的故乡在冈瓦纳古陆热带森林中,曾经是亚热带和热带河湾吐加依林的优势树种。两千多万年前,它来到了新疆。我国于1935年在库车发现过它一千多万年前的化石。"

胡杨三千岁

李钧生是位著名的中学地理老师,平生未去过新疆,更未见过胡杨,但他告诉我:"胡杨三千岁——能枝繁叶茂生长一千年!枯死之后,一千年不倒!倒后,一千年不腐烂!"考古学家在塔克拉玛干楼兰古国考察时,确曾发现当年的胡杨,至今依然没有腐烂。

我们看到的虽然是已经枯萎的胡杨,它们却依然屹立在荒原,固守着那方土地。虽然无从查考"胡杨三千岁"的版权属哪个民族、哪位哲人或平民;然而我们知道,生活在干旱的塔里木的各族兄弟都特别钟爱它。

维吾尔语称胡杨为"托克托克",意为"最美丽的树"。也正因为胡杨这

147

种抗干旱、抗盐碱的特殊才能,它才成了新疆荒漠和沙地上唯一天然成林的杨树。

胡杨天然林主要分布于塔里木河,以及注入塔里木河的叶尔羌河、和田河、克里雅河沿岸。只要打开地图就一目了然——它主要分布在塔克拉玛干大沙漠的周围,形象一点说,它如一条绿色的长城,紧紧地锁住流动沙魔的扩张,是我国三北防护林的重要组成部分。

研究干旱生态,是国际上的一个重大课题。

世界上仅在中亚还有胡杨的分布,但塔里木胡杨是世界上最大的胡杨保护区,总面积3954.2平方千米,地处塔里木河中游,横跨轮台、尉犁两县。这一地区年降水量仅为100~289毫米,年蒸发量却有1500~3700毫米。胡杨在这典型干旱区整个生态系统中的极其重要的作用和意义,是不言而喻的。

是的,我们已经明白了新疆林业厅在这里建立保护区的良苦用心,同时,也充分理解了老梁在看到大片胡杨林被砍伐、枯死时的沉痛……

打击接踵而来:

尉犁县胡杨保护区已遭到大面积的破坏,仅经过"批准"的,开荒10000多亩,但实际上是已开荒五六万亩!

沙魔吞食绿洲

回到巴音郭楞州首府库尔勒市,我看到1998年8月22日一份内部对塔里木河考察的"简讯",更是让人触目惊心。

考察团不顾颠簸劳累,冒着盛夏酷暑对阿拉干和台特玛湖进行了考察。阿拉干地区水井已经干枯,胡杨长势也较差。前往台特玛湖的路上,胡杨成片成片地死亡。台特玛湖仅成为地名,不见一滴水,附近连一棵胡杨树也找不到,间或有个别土包上长着一丛红柳。东尔臣河下游的桥还在,但桥下的河道里没有水,有的是已经上了桥的沙包。晚上,考察团成员不顾满身的沙子无水清洗和饥饿,又赶到某单位察看了因干旱被迫搬迁的遗址。

考察团一行来到大西海子水库。据塔河管理局的领导介绍,大西海子1994年就已彻底干涸了。

卡拉水库更令人震惊,不仅见不到碧波荡漾的景象,连一点死水都没有。

塔里木河下游干旱缺水,生态环境急剧恶化,形势十分严峻。一是缺水严重致使撂荒现象频繁发生。20世纪80年代以来,由于塔河上中游大规模农田开发,下游供水锐减,90年代后,断流几乎年年发生。某单位种植面积由20世纪80年代的10多万亩降至目前不足6万亩;某单位20世纪60年代种植面积8万亩,70年代5万亩,80年代4万亩,而90年代只能维持在3万亩左右。二是生态环境急剧恶化。塔里木绿色走廊的胡杨林由于干旱缺水,大面积枯死,土地沙化严重。某单位累计植树17620亩,但由于干旱缺水,风沙侵袭,至今陆续死亡9000亩,存活率仅49.1%。三是自然植被大量枯死,导致草亡沙生、沙进人退,风沙肆虐,灾害频繁。1998年4月20日由于大风和霜冻袭击,某单位早播的2.06万亩棉田全部受到冻害,其中1.8万亩出土棉苗冻死,3309亩果园绝收;某单位1.5万亩棉花和香梨绝收。

从这些现实中看到了人类活动违反自然发展规律,被大自然无情报复的惨痛教训。我们不能不大声疾呼:救救塔河下游,救救绿色走廊,救救自己的家园吧!

只要打开地图,就可看到台特玛湖和大西海子水库,就能大致判断出它原来的水面,同时也可得知,它们就在罗布泊的上游。而罗布泊的干涸并非发生在遥远的年代。且不说历史记载它曾是"为西域巨泽……淖尔东西二百余里,南北宽百余里,冬夏不盈不缩"。1962年航测时,罗布泊面积还有660平方千米。然而时隔十年之后,卫星测得罗布泊已经干涸。据资料记载,近年在塔克拉玛干大沙漠及其周围,考古已发现四五十处古城遗迹,而之所以成为遗迹,毋庸置疑是因为缺少了生命之泉。

塔里木河和胡杨林构成的特殊生态系统,是南疆各民族儿女的摇篮。利用自然养育自己,是人类的原始行动。以为"大自然属于人类",却忘了大自然并非"取之不尽,用之不竭"这一令人沮丧的事实,忘却了"人类属于大自然"这一真理。科学和技术的发展,人类从大自然的惩罚中,逐渐明白了"大自然属于人类"是个极大的误区!但至今仍然有很多人在这误区中沾沾自喜。这是非常非常可怕的。

我们在考察胡杨林保护区期间,得知上游的阿克苏地区至今还在垦荒,有个县近年毁林垦荒竟达40万亩。中游也在毁林开荒,如我们目睹的,就在离沙漠核心区肖塘的附近。上游开荒、下游撂荒的恶作剧还在进行着。

《森林法》早已颁布,对胡杨林绿色长廊的巨大作用,县级主政者并非完全不知,但为什么还要强行实施这些愚蠢的计划呢?据说是要有"政绩",毁林垦荒当年见效益。至于以后呢?官已升了,恶果留给后人。

在布尔津考察国家级自然保护区喀纳斯湖时,怪事连篇:一进保护区,碰到的是旅游部门设卡售票,在湖边是旅游部门的大片旅馆。偌大一片草场由于车来车往,植被破坏,已是浮土一层。汽车时时卷起浓浓的灰尘。旅馆附近森林中堆积了大量的垃圾,臭气熏天。一位南京大学的副教授看了后心疼地说,这里要不了三四年,就会被污染、破坏完了。我们询问保护区管理处,一位副主任说,县里的一位领导说过,自然保护区是国家的,但土地是他们的,保护区钉根桩都得经过他的批准。那言下之意是,他想怎么办就怎么办。矛盾至今未能解决。

请别忘了:经济的持续发展,需要良好的生态环境。知识经济的兴起繁荣,其基本条件也是需要优良的生态系统。以损害自然环境、破坏资源急功近利的办法取得"政绩"的人——

是该奖,还是该罚?是功臣,还是千古罪人?

救救胡杨林

在塔里木垦荒种植,有着很多的成功经验。在保护站内,有着小片的试验田,在胡杨林紧紧的环绕中,庄稼长势喜人。我们特意去库尔勒附近察看了一个在人工建造的胡杨林防护带内的农场。金色的稻穗垂下,一片丰收景象。

但是,这个特殊的生态体系也不是固若金汤;相反的,无数的事实已经说明,严重干旱区原来较为和谐的生态平衡一旦遭受到破坏,再去恢复,那就需付出十倍的努力,几十年甚至几百年的长时间的奋斗。

塔里木河、胡杨林是这个特殊生态体系中相辅相成的两位主角,其中哪一部分遭受灾难,反应是整体的。

那份内部简讯,只写了考察团看到的生态遭到破坏后的惨痛景象。我们在州政府的另一份汇报材料上,得到了一串数字:巴州境内天然胡杨林从20世纪80年代的385万亩降低到现在的212万亩,而且逐年减少。仅仅在巴音郭楞州,在短短十多年中,胡杨林的面积就减少了45%,这是多么惊心动魄的数字!巴州处于塔里木河中下游,整个塔里木盆地的胡杨林究竟减少了多少?减少的原因是什么?

据另一份报告说,到目前(1998年——作者注)为止,塔河下游完全断流已有280余千米。塔里木河的主干流才1000多千米,往少里算,也占了1/5。塔河断流的数字,和胡杨林面积减少的数字,还不能说明这个生态环境中两位主角的关系?

长江大水,惨痛的教训已引起人们对砍伐川西森林的反思。

干涸的罗布泊、大西海子水库、台特玛湖,几十万亩撂荒地的沙化是面镜子,更是大自然频频亮起的红灯。为了塔里木不全部沦为沙漠,为了生命之泉塔里木河,为了大西北,我们是应该大声疾呼:

救救胡杨林!

后记:1998年8月,我们去新疆。老朋友、新疆林业厅自然保护处原主管梁国栋先生当向导。先去野马救护中心、卡拉麦里山有蹄类野生动物保护区、喀纳斯湖,再回到乌鲁木齐,翻越天山到南疆库尔勒、博斯腾湖,前往巴音布鲁克天鹅故乡,经库车大峡谷到轮台,进入塔克拉玛干大沙漠。行程数千千米。

胡杨是沙漠的旗帜。世界上1/2的胡杨分布在塔里木河流域,犹如绿色的长城,围固着沙漠,护卫着塔里木河,营造起一片片绿洲。在塔里木河的北岸,梁先生领我们到达他曾参加考察、建立的一处自然保护区。胡杨林遮天盖地,河溪纵横,水沼如星。黑鹳在森林上空翱翔,鸬鹚在湖边晒翅,且不时有马鹿、兔子的身影。我们似乎忘了近在咫尺的漫天黄沙、白花花的盐碱地。

但出了保护区核心区不远,即看到大片胡杨林遭到毁灭,被开垦种棉花,或是被断绝水源,枯死在沙漠中。梁先生饱含泪水,痛心疾首地大呼:"这是犯罪!"

2005年,我们从北线走向帕米尔高原。在尉犁县,大片原始胡杨林中,常时能见到胸径在1米以上的伟岸大树!虽然那天沙尘弥漫,我们还是欣喜万分。但在下游的温苏,塔里木河已经断流、干涸,偌大的卡拉水库也是空荡荡的,没有一滴水。

当我们再去拜访七年前梁先生领我们去的保护区时,小溪、小河、黑鹳、鸬鹚没有了踪影,湖中只有很少的一点水。树还是当年的胡杨树,但失去了精气神,个个显得疲惫,没精打采。区内躺着废弃的有轨游览车,破损、锈迹斑斑的其他游乐设施。显然,在这七年中,这里曾被"开发"为旅游景点。

2008年2月

松鼠伴行

10月的黄山,满是七色云霓,色彩丰富,风景流动。

这次我将考察和陪朋友登黄山结合起来了。1980年,我的长篇小说《云海探奇》出版后,老前辈陈伯吹先生看到此书,临时在他专著校样中加上了对它的评价,认为它开拓了一种新的文学样式。在《呦呦鹿鸣》出来后,他又专门给我写了一封长信,说明这类作品的意义,鼓励我一定要坚持努力。多年来,我一直感激他对后生的鼓励。这次也是特意陪他圆登黄山梦的。

那天陪陈伯吹先生登黄山,早晨从北海出发,往排云亭去。陈老已八十多岁,虽然走得较慢,但步履稳实,一气登上松林。上去后突然驻足凝神,同行的小王要去扶他,陈师母连忙摇手。松涛浩浩荡荡过后,陈老这才回神移步。猛然间,在我的目光中,陈老就是参天的巨松,屹立在天地之间。

从排云亭出来,去饱览西海幽谷奇松,一路说说笑笑,十分热闹。心旷神怡之间,偶然看到手表上的指针已到11点了,心里一惊。因为香港作家何紫他们一行是另一条路线,这两拨子人都得回到北海吃午饭,我得赶回去张罗。匆匆向另一位同伴交代后,我就往光明顶拐去。也无心去欣赏天海高山草甸的秋色,一路小跑直奔北海。

林间崎岖的小道如彩色的隧道,溢满了热烘烘的野果的芬芳、松针的清香。透过树隙,斑斓的秋色浮云似的从身旁流过,伴着溪水明亮的潺潺声,特别撩人心怀。撩得你想静静地坐下来,倾听它们的悄悄话;撩得你想躺在变色的草地上，闭上眼睛，感觉成熟的温馨。我只得狠狠地摇摇头，揉揉眼，挣脱满世界诱惑，小跑着赶路；虽然我来黄山还有考察的目的，但朋友的吃饭问题是当前急需解决的。

正行走间，森林中先是一阵急速的窸窣声。凭经验，是几只小兽奔跑的声音，接着是枝叶的哗哗声，尖厉的吱吱的叫声。是哪种小兽由地面再追逐到树上？这足以引得我折向林间。

嗨！三四只小松鼠为一只松果，正在争夺、打闹。它们从这棵树弹跳到那棵树，轻捷灵活，姿势优美。特别是那只棕色眼圈又圆又大的，它从高树上尾追在小树上攫取了松果的同伴，跳了有五六米，简直像是飞一样。正在它腾越之间，那只抱着松果的同伴已纵到另一棵树上。只见"大眼圈"将蓬松的尾巴一转，奇了，方向立即改变，仍是直扑同伴，以迅雷不及掩耳的速度，将松果抢到爪中。正当它要撒腿去享用胜利果实时，谁知顶上突然降下一只体格健壮的大松鼠，左爪伸向松果，右爪用力一掌将"大眼圈"打落树下，然后闪电般地飞蹿至森林的深处。

"大眼圈"躺在地上，神情麻木，目光散漫。是沮丧，还是脑震荡后的恍惚？

它的特征很明显，棕褐色，个头不大，背上有五道纵形的花纹，背脊中央的一条又黑又粗，纹的形状如云板，中间宽，逐渐向两端伸展、缩小，流线优美，两侧各两条纵纹转为褐色、淡化。这是松鼠家族中体型最小、最为美丽的隐纹花松鼠。在穿着打扮上，它与北方的五道眉松鼠很相似。认出了它，我立即有种荒野遇故交的感觉。

在黄山地区，还生活着赤腹松鼠、岩松鼠、长吻松鼠、红颊长吻松鼠。以体型来说，岩松鼠最大，喜欢在岩石上奔跑。赤腹松鼠体型大，在同类中有点霸道。刚才，偷袭花松鼠的就是它！不久前，曾听说北海一带的古松，在冬季，主干上的树皮被动物啃啮得狼藉，伤及木质部，引起了管理部门的惊慌。

因为世界著名的黄山素以奇松、云海、温泉、怪石称为四绝。风景区的这些古松,都是无价之宝。若是松树出了问题,其结果将是怎样?那啃啮痕是斜斜向上的螺旋状,如削菠萝眼一般,这为动物学家提供了线索:很可能是赤腹松鼠的行径。

我向隐纹花松鼠"大眼圈"走去。它只是茫然地看着我,没有逃走,也没有羞愧的意思。它挨的一掌可能不轻,或许还未真的清醒过来。我将它放到掌中,用手抚摸它的鼻头,捏捏它的耳朵,不一会儿,它眼睛有了神气,缓慢地转动了几下。我很高兴。它也就小鸟依人般地温顺,是激动,还是心有余悸?我的手掌感到它时不时颤抖。我翻遍了口袋,也未找到一点吃食。猛然想起饥肠辘辘的朋友,只好放下它,狠狠心折向小路,去履行我的职责。

我刚动步,它也挣扎着活动起来。走了一段路,它竟然撵来了,在路边的林间随着我跑动;还不时偏过头来,用大眼圈里的小眼睛观察我的动静,似是要向我说明什么。真是个可爱的小家伙。

开头,我以为是偶然的,只不过是为了回报我对它的救护抚慰。但走了有二三十米,它还随着我在林间小跑,就有些奇怪,站住了。它也站住,对着我的注视,竟然立起后腿,站起,盯着我的眼睛,两只前爪举起抱着,做拱手状,连连点了几次。这个动作像是给了电脑一个指令,大脑的屏幕上,立即显现出了存储中的影像。

那是多年前在川西考察大熊猫途中。那天,离开高山营地不久,刚爬上一个小坡,就见到了金丝猴采食树枝的踪迹。以它们丢在地下的残枝碎叶数量和散布的面积计算,这是个有六七十只猴子的大社群。虽然我很想去追这群美丽的猴子,但因为那天主要是为冬季捕捉大熊猫做准备,只好恋恋不舍地离去。中午,我们坐在途中林下小歇。不久,发现有东西自天而降,有一团竟在我面前;一看,像是野兽的粪便。抬头仔细搜寻,好家伙,高空的树上垂下了无数毛茸茸的"长瓜"——不,是蓬松着金色长毛的尾巴。

"金丝猴！"

一声惊叫，引来了树上哗哗乱响，如夏日骤来骤去的冰雹，稍纵即逝……原来金丝猴有午休的习惯。同伴的一声惊叫，吓得它们呼啸而去。我们懊恼得直跺脚，连一张照片也未拍下。

虽是中秋，川西高山上的色彩已变得很深沉，不远的雪山时不时从不同的角度进入我们的视线，似是提醒这里是气候怪异的地域。其实，也用不着它提醒，刚才还是晴朗的天空，不知不觉间却飘起了雨，夹着冰豆打得树叶唰唰响。只一眨眼工夫，居然飘起了雪花，寒风阵阵。

我们只得躲到一棵高大的铁杉下，浓密的树冠似是巨大的绿伞。已是下午三四点了，我们掏出饼干垫垫饥。一块饼干还未吃完，一只小松鼠已哧溜一声，迅速地捡起掉下的饼干碎屑去了。大家感叹它灵敏的嗅觉。这是我第一次知道这种背上有五条纵纹的叫隐纹花松鼠。当地的山民叫它花松鼠。两次来往，见我们并无伤害它的意思，它竟然在我面前等待掉下的饼干碎屑。见此情景，我索性掰下一块给它。块儿不小，它捡起后却一溜烟跑了。心想它很知足。

谁知一眨眼工夫，它又回来了。大概是太饥饿了吧？我又掰下一大块给它，它也毫不客气，捡了就走。如是两三次，它的贪婪引起了我的反感，索性连饼干碎屑也用手接住。它见我如此，就转向他人。我要大家都学我这样。它愣了片刻，忽然立起后腿，再用蓬松的尾巴抵住，两只前肢合抱，拱手乞求，其状其神，任你铁石心肠也会涌起恻隐之心。直到这时，胡教授才说："你冤枉它了。"

大自然中奇妙的事非常多。这次给了它饼干后，我就悄悄地跟上去了。只见它在厚厚的泥炭藓上奔跑得悄无声息，在灌丛的缝隙中七弯八拐非常老到，三转两转竟失去了它的踪迹。小动物都有躲躲藏藏的癖好。我不走了，站在失去它的地方耐心等待。果然，一种细微的响声传来，凭经验，这是松鼠爪子在树皮上抓的声音。寻声望去，果然见是花松鼠正往树上一个洞口钻去,顷刻就出来,往树下俯冲,划出一条弧线,迅速地跑到我刚才坐的地方。见没有了人,急切地东张西望着……

胡教授用询问的目光看着我。

"还能是储粮备冬?"

"对头,对头!"

同伴们都很惊奇,有一位竟想去看看它究竟存了什么。

胡教授说:"我们为了研究,曾发掘过好几个松鼠的洞。那真是个让人大开眼界的粮仓,有各种野果,也有五谷杂粮,松子最多,一处处被放得妥妥当当。每个粮仓都有三四斤的食物。最让我们惊奇的是,它储存的食物都已经过干燥处理,我至今也不明白它们是采取什么办法做到的。川西高山冬季一片冰雪世界,那时,它到哪里找粮?生存竞争的法则如此。大自然是最严酷的老师。"

我把剩下的两块饼干都给它了。考察日程安排得紧张,小雨小雪也停了下来。我拍拍手,站起来摊开两掌,准备上路。那个小精灵又是立起两只后腿站起,两前肢相抱,竟然连连点了四五次。

"它在感谢你!"胡教授充满情感地说。

在黄山由光明顶去北海的路上,这只隐纹花松鼠的拱手状是什么意思呢?是感谢我在它危难中给了爱抚?

"我明白你的谢意了。我要赶路,你还要为生活奔波。愿你生活愉快。"

对它说完话,我就迈开大步走了。时值中午,游人稀少,多在休息吃饭。可是,它仍在我身旁陪伴我,形影不离一般。想来是它感到没有了尽心意,我也只好由它。没一会儿,它突然折向一处茂密的灌丛。我走了100多米后,只见它又急匆匆赶来,嘴里还在咀嚼着未吃完的食物。我很感动,再次说:"你去忙活吧!非常非常感谢你的美意。这一路并没有什么凶猛的野兽,就是它们来了,你也帮不了我什么忙。"

我边说边跺着脚,挥着手,意思已经非常明白。它在原地顿了顿,似是手足无措,等到我再回头时,它已消失在森林中。

前面是个上坡路,坡度虽然不大,但我已走了这么长的时间,不禁放慢了步伐。

突然,前面传来了尖厉的叽叽声,接着出现了那位松鼠朋友的身影。它慌慌张张地迎头向我跑来。那长尾上原来蓬松的毛收紧了,尾巴甩直。到了面前,它对着我使劲地叫着。

我不知道发生了什么事,只得停下来。山野一片寂静,虽然中午游人稀少,但这样的安静,可能是有什么凶猛的动物的威胁。转而一想,不禁嘲笑起刚才的念头。由于人类活动的频繁,要想在风景区见到大型野兽,已成梦想。就连调皮的猴群,也到僻静的地方去了。好像是为了印证这一点,几只山雀就在身旁不远处,欢快地叽叽喳喳地叫着。动物之间的特殊关系,只要你有经验,只要你留意,总是能得到各种有趣的信息。山雀欢乐的叫声,说明这附近"平安无事"。

我起步动身,可这位松鼠朋友跟前跟后地吱吱叫,甚至跑到路上挡在我的前面。我只好再停下来,注意观察附近有无异常情况。山雀还是没有停止它们的嬉闹。

我再挪步,那位朋友竟又立起身子,两前肢相抱,快速地连连点着、叫着,那大眼圈后泛着黄光的眼珠,一会看看我,一会转向前方。

我心里一顿,立即止住脚步,快速地扫视了前方。这一路是麻石铺的石阶,石阶上清清爽爽,连一片树叶也没有。两旁杂芜的草木稀疏,且有淌水沟相隔,也藏不住什么凶猛的黑熊、豹子、野猪之类。但在坡顶右侧,有片灌木特别茂盛,却并不高深。难道是视角达不到的坡顶有情况?

多年来野外考察生活提醒我:不要用常规的思维和已有的知识或经验,去预测变幻无常的大自然界。对于异常情况，与其漠然视之，不如信其可能。

松鼠朋友就立在身旁，见我未挪脚步，它只是注视着我，不时重复一下立身拱手的动作。我掏出了一支烟点着，先将急于赶路的焦急平息。

山上的一阵下滑微风迎面吹来，有股异味杂在其中，我心头一颤。鼻子急促地吸了两下，那种异味又似有若无。山民们常说"山风无定向"，这是因为山区地形复杂。一点不错，刚刚还是迎面来的风，这时却从左侧往上吹了。但那股异味已足以使我不敢轻举妄动了，只得驻足耐心等待不定的山风再从迎面吹来。

是的，山风中确实带来了异味，这种异味我熟悉，带有一种莫可名状的臭气，还夹杂着霉土味、腥味……一点儿不错，是那个可怕的家伙潜伏在前途。它怎么会突然出现在这里？以海拔高度，以人来人往喧闹的环境，它不太可能在这地方觅食。发生了什么特殊的情况使它窜到这里？这种偶然性和突然性，也就更增加了它的危险性。我全身的汗毛竖起，忍不住打了个寒噤。难怪小松鼠被吓得那样。那家伙也是它的天敌。虽说中午游人不多，但若是不小心碰上，后果太可怕了。我回头看看，没有行人。有人我也可以拦住，但迎面的我就看不到了。现在最要紧的是判断出它藏身何处，再想办法。

以刚才风向判断，它应在右上方，这一点已从松鼠朋友的神色中得到了肯定。以那个可怕家伙的生活习性，很可能就在坡上的灌丛附近。我下意识地摸了摸口袋，猎刀、猎枪当然没带，连一样可以御敌的可称得上武器的物件也没有。情势已不容我多加思考，只得悄悄地向上移步。松鼠开头未动，也未吱吱叫，等到我上了五六个台阶时，它才轻轻地、慢慢地、走走停停地跟了上来……

凭着那股淡淡的异味，凭着经验，我终于找到了它——乖乖！好粗的一条蝮蛇！它以惯常的姿态，盘在一棵松树下的灌丛中，那方形花纹和保护色，使它十分隐蔽。头从蛇盘中伸出，昂首凝然，典型的狩猎姿态。没有切身经验的人，很难发现它，正因为如此，即使在蛇医蛇药较为方便找到的现在，每年仍有山民被它咬伤致死、致残。蛇体愈大，排毒量愈多，这样粗的尖吻蝮蛇，若是一口咬到一头牤牛，那牛也没救了。传说被咬后五步之内必倒，又被称为"五步龙"。

既然发现了它，我内心稍定。只要对它敬而远之，赶路就行了。但它潜伏在游览路线上，这就增加了危险性。当然可以用石头砸死它，但它也是个生灵，更何况蛇类资源已遭到极大的破坏。松鼠朋友只是远远躲在一边，大眼圈中的两只如豆的眼却随着我的动作溜溜转。

地形对我很不利，它在上方，若是发动攻击，俯冲力加快了速度，我很难逃脱。再是我得瞻左顾右，以阻挡游人的突然出现。于是，我慢慢向右上方山坡转移。它似乎有所感觉，动了动身子，微微转了转头，但基本上保持着攻击姿态……

稍松了口气，我终于到达了它上方10多米处。我选择了乱石较多的地方，向它附近砸了几块石头，想吓走它。它不理不睬。甚至有一块砸到它身上，它仍是一副岿然不动的神色。但调整了姿势，将攻击方向转向我。

我急了。只得违反规约，从近处掰来一根长树枝，树枝刚到达它面前，它噗的一声，急如闪电般地向树一啄，喷出一股毒雾，吓得我往后一仰，踉踉跄跄，险些撞上大石。它不为所动。我只得加大力度，只见蛇头如箭一射，还未看清它是怎样松开盘子，就见它向我扑来，那速度快得我眼前只看见一根线。我返身按着事前挑好的路线，左拐右转在乱石中蹿，原来的地形对它藏身有利，现在是追击，它就有些无可奈何了。山民曾一再告诫我，遇到蛇追时，千万别往山下逃跑，千万别直线逃跑，千万别拣平地逃跑。虽然是逃跑，但我始终想尽办法观察它。最后，发现它游进一堆乱石后再也没有出来，我才胆战心惊悄悄地回到路上。

我终于松了口气，这时才感到全身衣服汗透。迎面来了四五个游人，大约是我的形象非常狼狈,引起他们的关切,忙问出了什么事,要不要帮助。我连忙回过神来,微笑着说:"没事,走累了。"

不知何时,松鼠朋友已悄然离去。

想到朋友们正焦急地等待我为他们安排午饭,我又匆匆赶路。现在我真的非常希望看到松鼠朋友,眼睛没有停止搜寻,可是总没见到它的身影。我应感谢它为我报警。是的,森林中的弱小动物对危险非常敏感。尖吻蝮蛇也是它的天敌,它完全可以一走了之,但它没有这样。当然,弱小的动物在碰到危险时,往往跑向居民区,或是靠近人类,借助万物之灵在大自然中的神圣,威慑追逐的敌人,求得保护。小松鼠向我跑来,也不能排除这种因素。但我愿意相信它是为我报警。

转了个弯,北海后那片浓郁的松林就在面前了,仍然不见松鼠朋友,心里涌起一股酸酸的怅然若失的情绪。

走过石桥,对松鼠朋友的可能出现已经绝望。我回身站住,向它刚才消失的地方,郑重地站住了,双手抱拳,拱揖三下:

"谢谢你,朋友!感谢你的一路护送!"

后记:野生动物的感恩,常令我们陷入沉思。

"人"对于野生动物,常是以怨报德,如对麝,对鹿……但在很长的时间里,并没有受到谴责和良心的责罚。

我们失却了生态道德。生态道德正是唤醒良知、尊重生命。

每次去黄山,我都有意无意地寻找着小松鼠,还送它们爱吃的饼干。岁月蹉跎,已认不准那位朋友,但我相信,"大眼圈"肯定在来吃饼干的行列中。

2008 年 8 月 15 日

武夷之谜

都说武夷山是个谜,就连在这片大山中跑了几十年、搞植物分类的刘工,也说:我能了解这里三分之一的植物,就很满意了。

神奇得如谜一般的武夷山,当然吸引了众多的游客,他们流连于丹霞地貌的大王峰、玉女峰、船棺以及九曲溪的竹筏漂流。其实,那只是方圆556平方千米的武夷山国家级保护区的大门外。

风雨黄冈

4月14日,清晨,山已起云。考察黄冈山的计划不变。只能祈求老天方便。

乘的是卡车,到一居民点时停下。护林员小吴正端碗吃饭,两只眼却肿得只剩下一条缝,脸上也有大包小包的红块。

"跟谁打架了?"刘工问。

"哪里?昨天傍晚有群野蜜蜂飞到后园,是分群出来的。我去收,没收成。却给锥了。野性太大。"

"你不如黑熊,经得住蜂子锥。"大家都随刘工笑了。

小吴上了车,继续前行。不一会儿,停下,路边一树银花,花形如悬吊小钟。刘工说是银钟花,拍了几张照片,又行。"过桐木关,"小吴说,"这已是江西地界了。"刘工说:"后面的路程就在闽、赣两省跳来蹦去了。"

车将我们送到一山脊处。浓云在层叠的大山中奔涌。左边为黄冈山主峰,海拔2158米,是华东地区第一高峰。前方为倾斜的山谷,谷中雾气缭绕。

刘工说:"今天的考察路线,是从这个坡下到沟谷地带,然后再转向左,爬山,看矮曲林和黄山松林。这里有几千亩的纯黄山松林,奇特、壮观。"

李荣禄在前领路。他是保护区副书记,正巧在福州办事,于是就领我们来到武夷山。瘦小的身材,干练果断,平易近人。云随山风在身边飘逸。茅草、山芒,长得如扫帚的毛竿玉山竹成片,其中间杂幼松,又是下坡,看似好走,但厚厚的草甸下充满了小坑、水洇。刚想提醒李老师,她已扑通一声跌了下去,幸而没有大碍。

我们追随一条不断壮大的山溪,下到它深切的沟谷,进入了茂密的铁杉林。铁杉为中国特有树种,是第四纪冰川期幸存的古老植物。越是向沟谷深处,铁杉的树干愈是粗壮,树干上挤满了各种寄生的蕨类植物。有两棵树干上还盛开着寄生者的艳丽的花朵。黝黑苍劲的枝条,如铁线勾勒出无数幅奇峭的图案。盛开的云锦杜鹃一片灿烂。

刘工的个子不高、壮实,脸色黧黑,行动非常灵活。他此时像寻宝似的,不时地采集标本、拍照。我们却被纷繁的植物世界惹得眼花缭乱。这不,一棵横架山溪的枯木上,竟然生出五六棵杜鹃。

直到看见溪边一串新鲜的野兽足迹,才让大家警醒。小吴说:"可能是黑熊的。"刘工说:"去年有只黑熊吃豆梨吃出了甜头,等会我指那棵豆梨树给你们看。"李荣禄告诫大家不要分散。这时,才发现雨滴愈来愈大。我和李老师未带雨具,只好拉起风衣上的帽子。

老李说:"吃点干粮吧!"在溪水铮铮作鸣、松涛阵阵中,大家立着、狼吞虎咽地吃着馒头、鸡蛋。

该向矮曲林方向转了,艰难地爬上了陡峭的沟谷:刚上岸,眼前一亮——

啊!云雾中、雨中,一树洁白晶莹的黄山木兰盛开。木兰素以未叶先花惊人,那树像擎起无数玉琢的酒杯,正在承接玉液琼浆……大家在雨中伫立,久久不愿离去。天也有情,忽地有了日色,天宇云层中有偌大一片日晕辉煌,木兰更显光彩照人。

看来天气可能好转,似是天亦有情。刘工说:"别高兴得太早,它们正在对峙,太阳胜了,能有几个好天;云胜了,要淋几天。"

向矮曲林走不多远,日晕闭合,云雨又紧。刘工说:"看样子是太阳未犟过来,这雨有得下了。"李荣禄和他商量了几句,决定返回。在这样的天气,攀登黄冈太冒险了。

观山还得从下往上看,才能看出韵味、气势。微微起伏的无际的山坡,犹如倾斜的草原,只是东一棵西一棵的矮树别具一格。

刘工说:"我们说武夷山有中山原生草甸,可有人认为在中亚热带是不可能有的,眼前的就是。正因为武夷山没有经过第四纪冰川期,是古热带与泛北极植物区系的交汇带,存在着特殊的多种的生态环境,才蕴藏着丰富的动植物资源。举个例子,日本人一直认为宽距兰是只有日本特有的品种,可我们在黄冈发现了它,采到了标本。还有落叶阔叶林带——宽近 200 米,长有 5000 米,难以想象。是 1996 年发现的。多次考察,1997 年才最后确定。然而,一般都认为,北亚热带和温带才有落叶阔叶林。中亚热带不可能有。但我们武夷山就有,它就在中山地带,海拔一千六七百米,建群树种是亮叶水青岗,几乎是纯林。这些树的胸径多在八九十厘米,树高不超过 20 米,森林群落很受看。这些年来,在植物方面已发现了 47 个新种。可以大胆地断定:随着科研工作的深入,还会有新种发现!"

雨稍疏,李荣禄要大家再吃点干粮。看似缓缓的山坡,走起来很费劲,迎头的下滑风很大。

正吃着干粮,刘工说:"差点忘了,你们看那棵豆梨树——右约 30 米处有三四棵相互远离的豆梨,其中有棵特别扎眼,枝条东倒西歪。是黑熊去年干的。晚秋,树上结满了酸甜的豆梨。黑熊贪甜,爬上去左折右扳,吃够了才离开。黑熊这家伙特好甜食,回去时我还让你们看看它的杰作。"

难怪它一片叶子都没有,旁边那棵却是新绿满树。

刘工说:"你错怪它了。新绿满树是告诉你,它今年不结果,休整。今年要结果的正蓄积力量,叶才迟出。"

我们只能感叹大自然的奥妙。

在风雨中行了几小时,才到达山脊,都很累。李老师一直走在前面,她在山野有个诀窍,无论是上山、下山或长途跋涉,绝不落后;说是越在后面,就越是走不动。不知是因海拔高了,还是因为体谅我们艰难,直到这时,雨滴才又大又密。幸好不远处有间空屋可以躲雨。

回程时雨稍小。在一拐弯处,刘工要车停下,指着路旁一棵粗大的铁杉,问我们有什么发现。树皮上有爪痕,大片被啃啮。

难道是华南虎的爬挂造成的?

华南虎不到这里来,你们走下去转到背面看看。

我们下去了,侧面有个树洞。是野蜜蜂窝?

刘工乐得像个孩子,还瞟了一眼小吴红肿的脸:"对了,黑熊连续两年来偷蜜,又抓又啃,想把树洞揭开,可惜白费劲。你信吧,它今年还要来!"

二上挂墩

雨整整下了一夜,住所三港门前的小溪已是浪花翻涌、涛声阵阵。云遮雾绕的山峦,秀色溢满山谷。

老李准时到达,今天去20世纪即闻名于世的挂墩。

行四五里,有一处依稀可见的房基。老李说:这是下挂墩。是块小盆地。再上行二三里,是中挂墩。也是废墟一片,只是抢占山坡边的一小块平地。再上数里,云雾中忽见依山而建房舍连片,即到上挂墩了。后排的三四幢房舍,真如挂在山崖一般,村名因此而得?严格地说,只是峡谷口的一块坡地。

街道两旁几乎全是保护区帮助建立的竹器加工厂。"

细雨霏霏,正在这里搞鸟类研究的小郑,领我们去观鸟。红水鸲在小溪上飞起落下,两三只八哥拍着美丽翅膀匆匆飞走。小郑说,他和一位同伴去年来这里进行课题研究的,至今只观察到四十多种鸟,与历史上的记录差距很大,正在寻找原因。

雨滴大了起来,云也从山坡向谷地飞涌。小郑说:"雨天鸟也不活跃。"

冒雨下山,心中怏怏。第一次探访这片胜地,却是如此毫无色彩。但暗暗决定,再上挂墩。

到达下挂墩时,老李说:"当年上、中、下三挂墩,每处都只有三五户人家。1823年,法国神甫就来这里建立了天主教堂。后来教堂失火,又在桐木村新建了教堂。教堂门前,至今还挂着一口大铜钟,钟上铸有'波多黎各制造'。他们为何要在这样崇山峻岭的小山村中兴建教堂呢?挂墩在世界生物学界响亮的名头,与这座教堂很有关系。"

下午,我们去桐木村,参观保护区扶助建立的竹器加工厂。武夷山在社区共管方面有很多成功的经验。山民们历来"靠山吃山",建立保护区后,再不能砍伐林木。向谁讨生活?不能很好地解决群众的生活问题,保护工作难以有效地开展。保护区在调查研究的基础上,决定从竹子方面做文章。这里有大片的竹林,约占总面积的8%,历史上盛产笋干、毛竹,甚至烧竹熬碱。竹是可再生资源,周期短。于是先研究竹的丰产、推广,再对竹进行深加工。一根毛竹价值十元,加工后价值三四十元。以这为龙头,带动茶叶、养菇等等。桐木村的绿洲竹业开发公司已具相当的规模。群众富裕了,从自然保护中尝到了甜头,积极投入了保护事业。《中国生物圈》曾特意来此总结经验。用阮云秋的话来说:用8%的竹,保护了92%的森林。

大雨如注,没有雷声,只有雨的击打、溪水的浪涛。长夜难眠,思绪翻涌。

第一个让世人瞩目挂墩的,是法国传教士戴维。

戴维的荣耀，"博物学家"等一顶顶桂冠不是教会授予的，是科学界加冕的。

他第一次来中国，就想方设法搞到了北京南苑的麋鹿——四不像，中国特有的动物。美丽奇特的形象，曾被奉为神圣的麒麟。后来八国联军侵入北京，将麋鹿抢光、杀光，以至在中国绝迹。直到20世纪80年代，英国才送了一个种群返回中国，现生活在苏北滨海的保护区。

戴维第二次来中国，在四川宝兴，采到了一大批珍贵的动物，如大熊猫、小熊猫等等。这在他1869年3月11日和1971年4月的日记中都有详细的记载。我曾于1986年6月和胡锦矗教授在邓池沟中急行军数十里，特意去探访了当年戴维任职的教堂，那教堂也隐藏在深山中。拙文《初探邓池沟》记录了那次行程。

之后，1873年，他来到了挂墩，在下挂墩的教堂任职。是什么又将他由川西吸引到东南之地呢？凭着渊博的知识和对动物学的热爱，不久，他就采到了珍贵的标本，主要是哺乳类和鸟类。科学家们很快就从他的标本中发现了新的物种，如挂墩鸦雀、黄腹角雉、白额山鹧鸪、斑背啄木鸟等等。惊动了生物学界。

戴维是第一个将中国一大批珍贵动物，如大熊猫、小熊猫、金丝猴、黄腹角雉等介绍给世界的。

继而英国人、美国人、德国人纷纷前来采集标本。我国著名的鸟类学家郑作新先生也曾在这里研究鸟类。我曾于1981年与郑老先生有交往，当谈到挂墩时，他那神采飞扬的神情，至今还历历在目。据不完全统计，从在挂墩采集到的仅鸟类标本中，就已发现了65个新种（包括亚种）！动物学家们只能以"鸟类天堂"来赞美！

惊人的数字，惊人的发现其内涵在哪里？一个新的物种的发现，对人类有何意义？

早晨还不明不暗的,按日程,去桃花峪考察沟谷地带的森林植被。小方从他那里派来小张当向导。但我们过桥不远,刘工来了。考察路线是九曲溪上游的一段。路在河边的陡岩上,很难走,刘工却轻松地上下攀缘,说是寻找一种稀罕的兰花,他估计这几天应是它的花期。兰花未找到,一树陈氏紫荆却灿烂异常,花朵不大,边为紫红,中白,娇嫩得你看它时不敢出大气。

十点之后,云开日出,有了难得的晴朗天气。

从桃花峪归来,我就找老李,要求再去挂墩。听说我们要去挂墩,向导小张浑身来劲,说那里如何美,怎样值得去。而这之前因为有刘工,这位姑娘不敢班门弄斧,很少说话。

只有工具车可用。刚上山,就因路面全是裸露大石,车冲不上去。经过几次努力,仍然失败。司机说,别去了,要么你们就得站到车厢上。车身长,冲不上去。

只留李老师在车里,我和刘工二话不说就爬到车厢,小张随后也上来了。车果然冲了上去。

我们虽然要忍受上蹿下跳,但视野忽然开朗,翠竹、红花映着溪水,醉人的芬芳扑面,犹如在检阅大山,检阅壮阔的森林。那份惬意,那般悦目,引得豪气满腔。

又到挂墩。一串悠扬的鸟鸣飘来,似是只蓝歌鸲,嘹亮的歌喉引得我大步追去。身后却传来一阵清脆的咯咯笑声,回头一看,同来的小张已被一小伙子横抱而去,她正快活得狂笑不止。

两只红嘴长尾蓝鹊从山的右边缓缓飞来,拖着彩色的长长尾羽,边飞边叫,那是召唤同伴。果然,竹林中响起了回应声,山谷那边也有了同伴赶来聚会。

柳莺在溪边树丛婉转歌唱,噪鹛在山坡顿挫有节,显示出类拔萃的歌王地位。红嘴相思鸟用多变的歌喉,获得雌鸟的和鸣,粉红山椒在绿树中添色。一只雄鸟刚从山脊冲下,就见一群棕头穗鹛疾疾飞来,落入菜园隐藏……

我特别关注著名的挂墩棕头鸦雀。它是雀形目的小鸟,头棕红色,嘴短、宽,喜食植物的种子和果实。是20世纪在这里发现的新种,因而也以"挂墩"命名。小郑说还能见到,它喜欢在林边的灌丛中活动。去年,我们在白虎溪那边找到了它们。那天,为找它,遭到了眼镜蛇的攻击,差点被咬了。

我们在山谷里转了一圈,细细环顾四周:前面是茶园、灌木丛,有条山溪从中流过,溪岸两旁林木葱茏,其上是常绿阔叶林。向左,一条山谷之后,整坡翠竹婆娑,一直延伸到我们进山的路口,再是满山的阔叶林、混交林……峡谷出口的周围竟然有如此多的不同的植被。每种鸟都有自己独特的生活环境,山地垂直高度差异很大,栖息着不同的鸟类……我努力地读大自然之书,似乎多少悟出了它之所以成为"鸟类天堂"的真谛。

几棵厚朴幼树树形很美,绿得闪亮。云又遮日,从山峦往下奔涌。刘工问:"能往回赶了吧?"我很感激地点了点头。二上挂墩,虽然老天只给了很短的时间,但我心里多了一点感悟,轻松多了。

刘工凑趣,在一处停下车,领我转过崖壁。啊!溪边石壁上开满了独蒜兰,紫茵茵、红艳艳的,一朵一株,风姿绰约。比我们在车上看到的更为繁荣。他见我们喜爱,特意从石壁上连苔藓扒下一块,四五枝红艳的花朵从绿苔中挺出:"放你们桌上,肯定能鲜活到你们离开武夷山,干了就泼点水。临走时别忘了把它送回河边……"

竹岚茵茵

老天似是为了考验我们的意志。第一次去大竹岚,刚到先锋岭瞭望塔,正看着大峡谷的雄姿,雨又下了起来。

我们勉力向大竹岚走去,雨如瓢泼,竹海绿波尤为动人,万杆翠竹中,淡淡的岚气也是绿茵茵的。我们只好转道去黄坑蛇科研究所。

在雨中的山道上行了20多千米,才到达建阳的黄坑。从建筑看,应是一座公园,其实是蛇科所。所长温美玉慈眉善目,一开口就笑容满面。李老师硬说读过一篇报道,说武夷山有一女子捕蛇队,队长就叫温美玉。我怎么也难以将捕蛇队长和这位笑容满面的中年所长联系起来。温美玉只是笑,一再追问下,她才点头称是,又说:"那还是很久以前的事,因为这里每年都有很多蛇伤病人,为了治蛇伤才研究蛇,才慢慢建立了蛇科所。"拟态蛇园中的蛇也躲雨了,但听了温美玉捕蛇生涯的介绍,观看了展览馆中武夷山蛇类的标本、分布,多少弥补了雨阻的遗憾。

相距数十千米的大竹岚和挂墩是武夷山保护区的明星,它被生物学界誉为"昆虫的世界""蛇的王国"。几乎是在戴维的足迹到达挂墩时,外国的生物学家也到达了大竹岚。武夷山盛产眼镜蛇、五步蛇、金环蛇,仅黄颌蛇科,在挂墩、大竹岚一带就采到了12种模式标本。中外著名的科学家都同声赞叹:"挂墩是研究中国爬行类及两栖类分布之钥匙。""就两栖类来说,古北区区系与东洋区区系圆满交汇,在世界上找不到像挂墩这样的地方。"崇安髭蟾,又称角怪,就是在这里的水渠中发现的。现已列为国家一级保护的金斑喙凤蝶的标本,也是在这里采到的。

德国人凯,1937年来大竹岚采集昆虫,在此375天,竟得标本十六万号。对十六万号标本的研究工作是浩繁的,但仅据已有的资料,如在三百号象鼻虫标本中,就发现了新种230多种!螟蛾科的发现了20个新种!抗日战争时期,昆虫学家马骏超在大竹岚采集数年,60万号昆虫标本,现仍珍藏在台中。至于英国人、美国人、西班牙人、意大利人采集后运走多少昆虫标本,从中发现多少新种,那还是个谜,但成果肯定是惊人的。他们不仅雇人来,而且长期以教堂为依托设立收购站。

据昆虫学家统计:我国的昆虫有33个目,在武夷山自然保护区已发现31个目。100多年来,从大竹岚发现昆虫新种近800个!如此丰富的昆虫资源,怎么不令人震惊?

当然,文献中所说的挂墩、大竹岚,并不囿于小小的山村,而是整个的武夷山地区。

大竹岚最奇妙之处在哪里呢?它隐藏了什么奥秘?

天也有情,在我们离开武夷山前往将石、梅花山自然保护区那天,是个绝好的大晴天。正巧,经过大林岚。

在先锋岭瞭望塔上,纵目四野,云花朵朵,岚气袅袅,大峡谷在绿色山峰的环抱下,犹如一条大河。山峦葱茏,无边无际的林海林冠整齐,半圆球状的上层树冠碧绿,中间杂有米色、淡红,犹如海上珊瑚群,在阳光下熠熠闪光。树叶排列与光线照射方向垂直。这是典型的中亚热带常绿阔叶林。司机小李自豪地说:"武夷山是北回归线同纬度已很难找到的常绿阔叶林,世界上这一带已有很多地方沦为沙漠。"

在翠竹世界行走,四周笼罩着绿茵茵的温馨,筛进的阳光将林立的新笋照耀得尤为勃发。大竹岚已没有村舍,只有茶园中隐隐的废墟。

我们寻找昆虫世界的奥秘,有只花瓢虫在茶叶上晒太阳,蜜蜂匆匆嘤嘤,竹叶上有条毛毛虫。心里一激,努力在茶树和竹子中仔细地寻找。

老李问我在寻什么。我说,这里茶叶几乎没有虫害,也没发现病笋、虫竹;既然是昆虫世界,还能是"兔子不吃窝边草"?笋只要被虫吃过,就难以成竹。竹虫也多,有种吃竹的蝗虫,往往能把一片竹子吃尽。

老李被我逗笑了,说生物学家也认为这是个非常奇妙的现象,在昆虫世界中,茶、竹居然不受虫害,或很少受虫害,本身就是深奥的命题。目前只能这样说,生物世界既有生存竞争,也有相济相荣,才能构筑和谐,也就是生态平衡的世界。这像是在谈哲学了。爱因斯坦的相对论也是哲学。但它们是怎样竞争、制约,又是什么因素维系或营造了和谐呢?

这是个谜。

武夷山还存在着很多的谜，尽管在这里已发现了众多的新物种，尽管这些年来保护区取得了一大批科研成果。

一般的理论认为，阔叶林生境的上限是1400米。为何武夷山在海拔一千六七百米有落叶阔叶纯林？

相传武夷山有一百个龙井。龙井者是瀑布冲击下的水潭。他和同伴曾测量了上下铁瓦庵之间的一个龙井，用了四根箩绳，每根有4米长，但还未探到底。最深的龙井究竟有多深？经过这么多年的寻访，只找到了九十九个，还有一个龙井隐藏在哪里？

宽距兰为什么独独在武夷山有分布？

武夷山以其丰富的物种多样性、生态多样性、出产动物模式标本蜚声中外，其最根本的原因是什么？隐藏着生物世界怎样的神秘？

在武夷山保护区核心区的诸母岗上，有几百个用麻石堆成的小石屋，方圆有好几千米。只有一个瘦子才能躲进去。若是住人，什么人才需要在这样荒僻的地方住这么多石屋？若不是住人，又是做何用的？

其实，武夷山还有着很多的谜。

谜有无穷的诱惑魅力，激励着人们去进行新的探索。我和老李、刘工、阮云秋相约，将一道去诸母岗探险。

后记：一直未能再去武夷山揭谜，那些谜也就常常牵肠挂肚。

最为牵挂的是华南虎。华南虎是中国虎。近年来，梅花山腹地的考察消息不多，或许要进入"梅花十八洞"太困难了。但我始终以为那儿是华南虎的家园，最后的栖息地。当然，也有可能早已被开发，不再是"梅花十八洞"了。

但梅花山自然保护区华南虎繁育中心的好消息，倒是常有报道。

2008年3月11日

给猴王照相的惊险

野人之谜正在逐渐揭开。

我们穿行在亚热带丛林中,连续四天攀崖涉水,在大雪纷飞中,才将一群短尾猴赶到了这个山谷。猴群是在剪刀峰那边发现的。看到这些拖儿带女的山野精灵逐渐安静下来,大家才松了一口气。狼吞虎咽扒了几碗饭,脱去湿衣、湿鞋,美美地睡去。

为了进一步观察短尾猴的生态和社群结构,考察组预先为猴群寻找了栖息地。猴子素以调皮捣蛋闻名,别说在山野了,就是在动物园中,饲养员也常常被它们捉弄得啼笑皆非,无可奈何。猴群可不像羊群或牛群,要将这些野性十足的家伙赶到预定地点,其中千辛万苦是难以描述的。这个大胆的设想是建立在几年来对短尾猴生态的了解之上的。虽然赶猴过程中也发生了些波折,但毕竟还是初步达到了目的。

生物钟的作用,大家不约而同地醒来时,天刚透亮。山野一片银白,东天溢红,天幕映蓝,积雪压得粗竹、大树吱吱响。难得的一个好天!

脚刚套进昨天的湿鞋,寒气直彻骨髓,不禁打了个大大的冷战。深一脚浅一脚,在崎岖的乱石小道上爬,我两次滑到雪窝里,都是小熊将我拉了上来。没走一小会儿,全身就冒汗了。

山谷在寨西的西南方向。昨晚临时搭了个小山棚,我们请来帮助赶猴的寨西的青年小张、小王两人,自告奋勇留下来看守猴群。可我们约莫已到昨晚搭棚处,却找不到山棚了。怪事,他俩还能被猴群劫去？或是耐不住夜晚零下四五度的严寒,回到家里去了？

最令我们担忧的是猴群的动向。我们睁大了眼睛在对面的山崖上搜寻——一挂瀑布从密林中垂下,激荡的水流声,在银雪覆盖的山野,洋溢着生命的跃动、呼喊。在瀑布中段的左边,高大的青冈栎掩映了一处陡崖,崖面较为平坦,有20多平方米。我们选中这个地方,就因为这是短尾猴的典型生活环境,即《西游记》描写的花果山、水帘洞。再是山谷只有百十米宽,这边山坡林密,便于隐蔽,便于观察,以我们考察中得出的经验,猴群就应栖息在平台上。虽然天色已经大亮,空气明净,雪光耀眼,但东边的山脉和稠密的林木在阻碍,我们还是无法分辨出哪是山岩哪是猴群。

人,不见了;猴儿也未看到……

正在焦急之际,我发现脚下有些异样,积雪下好像有什么东西在动,连忙往旁闪开,盯着那地方看。雪太耀眼了,未看一会儿,那雪似乎在晃动,又似乎就是一片静静的雪。

我又踩到刚才的脚印上去。真的,雪下确实有东西在动,一点不错。

是岩石松动？

不像。那动的感觉中,有着弹性。

是野兽隐藏地？昨晚的大雪和严寒,迫使它窝藏到此处？

扩大了视线的搜索范围,这才发现这个雪窝确实异样,像是被什么架空了。一个念头在脑子里一闪,赶忙叫来还在观察对面平台的小熊。身材魁梧,做事大胆、干练的小熊刚听完我的介绍,就将双筒猎枪交给我,要我严密监视,就大步跨到坡下,在没膝深的雪中扒开了。三手两脚,就见确是有杂木、树棍架在一起。他抓住了一根粗木,向我使了个眼色,我全身一凛,立即打开猎枪的保险,严阵以待端好枪。只见他运足气力,猛地又抽又掀,哗啦一声,他跌坐在地——

天哪!雪雾中展现在面前的是花布,准确一点说,是被面。被下有人卧睡的形状。

　　小熊气急败坏,闪电般地做了一个不准开枪的手势。

　　哪里会开枪呢?考察队有条严明的纪律:在野外采标本,或是遇到猛兽袭击时,不看清野生动物的毛衣,不准开枪。我不会忘记这一条。但我的心一下提到了喉咙口:很多片断的印象经过重新组合,现在较为真实和完整了,这是小张、小王昨晚临时搭的简陋的山棚,大雪已将它压倒,他俩……

　　简直不敢再想下去,这两个青年,机灵、憨厚、手脚勤快;特别是小张,模仿猴叫惟妙惟肖,我们就是靠他帮我们找到猴群的。我跟随考察队在野外这么多年,虽说经历过不少的危险,但从未出过人命呀!

　　我惊吓得呆如木头的形态,一定使小熊更急,连续几次想站起来,都被雪宕闪空。

　　"快扒人!"

　　理性的意识突然回到灵魂,我放下枪,跳下去,一把扯开了被子。

　　天哪!眼前的景象,使我更为愕然、惊奇、气恼、无奈……复杂得无以名状,无奈得更为无奈……

　　两缕白雾从他们鼻孔里冒出。

　　小熊更是丈二和尚摸不着头脑,连滚带爬到了这边。他惊愕得大张着嘴,就像含了一个整鸡蛋,咽不下,吐不出。

　　"好冷。"

　　像是小王叽咕了一声,然后就紧紧往小张那边靠去。

　　小熊往小王屁股上踢了一脚,这一脚踢得很有性格,很鲜明。

　　"还不起来!若是跑了猴,我再和你们算账!"

　　这一声炸雷,才将两人震得揉起惺忪的眼,口中念念有词:"猴赶来了,还不让睡一个好觉。"慢慢坐了起来。睁开了眼,见我们这副架势,才慌慌张张地站起,不知发生了什么事……

这几天赶猴,实在太辛苦了;但他们也真能睡,睡得也真沉,沉得如老熊过冬。

事情很简单,山棚很小,雪夜中搭得简陋,是雪压还是他们睡觉不老实?反正用树棍架起的山棚倒了。风卷雪旋,竟将这一切掩盖起来。幸亏有这些横七竖八的树棍支撑,还留有空隙。这个故事一直是考察队的保留节目。

小熊已用考察队员所特有的快速反应能力,急忙往高处走了几步,既焦急又专神地用眼睛搜索对面的平台。我见他轻轻地舒了口气,也往那边看去。

大约是空谷中的人声喧哗特别具有感染力,平台上有了动静。一点不错,是几只猴在踱着步子。黄褐色的长毛在银雪的辉映下,油光闪亮,富有生气。

猴群没有逃逸。

经过两天紧张的忙碌,三个观察点建立起来了。东西两面的还担负着防止猴群逃逸的任务。观察点全都建在大树上,是小张、小王他们几位青年灵巧,还是人类曾巢居的遗传因子的作用?他们巧妙地利用了树枝的长势和地形,所搭的凌空阁楼式的观察点,优雅而舒适,坐在上面,看对面的平台非常清晰,连猴子的牙齿颗数都能数得清。山谷阵风吹来,我们就像在波浪中悠荡,很舒适,是种难得的享受,尤其是对我们这些已在山岭上奔波了好几天的人,真是最高的奖励。

猴群基本稳定,看来对考察组为它们选的新的栖息地还比较满意。其实,考察组更为高兴,这不仅验证了几年来对短尾猴生栖考察的成果,更重要的是,能安定地、周密地开展下一阶段的工作:了解短尾猴的社群结构和繁殖,捕捉整个猴群,采血、化验、检查,带上标志后再放回山野,为以后的跟踪考察创造条件,最终揭开"野人"之谜。虽然短尾猴已在黄山地区生活了千百万年,但当时的动物学界属首先报道这一新的发现。事情是由"黄山发现野人"而引起科学家的注意开始,然后组织了这次为时数年的考察。

猴群两天来的活动证明,在食物匮乏的严冬,建立投食点是稳定它们的有效手段。投食点选在平台上方30多米处,也是个坡度不太大的一小片平地,四周林木茂盛,这也是将来捕猴的地方。为选择这块风水宝地,很费了一番周折。每天早、中、晚三次,由小张送去玉米。玉米的分量是根据猴子的数量计算的。为了建立投食信号,煞是费神,最后还是由小张顺口唱出了一支歌——流行在这一带的民歌,节奏欢快,歌词幽默——解决了难题。大约猴通人性,第二天歌声停后不到十分钟,它们就先后分批上去就餐了。

这是个短尾猴的大群,初步统计为五十二三只。要在猴群中寻出猴王,也难也不难。

既然称为"王",王者之相,较为容易发现。但"王"的周围还有左丞右相数名,都是在体格上相似的猴子,它们有权,或为了表现自己,常常代"王"行事。这就需要费力将它们区分开来。

我们终于找出了猴王,这是只块头较大、体重约有20千克的大公猴,体格健壮,直立起来,有1米多高,在天色朦胧或密林中,很能迷惑人。脸上布满了伤疤,有一道疤从眉棱斜拖、拐弯到下颌,桀骜、蛮横、霸气十足。两只眼睛特别阴沉,它经常站在高处,似是一位老谋深算的政治家,冷冷地注视着臣民们的一举一动。两只成年猴为争夺一颗松果,上蹿下跳,打得不可开交。猴王闪电般地赶去,挥掌一击,就将一只猴打出四五米之外,另一只猴立即缩头躬身,瑟瑟发抖。即使是它特别喜爱的那只漂亮的雌猴来为它捋毛,大献殷勤时,也只偶尔咧一咧嘴,表示喜悦。

第二天,和小熊一道去陡崖那边。在下陡坡时,雪深,见坡中段有棵小碗口粗的树,我伸手扶住它往下迈步,谁知,咔嚓一声,响声很脆。我就凭空摔了下去,接着是一连串的跟头,直到感到满脸满脖子都是雪和雪水。赶紧想站起来,挣扎了几次也未成功。还是随后赶来的小熊将我从雪窝中拉起。他焦急、惊慌,一边帮我扑打雪,一边要我伸伸胳膊抬抬腿。我说"没事、没事",心里却挺纳闷的,那么粗的树怎么就突然断了。回头望去,有10多米的划痕,在雪野中倒是非常流畅。

"唉!想滑次雪,只是技术不佳。"

小熊看到我四肢完好,就踏着深雪三蹿两跃爬到断树前扒雪,"是棵老树桩上生出的嫩枝。"他以行家的口吻向我报告。是的,这种树质泡松、很脆,若不是雪掩盖了它的真实身份,在野外我们是绝不会扶它借力的。

晚上回到宿营地,待大家睡熟之后,我开始捋起裤脚看看腿伤。刚动手,就是一阵钻心的疼痛,是腿杆处,那里是只有一层皮包着骨头。心想有麻烦事了,只好将卫生裤脱下,这时才看到,小腿杆骨棱处结了长长的一条血痂。怎么办?营地是借的寨西老乡的房子,在深山中,考察组也没有药物。天冷得出奇,上牙直打下牙。最好的办法只有倒了点开水,放了点盐,掏出手帕,慢慢沾湿血痂,逐渐剥离裤子与小腿的血肉关系。这真是伤口撒盐,疼得头上冷汗直冒。为了使它们不再结到一起,也只好去灶口抓了一把灰掩住伤口。

翌日,别说往观察点上爬了,就是走路也很不方便,但我决心尽量掩饰。若是小熊知道了,他肯定要撵我回家。这时我想到下面的工作,和小熊商量后,决定提前去为猴群中地位、等级较高的猴照相。首先当然是要给猴王摄影。为它们摄影留念,是为了建档。深一层次,却是为了研究它们的行为。作为人类近亲灵长类的行为学,引起世界上众多的科学家的极大兴趣,譬如短尾猴,主要是以动作语言、表情语言、声音……相互联络和交流的。那么,它们的喜怒哀乐是怎样在面部表现出来的呢?这个问题的深入研究是非常有意思的,即使是"猴相纷纭",那也会让观看者大开眼界。

很遗憾,当时装备原始,最好的也是唯一的一架照相机,就是我带的"海鸥120"。这已使我们很满意。

当然,我无法进入猴群去为猴王照相,且不说它们如何不友好,就说它们的调皮,对新鲜玩意照相机是绝不会不抢、不争、不夺的。最好的地点是在投食处的附近。在野外,发现较高级食物时,总是先由猴王攫取。近几天的投食也总是猴王第一个去进食,之后其他的再按等次去。这就为给猴王照相提供了最有利的条件。小熊一再说,要我注意这注意那。他是个豪爽的人,今天怎么了?婆婆妈妈的,我嫌烦:"没事没事。你们只要将猴王的动静告诉我,它一露面,我就咔嚓按下快门。能拍几张就拍几张。你放心好了,一定会拍得猴像十足!"

他见我这样信心十足,也不好再说什么了,但眼神中总还留着一点说不清的情绪。

早上,我再次检查了照相机,觉得万无一失,就和小张一同出发了。

旭日正跃出群山,山谷中弥漫着淡淡的粉红的雪雾,山野耀着夺目的银亮,绿叶、翠竹闪烁着鲜亮的光彩。溪水叮咚,清脆而嘹亮,特别富有乐感。路旁雪地上印满了各种动物的足迹。小张对一串麂子的足印特别有兴趣,说是有只麂妈妈带了它的孩子来耍过。

"呱!呱!"乌鸦突然叫起,接着是十多只白脖子乌鸦从林中飞起,树冠一片雪雾。小张连连吐了两口唾沫:"晦气,晦气!"

乌鸦是耳报神,可别在这时来找麻烦啊!幸好它们已经远去,并没有跟随我们。

快到投食点,我请小张暂不要唱歌、投食。我们又一道去再察看投食的小平台附近的地形。小路在山膀子上,左边是高山,右边是陡崖,有点坡度。两边的树林都很密。路的尽头是块五六平方米的平地。平地下又是陡崖,陡崖下几堵大岩之后,是猴群栖息的平台。虽然站在上面,看不清下面的地物地形,但由于在观察点往这边看过多次,大致轮廓还是有印象的。小张说:"每天猴王都是从路尽头那边陡崖上到投食处。"他用手指了指岩边,那里刚好有棵小树。太妙了,天然的背景。"你只要站在这边路上就行了。它在下面,根本看不到你,它一露面,就跑不出你的眼睛。"

根据照相机的性能,也只有这个位置是最为适宜。我在离投食处五六米的地方,略靠路右边找了处视野较好的地方。小张退回去几十米,开始唱歌,一路走来,他将玉米撒下后,想留下来陪我,看稀罕,我将他撵走了,担心人多了会坏事。

几只山雀在树丛中"仔伯、仔伯"地叫着,神情活泼。剪刀峰上空,有只雄鹰正在翱翔巡山。孤独寂寞的傻等之间,想象着将给猴王照哪几幅照片……

"老刘,猴王出动了,还是老路线。"

传来对面观察点上小熊的喊话。因为几天来猴群已熟悉了人们的声音。这样的通讯对它们没什么影响。

我立即端着照相机,做好了摄影的准备,腰都弓酸了,还是没见到猴影。正在焦急时,又响起了小张的声音:"猴王在大石头上不动,几位大将也没动,像是在开会哩!你别急,老刘,猴王出来了,往上面去了。"

又过了一会儿,传来小熊的声音:"老刘,猴王离投食处只有五六米了。你准备好。"

神情一振,立即将镜头对准猴王应该出现的地方。等了四五分钟,还是不见猴王。小熊、小张也不喊话。

正当我要失却耐心时,突然,就在我站的地方右边,树丛哗地一响。刚偏过头来,就见一只龇着黄牙、咧着大嘴的猴扑来。那道异常丑陋的疤痕,使扭曲的面孔狰狞无比。对了,在近处,鼻梁骨上那道疤就显出了,伤口很深,使它整个面部像是被分割成了几块。借用一句"说时迟,那时快"最为贴近,还未等我醒过神来,它已扑到我的身边,伸出右前掌就来抓我的腿。嗨,那指甲真长。我往旁一闪,只听嘶啦一声,裤子已被撕开。猴王见未抓住我,连个顿也未打,就势用左前掌抓我上身。唯一的武器是照相机,这时还能顾及其他?我只得在闪身的同时,抓住背带,向它悠去。猴王一见这新鲜玩意,大为兴奋,跃起身子凌空去抓照相机。

我往回一拉背带,它在空中扭转身子,伸出右前掌,直向面门攻来。这一惊,惊出了一身汗,也惊出了办法,我猛然举起双手,大吼一声:"啊——!"

不说山崩地裂,但山谷共鸣,枝叶竦竦。猴王蒙了,缩掌向后仰去,几乎是翻跟头般,只一闪,就已入了丛林。

短短的几十秒之间,猴王的一套组合拳,使得流畅多变,令人眼花缭乱。太精彩了!

"老刘,怎么啦?"

肯定是听到了我的充满威吓的吼叫,小张焦急地询问。

山风使内衣冰凉,我也惊魂稍定。虽然冬天穿得厚,损失只是一条裤子,但原来跌伤的伤口肯定被抓开了,小腿上有温湿的感觉。照相机似乎还完好。担心猴王去率领它的大队人马,就急匆匆地给刚才遭遇猴王袭击的地方拍了两张照片,连忙退出。

半道上碰到了小熊,他因为没听到我的回话,小跑着找来了。一见我这副狼狈相,急了:"是碰到野猪群了,还是豹子?"

我摇了摇头,突然大笑起来:"是猴王! 没想到给这家伙暗算了!"

简单地说了经过,小熊也乐了:"老刘,千载难逢呀! 有谁跟猴王干过仗? 前无古人,后无来者呀!"

"我想不明白,它怎么知道我在那里呢? 位置判断得那么准确!"

"有趣,太有趣了。最简单的是凭嗅觉。"

"小张一天要去三趟呀!"

"他投了食就走,你可留在那里?它知道你打的什么鬼主意!猴子疑心大。"

"还不能解释它是怎么得到这些信息的。嗅出人味是可能的,能区分小张和我的不同气味,在这短短几天,是不太可能的。"

"有道理,看来还有别的信息渠道。对了,它们在乱石处聚会之前,肯定是已经得到了某种异常的信息,因而开了内阁会议。猴王责无旁贷地要来侦探。是的,这是个有趣的启示,不搞清这中间的一些疑问,捕猴就成了问题。"

这场遭遇引发出这么多的问题,完全是大自然本身对考察组发出的信号。

后来,这位猴王的尊容,当然还是被照相机留下了。遗憾的是,留在照片上的它,已失却了往日的剽悍和尊严,失神、猥琐,混浊的目光中充满了忧伤。原因很简单,在一次政变中,它失去了王位。当时只是它的随从的一只更为年轻力壮的雄猴,策动了战斗,并取得了胜利。

考察组对短尾猴行为的研究表明:猴王不是终身制,也不是世袭。猴王在猴群中享有种种特权,也要承担种种义务。当它不能履行义务,或有了更为强有力的雄猴时,就要暴发政变。政变的方式原始,有心争夺王位者,首先向猴王挑战,武力和智慧决定了最后的胜负。一次政变和下一次政变的时间间隔不等。有时一天之中就能发生一两次。

生存竞争的本能,使猴群欢迎每一位新出现的更强有力的猴王!

失去王位的猴王,和野人之谜就很有关系了。

正是这种残酷的生存竞争,才能保持短尾猴的种群的强大。大自然就是这样选择物种的。

后记:在野外考察中,多次遭到猴子的攻击和捉弄,总是激起我对野性的赞美,尽管常常哭笑不得,甚至还要付出血的代价。我始终不明白,它们的情报为何那样及时、准确,难道它们在森林中真的有信息网络,或者真的能掐会算?

在黄山浮溪那边,已建立了了"猴谷"景点。据导游说,就是当年我们追踪、考察的那群,已经在此定居十多年。只要一吹哨子,猴子们就踱着方步走出,领取食物,再也不用呼啸山林,四处觅食。看到它们个个肥头大耳,甚至大腹便便,我不知道这对它们究竟是祸还是福。

2008年7月15日

金黄的网伞世界

今天要赶到伪子帽野外考察营地,那里有一片奇妙的世界在召唤。

已是下午三点多了。云,怪怪的:很浓,但灰白,一个劲从高空往下压。丛山失去险峻,天地之间突然变窄。一丝风也没有,沉闷得让人喘不过气来。石头像水洗一般,癞蛤蟆直往营地蹦。只有雨燕在灰色的空中飞掠纵横。

队员们都来劝我放弃去伪子帽的行程。我只管收拾简单的行装,将两件换洗衣服、笔记本、手电筒用塑料纸包好塞进爬山包里。附近的生产队长也赶来报警说将有大雨。还说我今天要经过的是五步龙、金环蛇、银环蛇、熊、豹子经常出没的地区,再说仅仅是这三四十里的山路也不是耍的!独自一人在这荒僻的千层大山中,迷了路,也找不到。

在大自然探险中,很多机缘是可遇而不可求的。我酷爱在天地间闯荡。

这次黄山西侧考察,因为面积大,又是无人区,只得建立三个鼎立的野外营地。伪子帽地处东南方向。

我微笑着,向这边营地的同伴挥挥手,就踏上了山间小道。

离开营地未走多远,雨就突然降落,击打得森林噼啪响。太突然了。

没有雷的轰鸣作为前奏。看不到耀眼的闪电的光彩,也没有风的呼啸助威。空气像是凝固。

翻江倒海的雨,无边无际的雨,只管劈头盖脸地倾注,狂暴得睁不开眼,激打得心灵的深处震颤。

在暴雨中沐浴的向往太久,太强烈。没有深究它拨动的是心灵深处的哪根弦,只管尽情地享受着大自然的赐予。解开衣扣,敞开胸怀,与森林、山岩同伍,一任如注的狂雨扑打。

已记不清在雨中走了多长时间。雨还是紧紧地下着。飞泉四溅,水流横溢。

听不到雷的轰鸣,看不到耀眼的闪电,没有风的呼啸,森林、山岩也像是被击打得麻木,没有一丝声息。晴朗的天气下在山里行走,各种兽迹会含蓄地显示它们在干什么,鸟的鸣叫,会告诉你森林中发生的故事。然而在这漫天的大雨中,我眼前的世界很小,只感到被无边的水浸泡,像是回到故乡,在巢湖水中浮沉……

"砰!"

一块大石从山上滚下,砸得前面泥水四溅——我猛然惊醒,好像直到这时,意识才回到现实,才想起在这样滂沱大雨中赶路,须防备山崖的崩塌。刚听到隐约的碎石滑动的瑟瑟声。我一定是像兔子那样,往前狂奔。只听身后一声巨响,乱石飞蹿……

回头一看,来路已堆起石丘。我惊得大张着嘴,半天也未回过神来。

走到自认安全的地区,背倚着巨崖,使劲捏了捏耳垂。直到确信已离开魔幻世界,才敢考虑雨来时心灵深处为何被触动。

这场豪雨很独特,很有个性。儿时,外婆就说这叫"闷雨"。她常说雨龙王脾气怪,行雨时特别无常。有时乌云满天,雷声隆隆,吵了半天、叫了半天,一阵狂风吹来,没落半点雨星,它就悠然而去。有时,也下那么两三点,像是小猫尿尿,应应景就走了。有的雨说来就来,说去就去。有的雨,黄风黑暴,电闪雷鸣,倾盆而下,不多时就过去了。有的雨,能下个十天半月,细细的、毛毛的、飘飘的。最可怕的,就是"闷雨"。它像一只不叫一声就扑上来咬人的恶狗。它来得突然,没有雷鸣的前奏,没有狂风的挟持,不动声色,毫无节奏,只是一个劲地下,感觉不到开头,更不知道它的终点。

三十多年前夏季的一天,我们的村子就是在一场"闷雨"中被淹没的。事前没有一点防备,直到土墙砰砰倒塌,人们才从睡梦中惊醒。

我觉得今天的行程可能很不轻松,应该做一些必要的准备。最重要的是不能被这种"闷雨"蛊惑,保持清醒的头脑,再就是不要迷路。在决定去伪子帽营地前,我对一路的地物地形已做了较详细的调查,在脑子里已绘制了一幅图。虽说这千层大山中渺无人烟,但每年都有进去采药、打猎、采香菇讨生活的人。我现在走的就是他们每年进山的路。但我担心这场劈头盖脸的豪雨,使前途发生可怕的变化……

无险,我会如此珍惜这个机会?

在险峻的道路上,只有迂回,没有退路。

一只小鸟急匆匆地飞来,一头钻入我的怀抱,紧贴我的皮肉。是只灰头鸦雀,全身湿透,浑身发抖。可怜的家伙被淋坏了。它的嘹亮、婉转的鸣叫,在森林中特别动人。我赶紧扣上衣扣,收留它做伴。

前方传来隆隆的闷雷般响声。我用左手搭篷,右手使劲地抹了抹满脸的雨水,这才看清:一道银色的水瀑正从山崖上冲下,异常壮观,但正堵在路口。水瀑巨大,若是冲过去,肯定要被砸倒,冲到岩下。我想绕过去,山崖太陡,雨中的青苔特别滑溜,爬了几次,都未成功。

我感到有些累,费了九牛二虎之力,利用了一切技巧,才点着了香烟。然而只抽了两口,就被雨水淋透了。但就在这短暂的时间中,我发现瀑布的弧线似是有些规律:势大时,它和山崖之间有一空隙,只要能掌握好机遇是可以冲过去的。反之,不说粉身碎骨,若是能留下一条小命,那也会遍体鳞伤。可在这时,在这地方,谁会来救护? 其实,结果都是一样。我看了一下手表,时间已快到六点。夏日长,七点多断亮,以我在雨中的行程计算,似乎应走了一半。断黑后的山路更难走,这样的天气里,手电筒究竟能不能正常,我很怀疑。

我必须冲过去。

再仔细、耐心地观察着飞瀑。突然,运用所有积蓄的力量,如箭一般射出,吧嗒一声,摔趴在地。胸口有个活物在扑腾。是的,是那只灰头鸦雀唤醒了我。但全身木木的,感觉不到腿、手在何处。终于,听到了飞瀑的隆隆冲击声,全身知觉在慢慢地恢复……

是的,我冲过来了,那劲一定超大,一个小石坎就把我绊倒了。不平的路面,使我两腿、上肩鲜血淋漓。所幸小鸟平安无事。还应感谢它的躁动唤醒了我。我无心包扎伤口,也无法包扎,雨水腌得很疼,这倒使我不要时时去揪耳垂,挣脱魔幻世界的诱惑。

我渴望着能抽支烟,稍稍小憩一下。

左前方有个半穹隆的石洞,挪步往那边走。一只湿淋淋的黄麂正在半壁石洞中,睁着惊恐的眼盯着我。它是鹿科动物,非常机警,平时若想一睹它的芳容,还真得费点脑子去埋伏。现在,它对雨的畏惧超过了对我的害怕。同是躲雨,何必赶它?它居然抖抖瑟瑟地往边上挪了挪,才使我也挨了进去。顺手在它身上摸摸,感谢它的友好。

刚抽了两口烟,在胸口的小鸟跳出来了,对着黄麂竟轻轻叫了两声,感动得我眼角溢出了泪水。是的,它们相互的感应网络迅速接通了。特殊境况中我们三者特殊的聚会,很难令人相信。

伤口的血止住了,感到力量又在血液中鼓胀。我走出了石洞,想将小鸟留下和黄麂做伴,可它仍旧紧紧偎在我的胸口。雨天很凉,我刚才就打了两个喷嚏。

爬上陡坡,前面的山冈上冒出了无数的水柱。整片冈坡俨如一块巨石,没有一棵树,没有一棵草,满目水柱如喷泉林立。雨的击打,水的流动,构成无比磅礴的音响,这应是世界上最自然的、最雄壮的天籁喷泉,激得我放声大叫:"啊!……"

山谷响起了回音。

真的是石底蕴含巨大的喷发力?是地下水位猛然增高增压形成这奇特的景象?按采菇人说的,这应是寸草不生的平缓的火石冈。它没有喷泉。是我应该转向另一山谷的重要标志。

难道是我摔了一跤后,迷失了方向?这可是大麻烦。按理应该不会发生这样的错误。在深山里跋涉,看似没规律,其实还是有规律可循的。无论是采菇人或是采药人,他们在识别方向和路途时,总是记住山谷或水流的走向,而山谷和河流又总是相依相偎的。其实,只要记住由这一山谷转向另一山谷的地形地物特征,再加上稍有经验,一般说来不会出大的差错。当地的山民称山谷为岔。我在从野猪岔往金竹岔转时,没有错。一路走来,采菇人所说的金竹岔的种种,我都见到了,怎么会突然……

心情顿时一转,快步走上石冈。水柱下没有石眼。几处一考察,再纵观整个山冈,心里更奇了:整个山冈由东南向西北倾斜,大约有30度的角。乍看石面平整。狂雨泻落,水漫坡而下,形成不了瀑布或巨大的水流。石面虽然平整,但毕竟天然生成,于是就有了很多的石棱;水从高处往下流淌,速度逐渐加快,遇有石棱,即刻激起水柱。越是冈下,水柱愈多愈高。大自然就是这样创造了这片如喷泉一般的水柱林!天然水柱林正好和石冈的倾斜度相反,形成了奇妙的景象。这一发现使我心花怒放:是的,只有在这样狂暴的雨中,也只有在这片大石冈上,才能欣赏到大自然如此神奇的造化!当然,重要的是证实了我走的路线正确。

不知不觉中已走到冈头,正准备下冈,穿过一片森林,往金竹岔的一条小山谷转去,有种光彩耀了一下。视线向那边转去,却又没有发现什么。雨太大了,以为是花了眼。转头欲走时,又有光彩闪了一下。我揣摩了光耀的角度仔细搜寻,果然,在冈下一片草丛中,有四五朵灿黄的花怒放——形状很奇特。虽然很疲惫,伤口像火一样地燎,我还是不愿放弃这个机会。

冈下的坡较陡,调整了小鸟在胸前的位置,谨慎地往下挪步。

终于到达那片草丛,眼前的景象使我手足无措:那花鲜黄鲜黄的,晶莹灿烂。但它显然不是花,像一张正抛向空的半圆形的罩网,网眼匀称。有一肉质柄将它顶起,俨如一把金黄网伞。基本上判断它属蘑菇家族的。

发现带来了无穷的喜悦:是的,今天不顾一切冒着大雨赶往伪子帽营地,就是因为蘑菇世界的召唤。我从考察队总部了解到研究真菌的考马县,在那边采到了丰富的菇种。记得在新疆的石河子附近沙漠中,曾在一沙窝中看到一丛蘑菇,白白嫩嫩,在漫天黄沙中,如一泓清泉般明亮。事后,新疆的朋友直埋怨我为什么没有采摘,还振振有词地念了当地谚语:"沙底蘑菇味鲜香,神仙闻了也跳墙。"古典诗词中,也不乏赞美蘑菇的篇章。后来,我在北疆的森林中,又看到了如鸭蛋那般卧在绿草中的马勃菇。那鲜嫩的香美,久久留在唇间。

蘑菇经常在神话和童话中扮演角色,听说过它种种的奇妙。在一则消息中,还读到日本郡马县有个蘑菇公园。公园根据园艺家的设计,培育出形状各异、色彩缤纷的蘑菇。供游客饮用的是蘑菇精,吃的是各种美味的蘑菇。

这个世界引起了我的好奇、向往。鲜黄菇的出现,像是有意在召我、撩我;或许正是酬劳我的辛苦,预示着这个美妙、奇特的世界正在等待。

可是,我对蘑菇世界了解得太少。这个世界和大自然中的每个物种一样,既有美味、悦目的,也有剧毒致命的。"拼死吃河豚",足见人们在美味和生死中的选择,可见美味无穷的诱惑力。食客们面对蘑菇,也有相同的说法。南美的殖民者曾专设尝试蘑菇的黑奴,运用这种残酷的办法,以满足饕餮。眼前这种如黄金伞网的菇,是剧毒还是美味?曾有人警告过:对色泽妖艳的蘑菇要特别当心。这句话很富有哲理。可是在这倾盆大雨中,怎样才能将它采摘而又避免用手接触?时间和条件以及标本在考察中的重要意义,都不允许我再踌躇。既然可以"拼死吃河豚",我又有何惧?迅速采了三个,仔细地放到爬山包中。还留下几个,留给老马来采。走了很长的一段路,手指并没有异样。

一群飞鸟穿过雨帘,翅膀扇动的呼呼声,浓淡不一的雨云,使它们缥缈而神奇。小鸟寻林住宿,时间应是傍晚七点左右。我戴的防水表,已经罢工。

一直是沿着河谷边走的,现在进入了森林,景象陡然变化:林木多为阔叶树种。天色更为昏暗。雨声诡秘。藤科植物扭转攀缘,构成奇异的图案。刚意识到要小心,就感到脖子上异样,手一摸,乖乖,三四条山蚂蟥!这些家伙令我胆战心惊。我尝过它们的厉害:几乎是无孔不入,裤脚、袖口扎得再紧也无用。它们栖息在草上、树上。这样的雨天它们最为活跃。很可能是我身上伤口的血腥味,使它们迅速找到了目标。唯一的办法是时时提防,迅速穿过这片森林。

林中的小路,实际上只是一条影子,亚热带森林中的各种植物,早已争夺了掏山人开出的路。越往深处走,大树上的树舌越是多,大多是黑红色的,它们也是蘑菇世界的成员,但我只好放弃。

不久,满树银花诱得我停下脚步。这是一棵倾斜的大树,一朵一朵晶亮亮、莹闪闪、花蕊为黄色的肉质花,在布满绿苔的树干上,美丽极了。这个我认得,是珍贵的银耳。

不远处,繁星般的金色的晶亮亮的花团,从树缝中长出。仔细观察,那上面显现出回纹沟。听说有种金耳蘑菇,难道是它?

我没有把握,采了几朵标本再匆匆赶路。

路右前方,出现了一片倒地的树木,显然是人为采伐的。因为树的倒向基本一致:梢向山上,树根向山下。谁到这深山伐木又不远走?谜底随着脚步揭开:好一片酱色的蘑菇!我认得,这就是我们常吃的美味香菇。雨中的香菇又大又厚。不用说,这是香菇客种植的。树干上被砍了很多横向的沟,隔一段砍一节。树沟约 2 厘米长,那些香菇就是从这些树沟中长出的。

突然,我感到右脚踏下去有些异样,有什么东西响动和滑落。心中一惊,触动了记忆中的沉积。我动也不敢动了。右脚更是不敢有丝毫的颤动,下决心将它凝固在那个位置上。眼睛连忙搜索。什么也没有发现,但我还是耐心地,一棵草、一棵小树地搜索。终于,发现了一棵小树下有些异样。连忙抽出了猎刀。因为不敢挪动右脚,这使我非常为难,弯不下腰。努力了几次,才终于找到了一根绳索,我确信这是锁脚弓的机关。

曾听说过养菇人头年进山砍树、放种,第二年上山收获。因为这种营生太艰难、太困苦,香菇客总是在菇场的附近设置种种机关,惩罚偷菇者,诸如锁脚弓、吊脚弓之类。碰上者,不是被锁断腿骨,就是被倒吊到树梢上。或者将养菇场选在毒蛇、猛兽经常出没的地区。

我虽然不是偷菇贼,却让我碰上了。既已认出了它,又找到了制动机关的绳索,应该说心里稍稍定了。困难在于我试图去割断这根绳索时,不能用大劲,力小又割不断,雨水还常常浸得睁不开眼,直累得我满头大汗。还有要命的,是那些丑陋的蚂蟥,乘机大肆进攻。我甚至感到最少有四条,正从右腿往上爬。两害当前,我只能取其重了。既然老天要我付出血的代价,也只有认其一头。

稳了稳神后,我想,何不快刀斩乱麻?仔细打量了下刀处,然后运足力气,猛劲往下一斩。只听哧的一声呼啸,身旁的一棵树猛然弹动。我才松了口气,一下瘫坐到了地下。

好半天,我才爬起,赶紧清除吸血鬼。动作迅速的山蚂蟥已吸饱了,滚落到地上。伤口的血如红渠般在腿上流淌。它们在吸血时,同时向人体注入一种溶血的物质,使伤口的血要流很长时间。迟来的正紧紧叮在皮肤上,穷凶极恶地吸血。打都打不下来,当然更不能往下拽。想起还带有风油精,几乎把整整一瓶都抹完了。风油精抹到跌出的伤口,疼得我狂跳不止。找到了锁脚弓。从巨大的竹弓来看，是个狠心人装的。

现在，如履薄冰，过雷区那提心吊胆。这样的暴雨天，又在水流四溢中，毒蛇出洞的可能性不大。对付猛兽，我有经验。但仍然每走一步，都得前后左右、上上下下察看清楚。我知道，这个菇场装的肯定不止一张锁脚弓，虽然我熟悉猎人用的各种弓，包括其中的窍门，但他们装弓的手法、隐蔽的手法，都是随着猎人心计而异。特别是在一个养菇场，更是有几种手法，使你破了一处，却不知另一处在怎样等待着你！也就特别危险。腿骨断了无法走路，被上不着天、下不着地倒吊，谁来救我？

果然，有只小野猪的尸体正散发出恶臭，它的右后腿还被吊在弓上。这也是一种锁脚弓，但它凭借弹力，吊起的是野兽的一条腿，无论是前腿或后腿，只要被吊起后，即便是凶猛的野猪，浑身的力气也无法使上。野猪和一些小兽对菇场的破坏大，养菇客也专门装一些弓对付它们。

正是在这小心翼翼中，发现了一棵树上像是按满了绿色的小图钉。树干也怪怪的，泛着萤火般的蓝光。认出了这也是一种蘑菇。可惜不知它的姓名，更不知其脾味。管它呢，先采几个标本再说。

不知不觉中，我似乎成了位采集家：如鸡油块那样黄亮的菌。形状如犀牛杯，很像慈姑叶子的菌。表面洁白、背面如风车轮子叶片的伞状菌。

有种菌柄上有一凸出的环，表面灰褐色，背面白色，菌盖像是长得太丰满，胀裂……

不断告诫自己抓紧赶路，可是仍然无法摆脱在雨中苏醒、狂妄地生长的蘑菇世界的诱惑。

最令我赞叹不已的，是快出林子时，采到了一种长得如南海珊瑚一般的菌。这种菌较大，是很多集结在一起，还原本就是一个整体？黄色的菌柄如一片珊瑚林，长出很多分枝……

登山包已装得满满的了，塑料纸已被我用猎刀割成小块，包起采集的各种标本。两套衣服早已湿透。管它哩！只要保住电筒就行了。

胸口的小鸟非常安静。天色已黑。雨仍然没有一丝懈怠,像是个坚韧不拔、顽强不息的行客。大河在脚下山谷中咆哮,那轰隆隆的响声,似是威风锣鼓绵绵不绝。我还不想用电筒,眼睛也适应了无边的夜色。森林中偶尔现出几点绿荧荧的光点,不知道那是野兽的眼睛,还是飘忽的鬼火?

我在儿时就不怕单身走夜路,甚至还忆起儿时的一件往事。有天傍晚,妈妈派我"出差",送两条鱼给姨母。汪胡村离我们家也只有两三里地。回程时天已黑了,开头在圩埂上走着确实没有想到怕。过了回龙庵,就是一片乱坟岗,心里有点虚。心一虚,听来的各种鬼的故事就在脑中倒腾。真是说鬼就出鬼,前面的坟头上就站了个鬼:细长的脖子,小小的头,在黑夜中一动不动。有关小头鬼找人换头的种种可怕,都涌现在眼前。我全身的汗毛立即竖起,头皮发炸。要命的是它就拦在我必经的路边。回去吗?姨母肯定要笑话,她刚才就再三挽留我。妈妈也挂念。陡然壮起胆子,从地下拾了块石头就向它砸去,只听扑噜噜声响起,一只鹭鸶正从坟头飞起。自打那之后,我就从来不怕走夜路。

在黑夜里路是越走越长。走路时愈急路愈长。我不断为自己鼓劲:路线是对的,不能怀疑。疑窦一起,很容易出事。人的一生中,能有几次机会在这样的狂暴的"闷雨"中行走?能领略和欣赏到大自然的如此造化?有多少人有这样的勇气独自跋涉?虽然肚中饥火骚动,腿部伤口疼痛,在雨中还冒着虚汗,心情却无比舒畅。

雨中出现了昏黄的两点光晕,心潮顿时澎湃!那如果不是营地的灯光,就是幻觉的影现。我没有去揪耳垂,相信神志无比清醒,但双腿直打软,像是要瘫倒一般。不,我还要爬最后的一段山路,才能到达欢声笑语的世界。

当我拉开营地简陋的柴门,山棚里先是寂静,接着是惊呼、问候,帮我卸爬山包……一片忙乱。我的出现太突然了,太意外了!那鸟也神奇地从我胸口飞出,绕了半个弧线,落到工作台上。它也知道到家了?

同伴们看到我的狼狈相,赶快找药要来帮我包扎。我却大步向伙房走去,端起面盆里的剩饭就狼吞虎咽起来,顺便给了站在台子上的小鸟一团饭。引来老吴、小汪他们一阵哈哈大笑。把小半盆剩饭吃完后,还意犹未尽,连问还有什么。小汪说还有半碗肉,这就去热。我却夺过来只几口就吃完了。植物学家老吴冲着我直笑,说:"你够格。当考察队员,就要能饿、能胀,能跑路!"

直到这时,我才发现老马不在。老吴说,他这几天采了很多真菌标本,不知是怕我们乱摸乱搞,还是怕把他那些宝贝生吞活吃了,硬是在上面搭了个山棚,和他的助手住那边去了。

那时条件艰难,尚未配备帐篷。所谓营地,只是就地取材,树木搭架,茅草盖顶、扇墙。

我忙问有多远。老吴说:"四五百米吧。"

时间已是晚上十点多了,都劝我明天再去。有那么多的收获,有那么多的问题闷在肚里,能搅得我安稳?见我执意要去,搞昆虫的小汪也执意送我。

等到我出门时,那只小鸟竟又飞到我的怀里。老吴也被感动,摇头晃脑:你这个大个子,还能广结善缘。

老马的山棚搭了个很长的台子,上面摆满了瓶瓶罐罐,各种标本。我急着要问采来的标本。他却要我洗个澡,换一身干衣服。

已洗了五六个小时的淋浴,还用得着再洗?

他也笑了。

我已没有干衣服了。老马和他的助手个子都小。他们的衣服穿在我这181厘米的身上,简直像个滑稽的演员。管它哩!反正观众也就他们两个。河谷的急流吼声震天,只得大声说话。

我首先取出的是金黄伞网的,老马小眼睛中立即放光:"黄裙竹荪!在哪采的？我们还没见到。它是种非常美味的蘑菇,市场上已多年不见了。"

我很得意,也为在采它时生怕有毒而耸了耸肩。他话中有话,忙问:"还有别的竹荪?"

"一般人常说的蘑菇属真菌,它是个很繁荣的大世界。还有短裙竹荪和红裙竹荪。红裙竹荪是在福建发现的。你未把它采完吧?"

"为什么？标本不是采来了吗？"

"研究食用蘑菇,重要的是要采到真菌种。有了种菌才可以培养发展,才能够进行工业化的生产。"

我又为小聪明得意了。

"当然给你留着。"

老马放心地笑了。我每掏出一种蘑菇,他就鉴定、报名。

那个如鸡油一般的,就叫鸡油菌。还有种个头小的,是小鸡油菌。味鲜美,有杏仁味,又叫它杏仁菇。长在铺满枯枝落叶的地下。绿色图钉样的,就叫图钉菌。那树的颜色一定是泛着蓝色,它能分泌一种色素。这种菌不能吃。还有一种橘黄的,叫橘色蜡钉菌。银耳科的。你采到的确实是金耳和银耳,营养价值较高。中医一直用它对体质虚弱的病人进补。这种像犀牛杯的,就叫杯伞。可食。它就叫珊瑚菌。你采的只是黄珊瑚,还有白珊瑚菌和红珊瑚菌。我曾在大兴安岭的森林中采到过红珊瑚菌。若是培育成盆景,一定新颖、别致。

当我刚拿出表面洁白,背面如风车轮叶片的菌时——

"鳞柄白毒伞,剧毒！我们还采到了纹缘毒伞。采集地记清楚了？"

我点了点头,嗫嗫嚅嚅道:"不是说颜色妖艳的才有毒吗？"

"那只是传说。'望色生义'也是错的。其实,蘑菇是个色彩缤纷的世界,红的有红菇、红乳菇,都可食用。绿的有铜绿球盖菇,它就不能吃。青头菌也是绿色的,它就能吃。紫色的有紫菇、丝母菌,都可吃。蓝色的有蓝丝母菌,橙红的有松乳菇。蘑菇世界中,有很大一部是美味佳肴。但是,还有很多不可食用的,却有着较高的药用价值,包括毒菌。雷丸菌制药后,做驱除肠道寄生虫药物。治消化系统炎症的中药'香云片',是用彩纹云芝和香菇制的。云芝菌的制剂,是治肝炎的。当然,还有些真菌对森林的破坏也是惊人的。历史上曾记载美国有一城郊,一夜之间,林中像下了场红雪,其实是一种真菌,叫粘菌网……

"真菌是个奇妙的世界。你想想看,森林中年复一年枯枝败叶的堆集,二十年三十年,还不把整个森林淹没了?如果没有一种物质去分解它、消化它,我们这个地球上还能有森林的存在?之所以现在还有着大片的森林,这就是真菌的神奇作用(当然,也有细菌的作用),是它们将本质素分解为有机物,生出了无数种的蘑菇。这是真正的化腐朽为神奇!一点不错,是化腐朽为神奇!它们在大自然的能量循环、转换中,究竟起了多大作用?怎样才能使这种能量转化发挥出最大的效应。其中的奥秘,引起了无数科学家的奋斗!

"我们对这个世界的认识,大多数人只停留在木耳、香菇、银耳、猴头等常见的。其实,像你采到的黄裙竹荪等美味,是很多人听也没听到过的。向人类提供更多的美味蘑菇,就是我这个研究室的基本任务!"

老马将我从童话世界领到了科学的园地。

我们边说边参观他采来的各种蘑菇标本。每个标本旁都注明了时间和地点。看得我眼花缭乱。有种金色的针样的蘑菇旁,堆满了玻璃试管。我刚问,老马就兴奋得小眼珠子直转悠:"这是金针菇。是我们这次考察采集中的重大收获之一。它对儿童的智力发育有极大的促进作用。我们常说森林是基因库。这次所采集到的丰富的蘑菇类的标本,证实了黄山在历史上为我国蘑菇产品的集散地是有原因的,因为这个基因库非常丰富。真菌也是靠孢子传播。大自然能将这种孢子保存很长时间。它和矿产资源一样,需要我们去寻找、开发……"

我对老马和老马的事业刮目相看了!

说到香菇,他说养菇场一定是在阳坡。我很奇怪。他说其实很简单:养菇人先是寻找青岗、麻栎、枫香树较集中的山坡。这些都是养菇的树种。砍倒后,若是在阳坡,树干上砍的是横沟——这就是砍花,树根朝山上;若是在阴坡,树干上砍的是直沟,而且是树根朝山下。先要给树干上的砍花处泼淘米水——这是营养液,然后才接菌种。接菌种有隆重的仪式。养菇人供神,还有香菇庙。供的是明朝开国元勋刘伯温。传说是他在浙江发现了这种美味,推荐给皇帝朱元璋。于是才有了要浙江专事采集、种植香菇的事业,以资年年进贡⋯⋯

老马又将我从科学的园地领入神话传说的世界。

老马说:"你今天的丰富收获,要感谢这场大雨!你忘了雨后采蘑菇?可见其中的因果关系。"这倒是很出乎意外。

我的谈兴正浓,可老马不干了,说已是凌晨两点多了,明天还要抓紧大好时机采蘑菇⋯⋯

醒来时,雨已住了。

那只站在台子上的小鸟立即欢快地叫了起来,在山棚里飞了两圈。你看它那兴高采烈、迫不及待的样子,好像是等我醒来已等了很长时间。

老马已起来。我问雨是什么时候停的,他说就是刚才。是的,听惯了的如注豪雨突然中断,猛然改变了环境,生物钟敲响了。

小鸟急急地飞出山棚。

走出山棚,云已淡化,山岚在山谷中飘忽。灰头鸦雀飞了两圈,又落到我肩上。

红头穗鹛、画眉欢快地叫着。雨后的森林,绿得闪亮。层峦叠嶂的大山,垂挂下无数条银色项链。

我用手赶着肩头的小鸟:去吧,回到森林中去。它只是动了动身子,却不飞起。我只好用手将它捧起，往上一抛，它只得展翅，刚飞了个小爬高，就又折转回来，在我头顶盘旋。我连连挥手：走吧，走吧，你的同伴在喊你。一串极嘹亮、极优美的鸟鸣声，震得我心头热乎乎的。是的，我确确实实看到那只灰头鸦雀最少回了两次头。

东天已现出红红的云霓。

采蘑菇！老马！我们快去采蘑菇！

后记：1983年参加牯牛降考察，它于1986年晋升为国家级自然保护区。感谢上苍，给了我一次极好的机会。以后，虽然在大漠、黄河源的草地、热带雨林中都去寻觅过蘑菇世界，但再也没有那豪雨中生命的竞放。

机遇是可遇而不可求的。

2008年2月

穿越怒江大峡谷
——怒江傈僳族自治州探险之一

4月,我和李老师先到高黎贡山西坡。马帮驮着帐篷、睡袋,从大塘进入莽莽原始森林,终于圆了二十一年来寻找大树杜鹃王的美梦。

回到腾冲后,我们沿着永昌古道翻越高黎贡山,去东坡探访至今仍然为神秘面纱笼罩的怒江大峡谷和独龙江大峡谷。

刚到达山顶,银色的一树含笑相迎,那花如雪铺在绿叶上,熙熙攘攘、热闹非凡地告诉人们:这是珍贵的多花含笑!其下一丛丛的火把果,被映衬得格外红艳。

我们正在感叹大自然的造化,突然水色惹眼:啊,怒江就在山下如一领青带飘逸,潞江坝子尽收眼底!

怒江发源于西藏唐古拉山南麓的吉热柏格。上游藏语称为"那曲",意为黑水河。从贡山进入云南,怒语称"怒米娃",也是黑水河的意思。同时也叫它"阿怒日美",意为怒族居住的江河。怒江为南北纵向的高黎贡山和碧罗雪山相挟。高黎贡山最高峰是贡山县的楚鹿腊卡峰,海拔4640米,而潞江坝子只有海拔600多米,这就形成了相对高差平均在2000多米的怒江大峡谷,号称"东方第一大峡谷"。

在世界上,能与怒江大峡谷相比较的还有两条大峡谷。若以长度计,怒江大峡谷从西藏的嘉玉桥一带算起,到泸水县的跃进桥为止,长度约为600千米;如再延伸,还可加上100千米,总长度比美国著名的长350千米的科多拉多峡谷长了近一倍，比雅鲁藏布江大拐弯一带的大峡长了212千米。以此标准，可称世界第一大峡谷。但若以谷地的相对高差看，怒江峡谷最大高差为4500米，科罗拉多峡谷最大高差为1740米，雅鲁藏布江的最大高差为6000米，怒江大峡谷则是世界第二大峡谷。

我和李老师近几年来一直在探寻横断山脉的神奇。高黎贡山是横断山脉中的伟岸汉子。无数雪山银峰尽列峡谷两旁，山高谷深，河流湍急，造就了奇特的野生生物的垂直分布带，丰富的生物多样性。

刚到达潞江坝子，热风扑面。咖啡树上盛开的白色花朵缀满枝头，龙眼已结了幼果，木瓜飘香，一派热带的风光。

我们从这里进入怒江大峡谷，开始了数百千米的溯江而上的行程。

到达江边，惊喜水色青绿、缓缓流淌，三两灌丛、紫红花朵点缀在河洲上。我们曾在西藏的八宿第一次见到怒江，那黑乎乎的浑水使我们时时想到了它的原名。

车行数十千米，前方上空靥气中，隐约有一线向左岸飞出。正在仔细搜索时，向导说：那是著名的双虹桥！

古人曾以"水无不怒石，山有欲飞峰"描写怒江，那么，早于西线丝绸之路二百多年的南方丝绸之路，是怎样越过天险怒江的呢？三座铁索桥：双虹、惠通、惠人。它们忠实地记录了中华民族探索世界的历史。可惜，惠通、惠人两桥已为历史尘埃，而只有双虹依然连着两座大山。

转过一个大弯，到达双虹桥边。岸边茂密的芒果、龙眼林遮去了桥身，我们只得跑着跳着，穿过蜿蜒在林中的小道。

奇在江中有一巨岩突兀，妙在巧匠以巨岩为墩，使得桥如双虹跨江。桥长一百六七十米，建于1789年。在桥头，细细数了铁索，约十八根，环环相扣连成索，但铁环无结。以木板铺作桥面。怒江汹涌，波涛滚滚。

正巧，对面有一傈僳族汉子，领着一家人踏上了桥，桥也就大幅度晃荡了起来。桥只两三米宽,惊得李老师紧紧拉住了我的胳膊。等到我们双方调整好步伐,在桥上行走,就有了另一种飘然的愉快!怒江两岸狰狞的险岩,显得尤其峻峭、刚烈。

我们一直沿着西岸前行。逐渐爬高,前方山谷中出现了大桥、城市——怒江傈僳族自治州的首府六库到了。

六库坐落在滇西纵谷的中心地带,典型的河谷城市,得大山和峡谷的灵气;建筑物在怒江两岸依山而建。在整洁的街道上漫步,常能见到珍贵的雪兰、绿兰、金边兰、火烧兰……艳丽的兰花,感受到了高黎贡山、碧罗雪山丰富的生物世界。州政府正在采取各种措施,大力发展旅游事业。

怒江大峡谷,属滇西纵谷,是金沙江、澜沧江、怒江三江并流地区。这里居住着傈僳族、怒族、普米族、白族和藏族,闪耀着多民族文化的灿烂光辉。

高黎贡山国家级自然保护区怒江管理局的马军局长,热情、忠厚、干练,在商谈我们的行程时,提出了很多宝贵的意见,帮助解决了诸多的困难,使得以后的探险有条不紊地进行。

按理,眼下正是旱季,却时晴时阴。今早,天又阴沉了。

出了六库,仍然沿着高黎贡山东坡,即怒江的西岸行进。数千米后,江边热气蒸腾,显然是一处温泉。大峡谷两岸的温泉虽不如腾冲那边(高黎贡山西坡)密布,但也为数可观。

刚巧,怒江在这里拐弯,形成一大片河滩。涌出的温泉,在黑色的岸石处形成了天然浴池。

傈僳族同胞素有在新年初一初二沐浴除却污晦、迎接吉祥的习俗。每到这时,宁静的山谷、河边突然热闹非凡,扎满了帐篷,男女老少齐集温泉边,洗澡、对歌;年轻人谈情说爱。这就是颇负盛名的"澡堂盛会"。此处是最具规模之处。听了向导的解说,耳边似乎缭绕起了充满激情的歌声。

不久,我们从泸水县的跃进桥转到江右。

峡谷愈加陡峭了,怒江狂暴起来,横冲直撞,掀起如雪的巨浪。阴沉的天气,浓淡不一的云,如幽灵般在两边山崖上游荡,更显得峡谷幽深,神秘。这就是著名的老虎跳了。黄河有狐跳峡,长江有虎跳峡,都是谷深水急峡险的写照。我们已进入怒江大峡谷最陡最险段。

一阵疾风吹过,大雨倾盆而至。李师傅是位傈僳族的汉子,小心翼翼地驾着车,要我们注意山崖上的情况,因为这时最易遭到塌方和泥石流的袭击。

刚过子里甲,就见山崖崩塌,一座小山丘将路堵得严严实实,幸而没有压到车辆。心惊之余,只好退回子里甲,等待道班的推土机。

今天赶到贡山的计划泡汤了。直到傍晚,路才通,只能夜宿福贡县城上帕。

福贡是怒族和傈僳族的聚居区,保护区的卢主任安排我们领略傈僳族的风情。

刚到达门口,几位穿着红背心、白裙子的姑娘,已端着竹筒酒立在那里。说是要喝三杯进门酒。我和李老师都不胜酒力,她却豪爽地一连喝了三杯,我也只得硬着头皮偷工减料喝下了进门酒。

歌声扬起,姑娘们一边唱着动听的歌曲,一边频频向客人敬酒。由头繁多,同心酒、交杯酒……且喝酒的方式各异。就说喝"同心酒"吧,必须是男女挽颈,同饮一杯酒。我是一米八一的大汉,占有绝对的高度优势,正在庆幸可以少喝一杯时,一位姑娘却端来一个小凳。歌声突然热烈起来。

那歌词的大意是,喝酒啊,心爱的人!酒是天地酿造的甘露。今天难得相逢,甘露在心中留下永久的情意。喝酒啊,心爱的人……

如此反复咏叹,伴以轻盈的舞步、满面的笑容,使你难以推辞。只好连连把天地酿造的甘露灌进肚里。我经历过蒙古族藏族、维吾尔族兄弟的敬酒,同样是如此豪放热情。

酒是米酒,微甜,度数不高。我提醒李老师,它后劲足,别醉了。她在兴奋中,哪里听清了这样的忠告?也难怪,在如此热烈的气氛中,只图一醉方休,还想到其他?

姑娘们端来了傈僳人待客最好的簸箕饭:在一篾编的簸箕中放上米饭,上面有牛肉和各种调料、蔬菜。大家围坐四边,用手抓饭。菜多为野菜,有种竹叶菜,是采自雪山的,微苦,但脆嫩爽口。从此可以看到傈僳族兄弟对野生生物世界的不凡的认识。

气氛愈加浓烈,姑娘和小伙子们跳起舞了。变化多端的舞步,嘹亮动人的歌声,散发出无穷的诱惑,使你不自觉地走进了狂欢的人群,舞之,蹈之。那是一种韵律,那是一种生命的旋律。可惜,能说会道、满腹经纶的向导小郑,也未能抵挡得住劝酒,已醉得如一摊烂泥倒在那里,年过花甲的李老师也步履蹒跚,摇摇晃晃,像位傻大姐一样笑着。

据说,还有一种叫夏拉的饮料,是用漆油炸鸡丁,再掺上酒而成,极具兴奋作用,是傈僳族、普米族、白族异常喜爱的。可惜夜深了,材料不全,否则不知还要醉倒多少人。

分别时,主人送了我和李老师各一套傈僳族的服装,奖励我们良好的表现。

第二天早晨,我们想尽了办法,才将沉醉中的小郑拖上了车。

乌云爬坡,天空中飘着小雨,路况愈来愈差。昨天的大雨,使山石还在不断向下崩塌,碎石时时将车顶打得噼啪响。

李老师是第一次见到溜索飞渡,很兴奋。只见对岸浓雾掩映的山寨,大岩上一铁索伸向这边,这边大崖有铁索飞向那边。实际上,溜索分上下两根,来去不同。我们曾在西藏境内的澜沧江峡谷见过溜索,那要原始得多:铁索直径不过1厘米左右,在那里等了20多分钟,仍不见有人横渡,只好怏怏而去。此处铁索要粗得多,油光铮亮,原为飞跃天堑往来,现已伴有旅游项目。

我们正在向傈僳族大嫂询东问西时,见一位姑娘花十元钱买票,一小伙子将她领到这边崖上,帮她系好了坐兜、挂钩,然后将挂钩扣到铁索上。只听到咪溜声骤起,两人已在汹涌的怒江上空,峡谷中刚刚响起姑娘的尖叫声,那如飞的身影已轻盈地落在岩上,传来历险后畅快的大笑。

是的,冒险是快乐!

据说姑娘和小伙子常常坐溜索谈情说爱,那是何等的浪漫情怀!

怒江大峡中,"石月亮"有着响亮、诱人的名号。我们到达那里时,只见对面山峦上云遮雾罩,细雨霏霏。直到我们回程时,灿烂的阳光才照耀着大峡谷。对面的山峦上,有一奇峰兀起,峰的中下部,豁然洞开,透出蓝天白云,如悬起的一轮明月。可以想象,在夜晚,透过石洞,那边的月明星耀将是如何一幅奇景!我们想去探访,向导说:那连绵的山峰,都是大理石,那是一天然大理岩溶蚀而成的穿洞,在这里看来不大,其实洞深有百米,高约60米,宽40多米。别说全是悬崖绝壁,仅是爬上那座山峰,没有整整一天是走不到的。

峡谷的上空,天如一弯蓝河,白云如飞鸟匆匆。怒江咆哮着,急滩上银浪排空。

我们只能久久地眺望着石月亮,思索着傈僳族同胞为何对它崇敬,为何在创世纪的神话中就有了它。

贡山独龙族自治县在怒江的西岸山崖上。此处是三江并流最狭窄处典型的高山深峡。青色的江水中流淌着绵绵的雪山银峰。

独龙族是个只有4000多人的少数民族,居住在独龙江大峡谷。我们想在走完怒江大峡谷之后,再去探访那个至今依然不断发现新物种的神秘的绿色世界。

从县城丹当出发,继续向北。怒江在这一段,常常只有一二十米宽,峡谷最窄处不足百米,两岸却是千仞高山。

看来是雨季提前,出发时仍有小雨,都担心塌方、泥石流。司机也就格外小心。

初进怒江,东岸碧罗雪山常是光秃秃的,西岸的高黎贡山却碧翠欲滴,杜鹃花红得耀眼。但进入六库之后,碧罗雪山出现了森林,植被也渐渐茂密。过了丹当之后,两岸高山已是层峦叠翠,大峡谷中溢满了绿树清水,令人心旷神怡。

森林中常常显出一座座怒族同胞聚居的山寨,在山花繁荣的山坡上,缭绕起袅袅炊烟。

怕塌方,还是碰到了塌方。我们下车清理流石,总算心惊胆战地过去了。庆幸只是一会儿,前方又是大塌方,崩下的巨石、古树将路堵得严严实实。无法再向前了,天色却好了起来,太阳从云层中钻了出来,只一会儿,蓝天如洗。

向导说,距丙中洛——怒江进入云南的石门处,再向北就是西藏的察隅了——还有四五里路。我们决定弃车步行。

行一里多,怒江大拐弯尽显眼前。王菁大绝壁威严地矗立在江右。南下的怒江到此,只得突然转头向西,流出三百多米后,又被塌方处的丹拉大山的陡壁挡住去路,只得再迂回向东、向北。急流咆哮,旋涡如沸,形成了一个大大的"U"字形拐弯。半岛台地高出江水五六百米,岛上村落依稀,山花闪烁。向导说:"你们来晚了。早春时,岛上桃花盛开,云霞蒸腾,俨如世外桃源。"

我们去过长江第一湾的石鼓镇,后来又去雅鲁藏布江大拐弯处,三江扭动身躯,迂转回环、奔腾向前的气势,谱写出了不屈不挠的壮美的诗篇!

其实,怒江在这里拐了一大一小两个弯。

走完湾底,峡谷顿然开朗,远方蓝色的天幕上,金字塔般的雪山迸射出万千银线。近处茵茵绿草缓缓地起伏展开,草地上有悠闲地吃草的羊群,稀疏的树林掩映着三两村寨,蓝蓝的艳艳的花朵盛开。

啊！这就是丙中洛，传说中的人间天堂——香格里拉！

两座陡崖相望，如一石门。怒江从中冲过，迈出它离开西藏南行的第一步，造就了第一个台地，造就了以藏族同胞为主、多民族聚居生活的丙中洛！

瑞香盛开在普拉河谷
——怒江傈僳族自治州探险之二

穿越了300多千米的怒江大峡谷,我们就做着去独龙江大峡谷的准备工作。

独龙江在贡山西北面,与我国西藏及缅甸接壤,那里不仅聚居着只有4000多人口的独龙族,而且有着一个神奇的野生生物世界。由于雪山银峰环绕——天然的屏障——至今依然保持着较强的原始性。曾多次深入那里考察的植物学家李恒教授说:"贡山的植物世界具有西双版纳的特点,而西双版纳的植物世界并不具有贡山的特点。因而在生物多样性方面,贡山要丰富得多。"她从在独龙江采到的植物标本中,发现了很多新种。

去独龙江有两条路线:一是由公路先到独龙乡政府所在地。前两年,独龙江还是全国唯一不通车的少数民族聚居区。去年,国家投入了一个亿,修建了八九十千米的公路。但是,独龙江是多雨区,每年的降雨量有三四千毫米,曾有过连续降雨70多小时,一天降雨量达300毫米的纪录。每年有两个降雨高峰期:2~4月、5~10月。也正是充足的雨量造就了最为神奇的独龙江生物世界。现在正是第一降雨高峰期。第二条路则是依循古老的马帮所走的路,穿越普拉河峡谷,再攀登风雪垭口,进入独龙江。这是一条艰难的跋涉之路。

贡山自然保护区的张石宝局长,非常细心,在安排这次探险行程时,一再要我们先探路,再决定行程。说是这个季节是难以进入独龙江的,据说公路塌方不通，马帮古道上的风雪垭口仍为冰雪所封。

时晴时雨的天气，更使我们焦躁不安。多年的探险生活告诉我，张局长的意见是对的。在这个季节，不管从哪条路进去——只要能进去——那就谢天谢地了！

天仍然下着雨，到傍晚时雨停了，我们去探路。车在贡山县城丹当盘旋而下，在普洛河注入怒江的河口，向左拐。沿着清亮的普洛河右岸前行，路况尚好，但未行三四里，不断见到山崖上塌下的泥石堆在公路上。李司长也就不断扭头用眼睛看我。我则只是看着前方。又行两三里路，小股水流带着泥石从山坡上往下游动，直到有一处，塌方已占去公路的一半，雨又淅淅沥沥地下起来。李司长坚决地说："回吧！再往前，这里垮下后，今夜就回不去了。"

我还未表态，他已将车停下掉头。探路的失败，却在我心头涌起一些欢乐，因为只剩下一条心中向往的路了。说实话，我非常向往着走马帮古道。路虽然艰险，却是特殊的经历，能较多地看到稀奇、罕见的自然现象、野生生物世界。

好容易盼来了无雨的早晨。虽然云在怒江峡谷中涌动，眼前迷迷茫茫，但云流的疾驰，显示了希望。依我的经验，这样的气象最少有半天无雨，立即决定出发。

张局长赶来送行，坚持用车送我们一段路，他一直为这条路太难走担心，何况李老师的伤腿走起路来仍然一瘸一拐的；又安排了纳西族的和正军以及独龙族的小金作为特殊的向导。于是我们一行五人，成了多民族的兄弟。

出发时，天色真的好起来了，峡谷中的云已升上了高空，云花中竟然有小片蓝天露了出来。到达普拉河河口时，小和指着山下普拉河左岸的一条小道说："步行，应从那里进入马帮古道。"到达前天塌方处，李司长一踩油门就冲了过去，前面的路程，也多有惊无险。

车在八九千米处停下了。小和指着吊在山谷中的房舍说："这是进入独龙江最后的一个寨子,有一吊索桥可渡,再往前就无路进山了。"

下车后,我看到右前方两点钟方向,雪山迸射千万银线,小和说那里应是通向独龙江的风雪垭口。我们则要从十点钟方向往下,直到谷底,相对高差有四五百米。从眼前的景象来看,比我预期的要艰难得多,不禁将视线停在李老师的脸上。她却笑了笑,就显得极轻松地踏上了下坡的路,那伤腿居然一丝也不拐。我知道她是为了安慰我而故作轻松的。

山坡很陡,路在松林中蜿蜒,小和一边搀扶着李老师,一边说:"下到谷底就好走了,路平平的。"

双拉娃村主要居住着傈僳族同胞,寨子不大,多是木结构的瓦房。这与我们在怒江大峡谷山坡上见到的傈僳族民居差别很大。那些房子多建在山坡上,由很多长短不一的柱子支撑,由此得名"千脚屋"。一般都只有20多平方米,狭小简陋。我们坐在村公所的门前小憩,看着小学校上空飘扬的国旗,心里涌出无尽的思绪。出了寨子,就是一个陡崖。我小心翼翼地顺着栈道木梯往下走,10多米后,转过岩头,普拉河热烈地呼唤着我们,一座窄小的二三十米长的吊索桥悬在河上,湍急的咆哮的河水令人目眩。

小和说,这原本是座藤条吊索桥,因为年久失修,且孩子们上学往来其间不太安全,是保护区出资以铁索代替了藤条。张局长曾谈过,为了保护好这片神奇的地方,保护区在社区方面做了大量的工作。前两天,我们已看到为从保护区中迁出的居民所建的新居。这里的少数民族兄弟过去一直用木板或石板作瓦盖房,用材量大,保护区现在已无偿赠送铁皮取代木板瓦。这些铁皮顶的房子在阳光下闪闪发光,形成了另一道风景。听着他们为保护区周围群众脱贫推出的各种措施,我们感到欣慰。

桥确实太简陋了。所谓的"铁索",只是几根不粗的铁丝,幸而有护栏。

李老师胆小,却要求第一个过吊索桥。她曾在热带雨林36米高的空中走廊拍摄照片,因而我不太担心。小和却慌了,要在旁边扶着她,可是桥面只容得一人。

李老师刚踏上桥,那桥就秋千一样荡了起来,只见她紧紧地抓住两边的桥索。小和、小郑都大声喊起:"向前看,别低头!"

她颤颤巍巍地挪了四五步,站住了,又抬起了头,似乎是想摆脱什么困扰,左顾右盼。突然,她高兴地叫道:

"杜鹃花!好漂亮的杜鹃花!在这边伸出的崖头,白色的,香水杜鹃,灿烂极了!"

她急忙取下照相机,转身拍了两张。大约是嫌角度不理想,又快速向前走了几步,甚至探出了前身,再拍。等到拍完刚转过身去,又听到她充满惊喜的声音:

"你们看,右前方。河边那块大岩上,盛开的杜鹃花。"

真的,对岸伸向河里的光秃秃的大岩上,居然出现了一丛盛开的杜鹃花,银瓣红蕊,别具一格!

她在惊喜中不断地寻找理想的角度,在悠悠荡荡中不知不觉地走到了对岸!

我踏上桥,大步向前走去,突然感到桥和人都像是横着飞了起来。心里清楚这是急速的流水所造成的幻觉,却挥之不去,只得紧紧地抓住护栏上的铁丝。当爱因斯坦的"相对论"占满脑海时,那种飘飘然的感觉妙极了,我甚至用脚步有意将桥晃起来,想荡得更高。

独龙族的小金,以额勒带,背着篓子。他在桥上简直像是杂技团的演员,表演了很多惊险动作。李老师异常羡慕,他憨憨地笑着说:"到了独龙江,我带你去过真正的藤桥,藤子有杯口粗,人倒悬在空中攀过去。"他还特意爬到裸岩上采来了几朵杜鹃花,说是独龙人喜爱采这种花,烫后凉拌着吃,很香。

黑娃底河由左边汇入普拉河,形成了小三角洲地带。这一段路确实还算平坦,路边时时出现一两座房屋、小块的农田,但山上只有稀稀落落的次生林。显然,人类的开垦,毁灭了这里的原始森林。普拉河的歌声,却多少给了一点安慰。

河水泛着蓝色,绿莹莹的,似乎是在诠释着"春来江水绿如蓝"的诗句。银色的浪花里扬着深山的信息——那里有着茂密的原始森林。因为在这样多雨的季节,河水依然如此清澈明亮。它一直伴着我们同行,渴了,就掬水而饮。那水,真是"有点儿甜"。难怪小和不要我们带水。

虎耳草在崖上开着耀眼的白花。在其旁有一树也开白花,风吹过时,枝条间竟响起了轻轻的哨声,小金说:"鬼吹箫。"小和说:"那是你们独龙族的叫法,学名叫水红木。"小金见我们非常注意植物世界,指着一丛绿叶说了句独龙族的话,我们听不懂。他急了,说独龙族人喜爱它,过去,披在身上的麻毯,就是剥下这种树皮,鞣制成纤维织造的,喂猪也是采它的叶子。在高黎贡山西坡寻找大树杜鹃王的跋涉中,我们曾遭到荨麻的伤害,知道独龙族同胞不仅以荨麻入药,而且用它的纤维织毯。可这不是荨麻呀!

小和仔细看了才说,这是水麻。

小和是保护区的工程师,他曾多次跟随植物学家李恒在野外考察。瞧,他又有了新发现:"这是大托楼梯草,像七叶一枝花吧,名贵的中药,听说是云南白药中不可缺的原材料。原为西双版纳特有种,李恒教授却在这里采到了标本。她说这里的植物世界具有西双版纳的特性,但西双版纳的植物世界并不具有这里的特性,这就是证据之一。"

在以后的行程中,小金按独龙族的传统讲述植物世界,小和一会儿以纳西族,一会儿以傈僳族,一会儿又以工程师的身份对小金的讲述加以说明,这就大大增长了我们的民族植物学、风俗等知识。有学者曾做过调查,过去独龙族的生活资源,有一半是依靠在山野的采集。

一队马帮从后面赶来,它们驮着货物,响着脖子上的铃铛,铃声和着山野里的鸟鸣,顿时使河谷中奏起了乐章。

待到马帮走近时,我们赶快让路。路太窄,只好尽量往左边的河岸靠去,忽听李老师"啊哟!"的惊呼声……

看她惊喜的神色,我们松了一口气,再顺着她的眼神,大家立即蜂拥过去——一棵大树上,正盛开着熙熙攘攘的兰花,其叶修长隽秀,花瓣的外面黄黄、绿绿的,内面下部印有鲜艳的红斑。小和兴奋地说:"我也是第一次见到这样茂盛的小贝叶兰,有上百朵的花。它附生的这棵树也是珍贵的古老植物——水青树,它也开着花哩!"

李老师频频按动照相机的快门,将小贝叶兰带给外面的世界。小和说:"李老师,还是留点胶卷吧。这里的兰花品种繁多,享有盛名,像什么雪索莲瓣、贡山红等等,一株要卖几十万元。也正因为这样,兰花资源遭到了极大的破坏。"

刚举步退出岸边的丛林,有刺挂住了衣服。嗨,原来是棵树干上长满了刺的家伙,但顶上还残留着一两个果子。小和说:"有意思,你不睬它,冷落了它,它就偏偏要你见识见识——这就是你们肯定听说过却没见过的刺五加!"

待到我们都来端详,小和却大声喊了起来:"这里的宝贝多着哩!照这样的看法,今天肯定赶不到宿营地。"

大家只得恋恋不舍地上路。路崎岖起来,天也阴了,山谷也窄了。只走了四五十步吧,小和压低了声音:"瑞香!在河岸边!"

李老师和小郑被他像是怕惊动了小鸟或野兽的语气惊呆了,我却大步走去,急促地嗅着,在丛林中寻找。幽幽的清香将视线引向了一棵无叶的灌木,那枝头上缀着四五朵半球形的淡黄色的花,自有一股临风而立,端庄、高雅的风韵。瑞香的大名早已耳闻:多年前,朋友曾得一株,宝贵得邀大家欣赏,我们只看到碧绿的叶子。好不容易等到花期时,它却枯萎了,心头留下了久久的遗憾。在万里之遥的普拉河畔见到,那喜悦当然别有滋味。

我很奇怪,有关的资料上说瑞香是常绿灌木,春季开花,花集生顶端。这几朵花确在枝端,但它无叶。小和说:"贡山的瑞香有好几种,还有花瓣内为白色外为紫色的。"

李老师为花少且又蔫蔫的急得团团转。小和极有信心地说:"眼下是4月,但高海拔地区——前面一定能见到盛开的。"

我们又充满了期待向前走去。

几幢绿色的木屋展现在前面:嘎足保护站到了。我们已走了四五个小时,吃了干粮,稍稍休息,又踏上了行程。对面的山坡上有明显的界线,一边是低矮、稀拉的次生林和农田,一边是郁郁葱葱的森林。这说明现在才进入保护区。小和做了证实。

迎面来了一位巡查回来的保护站的小伙子,说是前面大塌方,可能过不去。小和站住了。我说:"走,车到山前自有路!"

天也更加阴沉,河谷两岸峭壁陡立,上空林木的枝条形成了穹窿,只有普拉河依然欢乐地一路高歌伴随。

一株绛红泛紫挺着肉箭的植物就在路边,约有20厘米高,没有一片绿叶,只有累累的花苞紧贴。李老师正在为它拍照。

"李老师真是福星高照,这可是稀罕物,难得一见。"

我们都急着问它的尊姓大名,小和却要我们猜。谁说,他都摇头,得意地看着大家一头雾水。直到最后他才启发式地提问:"天麻你们知道吗?名贵的中药。"

"这不是天麻!天麻我见过,在小凉山还采过。它倒是也只有从土里挺出的茎,高高的,没有一片叶子,花苞也是这样。难道它们是一个家族的?"我说。

"兰花分地生兰、附生兰、腐生兰。它是腐生兰中的珊瑚兰,天麻也是腐生兰!"

真是一语惊人,我确实是第一次听说天麻是兰科。大约是因为天麻最贵重的是它的块茎,且天麻是以未出箭、未开花为上乘,才忽略了它美丽的花朵吧!我深深地向小和鞠了一躬:"谢谢!"

小和却陡然涨红了脸:"刘老师,担当不起。"独龙族的小伙子说:"回程时把它带上,送给刘老师作纪念吧!""不!这是生它养它的地方,就让它将芳香、美丽永远伴随着普拉河,让我永远想着……"

虽然碰到了塌方,但大家还沉浸在发现的喜悦中,非常愉快地在泥泞中攀崖爬壁,手脚也特别敏捷。

刚上到一个陡崖,河谷里的风带来了阵阵幽香,我站在崖边细细搜寻……

啊!瑞香就在左前方上边的崖上。崖下悬空,崖头向河边伸去。

大家相互扶持着,艰难地往上攀。刚把李老师第一个送了上去,就听到一声大喊:

"好美啊!开满了瑞香。真是盛开,繁星一般闪亮……"

河谷里回荡着探险者满腔的惊喜!

巍巍秃杉王
——怒江傈僳族自治州探险之三

沿着普拉河向高海拔攀登,盛开的瑞香多了起来,河谷中时时弥漫着它特有的芳香。

突然,云天洞开,河谷里一片灿烂,阳光将两岸的森林照得碧绿耀目。

一只大雕冲天而起,展开巨大的翅膀,在蓝天翱翔。倏然之间敛翅,如箭般斜刺里往下俯冲。

只听得森林中哗啦一声,大雕已再升起,那爪下却有一小兽在挣扎,四蹄车水般划动。

"麂子!""小野猪!"小金、小和大叫,大家都不由得追着大雕的身影跑了起来。

从雕闪着金色光芒判断,很可能是金雕。它是大型猛禽,完全有能力从空中俯冲而下,猎取这些动物。

右前方一阵急速的蹄声,惊得我和小郑猛然站住。这里毕竟是黑熊、牛羚、豹子、猞猁出没的地方,且我们根本就未带任何自卫的武器。从蹄声判断,肯定是只大型野兽。奇怪的是独龙族的小金却异常兴奋地冲下了河谷,闪电般地消失在丛莽中,只有他啊啊的喊叫声响彻了山谷。

树林中有一前一后的两条线在游动。我们焦急不安,不知道是那家伙在追小金,或是小金在追赶那家伙。

大家毫无办法,但小和眼疾手快,已从地上捡起一根枯木,做出随时出击的姿态。李老师却向我身边靠来。只有小郑一副茫然又有些看热闹似的东瞅西望……

终于有一只大野兽显山露水了,它奔跑着,扬着一对一字形的短粗的犄角,头大,毛色褐黑,如牛一般……

"白袜子!白袜子!"小和像个孩子似的跳着、叫着。

明明是野兽,怎么如此荒诞地叫了起来?但这提醒了我去注意它的蹄子。是的,它的四蹄下部是雪白的。难道它就是野牛?我在南非见过野牛群,那是夜间,一片闪着虹光的眼睛,很能使人误以为是磷火。只是观察车上的探照灯光柱照到它们,才露出了真实的面目。对!肯定是。我正要想仔细观察时,它已蹿入森林中。

小金气喘吁吁地跑回来了:"这是我们独龙江特有的,独龙牛!过年祭祀时要剽牛,就去山上抓来拴在场子中央,大家围着它唱歌跳舞。刚听它的动静,就猜到肯定是它。我小的时候常能见到五六只一群,现在少多了……"

原来他是为了让我们看到珍贵的独龙牛!心里非常感激。后来,曾遇到两个专门寻访独龙牛的年轻人,他们已在森林中跋涉了数天,但连它的蹄印都未见到。我们更感庆幸。

"我慌里慌张拍了四张照片,总有一张是好的吧!"李老师不无得意。她胆小,见了野牛未吓坏已难得了。

阳光剧敛,如来时一样突然,河谷又显阴幽。老天似是特意安排了这一惊心动魄的情节,以酬劳我们跋涉的辛苦。

前面是大塌方,半壁的山坡垮下来了,合抱粗的大树狼藉倒地,泥石淤塞。崖上还有条小溪如瀑地跌落下来。范围有六七十平方米,一行五人面面相觑。这大约就是保护站小伙子说的地方……

我想起了赶到我们前面的马帮,但没找到它们走过的痕迹,四处更无踪影,难道另外有路?小和说可能性不大。河谷两岸全是绝壁。这是一条经过历史选择的通向独龙江的古驿道,很可能是将马匹隐蔽到森林中吃草,赶马人想办法去了。再说,天气已经不早,要是再去找路,天黑前肯定到不了宿营地。

"难道只有往回走?"我心急火燎。

小和没有答话,毅然地向塌方处走去。几次都陷到淤泥中去了。他就在泥泞中将倒下的树木东搬搬西挪挪。不久,去崖上探路的小金回来了,说是没找到路。小和终于宣布:"可以过去。"

我们踩着树干,小心翼翼地走着,免不了时时滑倒在泥泞中。最后,只剩下要爬一人多高的大崖了。小和找了树棍在崖上挖……等到爬上了崖,一个个都成了泥猴子,全身都汗湿了。老天偏偏又下起雨来,森林中响起一片雨击声……

河湾里出现一只雕的巨大双翼。它在河的低空滑翔,翅膀平展,一下也不扇动,锐利的闪着红光的眼睛却不时转动,是发现了大鱼还是其他小兽?正想看个究竟,它却消失在下游的河湾中了。它虽然走了,却引起了小和、小金对不久前金雕的猎获物的争论。小和说是麂子。小金说麂子没那么大,是野猪崽。小和说,贡山麂的体型是麂类动物中最大的。贡山麂是20世纪90年代才发现的大型哺乳动物的新种,是贡山特有种,只生存在贡山,数量很少……

一条飞瀑打断了争论。一方陡立的大崖,总有五六米高、10多米宽,崖上挂下了一缕缕绿藤。银帘和绿帘相映,织成了奇妙的风景。欣赏够了,一个个像孩子般嬉笑着冲了过去。

河流突然转向,往右拐去。我发现林相变了,右岸的山峦上出现了针叶林,它与湿性阔叶林有着明显的区别。那里的海拔有2000多米了。小和说,这正是这条河谷的神奇之处,几乎是每一个大的河湾都构成了特殊的生境,也造就了不同的生物群落,既有垂直分布带,水平分布带也不相同。

针叶林的出现,使我想起了李恒教授的话:你走的那条路线,有天然秃杉林。那是很珍贵的树种,值得注意。难道秃杉林就在前面? 小和却诡秘地微笑着说:"你会看到的。"

秃杉又名台湾杉,高大,材质好,是只产于我国云南、湖南、福建、台湾等地的特有种。

在时阴时雨变幻无常的天气中,八九个小时的崎岖的山路,使大家疲惫不堪,休息的次数逐渐增加。小和当然看出了李老师显得格外艰难——她是1月份把腿摔骨折的,拆了石膏就来高黎贡山了——于是不断用神奇的植物世界解除她的疲劳:一会儿说这是十齿花、木鳖子,一会儿又说那是大叶仙茅、五味子……

他突然停住了滔滔不绝,紧紧地盯住了头顶的上方,眼里射出光芒。我被他的神情吸引了。正在为未看到稀奇彷徨时,只见他攀住岩头,猴了上去:"贡山竹!真的,是贡山竹!"

竹不高,只有20多厘米,叶也不特殊。云南的竹类丰富,怒族村寨旁的凤尾竹,粗壮的龙竹、金竹……林下的竹类更多。可这不起眼的竹子,竟然是贡山竹?

"贡山竹是在贡山发现的特有种。最奇妙的是,一般的竹要几十年才开一次花,完成生命的周期;开花后老竹枯死,竹米再繁殖幼竹。大熊猫爱吃的箭竹就是60年开一次花。川西大片箭竹的枯死,造成了大熊猫的灾难。贡山竹却每年都开花,母竹并不枯死,竹米生幼竹。可能正是这样,它没有笋子,不像一般的竹子由竹鞭上的笋子繁殖。"

的确,我在四周找了半天,也未找到它的笋子。眼下正是发笋时节啊!

如果在大熊猫的产地也栽种贡山竹,岂不是避免了箭竹周期性开花、枯死带来的灾难? 转过一个弯,普拉河发出了异样的声响,有种共鸣的嗡嗡声。啊,对岸有一巨大的石穴,一半在河中。每当有激流冲涌,洞中就响起如擂鼓般的声音。有只黑白相间的鸟儿,灵巧地飞入洞中,在水面一掠,嘴里叼住了一条小鱼,落到洞外突兀的石上享用。只一会儿,它已进出四五次,且每次都不落空。高超的狩猎,看得我们心花怒放。小和说:"前面要过桥,天也不早了。"

过了吊索桥后,全是上坡路,虽然仍是沿着普拉河游动,但路全在乱石中。我想起了一位朋友的话:"通往独龙江的路,是挂在绝壁上的天梯,悬在江面上的藤篾溜索和吊桥,断断续续地延伸在江边的羊肠小道。生活在现代的人应该走一走这样的'路',一定会产生很多对生活的感悟,对人生的感悟……"是的,尽管我和李老师已在青藏高原、横断山脉跋涉了数年,但此时还是时时生出唏嘘、感慨。

我感到腿发飘,这是脱水的现象,汗流得太多所致。爬上陡坡就坐下,从小溪中接来了水,掏出带的食盐放进去,和李老师大口地喝了起来。她问离宿营地还有多远。小和说:"快了,快了。"李老师说:"你早就说快了。"小和说:"快看到秃杉了。"

李老师站起来就走,在山野中她有句名言:"越歇越想歇。不怕慢,只怕站。"

路拐到了河边的悬崖上,左前方山坡上的森林有了异样,一棵棵大树从林中挺出,高居于阔叶林的树冠之上,赭色的树干粗壮。显然是松科的,却是我不曾见过的林相。我见过各种冷杉林、云杉林、铁杉林、松林,风格迥异,喜悦立即冲出胸腔:"秃杉!那就是秃杉!"

李老师正急着问过河的桥在哪里,小和却悠悠地说:"不用过河,前面的路旁就有秃杉王。"

一切的疲劳都不翼而飞了,我们奋力爬坡,但那乱石中的坎坎、嶙峋的石岩,似是无止境地向高山上绵延,而刚才看到的阔叶林中的秃杉,又总是如雪山银峰一般遥遥招手。

终于可看清对面的秃杉林了,但河边的一片特殊的林子抢眼。那是普拉河的河湾形成的一大片难得的沙地,耀眼的白色的沙地上生长着茂密的直挺挺的林木,都有20多米高,树皮呈灰白色,很似桦树。这种林相我见过,是桤木林,但没有见到如此美丽、如此庞大的林子。

小金说是水冬瓜。小和又说叫旱冬瓜,是荒地上的先锋树种。一水一旱证明它泼皮、顽强的生命力。小金说,独龙族的同胞特别喜爱这种树,常在村前屋后种,甚至在地里种。它的叶子能作饲料,果子能榨油,还是一味中药,具有治疗痢疾、腹泻、水肿、肺炎、漆疮的功能。小和说:"傈僳族、怒族、佤族、景颇族、独龙族的药典中,桤木都担当着重要的角色。民族植物学对它有专门的研究。独龙族过去是刀耕火种,但世代相传种桤木,尤其是在轮耕休闲地上,这是很难得的。种的方法也很特殊,不育苗,而是在山野里寻找天生的苗移栽。林中还间种玉米、南瓜等农作物。它只要7至10年就成材,材质淡红色,用途广泛,国际市场很畅销。砍伐了林子后再种庄稼,土地异常肥沃。科学研究证明,桤木的树根有固氮的作用,寄生有固氮细菌。这是非豆科植物的很奇特的树种,是农林混作的优良树种。你在高黎贡山的西坡没见到?"

"是的,我们在腾冲,在曲石,在界头都见到过。"

既然是先锋树种,那么,原来那边应是天然原始林了?谁来这深山里把它们统统砍伐了?小和说:"几年前电信部门计划在这里建个中转站。我们发现后制止了,可林子已被砍了。"

现代"文明"对自然的破坏,引起了大家的愤怒。我之所以将"文明"两字加了引号,是因为"文明"其实应该包含对自然的保护,人与自然的面肉关系应是文明的重要内容,而现代人却偏偏忽略了这一点。以后的路上,只要见到成片的桤木林,我就想到原始森林遭到的厄运。

雨已彻底地停了,山谷中却不见亮堂起来,云疏处偶尔还可见到淡淡的星影。就在路中间,一棵两人环抱不了的赭色树干上,在齐胸处,四周捆绑着一周护树的竹片,但还是露出了刀痕,被剥去树皮的残迹。抬头想看清树冠,小和说:"是棵秃杉!"我心里一惊。他说这是在山里讨生活的人干的,因为秃杉树树皮易引火。人啊!何时才能抛弃愚蠢?

虽然天色晦暗,但还是明显地感到跨进了阴影。正顾盼时,发现左上方巨木林立,就在头顶的崖上。我只得向旁边退后几步,才能稍稍看清。一棵巨树奇粗奇高,树干笔立,无一枝杈,直到20多米高处才伸枝展叶。树冠稀疏,但是片片云状。再看树干,色为赭红,油亮亮的,闪着旺盛的生命力,这一切都在说:秃杉王!

崖很陡,只得绕行再攀爬。

我们瞻仰着这位巨人,犹如瞻仰一位伟人、一座丰碑、一座殿堂,心头响起生命壮美的交响曲。我们久久地屏气凝神地立在那里。

到达它的身边,勃勃的生机,昂扬的精神,激得我们血液沸腾,纷纷向前紧紧地拥抱,拥抱着自然,拥抱着历史,拥抱着生命。我感到了它的律动,感到了它的温暖,感到了它汩汩的血液。

可我们五人还未能环其一半。这位巨人的胸径当在3米以上,其高有三十七八米,有1000多岁。它无一疤结,肌肤光润,青春焕发。虽历经1000多年的风霜雨雪,却未染上一丝历史的尘埃。是什么使它依然生机勃发?

生命有时是那样脆弱,有时又是这样坚强!人们感叹生命的悲壮,我却百倍地为生命的壮美歌唱!

每当我瞻仰生于千年之前至今依然鲜活的生命时,总是禁不住心潮澎湃!

这是一片神奇的土地,林木丰茂。左上方十来米处,还有一棵巨大的秃杉,虽然与秃杉王比较,它只能是子孙,但胸径也有两米多。右上方,还有一棵黛色巨树,那是马蹄荷,沧桑遒劲,叶大如扇,胸径至少有两米。

啊!大自然,你何以在这方圆不到百米的地方长出了三棵巨树?这是一块神奇的土地,蕴藏着丰富的生物能量!这对人口日益增长的世界,是多么宝贵!

小和指着河对面的山坡说:"你的赞美词得省着用。它们和阔叶林混交。这片生有秃杉的林子大约有 13 公顷,常是三五棵成片,那里有比这棵秃杉王更高更粗的超级巨树!"

是的,巍巍秃杉与天相接!

我发现对面森林中自上而下有一条间隔带,间隔带上只有杂草、小灌木。于是问:"那是砍出来的防火隔离带?"

"不,那是一次规模宏大的泥石流造成的,当时暴雨如注,山体崩塌,泥石相混,摧枯抗朽奔腾而下,所过之处,原始森林扫尽……"

啊!大自然!

高黎贡山女神
——怒江傈僳族自治州探险之四

霭霭暮色的森林中,雪山映出几座影影绰绰的木屋。

终于到达宿营地其期了。这是河谷中难得的一块台地。其期是保护区的试验区,也是古驿道上重要的驿站,三座木屋如不封口的四合院。过去每年都要将大批物资由这里中转至独龙江。

我们都瘫坐在石阶上,看着银峰上的绯红云霓,林中袅袅的地气,喝着盐水,听着普拉河的轻声慢语。

小郑走来,拉起李老师:"深山夜晚寒气重。出了一天的汗,这里坐不得。赶快去火塘边。"

火塘架子上的水壶嗞嗞作响。小金从背篓里取菜、拿米。满屋子烟熏火燎,热气蒸腾。

弥漫着一种特殊的香味,很似热带香料之王香草兰。我正在寻找时,小金指了指火塘边的一把草,说了句独龙语。小和说,是种香料植物,翻译不出学名,我在那把草中拨拉,未找到如豆荚之类的果实。香草兰的香精是从果实中提炼出来的。那草有着带齿的小叶片,也不像是香茅草。小和说这里香料植物很多,随手从柴火中抽出一根,剥下褐色的树皮,递给我。"这也算桂皮,是木兰科的。闻闻,香吧?等会放到炖肉的锅里。这里木兰科的树特别多,含笑、厚朴都是木兰科的。"

水开了,我将带的黄山毛峰放到几个人的杯中。不久,火塘边连声响起:

"好茶!"黄山的精灵在体内荡气回肠,消解疲惫,生津活血。

保护站站长却带来了令人沮丧的消息:去独龙江的风雪垭口仍然为冰雪所封。

我久久地徘徊在林中,望着夜空中的雪山。在川西考察大熊猫的经历,不时在脑海中浮现。所谓风雪垭口,是高山地区通向外界的唯一通道,险峻异常。冬季为冰雪所封,即使到了春天,常常还须炸药才能轰开坚冰的壁垒。

"你看,天上有几颗星了。明天我们再向前走,实在过不了……随缘吧!"不知什么时候,李老师来到了身后。我点了点头,拉着她赶快往木屋走,寒气袭人。

记完了日记,已11点多了。刚躺下,外面一片喧哗,夹着铜铃的叮当声,原来是马帮到了。赶马人说,在大塌方处没找到路,是在山上看到我们通过后,才决心试试。先是由人将马驮的货物背过去,然后再牵马。在那一人多高的大崖处费尽了周折。我心里闪过一线希望,忙问:"这些货也是运到独龙江的?"赶马人说:"这时哪里过得去? 就运到这里了。"一线希望也化为乌有。

早晨,普拉河上空浮荡云带,云朵在森林的树冠上游动,鸟鸣声响彻了山谷。高黎贡山素有"鹃类王国"之称,画眉,各种噪眉,都是歌咏能手。这里还分布着罕见的有着长长的弧形的嘴的剑嘴鹃。可是,我们没有碰到。

离开其期保护站,未走多远,拐进山弯,一条银瀑飞流直下,山谷里响起隆隆的水击声。转出山弯,风带来了一股幽香。我判定香源在河边的台地,那里林子茂密。

刚进入林子,一丛虎头兰正张开笑脸迎接,它附生在大树的齐腰处。好家伙,何止一丛? 在它的周围有四五丛哩! 除了虎头兰,还有小贝兰、大贝兰,简直是个兰花世界! 虎头兰花朵大,内面红的、黄的、黑的斑点形成了多姿多彩的形象;贝叶兰的花朵秀丽、妩媚,几颗雨滴,显得其晶莹如玉。

它们承受大自然的甘露,洋溢着山野的灵气,无比生动、鲜活。这是任何盆栽兰花都不具备的风韵。我们见过很多盆栽的兰花,但只有在大自然中才能欣赏到的美!

我们悄悄地接近,选取最佳的角度拍摄,生怕那留在花上的雨滴落下。正要迈脚时,突然衣角被后面拉住,回头才见小和对着地下努努嘴。刚移过视线,眼前一亮:几棵小草簇生在苔藓中,翠生生的叶片,犹如一幅天然的油画,叶脉别致,构成了奇特的形象。它们都只有三四厘米高。是的,我像是在哪里见过这样的宝贝,猛然间却想不起来。

"云南黄连!"

对,就是它!一点儿不错。我在黄山考察时,曾采到过它。都说黄连苦,但贡山的朋友说到黄连时犹如说到了人参,神情自豪:苦中蕴藏着宝。贡山的黄连,似是能治百病的良药。我曾亲眼看到人们用它泡茶,时时体验苦中的甘甜。连李恒教授说到贡山黄连时,眼里也闪着特殊的光芒,还说这种资源须要特别加以保护、珍惜。

不久,又发现了一大片。几十株黄连在墨绿的苔藓、地衣中,显然格外鲜明。小和小心翼翼地扒开它的根部,根茎尚小,看样子是只有一年的新苗。为了寻找成年的黄连,我们逐渐上到一个坎子上。

爬上去后,发现是块五六平方米的平崖。正低头在坡地上东寻西瞅时,发现这块地有点特殊,脚踩在厚厚的苔藓上有种异样的感觉,下面好像有着秘密。终于耐不住诱惑,扒开了苔藓,嗨,是红色的、湿润的树干!难怪刚上来时就感到这个崖头有些异样。再一打量,这是一棵从根部开始倾斜的大树。常年苔藓的积累,已使它成了一块小小的能容纳我们几个人站在上面的平地。这是一棵多么巨大的树啊!它是向河边倾斜的,可眼前的树丛挡住了视线,看不清它的面目。

我对小和说出了发现,就急忙跨过一个崖宕,向那边绕去。连续跨过几个崖头,才看到了它的侧面的枝干,树叶是针叶,银绿色,很像银杉的颜色,但绝对不是银杉。

"红豆杉,好大的一棵红豆杉!这里我最少来过三次,怎么从来就未发现它藏在这里?"小和惊喜地喊起。

由于境外生物商人在滇西北发现云南红豆杉的紫杉醇含量高,紫杉醇是治疗某些癌症的特效药,因而一类保护的红豆杉遭到了前所未有的厄运,损失巨大。我们亲眼见到大批红豆杉被剥皮后死去的惨相!

普拉河谷不断给我们惊喜,但这里地形复杂,各种植物特别茂密,几个人只好从崖缝、树隙中窥视巨大红豆杉。据目测,它的胸径在 1.89~1.9 米,树干有 20 多米长,枝头伸向河的上空。林学家说,红豆杉平均每年的胸径生长量只有 1 毫米,那么这棵红豆杉当是近 2000 年的寿星!虽然树干倾斜,但枝繁叶茂,生气勃勃。

小和说:"这应该列入名木古树,采取保护措施。"

我爬上了一个岩头,正准备拍照片,听到小和大声喊叫:"刘老师,当心脚下。"

岩石上满布苔藓、蕨类植物。有一伏在石上伸出茎叶的植物很奇特,开着淡淡的黄花,花似杜鹃,又像兰花,我还从未见过。

小和跳了过来:"你一定见过附生在大树上的石斛,但这种你肯定没见过!"

"它也是石斛?"

"错不了,是另一种。石斛属兰花科,不仅是药用植物,还是具有极高审美价值的观赏植物。石斛有串珠石斛、流苏石斛、曲轴石斛、兜唇石斛等 10 多种哩!既有附生的,也有在岩石上、林下生长的。有人见过在老百姓屋脊瓦上生的鼓槌石斛!"

在大自然中,你时时感到知识的贫乏。在高黎贡山的西坡寻访大树杜鹃王时,那些附生在大树上的石斛曾令我们惊喜不已。现在又见到这种石斛,真是令人难以置信。在这块神奇的土地上,简直不敢挪动脚步了,生怕一脚踩下去,就伤害了一个美好的生命。在西双版纳热带雨林中行走时,植物学家的向导很郑重地对我说过:这里一屁股坐下去,很可能就有一个新种,一个博士生研究的课题。这句话用在高黎贡山的腹地,再贴切不过……

路上来了人,是保护站巡山的。他说:"凌晨有两人从风雪垭口退回来了,冰雪堵得严严的,过不去。"

我们只得沮丧地取消了从古驿道去独龙江的计划。

回到贡山刚住下,就听说李恒教授来了,且住同一旅馆。这不啻一阵春风,吹散了未能去成独龙江郁结在心头的阴影。

有人将李恒称为高黎贡山女神。我们在高黎贡山跋涉时,几乎没有不知道李恒的,到处都流传着她十上高黎贡山,在独龙江采集、考察整整8个月的故事。她的厚重的1344面的《高黎贡山植物》就是一座丰碑!

李恒教授如大山一般朴素,谈起话来,也如大山一样丰富。她中等身材,慈眉善目,虽已年届七十,但看上去只50多岁。话题当然是从独龙江开始。

她原先学的是地学,1961年到了云南后,才专攻植物学。在从事云南植物志、中国植物志的编写过程中,独龙江植物区系的神奇吸引了她,同时发现了那里尚无12月至次年5月的采集记录,也就是说这里有一段空白。产生这段空白的原因,是那里地形复杂,高黎贡山成了天然屏障,道路艰难,还有气候恶劣。

独龙江又是个多雨区,雨季每年从2月初延续到11月,长达10个月之久。年日照时间只有1100小时,日照率仅25%,是云南日照最少的地区。曾有连续降雨70多小时,年降雨量达4758毫米的纪录。

1990年10月,她带着助手、学生三人,赶着浩浩荡荡的马帮,沿着其期古驿道,向独龙江行进。翻雪山、过垭口的一路艰难困苦自不待说。

她们住在乡政府所在地的巴坡。独龙江成天在云遮雾罩之中,也即所谓的瘴气。每天上午10点钟才有太阳,平均日照只有4个小时。滂沱大雨不断,只有蜡烛照明。没有蔬菜,只能吃带去的火腿、鸡蛋,日久之后,一见到这些美味就恶心。那时的独龙族基本上靠采集生活,妇女文面,不种蔬菜。李恒教授就教他们如何吃竹笋、采芭蕉花、做魔芋豆腐,生活条件十分艰难,但是那里神奇、丰富的植物世界,几乎每天都给她带来惊喜——不断发现新种、特有种。对一位植物学家说来,还有什么比这更为重要?

采集标本是件艰苦的事情,不仅要有丰富的野外工作经验、渊博的学识,还须冒着各种危险。就是一种植物的标本,要将它采齐——有花,有果——那就不是一日之功。白天采了标本,晚上要压制、要翻、要烘。

不久,她病了,发高烧。待到发汗退热后,鸭绒睡袋中竟然倒出汗水来!只好再去买床棉被。打吊针时倒出血,差点丢了命。

真是祸不单行,她的一位学生因为耐不住艰难,又被马鹿虱子、旱蚂蟥咬怕了,竟自动"下岗"了,吵着要回去。

李恒的回答很简单:"既来了,不完成考察任务,只有死了才回去。"

病稍有好转,她又行进在独龙江的山野中。她的执着,她的敬业精神,感动了认识她和不认识她的人,马库边防军战士来了,独龙族的老乡来了,领她采集标本,介绍当地的风土民情以及他们所知道的植物世界。

生存的艰难、工作的辛苦还是使那位学生提前逃离了独龙江。谈到这里时,她用"年轻人未经受过磨炼,精神垮了。其实他还是坚持了7个月……"宽容了他。

8个月的野外采集和考察终于结束了。临行时,独龙江同胞来了100多人送行,乡政府组织了几十匹马驮运标本,十几位民工在垭口开路……

那路,实在太崎岖了,李恒从马上摔了下来。昏迷中醒来后,感到胸部剧烈疼痛,但她没有叫喊,也没有坐担架,以无比坚强的意志,再骑到马上。马在乱石中的每一个颠簸,都疼得她喘不过气来。

回到昆明去医院一检查,竟然断了三根肋骨!

她在独龙江的收获是巨大的,采集了7075号标本,每号8份。

丰硕的成果,急需整理的标本,使她无暇住院医治,又立即投入了标本整理以及后期的制作。这一做,又是几个月,直到春节来临时,才刚刚做完。然而,就在这天夜里,因为气管大出血,她被紧急送往医院。医生责怪她不该在有毒气(消毒药)的标本室中玩命地工作。

李恒就像那清澈明亮的水,看似平常,却以柔柔的点点滴滴、奔流不息的韧性,向着目标前进,这种柔韧正是无比峻峭的阳刚!

皇天从来不负有心人,在这7075号标本中,仅仅是植物新种、变种,她就发现了五六十个,至于特有种,那就更多了!植物学家们常说,如果一生能发现一个新种,那就不虚此生了!在这五六十个新种中,又以天南星科的最多,马蹄莲、红掌、白掌都属天南星科。天南星科的植物,具有很高的欣赏价值。中国的天南星科的植物,有三分之一是李恒发现的。这使她成了国际天南星科委员会的委员,使昆明的天南星科研究中心在世界上排第八位!

评价一个植物区系,主要依据之一是要看它的特有种。李恒在她厚厚的巨著《高黎贡山植物》中,宣告了这座神圣的大山,共有特有种植物88科201属,计434种!

结论是显然的:高黎贡山是世界上物种丰富性多样性重要区域之一!

她在植物世界的成就,令我眼花缭乱,无法也不可能一一去探究。于是,我问了一个看来不算太愚蠢的问题:"你的最得意之作是什么?"

她毫不犹豫地说:"在云南的植物区系中,有个很奇异很特殊的现象,滇东南和滇西北有着相同的种,但中间没有。这种对角线相对应的植物分布是怎样形成的呢?说得简单一点,高黎贡山是古南大陆和古北大陆交会的地方,地质历史古老,远古已成为陆地。它比横断山脉更古老。当缅甸郸邦板块漂移时,古南大陆向前推进了450千米,也即是说将高黎贡山往北推了450千米,造就了植物的古老性和多样性。再就是板块漂移引起了造山运动,喜马拉雅上升,云贵高原上升,形成了很多隔离带,使原是准平原的地带互相交流。它们交会在前,隔离在后。生物在新的环境中要生存,生存就得适应,如古南大陆带来了很多热带植物,到了温带,只有变异才能生存,因而产生了变异种和新种。如波罗蜜在贡山就有,但贡山并不具备波罗蜜要求的高温高湿的环境,因而它就需变异、适应,因而有了贡山波罗蜜!正是这种地质运动,使高黎贡山的植物在垂直分布、水平分布上都具有了极为丰富的多样性,同时也造成了滇东南和滇西北的植物对应分布。这就是我的解释,也即是说,我解释清楚了形成这种植物区系特点的原因!你有兴趣,想详细了解,可以去看《高黎贡山植物》,那里有专门的章节论述此事。"

是的,她用简洁、明确的语言,解释了大自然纷繁的神秘。化繁为简即是神化。连我这样的门外汉也明白了许多。

那天,我们整整谈了一下午,又看到了她采来的双耳南星、叶上花的标本。我见过波罗蜜、可可、槟榔在树干上开花。老基生花,这是热带植物的一大特点,却是第一次见到在叶子上开花的植物。生命形态的无穷变化,常使我感到想象力的贫乏。

多么希望能跟随李恒教授在山野跋涉,可是她第二天就要回昆明了。于是,我立下了一个愿望:再去独龙江时,一定跟随她的脚步!

张局长很理解我们的心情,于是再次安排了车辆,再沿着公路向独龙江摸索,走到哪里算哪里。

老天也特别有情,雨终于停了,一轮红日出现在怒江大峡谷的上空。

车行约20千米后停下,小和说想去看看能不能找到心里牵挂的小黑熊。去年,保护区收留了一只去失母亲的熊崽,经过几个月的喂养后,又在此处将它放回山野。他当然无法找到这位朋友,在山沟里转了一圈就回来了。

李老师突然发现,幽深的山谷中,河流闪耀着银色的光芒,一座绿色的小屋凸现,如一棵小树。啊!那就是普拉河口的嘎足保护站,是我们前几天前去其期途中小憩的地方!顿时产生满腔的喜悦与感慨!

　　这一发现,又带来了更大的发现,山坡上一片绿叶白花的林子。叶肥,如扇;花硕,形如莲。张局长宣布:这就是贡山厚朴!贡山特有种!

　　又行2000米,大塌方将路堵得严严实实。我们下车,遥望着独龙江方向的银峰下巍峨的雪山,云雾中的森林,想象着大峡谷的雄姿,于是,激情奔涌——

　　独龙江,我们一定会再来拜访你!

　　后记:历经周折,我和李老师2002年才带着马帮、帐篷进入了高黎贡山腹地,寻找到了大树杜鹃王。然后转向东坡,计划沿怒江大峡谷进入独龙江。那时公路时断时续,只能仍走茶马古道。但到了其期后,大雪封山,过不了风雪垭口,只得返回。

　　2006年4月,我们再去怒江大峡谷,虽公路已通到独龙江,但仍是大雪、塌方。焦急了几天也不见转机,只得渡过澜沧江到兰坪,然后再由两江并流地区到瑞丽,算是走完了高黎贡山。

　　2006年10月,我们再去独龙江,贡山至独龙江的公路已通了,但80多千米的路程,开车足足行了9个多小时。山路全在山膀子上。狭窄、崎岖、垮了的地段,车轮胆战心惊地走钢丝。但沿途高大的红豆杉、多花含笑、铁杉、云杉遮天蔽日,奇异的植物世界使我们感到路程太短、日落太快。数天返回时,大山变色,金黄,大红斑斓,如霓霞飘拂,风景流动,染熏得人们如醉如痴。

　　前后四年历经三次才进入独龙江,它以奇绝的景象慰劳了我们的渴望。江水是那样蓝莹莹的。植物群落是那样独特,相距五六十千米的植物竟表现出两个不同的季节。缅甸郸邦板块向北漂移带来的古热带植物与温带植物的交汇、变异……令人目不暇接。目睹了公鸡与眼镜蛇的大战、蚂蟥谷的恐怖，经历了窥视戴帽叶猴的惊险。我国人数最少的只有4000多人的独龙族，更是纯朴、多彩，他们与自然的和谐相处，至今仍是经典。我想再酝酿，或许能将神奇用文字呈现，作为下篇。

2008年3月9日

黑叶猴王国探险记

李明晶是生得秀气的东北人,两只眼睛很容易使人想到他名字的由来。他主管贵州省林业厅保护处,说话办事简洁干练。

"非常赞成你们去黑叶猴自然保护区。我多次去考察过,那里是个深深的峡谷,特殊的自然环境、黑叶猴种种奇特的生活,至今还笼罩在神秘中。它在贵州的东北角,沿河土家族自治县境内,路途可是辛苦的啊。"

黑叶猴是我国稀有珍贵的一级保护动物。它的形象很特殊——体态娇小,全身乌黑,又称乌猿。但在面颊的左右,生出雪白的两撇上翘的白毛,犹如倒八字胡。再加头顶有一撮尖尖的高耸的冠毛,酷似马戏团的笑星——小丑。当然,它也如笑星一般,受到特殊的宠爱。

至今,我还无缘在野外与黑叶猴谋面。李明晶充满诱惑力的话,激波掀浪。一路风尘,我们向那个神秘的峡谷奔去。

乍见深峡

乌江峡谷的天际,如一湾湛蓝的大河。

9月中旬,我们在静静的麻阳河、灰黑湍急的乌江之间,攀着险峻的山岩,迎着热风艰难地行进。刚爬上巨崖,眼前突然闪亮:脚下四五百米的山谷底部,一条绿莹莹的小河,从斗门静静地、不动声色地渐渐浸入混浊的乌江激流。犹如一位国画大师,轻轻抹上出神入化的一笔,刹那间改变了整个画面,温馨洋溢,恬静怡然……

我们所在的右边,与峡谷的距离还不到 100 米!距峡谷的底部,只有 20 多米。

麻阳河黑叶猴自然保护区到了。峡谷中的绿河,就是麻阳河!

心灵轻轻一颤:黑叶猴的王国是在这样深的峡谷中?

世界上的叶猴有多种,如长尾叶猴、白臀叶猴、金叶猴、黑冠叶猴。我国有白头叶猴和黑叶猴、灰叶猴、戴帽叶猴。黑叶猴仅分布在贵州和广西。据 1993 年的考察,在只有 42 平方千米的麻阳河保护区内,就有黑叶猴 38 群,约 400 只。由于这些年来的精心保护,1998 年考察时,黑叶猴已增至 500 多只。在这样小的范围内,集中了如此数量的黑叶猴,而这个黑叶猴的王国是建立在异常特殊的疆域中的。它的神秘,它的幽深,它的莫测,当然焕发出无穷的诱惑和魅力。

沿着麻阳河峡谷溯流而上,路途虽然更为艰险,常常看不到谷底的河水,即使看到也只是一条绿线或从茂密的林木间闪出小块绿光,但我们依然神情专注地搜寻着两岸的竹林、灌丛,希冀着黑叶猴的出现。然而,它们并不那么好客。

9 月应是秋风送爽,在贵阳的清晨还需加一件外衣。但峡谷中奇热无比,携带的两瓶矿泉水早已喝光,汗水仍像小溪一样顺着两颊往下淌,头发早已汗湿。这时才认真打量起峡谷。

资料上记载:谷底最低海拔仅 200 来米,两岸最高海拔却有 1067 米,山峰与河谷相对高差有 600~1000 米。我们目测了一下:峡谷的上部多为 80~100 米宽,而谷底却多为二三十米宽。

"柚子!"

李老师一声惊喜的喊声,让我们发现了隐身在崖下丛林中的一棵大树。肥大繁茂的绿叶下,挂满了油亮亮的绿色柚子。李老师忙着去照相,口干舌燥的我,嘴中顿时溢满酸酸甜甜的汁水,真是"望柚止渴"了!

"黑叶猴也非常喜欢吃柚子,可它不分青红皂白。"慈眉善目的老汪喜欢打趣。

我在黄山观察过短尾猴吃猕猴桃的情景,在海南霸王岭尝过黑冠长臂猿采食的山竹子果,立即想象到黑叶猴在吃柚子时的模样:啃外面厚皮时,那辛辣的香味一定会刺激得它眉毛高耸,果肉的酸味一定使它挤眼咧嘴……

我真想一睹它在吃未成熟青柚时那两撮雪白的颊毛是怎样抖动的。那一定是非常滑稽、令人捧腹的。

可是,几个人瞅来瞅去,没有发现黑叶猴来此光顾的啮痕,周围更未看到它的踪迹。

我不甘心,想下到崖下看。老汪眼疾手快,一把捞住我:"这里是剧毒蛇五步龙、眼镜蛇出没的地方,还有连土家族人都害怕的地蜂。我们考察时,不做好充分准备,从不轻易下去。想看黑叶猴,只要不怕辛苦,我们绝不小气,一定让你看个够!"

看我那副无奈的神情,他又说:"前面有好的等着你。"

刚拐过山嘴,前面有一扇巨大石门洞开。门右三座参差有致的巨崖,如三面旌旗,绿树和斑白的凸凹石棱,在旗面上组成了奇异的图案。门左险峻的山峰上部,如展开的国画长卷,天然画图,妙趣横生。尤为叫绝的,是顶上为硕大无朋的一半圆形画屏,奇松怪石、流云飞瀑,竞相拥入眼帘。阳光西斜,色彩迷离。神奇的喀斯特地貌,将偌大一个空谷塑得如幻境。

"这就是著名的石牌和月亮山!晚秋时,月从东山升起,天上一半,地下一半,交相辉映。百虫争鸣,微风轻荡……"

我们惊叹大自然神奇的造化。

前行的老罗报告:在老鹰岩那边发现了猴群。

放哨的"酋长"

正急急赶路,等候的小吴将我们拦住。寻找缓坡下到一块小平地,小吴说,对面有一群黑叶猴,是这段河谷中最大的一群,共有 13 只。

峡谷在这里开了个豁口,谷崖上部的山不算太高,迎面是茂密的森林。右边 200 多米处,全是险崖叠嶂。有条小路从山坡上穿过。我观察了半天,也未见到一只黑叶猴。正在迷惘时,小吴碰碰我的肘,又用手指示,我这才隐约地看到森林中有个黑色的活物在悄悄行动。看的时间长了,才在绿叶和浓荫中渐渐分辨出,树冠的中层,这里那里有着一块块一斑斑的黑色。

难道是知道我们来了,故意隐而不见?

"啊!啊——"小吴猛然高喊。

正想埋怨小吴,只见树枝急剧晃动,一个黑影突然蹿出。还未看清是怎样蹬动树枝,一只乌黑的猴子已抓住高处的横枝,刺溜一下,攀了上去,迅速打量了左右,就立在树丫处,向小吴和我们的方向巡视。我们几个人都站在那里,隐蔽已失去了意义。

"这招'敲山震虎'挺管用的。"小吴很得意。这位青年来保护区工作已有三年,对黑叶猴的了解比我们多。

那只黑叶猴见我们没有离开的意思,也可能是那种立在枝丫、手又要扶着旁边的枝干才能保持平衡的姿势,挺不舒服,索性一屁股坐到树丫处。

好漂亮的一个精灵!身材修长,头小,即使是在 200 多米外,那头上耸起的尖尖毛冠,看来仍不失为一顶高贵的帽饰。长尾下垂,全身毛色乌黑油亮。我们视角的逆光,使它周身笼罩在一圈毛茸茸的、无法名状的光圈之中。

"猴王!肯定是这群猴的猴王!"小吴说得非常自信。

我有点怀疑。我曾参加考察短尾猴数年。猴王从来是派遣左右大臣或地位更低的雄猴去担任警戒放哨的。只有当异常的危险或战争发生时,它才亲临前线。

"难道不是哨猴?"

老汪说:"黑叶猴是群居性的动物,但社群不像金丝猴或猕猴、短尾猴那样——四五十只,甚至上百只一群。它的群体小,多在8至14只。在这个保护区内共有四五十群,尚未发现一群超过14只的。黑叶猴是一夫多妻制,一个社群以一只成年雄性的猴子为主体,由两三只成年雌猴、四五只亚成体和幼崽所组成,是种家族式的社群。它也不像黔金丝猴那样,在繁殖或雌猴生育季节,集结成大群,而是一年四季都如此。"

我只能点头赞同。猴群不可能指派一个尚处于少年儿童时期的雄猴,去担当放哨的重任。

"在黑叶猴的社群中,猴王虽然享有各种特权,但是在猴群嬉戏、休息时,却要竭尽全力承担站岗放哨的重任。道理很简单,若是猴群遭到了攻击或灾难,这个家族没有了,猴王还能称'王'?这和你考察过的短尾猴和猕猴的情况不一样。"

老汪像位哲学家,摇头晃脑,侃侃而谈。

我不禁想到了长臂猿,云南的白眉长臂猿、白掌长臂猿、海南岛的黑冠长臂猿,都是家族式的小群体,也是以成年雄性的猿为主体的。生物学已告诉我们:在进化树上,猿远远高于猴。难道社群的大小,也是进化的标志之一?那么,黑叶猴在猴类的进化树上,应居于上层了?难怪动物的社群结构,一直引起动物社会学专家们的极大兴趣……

"若真的如此,还是称它为'酋长'较为符合实际。"我说。

"有道理。"老汪和小吴都赞成。

突然,像有股旋风从森林中兀起,半亩大范围内的枝叶急剧晃动。显然是隐蔽得很好的猴群发生了骚动。"哇!哇——"

在树丫上警戒的"酋长",扭过头来,对准骚动处大喊。声音急促而粗犷,穿透力特强。

"它在斥责不安分的家伙——现在是下午五点左右,正是黑叶猴进晚餐的时候;再说,它们原本生性活泼,哪里耐得住这样长时间的安稳。入侵者还在这里,危险并未过去,不准轻举妄动!"

小吴像个翻译,兴致勃勃地热心解说。

果然,猴群安静下来了。

可没隔十分钟,猴群又骚动起来。从树隙中偶然露出的猴影判断,似乎还有并不太激烈的厮打。

"哇!哇!哇!"酋长再次发出警告,并挪动了身体,做向下跳跃状。

猴群终于静了下来。酋长也恢复了坐在树丫上瞭望的姿势。

酋长的权威是绝对的。

既然酋长不准它的家族接见,如此长久僵持下去,我们无法观察到群体的活动,也会影响它们正常采食。

初探黑叶猴王国

简单商讨之后,决定由我和小吴进入森林。李老师他们则在下面,守候在猴群可能出现的地方。只能如此碰碰运气。

选择的路线是左边的缓坡。到了跟前,才发现这个缓坡上布满了石灰岩的岩溶,棱角尖利,石大如牛,说高不高,说险不险,但从这块岩石到那块岩石,无疑像是翻个小岭。再加上各种藤蔓、荆棘的牵扯,还未前进20米,裤子烂了,脚指头被石隙挤得异常疼痛,连惯于此行的小吴也已汗流浃背,气喘吁吁。

最使我们沮丧的,是酋长突然失踪了。它刚才还在树丫上不时调整位置,密切注意我们的一举一动。

前面又是一块嶙峋的大石。

小吴用眼睛问我:后撤,还是继续上?

我的牛脾气上来了,咬了咬牙,用左膝头抵住右边的大石,上身伏到岩上,再用右脚猛地一蹬。小吴急忙从下面来顶时,我已上去了。

突然,视线中有个影子一晃——50米开外,林缘边石上有块黑石晃了晃。那是一块斜卧着、上部有螺蛳纹的大石。这里还能有风动石?

奇了,黑石上部还是尖尖的。我猛然往下一蹲,嘿嘿,它也有按捺不住的时候,为了监视,只好伸头。那上翘的两撇白颊毛,终于使它原形毕露!

"它被你赚出来了,就是那个猴王——'酋长'!"

当然是它!我们逼近,它也改变了策略,从树上下来,机智地选择躲到大石的后面。我们的一举一动,全在它的视线之中。

"出了什么事?"传来李老师焦急的询问。小黎已做出向这边冲来的姿势。

大约是我刚才怪异的举动,引起了他们的误会,我只好回身对她摆摆手。

如此一来,"酋长"索性将头部露出,神头鬼脸,左瞧右瞅,神情诡秘。森林中却一片寂静。我和小吴都彻底失望了,再往前闯进林子,肯定不会有任何成效。

刚回到山腰的小路,又见"酋长"坐到那个树丫处,垂下长长的尾巴。阵风吹来,优哉游哉,好不自在!我却急着脱掉鞋,右脚小指,已被石头夹得乌紫。

森林中响起悠长的猴鸣,那是饱食后的闲情,还有几声似是幼崽嬉闹的叽叽声。星星点点处,都有枝叶在大幅度活动,像是在有意嘲笑我们。

真有点可气!

更甚者,有两只黑叶猴居然在树丛中腾跃,追逐打闹,肆无忌惮地将身子暴露在外面。这是在示威了!

我拉住小吴:"再上!"

"你的脚?"

"没事!"

我们刚返身上山,"酋长"神情一震,但并没有发出报警声。

有了刚才的教训,我们不再回避它,而是选了一条近路,直插猴群活动的中心。路更难走,小吴身手矫健,在前开路,不时拉我一把。实在难以攀上的崖石,就采取迂回的办法。终于到达林缘了。然而,"酋长"不见了。这次我和小吴商量好了,总有一个人密切注意它。它是什么时候逃过我们视线的?林缘的附近也根本没有它的踪影。

真是个神出鬼没的家伙!

不管怎样,我们还是决定进入林子。小吴说:"毒蛇多,虫子多,秋虫叮人,比马蜂都厉害。"听他说到马蜂,我头皮都发麻,曾多次吃过它的苦头,可仍然往前走,管它呢!

亚热带的森林是丰富多彩的,林下植物繁茂地挤在一起;野棉花的花朵艳丽;各种莓子在枝头上闪着光,红的、紫的、橙黄的;一支挺拔的花箭上,顶了大朵妖冶的花,肥厚的绿叶却千疮百孔,爬满了红色的小虫;粗壮的树干上,长满了附生植物;几只噪鹛,高一声低一声地叫着;秋虫唧唧。这是一片充满竞争的乐土,大自然总是能神奇地将纷争的生物世界,宽宏地纳入怀抱,融出一个美妙的世界。

行动却异常艰难,在齐腰深的灌丛、杂草中行进,地上除了突兀的大石和攀满了藤蔓植物,一点儿空地也没有。连小溪也被各种植物遮盖得似是暗河,只有潺潺的水声,宣布它的存在。小吴非常紧张,每举手投足都格外当心。凭着多年野外探险的经验,五步龙、眼镜蛇都不喜欢这样的生境,碰到了,活该倒霉! 只是秋虫和山蚂蟥可恶,防不胜防呀! 这时,最好的办法就是听天由命!

"林子里怎么这样静?"小吴指的是黑叶猴。它们全体像是突然遁入地层,两人走动,声响很大,又还不时说话,可它们一点反应都没有,连酋长也不露下面。真怪!

已经到达估计的猴群活动中心,几棵响叶杨上的叶子被采食了很多,枝条被掰断,山樱桃、光皮桦的叶子都明显有被采食的痕迹。林下植物上,散落了很多杂叶和嫩枝。

碎叶冒出的新鲜汁水证实,它们刚才确实在这里。黑叶猴的食物主要是树叶、野果,据说偶尔也捕捉身边的小虫。到了冬季食物匮乏时,也啃食树皮。

如果说我们来时有具体的目的地,可现在很茫然。在这偌大的林子中,到哪里去寻找它们?

只有寻踪觅迹了。

察看树枝树叶被采食的情况,在林子里很难进行,不仅因为树高,还因为太密。我想起了在川西丛林中追踪金丝猴的偈语:"丢下棍子,留下影子。"这是说金丝猴在冬季要掰折大量的树枝,啃啮它的皮和芽苞,因而在行进的路上,总是丢下大量树枝。循着这些树枝,只要有勇气,总是能观赏到美丽的金丝猴。但视察了好几处,从落在林下的碎叶和断枝,仍然难以判定它们活动的路线。

正在彷徨时,突然发现一摊粪便。粪便的颜色暗绿近黑,形状如缩小的牛粪。我请小吴辨认,他肯定了。我的神情一振——在卧龙、大小凉山考察大熊猫时,它一坨坨的粪团中藏有各种行动的密码;我们常能根据粪团数、未消化完的箭竹,判读出它的年龄、体质状况、在此停留了多长时间;然后总是能在竹林中和它相会。可没一小会儿,我们就失望了,在植物如此稠密的林下,能发现那摊猴粪,应是奇迹。

"它们往上面去了。'酋长'在那棵细叶青冈大树上!"

传来了山下李老师的喊声。指示很明确。我们在山下时,已选中几个标志物,将森林分成了几片。大青冈离我们上方有200多米。现在是骑虎难下,只有往上攀爬。

林子里的光线正渐渐暗淡。我们最多只前进了 10 多米。

"'酋长'又向上移动了,出现在那棵大朴树上!"

它最少上移了近 100 米。

天哪!我们的一切行动都在它的监视之下!它是通过森林中哪种网络得到的情报?

"黑叶猴生性机警,它总是占据上方。平时,我们往上去 1 尺,它会往上蹿 10 丈!"小吴像是恍然大悟。

"那我们就快速占领制高点!"

"还未等你爬到,它已横向突围了!"

小吴的大实话,彻底击垮了我的决心,真是沮丧透了!

无意间,突然发现小吴的两只胳膊和腿上,布满了大块肿起的红疱,他两手不停地抓上挠下。

"什么咬的?"我急了。

"不知道。没事。"

是我的疏忽,只顾追踪猴群,没注意到他只穿了件背心和短裤。

"你不知道进这样的林子要最简单的防护?"

"来不及了。也没哪个的衣服我能穿。"

这也是实话。他个子小,但壮实。只有小黎比他略高,但小黎生得很秀气,再说大伙也都只穿了件单衣。

"什么时候发现的?"

"进林子没几步路。"

"那你还不赶快退回去?"

他只嘿嘿地笑着。

我心里长久地感到内疚。

第一次跟踪黑叶猴,就以并非全部失败而告终⋯⋯

峡谷奇观

挫折引起了反思:犯了直奔主题大忌,也是这次不成功的追踪的教训。

麻阳河黑叶猴自然保护区有两大河流:麻阳河和洪渡河。这两条河都各有支流,又都在不同的地方汇入乌江。两河河谷构成了保护区主体。比较起来,麻阳河断层更为深切,河谷——峡谷的两岸陡峭异常。

沿河是土家族自治县,还有仡佬族和苗族兄弟聚居。民居多为村寨,一个寨子一般是七八户人家。走了几天还未见到百多户的大寨子。

我们主要沿着麻阳河谷左岸前行。这里属中亚热带湿润季风气候带。鲜明的喀斯特地貌构成了丰富多彩的景观。两岸相对高差有 600~1000 米。800 米之上的山地较为平缓,其下的地带多为悬崖峭壁。森林主要是常绿阔叶林、常绿阔叶混交林、竹林和灌丛。据考查资料记载,共有植物 117 科 282 属 478 种。属国家级保护的植物有 7 种。而这些林木,多生长在峡谷两侧的悬崖峭壁上。岩顶的,盘根错节;峭壁穴缝中生出的,向河谷伸枝;更有倒悬在石隙中,梢头下探再上卷。花红叶紫,千姿百态。

去老鹰岩的路上,先是一"天生桥",使我们惊叹不已——自然的岩溶横架在麻阳河峡谷上。妙在底下中空,河水滚滚而流。从桥面到水面,有 100 多米,两岸仍是刀劈似的峭壁。两头是乱石耸立,险峻绝伦。

天生桥之上,是朱家洞大溶洞。老汪说,他们只是进去探了一次,因深不可测,且有暗河流水如雷,未敢轻易深入。令人惊讶的是,洞顶有一"天窗","天窗"下有一巨大蘑菇状的钟乳石,似是此石由天而降,破顶入洞。小吴称它是"天外来客"。

麻阳河将森林、山野、峭壁、峰丛、溶洞、温泉……统统纳入了箱式的峡谷之中,形成了黑叶猴独特的生存环境。

在峡谷中,还生活着黑熊、云豹、小灵猫、猕猴、林麝……

在考察麻阳河峡谷时,思渠管理站的老罗、小吴介绍了黑叶猴的诸多生态情况,其中说到黑叶猴是穴居的。这当然是因为峡谷中多溶洞,自然的选择,也可以说是黑叶猴喜欢溶洞,是选择的自然。每群猴基本上有两个夜宿的溶洞,两洞相距数百米。每洞住两三宿、四五宿不等。傍晚六点多钟进洞,早晨也是六点多即出洞。这一行为在我国的灵长类动物中,较为特殊。由于黑叶猴主要采食树叶,当然不能固定在某一个小区域。在这一处采食了数天,换一处是让这里休养生息。很像轮耕,姑且叫它"轮采"吧!

进洞、出洞,这不是近前观察黑叶猴的最佳时刻吗?守洞待猴的方案,可在最大的程度上避开各种险难。再细问,说是黑叶猴所选的溶洞,多在峡谷两侧中层石壁上。这更说明了方案的优越性。如此这般一说,竟然连处长老汪也同意了。

我们找来了负责老鹰岩这段的护林员老张,他详细地介绍了几群猴夜宿溶洞的情况。最后,我们决定去温泉附近,也即河谷右侧的一个溶洞。

按理,我们应就近宿营。可是,老汪担心我们的安全,又是临时决定,未做野营的准备,现在只好找一稍近的居民点安营扎寨。在讨论参加人员时,护林员老张嗫嗫嚅嚅了半天,好像是在说峡谷中路太难走,最少有两处是陡壁……总也未把话说清。我听明白了,是说李老师年龄已老大不小,又是位女同胞,最好别参加。

李老师也听明白了,说:"我前几天才从梵净山下来,那8000个石级,我可是一步一步走上去的。"显然有些激动,脸也涨红了,"不信你们问他。"

"走了整整6个小时,比我还早到一刻钟。这几年她一直跟我天南海北地跑,云南、新疆、青海、呼伦贝尔草原……"我是她的先生,真是举贤不避亲了。

瘦小精干的小黎抢着说:"她是大摄影家,我们还真离不了她。"

"我负责保护李老师。"小罗和小吴争先恐后地表态。

小罗是去年才毕业的大学生,在野生动植物保护站工作。从贵阳出发,一路时时提醒李老师,一定要把拍到的黔金丝猴、黑叶猴……各种野生动物的照片,都给他一套。他年纪比我们的小儿子还要小几岁,李老师也一直将他当孩子看待。

李老师反而很不好意思:"先说清了,我可不是什么大摄影家,只是喜欢大自然。"

讨论圆满结束。傍晚时去侦察猴群歇宿情况的护林员还未回来,我抓紧时间用凉水擦了擦身子。山里泉水真凉,凉得我打冷战。一天中,衣服已经过汗湿、焐干、再湿了数次,全身像是被裹了层泥浆;冷水一激,去掉汗渍,周身舒畅。这时,我想到在云南中缅边界的雨林中考察时,向导老张每晚都叮嘱我冲凉水澡,说是可以去瘴气。遵照执行后,在那里的半个多月,从未感冒。

小小的山寨,陡然来了六个人,烧饭就无锅烧开水,口渴得难受。几次要喝凉水,却被小黎制止了。他怕我要闹肚子,我只好强忍着坐在屋外。

突然,我感到周围有变化,连忙向天空看去,刚才还星斗满天,现在只是云缝中才露出稀稀的几颗。我最担心的是山区天气的无常:贵州素有"地无三尺平,天无三日晴"之说。

考察的计划拟订得再好,一场雨就能让其全部泡汤。真是"人算不如天算"。当然意外的收获也有可能,那是极特殊的。考虑到行程,离开此处,我们还要去黔西北角的习水、最南边的茂兰。谁知雨要下多久。

"明天有雨的可能性不大。"不知什么时候,老汪已站在身边。几天的接触,他对保护区工作的挚爱、办事干练、经验丰富给我的印象很深。

李老师在昏暗的灯光下检查照相机、备用电池,挑拣不同型号的胶卷,一直忙碌着。在山野,她常常要忍受难以想象的困苦,譬如今天,她流的汗不比我少,可无法擦洗、换衣服。明天,她背的摄影器材,仅两部照相机就有好几斤重,又还不愿让别人替她拿,说是"当兵的还能要别人背枪"。

此时,心里涌出一股难以说清的情绪。我常说不该把她拖到充满艰难的探险生活,她却说感谢我把她带进了大自然。现在,我感到应该说点什么,可是不知从何说起,只是问了声:"你不换衣服?"

"今晚不换了。天太热,也没带那么多衣服。"

原计划今天回县城住,我们几乎都只有随身穿的衣服。

如果那晚我能将思绪理清,多说几句,再细心检查一番,或许能发现疏漏,也就避免了她以后遭受那么多痛苦。我太沉浸于明天的行动,对狭小幽深的峡谷究竟隐藏了多少危险,万一碰到黑熊、云豹该怎么办……都得细细想想。

小罗、小吴、小黎几个年轻人悠闲地说着话,只有老汪和老罗在低声嘀咕着。

护林员老张还未回来。

守洞待猴

一夜和衣而睡。李老师凌晨三点整喊醒了我。

天气很好,繁星满天。虽然无风,凉气却很爽人。

还不见护林员老张的影子。

老罗和小吴骑着摩托车,去执行另一方案。在野外考察,总得多设计几种方案。

正疾行时,路边出现了一个人影,是老张。他简单地说了昨晚侦察的情况:我们原来观察的那群猴子去向不明。对温泉那边的探察,因天太黑了,几次努力,都被陡壁挡了回来,还摔破了腿,只好作罢。

保护区的护林员,实际上担负着黑叶猴的保护工作。老张负责保护这一段已有两三年了,他又是本地人,按理应熟路径。难道是因为峡谷中地形太复杂?

意外的情况,使我们都愣怔在路边。

老张又说,以他的经验,浑洞附近的一个洞,应该宿有一群猴。

原来设想的种种万全之策,顷刻化为乌有。

别无选择,只有碰运气了。

山色朦胧。秋虫的鸣唧,使这凌晨的山野并不寂寞。凭着多年野外的经验,从浮动的丝丝水汽,判断出麻阳河峡谷的所在。

队伍突然停下了,只见老张伸头缩脑地往峡谷中看,还不时打量四周。终于,传来他的声音:"路走错了。"

我劝他别紧张,放松一点,再好好看看周围的特征物。老汪理解我的意思,尽量柔声说了几句宽慰老张的话。

老张居然会走错路,又是一大怪事!

老张擦了擦脑门:"肯定是走错了路。"队伍迅速折回。

峡谷中响起了扑棱声,两只小鸟急急地飞起,融入对岸的森林中。

东天已漫起晨曦,山影渐渐清晰。我心里非常焦急,若是不能在六点钟之前赶到目的地,猴群一出洞,计划就毫无意义了。

路上,老张说:"这条路我有半年多没走了,毒蛇多,最厉害的是草虱子,专拣人身上潮湿柔软处。被咬了以后,千万别抓住它往外硬拉,它嘴上有夹子,拉断了留在肉里要烂。只有用香烟熏,让它松开夹子,慢慢退出。我在前面,只要一停脚步,你们千万别动。"

这些,昨晚都做了研究,没有万无一失的防护措施,只有凭经验碰运气。再说也无用,还是赶路要紧。

李老师看我焦急,劝我少安毋躁,或许有意想不到的收获。

天已亮堂,终于开始往峡谷下走。确实有一条路影子,每走一步,就得用手将两边的灌木、杂草往两边拨拉,简直是在往里硬挤,又密不透风。俗话说:"上山容易,下山难。"下麻阳河谷更难。我打量了一下,坡度最少在70度,已是一般梯子的斜角了。换句话说,我们好像是在下梯子,但看不清落脚处是悬崖还是岩溶布下的陷阱。人的重心使你自然后仰,然而又要力图看清前面,真是别扭极了,浑身有劲无处使!

在森林中行路,有条不成文的规定:认不得的树木,千万别去扶它借力;有很多植物不仅长刺,而且还分泌毒液。现在,也顾不得那么多了,只要能加快速度,赶在猴群出洞之前到达,就是小小的胜利。没走多远,已浑身大汗。感到右臂被什么狠狠咬了一口,顺手狠狠打了一掌,掌心是血,它已掉下。正想看清它的面目,就听到前面扑通一声,虽然看不清,感到是李老师跌倒了。一片紧张的喊声、询问声中传来她响亮的笑声:"没事,没事!"

"还没事?再往前3寸,就掉到谷底了!"

老张气急败坏地说着。我不顾一切,从旁边插到前面,强行夺下她正在擦拭的照相机,将她拦在身后。前面确是断崖。老张反身贴壁,慢慢滑了下去。我也要李老师如法炮制,可几次都不成功。我急了,背靠乱石峡壁,抓住她的两只手,要她大胆往下滑。她每滑一步,我也往下移一点,老张终于接到了她的脚,按实、慢移,才到达崖下。看到崖下有棵大树,我索性像坐滑梯一样,又撑又抓,再加上老张的帮助,总算过了这个"坎"!

听到峡谷底部麻阳河的流水声了,神情一振。然而老张却向右拐,一路上他不断说"快到了""快到了",可还是要翻一个个大崖。

终于到达洞边。溶洞离谷底还有五六十米。现在是六点差一刻,我们下越的垂直高度不过200米左右,可足足用了一小时零十分。时间已不允许喘口气,李老师赶快支起照相机。我们都占据了最有利的观察位置,各就各位,严阵以待。

四周除了流水声,没有一点声息,连小鸟的鸣叫声也没有,只有溶洞大张着幽黑的嘴,和我们两相对峙。我们无心去观察四周的景色,都将两眼紧紧地盯着洞外缓缓的、淡黄的缓坡,盼望着黑叶猴从那里列队出宫。

时间慢慢地过去,洞口仍然静悄悄的。唯有洞的左角,一只肚皮如鼓的硕大蜘蛛正顽强地修补破网。

老汪沉不住气了,用威严的眼光瞅着老张。老张说:"我进去看看。"未等我们答话,他已敏捷地越过缓坡,消失在漆黑之中。

寻找"猴结"

我已预感到情况有了变化。果然,老张出来了,抱了一抱枯竹条,丧气地说:"它们昨晚没来这洞住。"

直到这时,我才发现每人裤子上都挂满了各种小刺和草籽。我穿的是牛仔裤,两条裤腿简直像是刺猬。李老师穿的是运动裤,布纹松,就似毛毛虫一样。我们连忙清理,但它们希望我们帮助传播种子的决心很大,使我们格外费劲。有种当地人叫"老母猪油"的长刺的种子,一粘手就冒油。

时间已近晚上七点,任何一个猴群都该已出洞。这就是说,至少是今天,我们已经失去了守洞待猴的一切机会,而且,"守洞待猴"已和"守株待兔"成了同义语,因为它的前提——黑叶猴每晚必宿溶洞——已经大不可靠。

也有一种可能,猴群从我们尚不知道的网络中,预感到这个洞不安全,昨晚去另一洞府了。在大自然中探险,常常会碰到野生动物巧妙地避开考察队的事例,使我也常常想到是否存在着神秘的情报网络,也即山民们说的,野物精灵"能掐会算"。这也更使野生动物世界蒙上了神秘的色彩,也更激起了我去洞里看个究竟的热情。

上到泉华形成的缓坡,也就进洞了。迎面是高大穹窿构成的大厅。按老汪的说法,这是个干洞,但以地面泉华形成的多级台阶看,洞里曾有流水、暗河。

老张连忙跑来,指着左边穹窿边缘一排突出的钟乳石说:"那就是猴子晚上睡觉的地方。它们多会选地方！安全极了,连蛇都游不到。黑叶猴攀岩走壁的本事大极了,全身黑色,手脚张开贴在石壁上,就像个大蜘蛛。土家族兄弟称它'蛛猴'。我有天巡山时,落大雨,回不去了,夜里也住在这洞里。它们在那个悬壁上,有的抱着,有的将头埋在怀里,老猴紧紧搂着小猴,就那样睡着。我还听到它们轻轻地打呼噜。真的,一点不假,这些小黑猴睡觉时和人一样,还打呼噜。"

他的描述,证实了确是亲眼看见。灵长灵动物在选择夜宿处时,是非常精明的。猕猴和短尾猴多选择险峻的石壁,天敌很难靠近。树栖的猿类,夜宿必选并不粗的横枝。当敌人偷袭时,树枝的颤动就是警报。黑叶猴选择溶洞穹窿边缘突出的钟乳石石排,异常高明。它的天敌猛禽——麻阳河一带分布着的鹫鸟、秃鹫、隼——也可能投宿溶洞。但是,在洞中,猛禽无法利用飞行速度得到冲击的力量(我曾见过几只母鸡和天敌鹞子,同在屋角啄食),也只能和平共处。再说,黑叶猴睡眠时打鼾大约也不是诳语。短尾猴酣睡时,呼噜声就很响亮。

老张所指的那块突出的钟乳石石排边,印有缕缕的黄褐色痕迹,显然是黑叶猴的尿迹。我走到石下,满地灰白不一的粪团,也证实了这里确是黑叶猴的夜宿处。仔细察看了这些粪便后,发觉多为灰白色的陈粪。黑叶猴新鲜的粪便是近黑色的,水分较大;时间长了,渐渐风干,变灰、变白。

难道它们已有很长时间没来此歇宿？或许是早已弃之？

正在疑虑重重时,不知什么时候赶来的小吴,捡来了一块猴粪,从所含水分看,新鲜,和我们在林子里发现的差不多。最晚也是昨天留下的。再去寻找,才找到了几块时间稍近的暗色的粪块,同时发现粪堆似被拨拉过。是迷路往返耽误了时间,它们提前出洞了？然而,再也找不到新鲜的猴粪了。

我努力从老张的脸上寻找答案,是因为洞中较暗,还是原本就是这样,一切正常,他没有特殊的表情。怀疑他为了掩饰找错了路而延误了时间难以成立。再说我们谁也没有责备他,他有必要如此吗?只有一种可能,黑叶猴的行为中,存在着很多的神秘,要解开这些谜团,还需要做更多的努力。

突然我内心深处被触动,猛地想起了一件事,立即在猴粪的周围寻找起来。我未带电筒,只好时时用打火机照明。大约是我那异常认真、异常仔细的神情,引得老汪、小吴他们都围拢来了:"你把什么弄丢了?"

"没有。"

我却只顾弯腰细瞅,不时拨拉粪堆。

"你在找什么宝贝?"老汪调侃。

我却转身问老张:"你们来这里找过'猴结'?"

老张先是一愣,看看我那副神情,有些躲闪地说:"哪有那样的好运气,能找到那样贵重的宝贝?"

年轻的小罗急着问:"什么是猴结?"

"是黑叶猴雌猴的经血和分娩血结成的血块,再经过大自然的种种冶炼而形成的。民间流传对妇科病等有神奇的疗效,异常珍贵……"老汪说到这里停了下来,像是想起了什么,转过脸来对着我,"你怎么知道?"

那怪怪的神情使我很不舒服。之前,只想到追踪猴群,"猴结"根本未在思维中显现。只是从满怀希望的"守洞待猴"落空,发现猴粪堆被拨拉过,新、陈粪便数量的悬殊,才疑窦丛生。在苦苦寻求答案时,在排除种种可能的过程中,刹那间触动了记忆中储存的信息。没想到这也引起了别人的疑虑。如此,我只好和盘托出:20多年前参加考察短尾猴时,山民曾告诉我们,猴产"猴枣",清热、解毒、强心有奇效。

"猴枣"产在猴子身体何部?

在猴子肚子里。

回到城里后,细细打听,八方询问,才在一些动物学家、老中医那里得到初步结果:"猴枣"是猴子体内的一种结石。牛的胆结石称为"牛黄",牛黄的特殊功效是解热、强心。但"猴枣"究竟是胃结石，还是胆结石呢？谁也说不清。动物学家不知道。老中医证实，医典中确有记载，说药师曾采到过"猴枣"。也仅仅如此。所以，虽然未做过决定，但大家都非常关注此事。因为短尾猴珍贵，只采了一只标本，解剖时我在现场，根本没有找到"猴枣"。长久的失落，有人以为那可能仅仅是种传说。岁月又使记忆淡去。

后来，有次在云南和灵长类专家聊天时，突然想起此事。他也只是听说过"猴枣"，但未见过实物，更未找到过。但是，他说了件猕猴对人类健康惊天动地的贡献：小儿麻痹症曾使世界上无数的儿童成为残疾，使许多家庭失去了欢乐。科学家们艰难地寻找一种疫苗，希望它能像"牛痘"防治天花那样。1950年，科学家终于发现猕猴也会感染小儿麻痹症。再深入研究，终于发现病毒是寄生在猕猴的肾脏上。根源找到了，又经过艰苦的努力，将健康的猴肾感染病毒，再经过特殊的处理，制成预防疫苗。这为全人类带来了福音。消息震动了世界。

可以想见我当时的震惊和感慨。

"所以，保护野生动物，就是保护人类自身。目前我们尚不能说清野生生物世界的神秘，但完全可以肯定，保护物种的多样性，就是保存丰富的基因。尤其是灵长类，它们和人类是近亲，譬如可怕的艾滋病，自然界中的黑猩猩也感染艾滋病，有的科学家推测，它们很可能是病原体。解开野生生物神秘生活中每一个密码，都难以预料将会给科学技术带来多么巨大的发展，特别是生命科学……"那位灵长类的专家的这段结束语，深深地印刻在我的脑子里。

大家听得入神，长久没谁说一句话。最后老汪打破了沉默："本月底考察时，曾经做过很多努力。特别是在黑叶猴栖息的洞穴或石壁上，发现遗留下的大量粪便。我们也像你今天一样，仔仔细细地寻找，但多少年来，谁也没找到。在访问土家族、苗族同胞时，传说保护区的核心区一处陡壁上，有堆积很厚的暗红色的'猴结'……"

"你们实地考察过?"我问得很急切。

"有队员去了。那个陡壁崖,向前倾斜,从上、从下、从两侧都根本无法上去。从对面观察,那上面确有很厚的似是'猴结'的堆积物。据说岩壁上也有斑驳残缺的字迹,说是有人来此采过'猴结',但极少成功,警告人们不要轻举妄动。是太险峻,攀登者非死即伤,还是上去后遭到黑叶猴的攻击?至今仍未搞清。"

"那里是黑叶猴夜宿处吗?"

"崖上没发现猴子居住留下的尿迹,崖下倒是有黑叶猴粪便的堆积。"

我心里突然涌现一个念头。

正在此时,老罗来报告,说是在上游发现了一群黑叶猴,要我们尽快赶去。

仍循原路回去?

老汪说:"从洞里下去。下面还有个洞。"

溶洞迷宫

老张已将出洞时抱的干竹条扎成了火把。在火把的照耀下,我再一次观察了溶洞的穹窿、下悬的石乳闪耀着奇妙的色彩。只有黑叶猴夜宿的左边,自然天成地凸出一溜,犹如房檐。其他都是光滑的石壁,没有一处可做黑叶猴秘藏"猴结"之处。

随着火把走到大厅尽头,左右各有通道,谁也不知该往哪边转。老张要我们待在原地,他先行探路。顿时,我们陷入了无边的黑暗之中,思绪涌动:一幅幅蛮荒时代的图像——无边的森林,大片的沼泽,三叶虫和恐龙……穴居树栖的、喧嚣的动物世界。

眼前一亮,老张回来了。

猛然醒悟,回到现实,好生奇怪:难道真有时空隧道的存在?

我的思绪与幻想衔接:那时无所谓"人",统称为"动物"。有"人",已是多少万年之后的事了。现在,科学家如此醉心于对灵长类的研究,一般的人也喜欢灵长类的动物,除了科学的原因,是否还因为人类在追溯自己的足迹,寻找失去的记忆?是种怀旧?

黑叶猴是经过精心设计,将"猴结"巧妙地收藏起来?这种行为是为了什么呢?肯定与种群的繁衍有密切的关系。什么关系呢?这个神秘的谜团裹含的是什么呢?

"走呀!"李老师看我愣在那,来到身边,紧紧拉住我的衣服。向左拐进窄狭的长洞,这里显然曾有过暗河,现在留下的是蜿蜒的泉华。往下走了二三十米,猛然听到流水的哗哗声。从所下的高度判断,我以为已到了峡谷底部,是麻阳河的流水。正有些欣喜,就被一堵巨石挡住。

老张迷路了。这个说走错了,那个说别乱嚷。老张却把火把交给小罗,使出浑身解数才爬到石上,接过火把两边照照,发现有处稍缓。几人正在鱼贯而上时,火把突然蔫了,只有红红的一点却燃不起火焰。

"谁都别动,老老实实待在原地!"黑暗中传来老汪的厉声命令。

火把终于燃起了。乖乖,离脚最多只有半个脚,即是塌陷的深洞。真得感谢老汪。上去了,前面仍是漆黑。水声在右侧流得更为响亮——它是洞中的一条暗河。

李老师第一个欢呼起来:"看到亮了!"不禁想起一句哲人的话:只有经过黑暗的人,才会欢呼光明!

出了山洞,一河清亮、明绿的河水横在眼前。

真应该大"啊"一声。麻阳河已伴我们几天,但直到这时才真的相逢。李老师已跑到河边,将水泼到脸上、嘴里,大声宣告水是甜的。我也脱下衬衣,光着脊梁,在水中刷洗。老汪急得大声制止:"热身子,冷水一冰,容易生病。""管它哩,先痛快一下再讲。更何况,我一向自信病魔不大敢找热爱山野的人。"李老师说。

阳光正从东天射进峡谷,河水闪耀着无数金灿灿的亮星,下游八九米处,壁立石门,蜃气迷离,似虹非霓溢满陡门后的峡谷。

"阳光在奖赏你们。峡谷底部每天只有两三个小时能得到阳光的眷顾。走向不对的地段,可能终年得不到阳光的直射!"老汪也很兴奋。

仰首望天,天际淡蓝,只看到并不长的一段,窄窄的弯弯的。再远,就被峡谷两岸的峭壁遮去。

地质学家给这种峡谷定名为"箱式峡谷"。但这是敞口的长箱子,很似魔术师的道具,随时能够出现各种匪夷所思的奇景,简直是个童话世界。

黑叶猴居住的上层洞,在峡底看不到,只能估摸出方位。面对河水的高高的洞沿上,垂下了一根根绿藤,如流苏装饰物。观察上游时,视线能放远一点,但也只不过三四十米,峡谷就转向了。河的斜对面,也有一洞,洞中有水流出,水色使我一震:"那就是浑洞?"

"流出的浑水表明了身份,这不算你高明。你看——"老汪指着我们刚走过的洞,"它流出的水是滴滴湛清的。所有的地下水经过地层的过滤,都是清水。麻阳河整个保护区,少说有上百个溶洞、几十条暗河,但唯有这个洞流出的水是浑浊的。你要是能说出原因,那才叫博学。"

他在逗乐了。

"上面有条浑水河?"

"没有。"

种种的可能都被他否决了,我也词穷思竭了。

小吴说:"你别费心思了,这是麻阳河一大怪。请了几位专家来也未搞清楚……这里神秘的事多着哩!"

沿着河边在峡谷中行进,两壁树、石竞相比奇、比怪。黑叶猴的诱惑力使我们无暇顾及,且路又特别难走。这不,才行二三十米,谷底已经无路,只得往石壁上爬。虽然石壁上有条斜斜的路,但上有陡壁,下有悬崖。按考察队的规定,走这样的险路是不准说话的,以免分散注意力,造成危险。其实现在也顾不上说闲话了,常常要手脚并用,肩头还得抵住石壁,才能挪出那么小小的一步。

先是看到坐在树丫上的黑叶猴的"酋长"。拐了个弯,才看到正焦急等待我们的老罗。黑叶猴的那种惯有的警戒姿势,说明它和老罗已相互盯上了。

老罗直替我们惋惜:"这群猴昨晚也没进洞,就在右上方那个悬崖上,围在一起,像个大大的黑毛团子。大概是六点多一些,'酋长'第一个醒来,还伸了伸懒腰,低低哼了一声,其他的猴子就都活动了。黑毛团子松开了,嘿,一只母猴的怀里露出一个黄头,是个才生下三四个月的小猴,通身金黄,紧紧依在母猴的胸口。母猴走动时,还牢牢地抱着它。还有一只小崽,只露了个面,就被猴群遮住了。这群原来只有12只,今年成了最大的群,14只。

"不到十分钟的样子,'酋长'轻轻巧巧一纵,就到崖下,两只母猴抱着小猴紧跟。后面才是其他未成年的猴子,沿着山排,几个跳跃,已到了林子。嘿!你们一行来这里就好了。"

这群昨晚也没进洞。是猴群都得到了警报,还是在秋季原本并不是每晚都宿洞?

猴群选择的也是峡谷的一小豁口。尽管黑叶猴在峭壁上行走如飞,但可能还是比较喜欢稍缓一点的生境。因为缓坡上土层厚,立地条件好,森林茂密。

声东击西

我们分散开,各自去选择有利的位置。"酋长"立即从放哨的树上跳下,顷刻又上到另一棵树上。没两分钟,又跳下,再上到另一棵树上……直等到我们都不再走动,它才选择一棵大树,坐到树丫处,聚精会神地注视着我们。

除了"酋长",森林中没有露出一只猴子的身影。但是,这里和那里,常有小范围的枝叶大幅度地晃动,显然是猴群在采食或玩耍。很像水面上的水花翻动,游鱼却潜在水中。

看来,得动动脑子了,否则又要重演上次的尴尬。"酋长"不断挪动位置,给了我很深刻的印象。找到了老罗,我请他和小吴、小黎三人到"酋长"并不太容易观察但又一定能看到的地方,做点小动作,躲躲藏藏。小黎他们不知我葫芦里卖的什么药,但还是去了。

老汪在旁诡秘地微笑着。

"酋长"果然又选了棵大树,密切注视着他们三人。

找到李老师时,她正在抓着小腿肚子。我请她换个位置,支好三脚架,并将计划的细节告诉她。她皱着眉迷茫地点了点头,仍然在一个劲地抓痒。当时,对她这一反常的举动我仍未在意。

躲开了"酋长"的视线,我悄悄地向林子里走去。虽是缓坡,但岩溶遍布。尽管有了些走这种路的经验,依然艰难;同时还要小心翼翼地隐蔽,不要造成大的声响。这对我一米八一的大汉,实在是够委屈的。

很好,"酋长"的注意力仍在鬼鬼祟祟的老罗他们那里,我也到达了林缘。只有六七步就要暴露在外,但我相信"灯下黑"。只要不出差错,它绝对不会想到我就是从它放哨的树下通过。我心中不禁沾沾自喜。

谁知林边还有条隐蔽得相当成功的小溪,躲过望远镜的视线。这条小溪说宽不宽,但一脚难以跨过。好在对岸有块石头可以垫脚。右脚刚落到石头上,就感到事情不妙。石头动了,哗啦一声,我猛然跌倒,身子扑在岸边。脑子却异常清醒,顾不得这样的生境是竹叶青、眼镜蛇喜爱的地方,就势向灌木深草中一钻。刚伏下身子,就听到林子里有了动静,好像是"酋长"从树上跳下,又蹿到另一棵树上。

后来,李老师告诉我,那跌倒的声音她没听到,其他的人大约也没听到,否则会担心我出事而赶去救护。她只是突然发现"酋长"上蹿下跳寻找入侵者。最有趣的是，它跃上一根很光亮的树干，像一位帆船时代的海员，用腿盘住桅杆，瞭望林海的深处。还不时变换姿势，希望能看个究竟。我是后来从照片上看到，它所选的位置是为了探察树冠的中层。虽然和我潜伏的方向有差错，但如果我不是潜伏不动，而是继续向前，它的判断基本准确——好聪明的家伙！

有股难言的腥臭味。难道附近有五步蛇？这家伙可是剧毒，对它我较熟悉，但它并不喜欢水边。再细细分辨，发现这种腥臭味中少了五步蛇所特有的无法名状的臭味。搜索时，发现溪岸上沿有个大蘑菇，整体发黑，长了层霉毛。可能是它的霉腐味吧？绷紧的神经刚松弛，突然感到左手边有股凉气，激得浑身一哆嗦。本能将手一缩，就见一个家伙跃起，在我头上顿了一下，跳走了——是只好大的癞蛤蟆！真窝囊，但我还是欢迎它的出现——起码预示着附近没有毒蛇。

感到林子里又恢复正常时，我谨慎地爬上了岸。迅速观察四周，发现"酋长"又坐到那根树丫上，面对着老罗他们。机会难得，我迅速地进入了林子。

森林是黑叶猴的家园，在自己的家园中，还有"酋长"在警戒，它们采食和活动的声音都很响。循着响声，慢慢向猴群活动中心潜行，心跳也随着加快。

一声较大的窸窣声刚起，就见一只黑叶猴跃起，落下。亚热带丛林中的枝叶太稠密了，但树隙叶缝中所留下的弧线非常优美，看得我心花怒放。再向前走去，又是一只猴子跃起。看清了，它跃得很高，雪白的颊毛，乌黑油亮的身段，甩得笔直的长尾；并未扭身曲背，已异常轻盈地落到有着几片红叶的树上，还扭头瞅着来处。我心想：有好戏看了。果然，有只黑叶猴也飞跃腾起，树上的黑叶猴待那猴快到时，一蹬树枝，向低处跃去，身躯骤然绷紧，修长的身体和长尾，成了一条直线，简直是飞。对，不是滑翔，是飞！只见那只来追的黑叶猴，尾一摆，身一扭，就在飞跃中改变了方向，它的长尾可以做舵，紧追不舍前面的同伴。随即,枝叶遮去了它们的身影,传来了几声叽叽的尖厉的厮打声、枝叶的窸窸窣窣声。

这短短的几十秒,已足以补偿几天来的辛苦。一位老猎人曾对我说过:"动物园的猴子、熊、老虎、狼只是牲口,不是野兽。"牲口是家畜。平常的语言、精辟的内涵,使我经常咀嚼、回味。字面上很明白,关在笼子里的兽,已不是野兽。只有在大自然中看到的才是野兽。但若要像那位老猎人,对野生动物世界充满的哲理无比深刻地了解,肯定还需要做艰苦的努力。

就如观察野生动物吧,要想看到它们的美,只有观察它们的运动。它们在为生存竞争激烈搏斗时,所焕发出的光彩,绚丽灿烂。那时它们美的本质表现得淋漓尽致!我不知道刚才那两只黑叶猴在争吵什么,是抢夺食物还是只是嬉戏?但运动中展示出的美,最起码,在动物园中是很难看到的。

成功促使我冒险前进。一种小黑虫老是在叮我的脖子,我不敢反击,只是轻轻地用手将它们赶走。有时,甚至顾不上去驱逐它们。为了享受大自然的赐予,也得付出点代价吧!

有个金黄的影子在视线中一晃,激动得我立即屏声息气。在老罗介绍之前,我确实不知道乌黑的黑叶猴生下的是金发的孩子!那个金黄的孩子,肯定是小猴。我不敢挪动一步,害怕轻轻的响动都会让它们顷刻间无影无踪。从小猴和它妈妈的出现可以推测出,我已到达猴群活动的核心区域,正在窥伺猴群的一切。我只能耐心立在树后等待。

等待是难耐的,但等待也是种充满期望的享受。头上、脖子上突然落下了几滴水,阳光正星星点点地落在林中。仰头望去,树上没有鸟,更没有黑叶猴,倒是有几只知了使劲地叫着。你高兴就叫好了,干吗净拣我尿尿的时候!

耐心是有收获的,母猴终于带着它的孩子出现在我视线中,虽然枝叶缝隙很小,但我仍不敢挪动一步。母猴一手搂着孩子,一手在捋树叶、野果往嘴里送,牙齿不停地错动。幼猴似是只顾吃奶,连头也不抬一下。不知是什么引起了它的好奇,终于将头扭了过来。

若不是亲眼看见,很难相信浑身披着金灿灿皮毛的幼猴,是黑妈妈生的。幼猴脸庞粉红、光亮,大眼睛、大耳朵,头上有撮冠毛的影子,前掌和后掌大得与四肢不成比例。啊,树上有一只野果,它伸手摘下,只拿到嘴边尝了下,就随手扔掉,又扭头喝奶了。母猴在采食树叶时,不时低头看看她的孩子,最少有两次,停止了咀嚼,用嘴亲吻着孩子的头顶。那种母爱,拨动人心。

有只左额有疤的黑叶猴悄悄地来到这对母子的身旁。裆部有块白斑,是只雌猴。它小心地从母猴的怀里抱过小猴,小猴乖巧地偎到它的胸膛。它立即高兴地为小猴捋毛,捋得非常仔细,从头顶开始,一小片一小片地进行,还不时将从毛上捋下的东西送到嘴里。小猴舒舒服服地躺着。它的妈妈此时两手并用,更加自如地采食树叶,不时站起,移动位置,大概是活动长时间因抱着孩子难受的胳膊。

究竟哪位是它生母?

时间并不太长,采食的母猴又将小猴抱回,立即将乳头送到它的嘴里。左额有疤的猴子显得失望,无奈的双眼恋恋不舍地追随着小猴……

这种行为,表明了黑叶猴社群的什么?

在这同时,黑叶猴低低的叫声,揪住藤条晃悠的身影,立在树上采果的动作……枝叶缝隙中显现出的一切,组成了猴群日常生活的图景。说实话,我只是感觉到了这些,而注意力几乎全都集中在小猴和它妈妈的身上,因为从它们的行为中,可以了解到更多的社群结构的层次。

我努力寻找着另一只毛色已经开始变黑的小猴。

正在耐心受着煎熬时,那只正在褪去金黄色的小猴出现了,趴在妈妈的身上,但是叶缝太小太碎。我希望它们再往高处走一点,在我面前展示风采……

然而,就在这时,传来了李老师焦急的喊声:"你怎么啦?到现在还不出来!"

扑朔迷离

这无疑是晴天霹雳!

森林中立即骚动。"酋长"放哨的方位刚传来枝叶的弹动声,就见它已落到面前的一棵树上,非常准确地将愤怒的目光射向我,张开大嘴怒吼,出示尖利的牙齿。不久前,在梵净山,我曾遭到黔金丝猴的攻击,被揪去一撮宝贵的头发,左耳根的两道抓痕的疤结现在还时时作痒,当然不愿黑叶猴再给右耳留点纪念。我先是一愣,接着是举手张嘴,"啊"地拼命喊了一声。

"酋长"立即扭头转身:"哇!哇!哇!"

森林风暴骤起,黑影如飞,顷刻呼啸而去,只有树叶飘飘,枝条摇晃……

刚走出森林,同伴们一拥而上,连声询问究竟出了什么事。大约是看到我的兴奋,人又还完好无损,才赶紧帮我清除身上树丛赠送的"礼品"。李老师只顾将风油精往我脖子上抹。

我简要地叙说了林中的历险,却没想到引出老罗的一长串解释,但我只能摘其重要的录下:黑叶猴社群中等级分明,即"酋长"最高,享有首先进食、和所有雌猴交配的特权。其次是成年雌猴。成年雌猴中带崽的母猴能享受到各种照顾。再次是未成年的猴子。小猴得到整个猴群的宠爱、关照。即使是受宠的妻妾,也不敢在"酋长"面前放肆,唯有小猴敢于骑到"酋长"身上。即使被骚扰得无法忍耐,也只是将它们稍稍推开。小猴是猴群的未来。

初生小猴要四五个月后才逐渐长出黑毛。先是从长尾开始的,再到四肢,直至全身乌黑。脸颊却生出两撇雪白的颊毛。

所有母猴都喜爱小猴,不管是不是自己生的。那只额上有疤的母猴,只要有机会,就去抱其他母猴的孩子,甚至低声下气,委曲求全——

因为它已失去了生育的功能:在一次争斗中,它受了重伤。它那渴望做妈妈的神情,令万物感动。

同伴都关心李老师没有拍到好照片。老汪说,这群黑叶猴在那片林子时间不会长,还是要回到这里,因为它们已在那边采食了三四天,且又无水源,估计不多时还要回到这边喝水。食植物的动物,胃火大。它们回来后不仅是拍照片的好机会,还可看到受惊后"酋长"是怎样重新组织社群的。它们毕竟是生活在充满竞争的大自然中。

那片林子较为稀疏,但在峡谷的上部。"酋长"早已坐在高高的树丫上等候,但有点神经质地站起、坐下、东张西望,还不时变换位置。

想来想去,我感到与这些精灵周旋,还是要不断变换方法的。显然是不能再闯入它们的领地,我们可承担不了炸群的后果。观察了半天,选定了它下方的一处陡壁。

这次,我和李老师、小吴、老罗都去了。右边有个豁丫,裸露出一个黄土坡。不久前,最少有两只黑叶猴从那经过。其下不远处有棵大树,大树及其林下的灌丛,是连接原来那片林子的最好通道。我帮助李老师支好了照相机,对准了那条通道。

半小时过去了,猴群没有任何要往下来的征兆。"酋长"不断变换位置,企图看清我们,但这个陡壁上部是前倾的。

僵持的状态还是要打破的。想了想,我请小吴和老罗大摇大摆离开隐蔽地。

我和李老师背靠石壁,静静地等候、休息,轮流注视着那条通道。

看到李老师又在不停地抓小腿,问是怎么了。她说没事。但几十年的共同生活,只要我留意,就能读懂她脸上的任何变化。她穿的是条运动裤。我将她的裤脚捋起,不禁皱起了眉头:"两腿膝盖下,生出了密密麻麻的红点点,是荨麻疹?""不是,其他地方没有。""你被什么蜇了?""没发现。""什么时候有的?""下到第一个溶洞时才感到腿痒,不疼,痒得钻心。""没擦风油精?""擦了,止不住。"

她平时贪凉怕热,听说峡谷里像是蒸笼,来时穿的是运动裤。我为粗心很内疚,昨晚检查随身携带物品时,没有让她换上牛仔裤。但现在内疚已没有用了,只有回到县城才能找到医生。

回到县城后,更为严重,她自嘲说每平方厘米总有一百个红点。只要有机会,就不停地抓,痒得她烦躁不安,浑身不自在。医生也没好办法,只是开了点常用药,擦了也无多大效果,看样子是惹了毒气。直到半个月后回到家中,她的腿还没有好。

我感到已等了很久很久,头顶上的猴群依然毫无动静。正想起身看看时,左上方猛然传来了猴子的尖叫声,互相追逐的撕扯声,枝叶的哗啦声,喧嚣连天。我悄悄地寻找"酋长",却发现"酋长"不见了。

是遭到强敌的攻击,还是社群内部争吵?"酋长"的宝座是靠武力夺来的,难道因为"酋长"刚才的失误而引起了"政变"?

不可能,黑叶猴为了种群的生存,肯定要避免近亲繁殖,新的"酋长"不可能在本社群中产生。我曾问过老汪、老罗,新的黑叶猴社群是怎样产生的。他们说,正在研究,其中很多的关键都隐藏在黑叶猴神秘的生活中。短尾猴和猕猴社群中,雄猴性成熟之后,就离开了本群体,或参加另一群,或吸引另一群的雌猴出走。大熊猫是雌性离开母亲的领地,拓展新的生活。

难道是侵入了另一群黑叶猴的领地,或者是另一群入侵?老汪曾非常肯定地说,黑叶猴发生边界冲突时,从来都是和平解决。

我的内心突然涌出了很多疑问:为什么到现在,还不清楚黑叶猴新的社群是怎样产生的?从社群不超过十四只来看,这是个饱和数。也即是说,达到十四只,社群就要发生变化。要么是不再生育小猴,要么是其他的猴子离开本社群。这个"十四"的含义究竟是什么呢?难道新群的产生和"猴结"一样神秘？你只能看到事实，而看不到事情是怎样进行的，或无法解释你见到的现象。

它们为什么要把"猴结"秘藏起来？为什么还要藏到那种人迹难至的地方？也是选择峡谷作为乐园的原因？或者是峡谷特殊的生境使它们做了这种选择？

梅花鹿非常爱护它的茸。猎人说，只要不是一枪致命，它倒地之前一定会毁了茸角，因为茸和繁殖的关系太直接了。

难道"猴结"和黑叶猴种群的存在、繁荣有着非常奇妙的关系？

一个个谜团在脑际中飘浮，一个个设想时隐时现，更显出黑叶猴生活的神秘。

我有了个神妙的主意，有个奇妙的方法，一定能说服老汪去侦察黑叶猴宝藏"猴结"的地方。也一定能到达那个地方，若能掀开神秘内幕的一角……

新的神秘散发着异常的诱惑……

李老师很担心猴群受到伤害。我劝李老师静坐勿动，虽然无法将刚才的思绪说清，但强调这些黑叶猴是老汪的心头肉。别看他温文尔雅的，若真的会伤到黑叶猴，他会毫不客气地下达撤出的命令。

我们重新调整了照相机的位置，将注意力转移到发生骚动的左边。

时间漫长，但最多是 5 分钟吧，无意间我向右边看了一眼——

好漂亮的一只黑叶猴！它高扬着长尾，悄无声息地快步地从黄土坡走到了大树下的灌丛中。

"你在干什么？"大约是我呆呆的神情引起了李老师的注意。

"猴子，猴子！"我这才如梦初醒，赶紧去摆弄照相机。又有一只黑猴跳下，大摇大摆，神气十足，高扬的尾巴还反卷了个圈，迈着轻盈的步伐。走到大树下时，停步，脚一踮，肩向上一耸，同时对我们做了个非常得意的微笑。李老师手忙脚乱、气急败坏，顺口冒出："好刁的猴头。"

"哈哈！我们遭了它的暗算！真是以其人之道,还治其人之身！哈哈！哈哈！"我为失败乐得大笑,乐得手舞足蹈。

李老师被我那副得意忘形笑傻了,半天才说:"它们大吵大闹是'酋长'指挥的,故意的?"

"小吴能大喊大叫,敲山震虎;它为什么不能'火力侦察',探听虚实? 你能声东击西,它为什么不能'明修栈道,暗度陈仓'?"

右下方的森林中传来了枝叶的窸窣声。

妙极了,猴群确已胜利返回家园!

后记:黑叶猴机智、灵动,常在我脑海中出现。它太多的神秘使我们又在2005年的10月启程,原计划先到重庆,去金佛山考察那里的黑叶猴,再由涪陵沿乌江到沿河,途中还有几处黑叶猴的栖息地。因为黑叶猴已成岛状分布在广西、重庆、贵州。2000年我们在广西未能见到黑叶猴。若想对它们有更多的了解,也只能寄希望于此行了。

天公不作美,我们在重庆的七八天之中,每天都是秋雨连绵。好不容易到达金佛山,又是雨雾弥漫。等了两天,只好返回重庆。偏偏又遇雨天塌方,由涪陵到麻阳河的计划又成泡影。

我们只得再到贵阳,在冷风苦雨中坐了十多个小时的长途班车到达沿河土家族自治县,再从崎岖的山路到了麻阳河。

保护站已迁至大河坝麻阳河谷口,旁有一大溶洞刚好做了休息处。好消息很多,黑叶猴的种群稳步增长,已近600只。最令人兴奋的是,小肖用了几年的时间,已与栖息在猴王洞的猴群建立了联络、沟通,实现了与猴约会。猴王洞就是我们上次扑空的大溶洞。

下午四点多钟,天气突然好了起来,偶尔还有阳光从云层中洒下。我和李老师急忙向猴王洞走去。

一声猴叫立即让我们的神经绷紧了。啊,两只猴妈妈带着孩子在大叶紫珠的树冠上,正在采摘野果、树叶。小猴进食时还去抓挠妈妈。妈妈不躁不恼,只是摆头,缩手躲让。还有两只在河谷上方的香果树上,另有一只攀着藤子向旁边的榕树悠去……

它们当然早已发现了我们,可没有惊恐,没有逃窜,别说未听到"酋长"的警报,就是它的身影也没有发现……这一切都说明了小肖架设的桥梁确实沟通了它们与人类的联络。小肖说,他吹哨三声,是召集猴群;一声,是请它们回家;哨声连续激烈,是紧急召唤。

正是有了这样的桥梁,科研工作有了很大的进展,首先是为这群猴建立了档案,数量的变化、每只小猴降生的时间、每只猴的体质状况、每只猴的名字,都有了详细的记载,甚至观察到了新"酋长"发动的政变。它击败原"酋长"后,立即杀死了所有的小猴——血腥的杀婴行为。广西的白头叶猴也有杀婴行为。研究人员正在逐步揭开黑叶猴生活的神秘面纱。

2008 年 3 月 10 日

约会黑叶猴

灵长类动物是人类的近亲,它理应引起动物学家和人们特别的关注。英国的女动物学家珍妮曾在非洲与野生大猩猩相处了多年,发现了它们许多鲜为人知的生活习性,轰动了世界。

我国现有四种叶猴:黑叶猴、白头叶猴、灰叶猴和戴帽叶猴。黑叶猴主要分布在贵州、广西,白头叶猴分布在广西,灰叶猴和戴帽叶猴分布在云南的高黎贡山。它们生存的空间已被人类压缩得很小,几乎是孤立的岛状。因其稀有珍贵,全是国家一类保护动物。叶猴们大多藏匿于深山老林或峡谷岩洞中,有的甚至连动物学家也未能一睹其尊容。据史料记载,我国海南岛还有一种叶猴,但已多年不见,或许已经灭绝了。

黑叶猴生态中的诸多问题,至今还是个谜。例如土家族同胞传说它生产"猴结",是由母猴的经血、分娩时的血块经过大自然的"冶炼"而形成的,是治疗妇科病的特效药,黑叶猴也自视为珍宝,藏于最隐秘处,很多人为采它而丧命。这更为它笼罩起神秘面纱。

黑叶猴王国建在峡谷中,"酋长"不准进入

黑叶猴生活在麻阳河峡谷中。麻阳河在贵州省东北部沿河土家族自治区。1987年已建立了麻阳河黑叶猴自然保护区。1999年9月我和李老师去探访过。历尽跋涉的艰辛赶到那里时,才对地质学家称之为"厢式峡谷"有了

真情实感,才惊叹于黑叶猴生存环境的特殊。

贵州省有两条大河——赤水和乌江,它们都是有色彩的。麻阳河是注入乌江的一条支流。这里是典型的喀斯特地貌,遍布各种熔岩、峰丛、溶洞。两岸相对高差常在 600~1200 米,上端宽不过 80~100 米,而底部也只有二三十米。河谷两岸陡峭异常,生长着茂密的森林。这里就是黑叶猴的家园,生活着四五百只黑叶猴,是我国也是世界上现有的黑叶猴种群最大的自然保护区。

在向导的带领下,我们去看香菇坝的一群黑叶猴。在这片林缘转了半天,也未见到一只猴子。正在焦急之际,同行的小吴突然"啊!啊!啊!"大叫了三声。正在惊诧,却见到林中技头乱晃,一只黑猴蹿到了树梢上,闪着红光的眼睛紧紧地盯着我们。小吴得意地说:"这招'敲山震虎'还真管用。"

不久,我们的欣喜就变成了沮丧。灵长类的动物都是群居性的。黑叶猴是家族式的群体,不像猕猴或短尾猴那样每群有四五十只。它们一群少者七八只,多者十几只,由一体格健壮的公猴充当"酋长",再是两三只成年母猴以及它们的子女。每群有一块领地,三四平方千米。夜晚常宿在溶洞中,每洞也只住几天,有两三个洞作备用。

"酋长"有至高无上的权威:进食时优先,母猴是它的妻妾,但也有义务——保护猴群。只要我们靠近观察,"酋长"总是指挥猴群向上方后撤,自己蹿到树梢上监视,无论我们怎么变换位置,它都能迅速地找到。虽然我们也采取了一些声东击西、隐蔽潜伏的办法,但都以失败而告终。又不能采取强行进入的办法,那样会炸了群,不仅负不了责任,更是违背了考察的本意。后来,我们想到了"守洞待猴"的办法,认为这最为可靠。然而,等到我们凌晨四点钟出发,在夜色中攀爬悬崖峭壁赶到洞口时,晨光中只有一阵阵的清风和潺潺的流水声。它们昨晚并未来此住宿。难道"酋长"能掐会算?

在我们万般无奈地离开麻阳河时,保护区的汪双喜处长说:"不是我们吝啬,舍不得给你们看个够,是这种精灵智商太高了。你想,它要是没有这些本领,还能生存到今天?所有来这里考察的动物学家都为难以接近它们而苦恼。我们也很焦急,不清楚它的生态中的关键问题,如何进行有效的保护?别气馁,我们正在想方设法和它们架起一座沟通的桥梁,建立起人和黑叶猴交流的平台,到时候只要给个信息,它们就会出来迎接,带你进入黑叶猴王国……"

"什么方法?"我急切地问。

汪双喜却诡秘莫测地说:"天机不可泄漏。成功了,肯定会第一个告诉你,到时请你再来。"

我还是不甘心,这样美妙的计划太诱人了。我又问:"多少透露一点吧,是谁在进行这项工程?"

"现在告诉你也没关系,反正你也找不到他了。就是前天进猴王洞打火把的那个人,叫肖治金的。"

这真让我揣了个闷葫芦。想起来了,小肖年龄不大,也就三十来岁吧,中等个头,相貌平常,好像是个护林员,没看出他有多高的学历,印象中他身手特别矫健。他能承担这样的重任?

2001年,果然接到汪双喜的电话:与黑叶猴的约会已经成功,希望我能赶去。那几年我的精力主要集中在横断山脉考察,未能赴约。直到2005年10月24日,我和李老师才赶到麻阳河。

毒蛇拦路,约会在艰难中开始

肖治金是土家族人,保护区的护林员,保护黑叶猴也是护林员的职责。他第一次见到体态娇小、全身乌黑、拖着又粗又长的尾巴的黑叶猴就喜爱上了。别看它浑身乌黑油亮,却在左右面颊处各生出两撇上翘到耳根的白毛,犹如倒八字胡;再加上头顶一撮尖尖的高耸的冠毛,酷似马戏团的笑星小丑,顽皮、活泼、善于攀崖爬壁，土家族人又叫它乌猿。

每当有人来考察时，总是他当向导。对于黑叶猴的难以接近，客人的遗憾、沮丧，他的感受最深。久而久之，他便萌生了一个念头，想找到一条通向黑叶猴王国的道路，架设起一座与黑叶猴沟通的桥梁。这件事都难为了很多动物学家，一个护林员能办到吗？以他在山野的经验，以他对黑叶猴的了解，相信有可能。天下的难事，就怕有心人。汪双喜更急，保护区已建立多年了，黑叶猴生态的种种，都还笼罩在神秘中，譬如说它的社群结构，为何分群，尤其是繁殖规律，等等，这些都是至关重要的问题，如果搞不清楚，如何才能更好地进行保护呢？他毫不犹豫地同意了肖治金的想法，并和大河坝保护站站长罗贤生商量，提供了一切所能给予的条件。罗贤生人高马大，办事干练，立即调整了其他护林员的工作，帮助肖治金做好了各种准备。

在一个朝霞满天的秋晨，肖治金将简单的行李、粮食、野炊的锅瓢碗勺扔进了一只小木船，就用竹篙既撑又划，从大河坝出发，沿着麻阳河上溯，在霞光迷离的峡谷中，在红叶飘零、翠竹婆娑中行驶了一个多时辰，终于靠岸。肖治金系好缆绳，将物品搬进河边的一个溶洞。

这个洞叫龙王洞，离河面只几步路，不太深，也不算高，好在是个干洞。一个人住是豪华而宽敞的。

这里的河床只有20多米宽。洞的对面，也有一个溶洞，一条地下河哗哗流入麻阳河。距这个洞的上方30多米处，几乎是直立的陡壁上，还有一溶洞，洞口阔大，上沿的藤条如流苏般垂下，这个洞就是猴王洞。两洞之间有一条暗道相通。

龙王洞和猴王洞隔河相望，肖治金就是要在这里约会黑叶猴，架起一座人与黑叶猴沟通的桥梁。

猴王洞住有一群猴。肖治金在几十群中选中了这群猴，说来也是缘分——两次不期而遇。这位土家族的汉子在来保护区之前，曾是村支书，做事沉稳,善于思索。那天他感冒了,头疼、鼻塞,但还是和往常一样去巡山。一个大喷嚏,震得森林中枝叶飒飒,一只黑叶猴跃到了树冠张望,很快就盯上了他。肖治金也乐了,索性坐到岩石上与它对视。林中的猴群稍有声响,"酋长"就对那边大吼一声,猴群立即安静。时间一长,肖治金说:"你累不累?别紧张,坐下来,靠到树干上,舒服点。""酋长"看看他,又回头瞧瞧,不知是真听懂了他的话,还是那副站在枝梢的别扭姿势太累,真的坐到了树丫上。肖治金更乐了,索性东一句西一句和它聊起来。"酋长"只是瞪着眼,但林中猴群却没有那样的耐性,它们要采食树叶,为争夺食物而争吵,但显然是"酋长"感到来人没有歹意,再也没有干预猴群的暴露。肖治金和酋长对话了两个多小时,才慢慢地离去。说来奇怪,肖治金竟感到鼻不塞了,嗓不痒了,像是出了一身大汗,浑身轻松,感冒好了。这深深地触动了他的情感。由此,肖治金想,人和猴本来就同是灵长类大家族中的成员,只是由猿进化到人之后,人类对其他生物界朋友的无情攫取,才造成了今天的局面。常言道"猴通人性"嘛。

猴王洞中住的就是这群猴。

天蒙蒙亮时,肖治金往对面的猴王洞爬去,要在猴群出洞之前将食物放在洞口。崖太陡了,熔岩又龇牙咧嘴的,还端着一盆红薯,虽然只有30多米的距离,不一会儿他就浑身冒汗。眼看离洞口不远了,肖治金刚将端起的盆子要放到上方岩石上,突然手一哆嗦,本能地往后一仰,差点从崖上摔下,一条五步蛇正昂着头盯着他。五步蛇剧毒,传说被咬后走五步即倒。肖治金稳了稳神,以这样的陡壁,蛇也不可能飞身而下展开进攻,只要站着不动还是安全的。可眼看天就要大亮,猴群就要出洞,难道第一天就要半途而返?他不甘心,那条大蛇也毫无避让之意。再仔细瞅瞅,发现蛇的腹部鼓起一个大包。糟了!这家伙肯定是才吃了一只大山鼠。蛇是将猎物囫囵吞下,然后再慢慢消化。常说饱蛇最懒。他可没时间和它耗,费了牛劲,才折了一根树枝想赶走它。可那蛇根本不买账,只是稳如泰山地盘在那里,搞急了,它的头如闪电击,噗的一声,喷出如雾的毒液。树枝太细,又挑不动蛇。肖治金也担心刺激太大,蛇会拼命,只好耐着性子撩它不断喷出毒液。蛇毒是有限的,制造毒液也没那样快速,想待它再也喷不出毒雾时,强行通过。那大蛇终于耐不住,慢慢游入草丛中。

谢天谢地,猴群还未出洞,他赶快将一盆红薯放在洞口,就连忙离开,躲到几十步外隐蔽观察。

观察黑精灵家族的生活是种享受。"酋长"第一个出洞了,它体格健壮、毛色乌黑,面颊上的两撇白毛雪白银亮,又粗又长的尾巴微微上翘,英俊极了。是只正当青春勃发的公猴。黑叶猴的健康与年龄的状况,主要是以毛色来区分的。一旦毛色发灰,就说明已迈入老年。它看了一眼东方漫起的彩霞,伸了个懒腰,立即观察四周,又奋力浑身一摇,才轻轻地哼了一声。三只身材修长、娇小美貌的母猴也依次出来了。它们的裆部有着一块白毛形成的斑,从臀部很容易看到,而公猴的却是铜斑,野外较易识别。最后有一只小猴拽着妈妈长长的黑尾巴也出来了。这个家族的 8 个成员全部簇拥到"酋长"的身边。

"酋长"刚离开洞口往峡谷上方走去,发现了肖治金放置的一盆红薯,立即小心翼翼地走了过去。其他的猴子立即止步。它离几步路就停下打量,又围着红薯转了几圈,还是不敢上前。再瞅瞅四周,看样子是未发现异常,这才带着猴群几个腾跳,就消失在森林中。

肖治金的心也往下一沉。黑叶猴根本不领情!第二天、第三天情况依旧,对于约会黑叶猴的艰难,他是有心理准备的,但这架桥开头就有如此遭遇,还是引起他的反思。

在困惑中期待，挑战与希望同在

难道是方法不对？不！选择投食，以食物作媒介和它们联络感情，是很多动物园、马戏团都采取的方法。这一点他问过前来考察的动物学家，他们也都说可以试试。

一连十多天，那位英俊的"酋长"，只是多看了两眼那盆红薯，却仍然是掉头不顾，带着妻儿老小遁入了山林。

肖治金想：是不是盆子的颜色出了问题？野兽对红色很敏感。他赶紧换成了蓝色的盆子。可猴群像是得到了最严格的命令，依然对它不理不睬。

肖治金的心情越来越沉重，整晚坐在龙王洞也不点灯，只是默默地思考着……

是它们不喜欢吃红薯？也不对！选择红薯是有根据的。黑叶猴主要靠采食森林中的树叶为生。峡谷两岸陡壁上茂密的林子中，生长着千百种植物，榕树、多脉榆、香果树、花椒、海桐、火棘、大叶紫珠、水丝子、水麻……很多种植物都是它们采食的对象。它们喜欢吃嫩叶芽、桃花和各种野果，而且很聪明：只在一个地方采食一天，第二天又转移到另一片，六七天在领地中轮转一圈，让这些植物休养生息。但在秋庄稼成熟或食物匮乏时，它们也去农田偷食玉米、红薯。他就亲眼见过黑叶猴偷玉米："酋长"拖着长长的黑尾巴，刺溜一下就进了玉米地，立起前肢就掰下玉米棒子，手扯嘴撕剥下玉米衣，啃得嘴角堆满玉米渣子。它比猕猴聪明，那些小猕猴掰个玉米棒，吃几口就扔了再掰新的，临走时掰个往腋下一夹，又掰再夹，前一个当然掉下，"猴子掰玉米"说的就是它们。黑叶猴是吃完一个再掰一个，从不浪费。临走时要掰也只带走一个棒子。"酋长"吃饱了出来，在外警戒的猴群才一窝蜂地拥进玉米地。肖治金也亲眼看过"酋长"领着妻儿子女窜到红薯地。它让它们在外看着，自己挥动两个前肢，用长长的指甲飞快地扒地，扒出就啃，快得像是一部破碎机。那些警戒的猴子流着长长的馋涎,也不敢就地扒一下,只是转着小眼东张西望。紧挨着红薯地的就是玉米地,直到整个猴群吃饱离开,也未见有谁去光顾过玉米地。传说,过去抓猴子,就是用酒泡玉米,专等猴子醉了。这是他选择用红薯的原因。问题出在哪呢?

只能是黑叶猴的生存环境太艰难,必须保持高度的警惕才能不受伤害。肖治金是当地人,在他儿时,这里森林茂密,也没这么多的房子。林子被砍了,地也多了,黑叶猴被撵到人们难以到达的峡谷中。肖治金苦恼却没有气馁,他相信一块石头抱在胸口焐,时间久了,也能焐热。他仍然住在龙王洞过着野人一般的生活,每天蒙蒙亮就像攀岩运动员一样,爬完那30米多的悬崖,将一盆红薯送上去。待到猴群进洞断黑时才将红薯取回,以免被野兽吃掉。

一个月快过去了。这天,那只小猴趁"酋长"往前去时,突然从盆中抓了个红薯,"酋长"却猛然转身跳起,闪电般地打落了小猴手中的红薯,红薯在地上滴溜溜地转。小猴惊呆了,其他猴子全都惊恐地瞪眼,红薯却未发出爆炸,也未跳起来。"酋长"奇怪了,围着红薯转了几圈,伸手将它拿住又立即将它扔掉,还是什么也没发生。胆大的猴子也开始向盆子伸手,可一拿起红薯就放下,既好奇又害怕。馋涎流出了好长,却没有啃一口……谁也没啃一口就走了。这一切,使潜伏在一边观察的肖治金乐得心花怒放,有门!

猴群把这项游戏玩了好几天,成了保留节目。直到又过了一些时日,"酋长"才拿起红薯闻闻,上下掂量,那只顽皮的小猴再也忍不住,啃了一口,接着就像个偷嘴的孩子,躲到一边狼吞虎咽起来。其他的猴子都直勾勾地看着"酋长",这样僵持到小猴把手中的红薯吃完,"酋长"才很有风度地踱到盆边,拿起红薯啃了一口,又打量了一会,才不慌不忙地吃了起来。"酋长"吃饱了,妻妾子女们一哄而上,抢光了红薯,各自躲到一边美美地吃了起来。小猴不安分,爬到了"酋长"背上,"酋长"投去了爱抚的目光,才用手将它拉下,猴子们开始互相嬉戏。这个美好的早晨,乐得肖治金差点从潜伏地跳出来!

风云突变,灾难降临

肖治金一连数天都沉浸在喜悦中,谁知天有不测风云:

这天傍晚,猴群比平时早早回到了洞边,可是谁也没有进洞,只是悄悄地待在树上,没有了往日的喧闹,更不采食。"酋长"不时蹿到树梢上环顾四周,小猴也紧紧偎依在妈妈身边动也不动,整个猴群被笼罩在恐惧和不安中。肖治金慌了,不知发生了什么事,是来了猛兽、劲敌?好像直到这时,他才想起这里还生活着黑熊、豹子、猛禽。这些都是黑叶猴的天敌!尤其是云豹,在树上飞蹿跳跃,绝不逊色于猴子!传说猴子见到它,只有抱头瑟瑟发抖地待在树上,任它挑肥拣瘦的份儿!那它们还不赶快进洞?那可是最安全的地方!

黑叶猴在森林中是弱小的动物,大自然并未赋予它们攻击能力,防守和自我保护才是生存的保证。穴居溶洞是自然的选择。有次巡山时贪路,天黑遇滂沱大雨,肖治金慌忙中躲进了猴王洞,捡了些枯枝生火烤衣。溶洞形成的厅很大,穹窿垂挂下的石钟乳、地上冒出的奇形怪状的钟乳石瞬时泛起了奇异的色彩,美极了,真像是龙王宫!前面洞壁下有堆沙垄样的东西,很古怪。他走到那里伸手抓了一把,嗨!是猴粪。

他当然听说过神秘珍奇的"猴结",很多人都到猴洞中去寻找,却没人能找到。他是个有心人,曾问过来考察的动物学家,都说资料上没有记载。但灵长类动物和人类的关系确实很奇特。医书上有关于"猴枣"的记载,那是猕猴的胃或胆囊中的一种结石,可以清热解毒。小儿麻痹症曾给无数的儿童带来灾难。科学家经过千难万苦的寻求,终于从猕猴的身上找到了病毒,制成了预防疫苗,为孩子们带来了福音。

肖治金从篝火中抽出两根燃烧的树枝当火把,在洞中寻找起来。突然,猴粪的上方穹隆处,闪起了荧光。再仔细一看,好家伙,一群猴子正睡在那里。有几只像是很不情愿,很无奈地睁开了眼。原来那里的穹顶刚好有一凸出的长条熔岩成了天然的床铺,离洞底有四五米高,洞壁光滑如镜,三面不沾边,从哪里都无法接近,黑叶猴是怎样上去的呢?黑叶猴爬壁的本事特别神,可以四肢贴在石壁上,如蜘蛛一般一步步地挪,所以又叫它蛛猴。以这样的高度,它们只要一个纵跳,完全能抓住凸出的岩沿。肖治金不禁感叹,黑叶猴太聪明了!

凸出的熔岩上留有一条条黄褐色的尿迹,从下面这一大堆猴粪来看,这群猴子来此夜宿已不是短时间的事。夜晚谁也无法伤害到它们!反正夜长无事,肖治金找遍了拐拐角角,却没有找到"猴结"。在这样的洞里都没找到"猴结",还真像传说中讲的,它们也把"猴结"视为珍宝,藏在最秘密的地方?有人发现过,但那是大山石壁伸出的一块悬崖,左右上下无一处可以接近。它的存在,被崖下的山石上的文字证实,虽然字迹斑驳,但仍能依稀看出对后人的警示:"已有多人采摘猴结在此丧命。"

这也是肖治金和猴王洞这群猴的二次结缘。

他终于等来了黑叶猴进洞的时间了,"酋长"进洞察看了一番,出来后向猴群示意可以进去。可它们还是无精打采地坐在洞外。直到"酋长"再次威严地下达命令,母猴们才慢慢地向洞中走去。这时,肖治金才发现,少了两只猴,难怪今天异样。

突然,猴王猛地一声长啸,惊得肖治金一颤,充满了焦急、期待的啸声霎时在峡谷中回荡,像是母亲夜晚呼唤迷路的孩子归来。

黑叶猴有愤怒的吼声,喜悦的叽叽喳喳声,饱食后懒洋洋的呵欠声,更有这种充满焦急凄凉的失群声。它们在森林中就是靠这些"语言"来联系的,尤其是顽皮的小猴掉队后,惊恐地一叫,它的妈妈立即会回应起悠长的"啊啊"声,小猴立即欣喜万状地向妈妈跑去。

"酋长"一声声地呼喊着,森林中没有应答,静得出奇。

肖治金听得心都碎了,天已黑尽,"酋长"才往洞中走去。

第二天,猴群按着顺序出洞了。肖治金反复数了数,确实少了两只,是两只亚成体。它们不再去拿红薯了,只是紧紧跟着"酋长"隐入了森林。晚上,它们也没有回到洞中。

肖治金顾不得危险,火急火燎地摸黑划船回到保护站。罗站长一听,也急了,要肖治金还赶回去,注意这群猴子,第二天一早,他就带人下去查看。不几天,案子破了。偷猎者也被抓到。

可是猴群仍然没有回来。那些天,肖治金像寻魂似的在峡谷两岸寻找。他不敢深入林子,怕再惊了猴群,只是攀崖爬壁远远地跟踪,猴群却更隐蔽。

终于发现它们迁到一处陡壁上夜宿。那是一堵20多米高的大陡壁,只在陡壁上方有一条三四十厘米的凹槽石隙。

真是祸不单行,肖治金在陡壁下发现了一只黑叶猴的尸体,从伤态来看,是从崖上摔下的。

"酋长"又率领家族回到了猴王洞,八只猴子组成的大家庭现在只剩下了五只!

黑妈妈生出的是金娃娃,初尝约会的甜蜜

一切又得从头开始。冬去春来,渐渐地,肖治金可以不用隐蔽,站在远处观察猴群去吃他送来的红薯了。"酋长"不再害怕,但在吃红薯时,仍然不时将目光盯住他。只有小猴对他有了好感,甚至往他身边跑来想看稀奇,可立即被妈妈抓了回去。

约会正向预期的方向发展,经过磨难,成功的喜悦特别甜蜜。那些天,真是好戏连台。

有两只母猴已经垂下了大肚子,"酋长"似乎也特别关照它们俩。肖治金正热切地期待着小猴的出世。

那天,晨曦中透着红霞,那只漂亮的最受"酋长"宠爱的妃子出洞了,怀中抱着一只金黄色的小宝贝,小家伙嘴中正叼着妈妈的乳头。肖治金惊喜极了,谁能想到,黑妈妈生出的却是个金黄色的孩子!粉红的脸上犹如天使,两只黑眼珠滴溜溜地转,像是看不够这新奇的世界。全身乌黑的黑冠长臂猿、白颊长臂猿(它的面颊也有如黑叶猴一样的两撇白毛)生下的小猴也是全身金黄的。是返祖现象?难道它们的祖先并非浑身乌黑油亮?第二天,全保护站的人都来看稀罕了。在野外,要想这样近距离地观察母猴抱着小猴,还从未有过。终于能较为准确地记录黑叶猴产崽的时间,打开了对它生命史研究的通道。惊喜接踵而来。没过几天,又一只小猴诞生了!添丁进口,使"酋长"时常迈着方步,在带崽的母猴身边兜圈。它昂着头,翘起的长长的黑尾巴如同旗帜!

母猴时时把小猴紧紧抱在怀中,采食树叶时,还常常停下亲吻着孩子,小猴也时而在妈妈的面颊上亲一口。那种母爱,那种母子深情,真感动山河。

两三个月后,小猴的毛色开始变化了,渐渐黑了起来;6个月后,完全和爸爸妈妈一样了!

猴群给了肖治金无穷的欢乐,他不仅每天守候着它们进洞、出洞,还随着它们在林子中游荡。猴子们采摘过的树叶,他都摘来尝一尝。最让他高兴的是,动物学家们常常跟随他在山野观察猴群,渐渐揭开笼罩在神秘中的黑叶猴的种种生态。

肖治金的工作看似简单,但那种日积月累的辛劳,峡谷中常有的危险,没有亲身经历是难以体验的。一夜,山洪暴发,水流在岩石上冲撞,响声如雷。早上起来一看,船被冲到崖上。几次下水,都被水冲了回来,脸上还受了伤。他灵机一动,拿起红薯向对面山上投去。下午洪水小了,他才一瘸一拐地赶过去察看猴群。对于猴群情绪的变化,他更是敏感。哪只猴子厌食、无精打彩,哪只猴子特别霸道,哪只猴子特别调皮……他都一清二楚,也尽可能地采取相应的措施。

几年的努力没有白费,到2001年,肖治金努力建造的黑叶猴与人类沟通的桥梁已初具规模。他常有出差、开会的事,临行前,他总是要对这些灵长类的朋友说:"对不起,我要离开你们几天!不要吵不要闹,安心等着。"当他回来时,猴群总是迫不及待、叽叽喳喳地向他拥来,有的高高跳起,有的后肢直立,把前肢放在胸前,有的在树上飞跃,似乎是在表演着种种节目。看着,看着,他的眼眶湿润了。

正当他在筹划和实施美好计划时,突变再次降临。

那天,没有一丝征兆,愉快地吃过肖治金送来的早餐之后,在"酋长"的率领下猴群前呼后拥地进入林子,开始了一天的游会。猴群现在已壮大到九只,一个多月前又生了两只小家伙。

林子中窜来了一只羊,是老乡羊群中的。黑叶猴的领地意识很强。"酋长"恼火,愤怒地吼叫。羊是一见青就吃的家伙,好容易避开了主人的眼睛溜到绿色世界,还不饱餐一顿?对于黑叶猴的警告,眼也不撩一下,只顾用舌头卷起树叶往嘴里塞。跟在后面观察的肖治金原想将羊轰走,因为羊吃的正是黑叶猴的食物,但童心突发,他想看看它们究竟怎样解决边境冲突,再说这也是黑叶猴的生态。

"酋长"见警告无效,立即从树上跃下,拦到羊的前面。羊也不是个好惹的家伙,自古就有"羊狠狼贪"之说。它只顾吃草,头也不抬。"酋长"尖厉地叫了一声,两只青年的公猴也下来了,有一只腾地跳起,直取羊的面门。羊只是漫不经心地摆了摆头,两只弯弯的大角就如短刀在空中劈起,猴在空中灵巧地将身子一扭,尾巴一甩,"酋长"还未等儿子落地,已跃起向羊身一扑,顺势抓了一把。虽说羊皮也厚,可猴子的指甲又尖又长,羊转身怒不可遏地扬起大角向它冲去。另一只青年猴却从侧面展开了进攻。还真应了"上阵父子兵"的那句老话。父子三人,轮番向羊展开了凌厉的攻势。羊虽然强大,三只猴加起来也没它重，可是要应付飞挪腾跳的猴子，首尾不能相顾，虽然也有两次顶翻了猴子，可它们只在空中做个特技，就安然无恙了。眼看雪白的毛上已殷出鲜血，最后，羊只好落荒而逃。

因为怕惊了猴群，肖治金既不能叫好，又不能鼓掌。肖治金乐得像个孩子似的在地上打滚。

"政变"暴发，血洗小猴

大概是下午两点钟，正躺着晒太阳的肖治金，听到微风带来一阵异样声，立即鲤鱼打挺坐了起来。猴群正栖在树上午休，有的依树干靠着，有将头藏在臂弯中，只有婴孩在妈妈怀里拱。妈妈不断地亲吻着孩子，为它捋毛，清除寄生虫，宁静而温馨。黑叶猴每天出洞后，"酋长"选择路线，开始一边漫游一边采食树叶。直到近十二点钟，开始午休，不再漫游和采食。猩猩、长臂猿、猕猴、短尾猴、狒狒等灵长类的动物，几乎都有这样的习性，或许人类的午休就是遗传的结果吧！"酋长"还在一棵黄角树上假寐，位置在猴群的上方几米处。

肖治金正准备再躺下时，有个黑影晃了眼角，树冠太浓密了，换了几个角度都没看清。正当要失去耐心时，枝叶的轻微摇动，使他警觉：这些迹象都发生在午休猴群的附近。"酋长"仍然弓背勾头坐在那里。

突然，一道黑影闪电般地从树冠顶上飞下，直扑"酋长"。就在这瞬间，肖治金看清了，也是一只雄性的黑叶猴，双眼射出红光，额上有道疤痕，狰狞、杀气腾腾。蹬动枝叶的哗哗声惊醒了"酋长"，可对手伸出的前肢已像利剑刺来。"酋长"被击得往后一仰，但它不愧是酋长，就在身子要失去平衡时双脚一蹬，已仰身跃了出去。偷袭者虽已尽得先机，但并未取得预期效果，于是将腰一扭，长尾一甩，变换了方向，展开了连续的攻击，仍然是从空中攻击对手。谁知，"酋长"已抓住了四五米外的树枝，浑身一紧，黑毛炸开，显得庞大而强壮,怒吼一声,迎击强敌。来者却一声不吭,只是连施杀手,"酋长"又挨了一记,只得再做转移。

整个猴群都惊醒了,母猴紧紧地抱着孩子。小猴躲到妈妈的身边。两只三四岁的青年猴子炸起了每一根黑毛,蠢蠢欲动。"酋长"还是不失风度地哼了一声,不准儿子们轻率上阵,它们显然不是对手,再说这也有损父亲的尊严。

对手根本不给它喘息的机会,但在转移中,"酋长"得到了调整的机会,攻守转换得极快,它英勇地向来犯之敌展开了攻击,竟然连连得手。来者臀部已被撕开,鲜血一滴滴落在林地。

两只猴子从树上打到地上,再从地上打到空中,二三十回合后,来者调整了战略,根本不顾伤痛,只是一个劲地扑向"酋长",甚至对"酋长"的拳脚都不躲让。"酋长"似乎有些明白了,对手是要打肉搏战,因而它采取了灵活机动的闪避,但被对方第一个回合击中的胸口隐隐作痛,有两次疼得几乎喘不过气来。终于,来犯者逮着了机会,抱住了"酋长",张嘴就咬,那雪白尖利的牙齿,如利刃般穿透了"酋长"的皮肉,疼得它打哆嗦。就在它们抱成一团快要落地时,来犯的猴子却机灵地一扭身子,"酋长"就砰的一声重重地摔在了地上。生命攸关的瞬间,"酋长"狠狠咬了一口抱住它的胳膊,在对手本能地抽回胳膊时,它翻身逃走,偷袭者跟后就追。

没一会儿,偷袭者回来了,"酋长"却无影无踪。两只带崽的母猴立即惊恐万状,四处躲藏。偷袭者却对着三只青年猴子龇牙咧嘴,咆哮连连。直到三只猴子松下了炸开的黑毛,待在原地不动。

新的"酋长"诞生了!它靠着机智勇敢取得了统治权。

按理"政变"已经结束,谁知新"酋长"却用冷峻的目光扫视着带崽的母猴。那位平时最受"酋长"宠爱的母猴,浑身发抖,紧紧地抱着孩子。新"酋长"根本没有理会伤口还在流血,只是一蹬双腿,跃向母猴。母猴吓得闭眼转背,希望用自己的身躯来保护孩子。新"酋长"一掌就打翻了母猴,趁势用右手去抓小猴,但它未能成功,母猴抱得太紧,小猴吓得吱吱叫。新"酋长"不容分说,左手卡住母猴的下巴,右手抓住小猴狠狠一扯,再就势抛出,接着传来了小猴落地的响声。母猴不顾一切地向孩子跑去,新"酋长"又将小猴抢到手,再重重地摔出。

新"酋长"又搜寻躲起来的另一只小猴,几次努力都未成功,最后在一石隙中将它从母亲怀里抓走,张嘴狠狠咬了一口后,才猛然扔了出去。就这么一会儿,两只小猴全部被新"酋长"处死了!这就是黑叶猴神秘的充满了血腥的残暴的杀婴行为!

目睹了这场"政变"的肖治金心情复杂:残暴的杀婴使他悲伤、愤怒。但当他向动物学家描述这一切时,他们却说这场"政变",揭开了黑叶猴生态方面的诸多迷雾。如,黑叶猴是怎样分群的?一个物种的发展壮大,总是有着特殊的机制。一般说来,灵长类的动物会尽量减少近亲交配带来的衰落。一个社群不可能无限地膨胀。如黑叶猴这样的以家族为单位的社群,它是怎样发展的呢?一家之长的"酋长"衰老之后,新"酋长"怎样诞生的?新"酋长"怎样统治和带领猴群?显然,成年后的公猴是要离开猴群去闯荡世界的。这位新"酋长"或许并非今天才打天下,额上的伤疤已说明了这一点。是的,通过这座桥梁总算能窥探到黑叶猴的世界!

其实,白头叶猴也有杀婴行为,有人甚至大胆地推测,灵长类动物多数都有杀婴行为。

狮子也有杀婴行为。美国动物学家《走进非洲》的作者观察到新的狮王上任后,第一件事就是杀死母狮群中所有正在哺乳期的幼狮。他进而解释:遗传自己的 DNA,是动物终生的本能追求。只有杀死幼狮,才能终止母狮哺乳的时间,提前发情,以繁殖自己的后代!这是自然的选择。

动物行为中无数的奥妙,诱惑了无数的科学家投入研究。

2005年10月25日,我和李老师辗转跋涉,终于到达了大河坝保护站。和老朋友们相见是愉快的聚会。罗贤生,还是那样忙个不停。小吴已调到局里,在县城已经见到。司机黎长春改行搞资源保护,陪我们同行。

肖治金红光满面,精神焕发。六年的风霜在他脸上几乎没有留下任何的痕迹。他如一位动物学家,将这六年来的努力娓娓道来。李老师不时地唏嘘、感叹。

天公不作美,从我们13日离开合肥来到大西南,太阳就未露过脸,时而绵绵细雨。27日我们跟随肖治金上山了。雾气弥漫在麻阳河谷中。离猴王洞100多米处已建起了小水坝,正在为无船可渡担忧时,小肖吹起三声嘹亮的哨声。哨声在峡谷中回荡,没有多久,就听到雾雨中传来了枝叶的飒飒声。

神了,猴群来了!这个家族已壮大到了十二只,它们兴高采烈地迎接我们,拥向小肖。小肖说:"老朋友来看你们了,今天特意多带了点好吃的,别争别抢。"当然是"酋长"第一个抓走了投放在河谷中的红薯。小肖向带崽的母猴又投两块红薯。"酋长"注视着它们,谁也未敢去拿。小肖只好再给它一块,母猴趁"酋长"去取时,闪电般地拿起了红薯。小猴立即跑到妈妈身边,伸手索要,母猴却只顾自己吃。

猴群吃完了早点,都回到了左边崖岸上的林子,三两成群,边采食树叶,边向上方移动。有两对母子,特意爬到树冠上,让李老师尽情地拍照,一点也不害羞怕臊。

小肖说,建立信号联系基本成功。现在与黑叶猴约会全靠信息,三声短促的,是召唤声,只要它们听到,就会立即来;一声哨音是要它们回去。有一次,一位在越南研究黑叶猴多年的德国专家来了,可已过了和黑叶猴们约会的时间。而德国专家晚上就得离开,他只好发出紧急会面的信号。当德国专家看到一群黑叶猴匆忙赶来时,高兴得蹦了起来:"我还从来没见过这么多的黑叶猴！你们的研究是成功的！"

　　后记：此篇可作为《黑叶猴王国探险记》的下篇。

　　贵州是 2008 年初的冻雨、雪灾的重灾区。今年 6 月我去黄山，九龙峰自然保护区的曹新华主任说了年初雪灾中，不仅树木被雪压断、倒下，而且很多动物遭难。特别是鸟类损失较大，尤其是小型鸟在厚雪中找不到食物，就连体型较大的白鹇也难逃厄运。虽然组织了在林间投食，效果也并不好。

　　他沉重的心情，使我们想到贵州也是重灾区，不知黑叶猴是否平安度过了灾难。

2008 年 7 月 15 日

附录

刘先平四十多年大自然考察、探险主要经历

1974—1980 年

- 参加野生动物科学考察队和筹备建立自然保护区的考察,主要区域在皖南的黄山和皖西的大别山。
- 1980 年以前,这里一直是刘先平的生活基地,至今每年至少会去考察两三次。美丽奇绝的自然风光、深厚的人文底蕴,曾吸引了诗仙李白等长期在此漫游。目睹了生态的恶化、珍稀动物的灭绝、人与自然的矛盾,他于 1978 年重新拿起笔来呼唤生态道德,孕育了描写在野生动物世界探险的长篇小说《云海探奇》《呦呦鹿鸣》《千鸟谷追踪》及散文集《山野寻趣》等。1978 年完成、1980 年出版的《云海探奇》,被认为是中国大自然文学的开篇之作、标志性作品。
- 那时的野外考察异常艰难,在山里行走,只能凭着"量天尺"——双脚。根本没有野营装备,只能搭山棚宿营。使用的还是定量的粮票、布票……

1981 年

- 4 月,考察云南西双版纳热带雨林及访问昆明植物研究所。为热带雨林繁花似锦的生物多样性所震撼,从此走向更为广阔的自然,将认识大自然作为第一要务。5 月,到四川平武、黄龙、九寨沟、红原、卧龙等地探险,参加对大熊猫的考察。之后,前后历时六年,参加保护大熊猫、金丝猴的考察。著有长篇小说《大熊猫传奇》、考察手记《在大熊猫故乡探险》《五彩猴树》等。

1982 年

- 在浙江舟山群岛考察生态和小叶鹅耳枥(当时是全世界唯一的一棵)。

1983 年

- 10 月,在大连考察鸟类迁徙路线。11 月,在广东万山群岛考察猕猴,到海南岛考察热带雨林、长臂猿、坡鹿、珊瑚。

1985 年

- 7 月,在辽宁丹东、黑龙江小兴安岭考察森林生态。

1986 年

- 8 月,在新疆吐鲁番、乌苏、喀什等地探险及考察生态。

1988 年

- 在甘肃酒泉、敦煌等地考察生态。

285

1992年

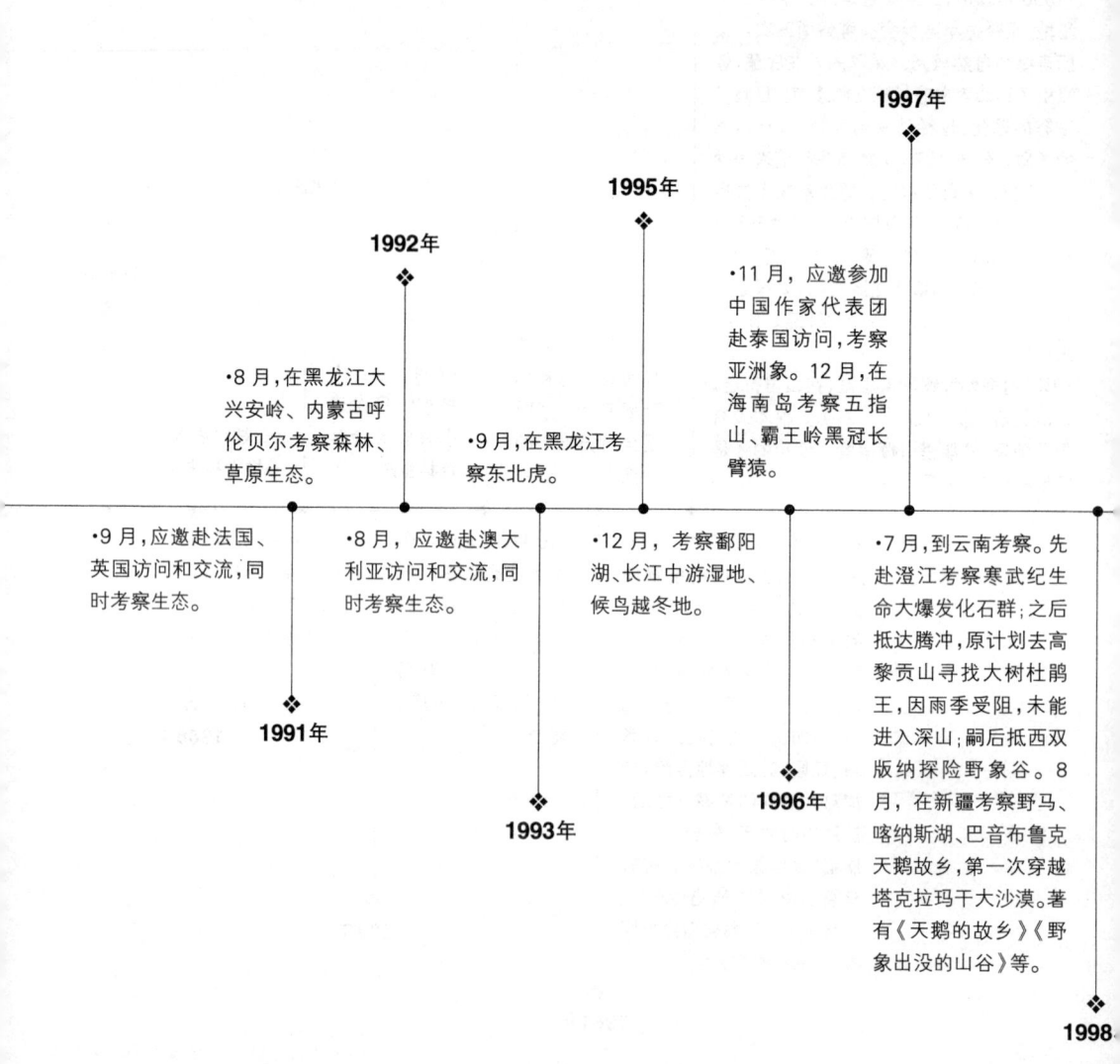

1995年

1997年

- 8月，在黑龙江大兴安岭、内蒙古呼伦贝尔考察森林、草原生态。

- 11月，应邀参加中国作家代表团赴泰国访问，考察亚洲象。12月，在海南岛考察五指山、霸王岭黑冠长臂猿。

- 9月，应邀赴法国、英国访问和交流，同时考察生态。

- 8月，应邀赴澳大利亚访问和交流，同时考察生态。

- 9月，在黑龙江考察东北虎。

- 12月，考察鄱阳湖、长江中游湿地、候鸟越冬地。

- 7月，到云南考察。先赴澄江考察寒武纪生命大爆发化石群；之后抵达腾冲，原计划去高黎贡山寻找大树杜鹃王，因雨季受阻，未能进入深山；嗣后抵西双版纳探险野象谷。8月，在新疆考察野马、喀纳斯湖、巴音布鲁克天鹅故乡，第一次穿越塔克拉玛干大沙漠。著有《天鹅的故乡》《野象出没的山谷》等。

1991年

1993年

1996年

1998

286

1999年

• 4月，在福建考察武夷山等地的自然保护区及动物模式标本产地、小鸟天堂，寻找华南虎虎踪。7月，应邀赴加拿大、美国访问和交流，考察两国国家公园。8月，一上青藏高原，主要考察青海湖。9月，在贵州探险，考察麻阳河黑叶猴、梵净山黔金丝猴。著有《黑叶猴王国探险记》《金丝猴的特种部队》。

2001年

• 8月，应邀赴南非访问和交流，考察野生动植物。

2003年

• 4月，在四川北川、青川考察川金丝猴、大熊猫、羚牛。8月，应邀访问英国、挪威、丹麦、瑞典，由挪威进入北极圈。著有《谁在跟踪》。

2005年

• 7月，横穿中国，由北线走进帕米尔高原，寻找雪豹、大角羊、野骆驼。路线是：甘肃河西走廊→罗布泊边缘→从北线再次穿越柴达木盆地到花土沟油田→回敦煌（原计划进入阿尔金山国家级自然保护区，未成行）→库尔勒→第三次穿越塔克拉玛干大沙漠→托木尔峰→伽师→帕米尔高原→红其拉甫。10月，在重庆金佛山寻找黑叶猴，到沿河土家族自治县再探黑叶猴。著有《走进帕米尔高原——穿越柴达木盆地》等。

• 1月，考察深圳仙湖植物园。5月，考察江苏大丰麋鹿国家级自然保护区。7月，二上青藏高原。探险黄河源、长江源、澜沧江源。由青海囊谦澜沧江源头和大峡谷至西藏类乌齐、昌都、八宿（怒江上游），再至云南德钦、丽江、泸沽湖。沿三江并流地区寻找滇金丝猴。10月，在广西考察白头叶猴。11月，至海南，再次考察大田坡鹿、红树林生态变化。著有《掩护行动——坡鹿的故事》。

• 3月，考察砀山。4月，在高黎贡山寻找大树杜鹃王，终于得偿心系二十一年的夙愿。一探怒江大峡谷，但因大雪封山，未能到达独龙江。6月，在湖北石首考察麋鹿。7月，再去江苏大丰考察麋鹿。8月，三上青藏高原，探险林芝巨柏群、雅鲁藏布江大峡谷、珠穆朗玛峰国家级自然保护区。著有《圆梦大树杜鹃王》《峡谷奇观》《麋鹿回归》等。

• 8月，横穿中国，由南线走进帕米尔高原，考察山之源生态、风土人情。路线及主要考察对象为：青海柴达木盆地、察尔汗盐湖→可可西里→雅丹地貌→花土沟油田→翻越阿尔金山到新疆若羌→第二次穿越塔克拉玛干大沙漠→帕米尔高原。10月，随中国作家代表团访问南非、毛里求斯、新加坡。著有《鸵鸟小骑士》等。

2000年　　**2002年**　　**2004年**

2007年

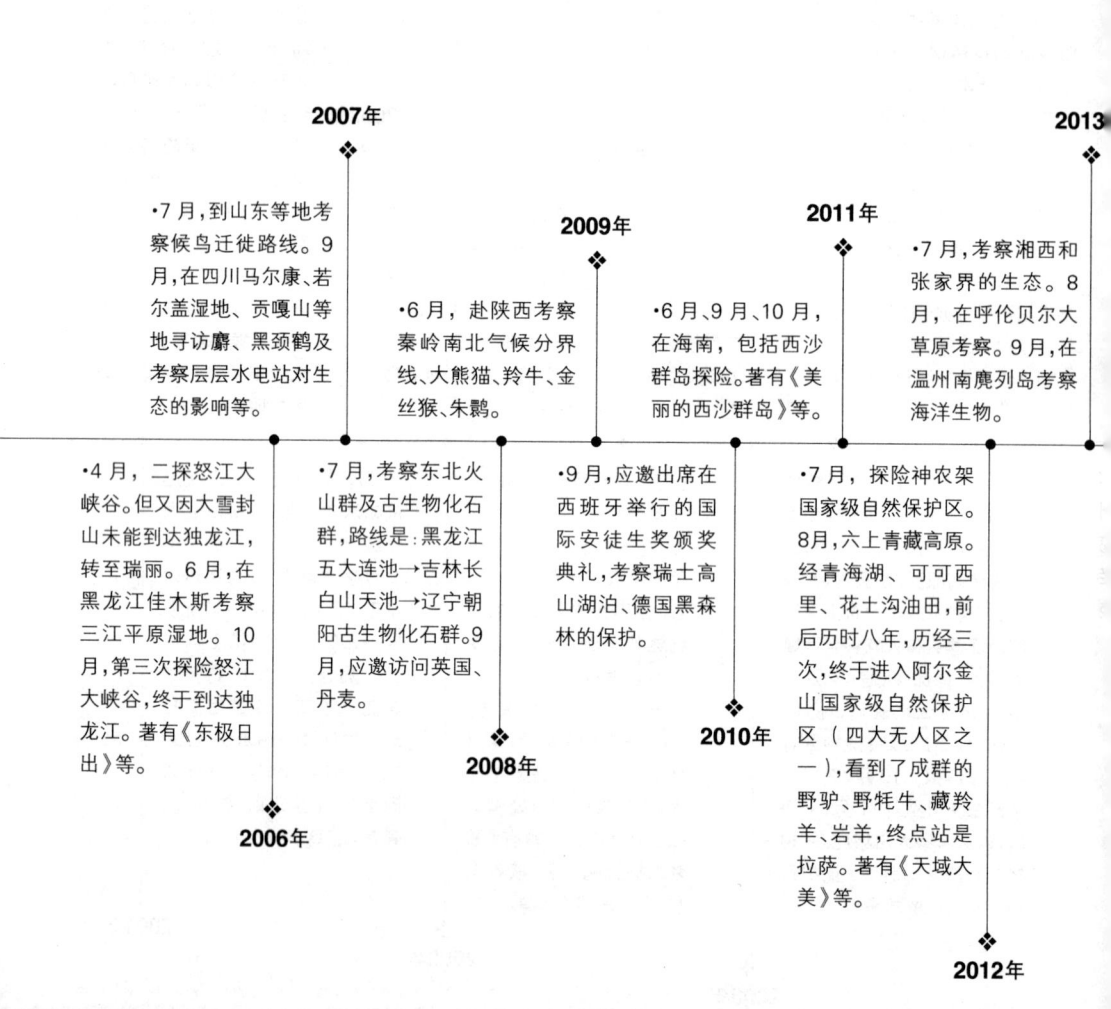

- 7月,到山东等地考察候鸟迁徙路线。9月,在四川马尔康、若尔盖湿地、贡嘎山等地寻访麝、黑颈鹤及考察层层水电站对生态的影响等。

2009年

- 6月,赴陕西考察秦岭南北气候分界线、大熊猫、羚牛、金丝猴、朱鹮。

2011年

- 6月、9月、10月,在海南,包括西沙群岛探险。著有《美丽的西沙群岛》等。

2013

- 7月,考察湘西和张家界的生态。8月,在呼伦贝尔大草原考察。9月,在温州南麂列岛考察海洋生物。

- 4月,二探怒江大峡谷。但又因大雪封山未能到达独龙江,转至瑞丽。6月,在黑龙江佳木斯考察三江平原湿地。10月,第三次探险怒江大峡谷,终于到达独龙江。著有《东极日出》等。

- 7月,考察东北火山群及古生物化石群,路线是:黑龙江五大连池→吉林长白山天池→辽宁朝阳古生物化石群。9月,应邀访问英国、丹麦。

- 9月,应邀出席在西班牙举行的国际安徒生奖颁奖典礼,考察瑞士高山湖泊、德国黑森林的保护。

- 7月,探险神农架国家级自然保护区。8月,六上青藏高原。经青海湖、可可西里、花土沟油田,前后历时八年,历经三次,终于进入阿尔金山国家级自然保护区(四大无人区之一),看到了成群的野驴、野牦牛、藏羚羊、岩羊,终点站是拉萨。著有《天域大美》等。

2006年

2008年

2010年

2012年

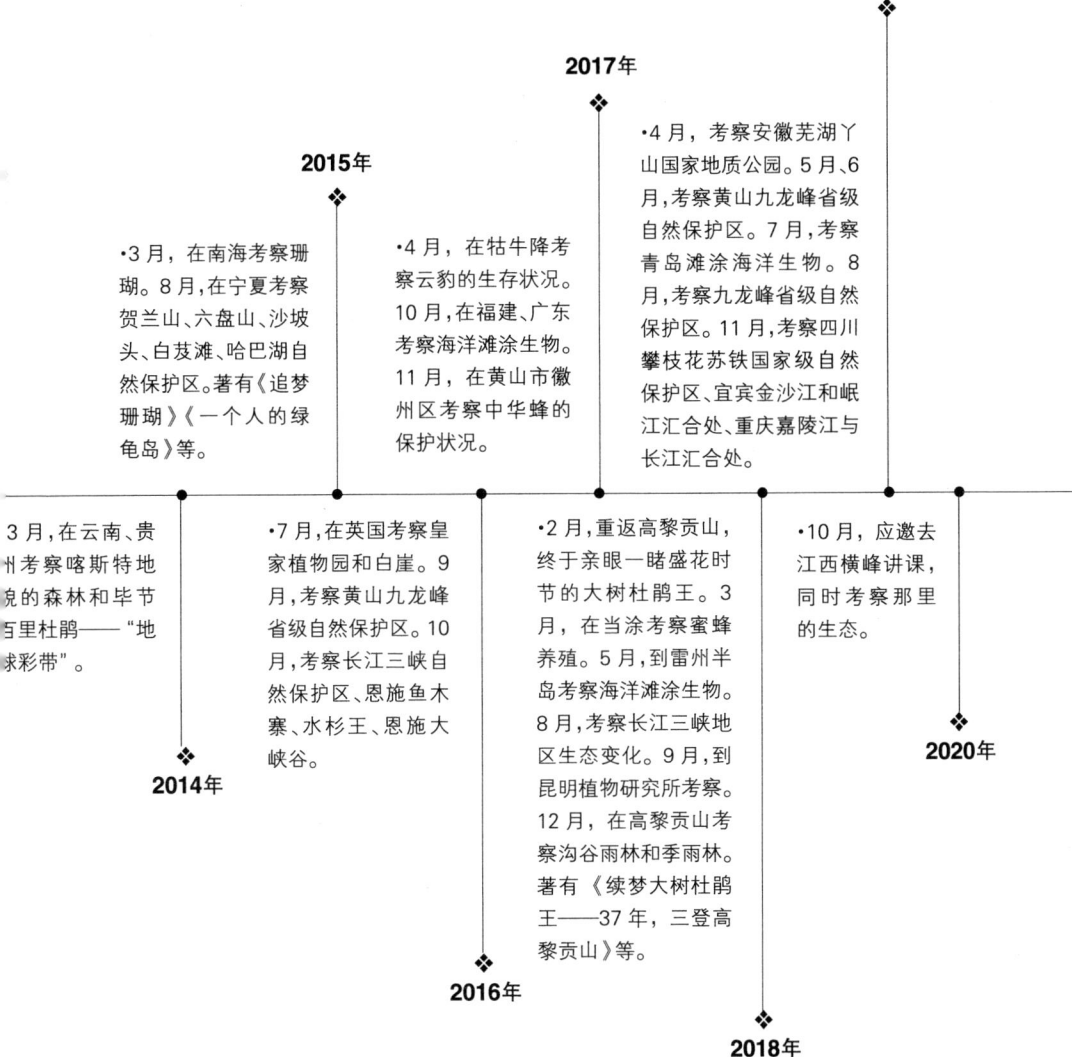

2019年

•4月,考察安徽芜湖丫山国家地质公园。5月、6月,考察黄山九龙峰省级自然保护区。7月,考察青岛滩涂海洋生物。8月,考察九龙峰省级自然保护区。11月,考察四川攀枝花苏铁国家级自然保护区、宜宾金沙江和岷江汇合处、重庆嘉陵江与长江汇合处。

2017年

•4月,在牯牛降考察云豹的生存状况。10月,在福建、广东考察海洋滩涂生物。11月,在黄山市徽州区考察中华蜂的保护状况。

2015年

•3月,在南海考察珊瑚。8月,在宁夏考察贺兰山、六盘山、沙坡头、白芨滩、哈巴湖自然保护区。著有《追梦珊瑚》《一个人的绿龟岛》等。

3月,在云南、贵州考察喀斯特地貌的森林和毕节百里杜鹃——"地球彩带"。

•7月,在英国考察皇家植物园和白崖。9月,考察黄山九龙峰省级自然保护区。10月,考察长江三峡自然保护区、恩施鱼木寨、水杉王、恩施大峡谷。

•2月,重返高黎贡山,终于亲眼一睹盛花时节的大树杜鹃王。3月,在当涂考察蜜蜂养殖。5月,到雷州半岛考察海洋滩涂生物。8月,考察长江三峡地区生态变化。9月,到昆明植物研究所考察。12月,在高黎贡山考察沟谷雨林和季雨林。著有《续梦大树杜鹃王——37年,三登高黎贡山》等。

•10月,应邀去江西横峰讲课,同时考察那里的生态。

2014年

2016年

2018年

2020年

289